谜托邦
MYSTOPIA

华文推理新大陆

推理迷的乌托邦

04

故事新编

主编 —— 华斯比

北京联合出版公司
Beijing United Publishing Co.,Ltd.

目录

大明野乘

建文逊国异闻录

嘉靖二十一年
西获麒麟

战玉冰
白月系

126　160　188

王圣翔
拟南芥
瘦亮亮

220　250

求丹记
中国侦探在檀香山

近世遗闻

"来者已来"的明证

呼延云

　　很少有人知道，假如鲁迅先生按照他自己的设想，着手创作一部长篇小说，那么最终呈现在读者面前的，很可能是一部历史推理小说。

　　这部名叫《杨贵妃》的小说，开头大抵会是这样的——

　　　刀光自是划过了，斩落在脖颈上的一瞬，疼固然无须多言，尤其让太上皇惊诧的，是他在最末的一刻，竟看到了玉环的笑容。那笑容很像个大哈欠，仿佛在告乏似的：我已经知道杀我的并非陈玄礼和高力士了，那便好，那便很好了罢！

　　以上并非笔者纯粹的杜撰，而是来自郁达夫与冯雪峰分别发表在《创造月刊》和《宇宙风》上的回忆。鲁迅先生以为，杨贵妃之死疑点重重，"以玄宗之明，哪里会看不破安禄山和她的关系？到了马嵬坡下，军士们虽说要杀她，玄宗若对她还有爱情，哪里会不能保全她的生命呢？所以这时候，也许是玄宗授意军士们的……"也就是说，杀死杨贵妃的真正凶手是唐玄宗；与此同时，鲁迅先生对唐玄宗的死也得出了和正史不同的结论——并非因病驾崩，而是遇刺身亡；更加令人浮想联翩的是创作手法，其好友许寿裳回忆："他的写法，曾经对我说过，系起于明皇被刺的一刹那间，从此倒回上去，把他的生平一幕一幕似的映出来。"鲁迅先生对此颇为得意地说："这样的写法倒是颇特别的。"

　　倒叙的结构，两起以史实为背景的谋杀，复原其过程，剖析其动机，最终得出的结论与主流认知大相径庭——这不是历史推理小说，又是什么？

历史推理小说，即取材于真实的历史事件，通过对相关史料的整理和考据，加以适当的解构和虚构，从而对历史的真相进行全新诠释或解答的推理小说。这种小说既拥有历史小说的雄浑与厚重，又具备推理小说的悬疑与可读，因而一直受到读者的喜爱。从约瑟芬·铁伊的《时间的女儿》到翁贝托·埃科的《玫瑰的名字》，从高木彬光的《成吉思汗的秘密》到米泽穗信的《黑牢城》，在推理小说史上可谓名家辈出，佳作如云。

众所周知，中国是历史悠久的文明古国，又具备优秀的治史传统，但由于时间的久远、文物的遗失、治史者的私心偏见，官修方的涂饰篡改，导致煌煌卷帙所呈现出的未必是历史的真实面貌，成王败寇式的臧否也未必能总结出什么供后人借鉴的经验，而在那些"避席畏闻文字狱"的年代，更是只能用隐晦的曲笔封存无法直言的真相：马嵬兵变、烛影斧声、建文逊国、光绪之死，桩桩件件都存在着"另一种可能"，也正因此，才有那么多优秀的历史学家呕心沥血、皓首穷经，在汗牛充栋的史料中追根究底、穷源竟委，通过不懈的钩沉、爬梳、比对和勘误，最终达到发幽探微、去伪存真，还历史以本来面目的目的。

推理小说≠史学著作，推理小说作家≠史学工作者，所以对前者均不必在学术专业性上给予过高的要求，但二者在内涵上确实存在着某种意义上的一致性，即通过自己的工作补齐断裂的链条，推翻已知的"定论"，给出全新的解答，而在惊世骇俗和发人深省两个方面，前者以其类型文学的特质，可以也应该做得更好。

囿于笔者读书有限，不了解民国侦探小说中是否有"历史推理"这一类作品，但在民国的少数历史小说中，确实存在着一定的悬疑推理成分，如王统照的《狗矢浴》、李拓之的《埋香》等。新中国建立之后，随着推理小说的断代，历史推理亦无完卵，直到本世纪原创推理重新崛起之后，才得以复兴：长篇领域，冶文彪的《人皮论语》堪称经典；中短篇方面，除了马伯庸在《三国配角演义》中收录的诸多佳篇外，我在华斯比君选编的悬疑推理小说集中也读到过《济南的风筝》《日落瀛台》这样惊艳的杰作。

与繁荣兴盛的本格推理和社会派推理创作相比，原创的历史推理小说，无论在作品数量还是作者队伍上，依然处于寥寥无几的状态。造成这种现象的原因，主要是创作难度极大，对作者的综合素养要求极高。

一部好的历史推理小说，不仅作为故事背景的基本史实、典章制度不能出现硬伤，作为重要元素的民俗风物、服饰器用也要与所述时代大致吻合，这无疑对作者的文史素养提出了极高的要求。

其次，怎样将这样的小说写得既精彩好看，又出人意料，也颇具挑战性。毕竟今天的人们对绝大部分历史事件——哪怕是尚存疑问的历史谜案，心中都是有一个结论的。或者说作者在登上舞台，"开始你的表演"之前，读者已经对基本剧情了然于胸，并拿到了《魔术破解大全》。怎样在泄底或半泄底的前提下，还能以惊悚离奇的情节、扣人心弦的描述，将旧解答变成"伪解答"，将读者心中的定论彻底推翻和逆转，而不是像某些"历史翻案文"那样，抓住一点细枝末节就危言耸听、强词夺理，这需要作者在制造悬念、逻辑推演方面具备相当的功力。

最后，可以说比前述两点更难做到的，是掀开历史的幕障，勘破为它们所重重掩盖的"治术"和"潜规则"。众所周知，在长达数千年的中国古代历史上，一个个统治集团为了维护金字塔式权力结构的稳定和安全，创造和制备了一整套体系完备、规模宏大的"治术"，这样的治术，对外是用三纲五常、天球河图以愚民，对内则是打着"奉天讨贼""明辨忠奸"旗号的尔虞我诈、争权夺利；权臣勋贵们满嘴的仁义道德、满腹的阴谋诡计，最终的结果永远是草民们的尸山血海、满地狼藉……而历史推理小说所要破除的就是这样的欺、被欺与互欺，让读者看到那些冠冕下一个个为欲望所控制的人，洞察一幕幕历史大悲剧后面的因与果。这不仅要求作者对所要描写的那段历史谙熟于心，对人情世故也要了解和练达，并具备"身在此山中"又"一览众山小"的视野和胸怀。

由此可见，优秀的历史推理小说，绝不仅仅是"历史＋推理＋小说"堆叠而成的三明治，而是三者配制出的一剂足以祛暑解酒、发人深省的清凉饮。

从创作推理小说开始，我几乎对各种类别均有所尝试，唯独没有写过历史推理小说，这绝非我对其缺乏兴趣，而是每每跃跃欲试，一想到上述三点，便觉力不从心，而对历史推理小说的创作者们更多了一份敬意。华斯比君将《谜托邦04：故事新编》的书稿发给我，我将每一篇都细细读过，它们亦俗亦雅、或庄或谐，有的深耕故实，有的别开生面，既写宫闱秘闻，又涉千年悬案，无一例外地表现出创作者对推理小说的热忱和中国传统文化的热爱。虽然华斯比君嘱我为序，但我觉得自己真正所能表达的，只有向诸君学习而已。

我相信《谜托邦04：故事新编》这一书名，是有向鲁迅先生致敬的成分的，鲁迅先生在《故事新编》中的八个短篇，不仅为中国现代历史小说开山立派，而且在题材和样式上自由洒脱，不拘一格，这让人对他那部仅仅存在于构想中的长篇小说更加神往。陈子善教授说："鲁迅未能写出《杨贵妃》，毕竟是现代文学史上莫大的遗憾。"我深感认同。不过，先生一生笔耕不辍，所为无非"以俟来者"，而华斯比君所编之书，恰恰是"来者已来"的明证。

呼延云，著名推理小说家。2009 年凭借长篇推理小说《嬗变》出道。早期作品偏重本格，之后坚持探索，在推理小说的题材、形式以及与传统文化的结合上多有创新。擅长以宏大叙事的手法表现复杂的现实主题，文风雄浑，气势豪迈，在华文推理小说家中独树一帜。代表作：《真相推理师：凶宅》《扫鼠岭》《空城计》等。

先秦疑云

隐公十一年　流平　撰

谋杀残像　塘璜　撰

隐公十一年

流 平

一

鲁隐公十一年七月，秋老虎。

虽已入秋，天气依旧酷热难耐，毫无转凉之意。烈日炙烤着大地，暑气蒸腾，热风掀起黄土，沙石随风飞舞。

在风沙中，一支军队行至许国都城下。

兵临城下，为首的军旗上飘着一个大写的"郑"字，后面紧跟着"齐""鲁"两杆大旗。

许庄公①站在城楼上，眼见黑云压城，不禁百感交集。许国仅因拒绝出兵讨伐宋国，便触了郑庄公的逆鳞。许庄公无法理解，当初讨伐宋国，一个郑国也已足够，根本不用兴师动众搞什么诸侯盟军。再说寡城少民的许国，即使出兵，恐怕也难有什么作为。

如今，宋国的厄运又降临到了许国头上。许国国力尚且比不上宋国，郑国一翻手就能轻松拿下，郑庄公偏偏又叫上了齐、鲁两个东方大国，三国同盟如土匪般浩浩荡荡，席卷而来。就算许国都城坚墙高，许庄公爱民如子，占尽地利人和，他也不敢奢望能全身而退。

盟军在城下安营扎寨。

许庄公站在城墙边，远远就能看到，一杆一丈二尺的大旗，缀金铃二十四个，随风猎猎飘舞。旗上书"蝥弧"②两个大字，一看就知是好大喜功的鲁隐公置备的。许庄公心中感慨，不愿出兵讨伐其他诸侯，就变成了人人得而诛之的逆贼，所谓道义也不过如此！

攻城号角吹响。一员大将头戴雉冠，身着绯袍犀甲，跃上轱车。未等

---

① 此处用的是谥号，以下同。

② 可以理解为"奉天讨贼"。

许庄公反应过来，车已驶至城下。轳车还未停稳，大将就举起大旗，夹在腋下，纵身跃下轳车，拎着云梯，如猛虎下山般，朝许国城池奔来。

仅一眨眼的工夫，武将就到了城下。箭矢已无用武之地，许庄公急命死守城墙。

许庄公向下望去，只见武将手扛大旗，步上云梯，如履平地般自如。他双目圆睁，目光如炬，背上隆起的肌肉，如一头青牛。许庄公迟疑片刻，那人已快到眼前。只等他登上城墙，插上大旗，盟国军队就会如饿狼般蜂拥而来，风卷残云般吞噬许国。

不能让他上来！许庄公在心中大喊，他猛地拔出宝剑，旁边的士兵还愣在原地，似乎还天真地打算待他登上城墙，再与之搏斗。那样就太迟了！许庄公心中焦急，什么都顾不上，就要冲向还在云梯上的大将。

突然，许庄公听到"嗖"的一声。

武将的脸突然扭曲了，变得更加狰狞，动作骤然停止，手上仍紧紧握着那杆大旗。紧接着，武将整个人连同大旗一起从城墙上坠落。

怎么回事？许庄公目瞪口呆，城上的守军也面面相觑。正在他们迟疑时，另一员武将已来到城下。那员武将捡起掉落的大旗，一边绕城疾走，一边奋力高呼：

"郑军已登城矣！"

城下传来排山倒海的怒吼。许庄公才从刚才的震惊中回过神来，刚才在千钧一发之际，有人从背后射中了武将！

许庄公看得很清楚，武将不是被守军击落的，是盟军中的某人在紧要关头，阻止了他登上城墙，插上大旗。自己并未在盟军中安插细作，也不可能是城上的人放的箭，难道是盟军中有人暗箭伤人？

但一切都太迟了。许庄公来不及思考，敌军就如黑压压的蚂蚁般攀上城墙。许庄公在一众亲信的掩护下，慌张地下了城墙，匆忙换上早就备好的百姓衣装。他回头望向本属于自己的国家，只发出了一声叹息。等待他的，将是不知何时能结束的逃亡之旅。

1

铃声响起，全班人的目光都集中到讲台上那位小个子物理老师的身上。他看了看课本，又看了看眼巴巴望着他的学生，放下手中书写公式的半截粉笔，无奈地叹了口气。

"你们都听懂了吗？"

没有人回答，学生们依旧眼巴巴地看着老师。

"唉，真是，下课吧。"

教室立刻沸腾起来。

夏爱花的手中握着一沓稿纸。她在下课前几分钟就从桌肚里翻了出来，攥在手里，手心都攥出了汗。物理老师前脚从前门踏出教室，爱花后脚就从后门溜出教室。她一路小跑，经过二到十班，在十一班后门口一个急刹车。

"刘平，你写的是什么玩意儿！"

她一面喊，一面旁若无人地踏进后门。

坐在后排，身材纤瘦、看上去无精打采的男生抬起头，循着声音的方向看去。一看见爱花因生气而涨红的脸，就举起双手，做出投降的姿势。

"喂，你别过来呀。有话好好说，拒绝暴力呀。"

爱花重重地把稿纸拍在刘平桌上。哎呀，手好疼。她忍着痛抬起头，瞪着刘平。

"有，有什么不满意的吗？"

刘平有些发怵，小心翼翼地整理着桌上被拍乱的稿纸。稿纸一共三张，第一张的开头龙飞凤舞地写着几行大字：

历史回声栏目

23—26 期 隐公十一年（连载）

自由撰稿人：刘平

特别声明：本文是根据真实历史事件改编的作品，部分内容不符合史实，切勿完全相信！！！

"你，你还敢说？"不知是不是因为刚才跑得太急，爱花有点上气不接下气，"你自己心里没点数吗？"

"没有呀。"刘平耸了耸肩。

"你以前没看过校报吗？"

"没有呀。"

刘平一问三不知，爱花的闷气竟一时无处发泄，全被堵在了胸口。随着胸口的一起一伏，她的脸也涨得红红的。"没有？你是不是在耍我？"

刘平露出委屈的表情，手一指教室后面的垃圾桶，垃圾桶里竟是一沓刚印好的校报。即使从环保的角度来看，将刚刚分发到手的校报随意扔掉也是不可取的。

"我真是看错你了。"爱花脸更红了，"我找其他人好了！"

"可我听说明天就是截稿日了。"

刘平幽幽地叫住正要出门的爱花。

"我当然知道，要你多嘴！要是交不出稿子，还不是全赖你！"

"我到底怎么了？你倒是说啊！"

算了，把校报不当回事的也不光是刘平一人，不能太苛责他。事实上，爱花也明白，认真看校报的，恐怕只有校报社的人。但刘平的态度还是很令人不爽，"把稿子拿出来，我来告诉你问题在哪儿！"

爱花噘着嘴，一行行阅读着问题稿件。首先是标题，什么叫连载呀，什么叫自由撰稿人呀，爱花在心里吐着舌头，他真以为自己在写小说吗？

"刘平，你知道你写的是什么吗？"

"历史小说？"

"你也知道是小说呀！我叫你写小说了吗？"

"可你也没不准我写呀。"

爱花绕过座位，走到垃圾桶旁，用两根手指小心翼翼地夹起刘平丢掉的校报，然后回到刘平的座位，把校报摊在桌上。

"你好好看看，'历史回声'是干什么的。"

刘平翻开报纸，左下方一个不起眼的角落印着"历史回声"几个艺术字，下面的标题是"关于鸦片战争的几点思考"。

"你的意思是……不能写小说？"

"对，不能！"

"可你当时也没说啊，而且为什么不能呀？"

爱花思考着该如何回答，不能写是因为惯例，还是因为小说的体裁不太正经？不行，刘平肯定有办法反驳，必须让他心服口服才行！

"其实也不是不可以，但你写得太差，所以不行。"

"好吧，那请赐教。"刘平语气里流露出些许不快，似乎对自己的作品十分自信。

"首先是这里，"爱花指向稿纸一处，"这里，'秋老虎'，为什么？"

"你说为什么……我哪里知道为什么？"

"那你还敢写！你是根据左传《隐公十一年》的内容改编的吧，我也看了，里面根本就没有提到天气。"

"确实没有……"刘平老实回答。

还好我做了功课，爱花心中暗喜。

"但环境描写总是必须的吧。"刘平似乎还想狡辩。

"那你也不能乱编！"

"真是死心眼。"

"是严谨，严谨懂吗？还有这里，"爱花乘胜追击，"'许国都城坚墙高'，完全不对吧？书上明明说许国能轻易被攻下，根本就没有什么坚城高墙。"

"这是衬托，衬托啦！"

"是篡改历史。"

"是文学表现。"

"是不负责任。"

两人还在争吵，上课铃声又响了起来。真不应该和他废话，"总之，要不重写，要不就给我改！"爱花飞快地说。

"等一下啊。爱花，你先把后面两篇看完呀！"

"为什么……"

爱花看到老师走进教室，抓起稿纸，赶忙跑出了教室。她感觉身后一个班的目光都在追着她，不由得跑得更快了。

二

许国都城下，是郑、齐、鲁三国大军。

为首的自然是郑国军队，郑庄公一骑当先，雄姿英发。郑国军队也最为士气高涨，整装待发。后面齐、鲁两国，明明是大国，看上去却像是郑国的附庸。两军士卒一副精神涣散、萎靡不振的样子，军队中也不时传来士卒的抱怨。

前些年征讨宋国，本来就是在掺和郑、宋二国的家务事，与偏安东方的自己没一点瓜葛。现在区区一个许国，郑国又叫上三国盟军，我们难道是它的跟班吗？

两国将士在心里发着牢骚，但鲁隐公完全没有意识到士卒的不满。他坐在车上，满意地看着三国大军。

"主公，郑国公请您校验军队。"一名传令兵禀报。

鲁隐公欣然同意，大车被安安稳稳地拉到校场。郑国军队已列队完毕，正严阵以待。鲁隐公虽自信小小郑国不是泱泱鲁国的对手，但看到整肃的阵容和高昂的士气，还是不禁心中一惊。鲁隐公瞥见齐国国君，前些天还是一副懒洋洋的做派，现在也微微坐直了身子。

郑庄公在众将的簇拥下来到校场。鲁隐公打量着郑国众武将，一个个都气势非凡，如同虎狼。只有一员小将，面容姣好，唇红齿白，简直像个大姑娘，在那群糙汉子中间，显得格格不入。

"把辂车拉来！"

郑庄公面色红润，声如洪钟。一声令下，士兵立刻让出一条道，一辆制作精良、装饰华丽的战车从后面拉来，一看就是从善于制车的宋国缴获来的。车上立着一杆大旗，上书"蝥弧"二字，正是鲁隐公前些日拍马屁送给郑庄公的。

"有能手执大旗、步履如常者，拜为先锋，即以辂车赐之。"

郑庄公高声下令。

鲁隐公在心中盘算，郑庄公工于心计，这想必也是激励将士的伎俩。

话音刚落，一名头戴银盔、身着紫袍金甲的武将从队伍中走出来。他黑面虬须，长相着实不敢恭维，但从郑国将士的反应看，应该来头不小。只见他拔起大旗，紧握手中，背上肌肉起伏着，如同隆起的小山。他停顿片刻，大吼一声，如同猛虎咆哮。接着，他上前稳稳跨出三步，又稳稳退后三步，神色自若，只是微微喘气，似乎仍有余力。

郑国军队中立刻传来阵阵叫好声，郑庄公也连连拍手，似乎心情大好。鲁隐公忙问旁人，得知那人是郑国大夫瑕叔盈。

"御人何在？为我驾车！"

瑕叔盈大吼道，看来是得车心切，生怕夜长梦多。郑庄公正准备同意，一个浑厚的声音从队伍里传来。

"执旗展步，未为稀罕，臣能舞之！"

鲁隐公连忙向声音的方向看去，见来者也是武将打扮，浓眉大眼，眼神炯炯，但面相淳朴，没有刚才那员武将的威势。郑国军队也纷纷停止叫好，屏住呼吸，偷瞄郑庄公，静观事态发展。

"他就是颍考叔。"旁人对隐公耳语。

隐公想起来，郑庄公与弟弟段争位，逼弟弟自杀后，又对暗中协助弟弟的母亲发下毒誓，"不及黄泉，无相见也"。君子一言，驷马难追，郑庄公即使想反悔也无可奈何。最后，正是颍考叔献计，"阙地及泉，隧而相见"，了了郑庄公的一桩心事。

隐公来了兴致，把目光转向颍考叔。眼看颍考叔接过大旗，将它舞得虎虎生风，刚才的尴尬转眼消失不见，气氛再次沸腾起来，众将鼓掌叫好，瑕叔盈也不敢再发一语。郑庄公微微点头，看来已心有所属。

"真虎臣也！当受此车为先锋。"

果然，郑庄公选了宠臣颍考叔。尽管与一开始的约定不符，但在场众人，没有一个不被颍考叔的威势折服，选择他也并无不妥之处。

此时，人群中再次发生骚乱，一名少年挤出阵列，他白净的脸气得通红。

隐公略微吃惊，此人正是那名如同大姑娘的年轻武将。

他刚一出列，就气鼓鼓地指着颍考叔："你能舞旗，偏我不会舞，这车且留下！"然后大踏步向前，就要夺下颍考叔手中的大旗。颍考叔愣了一下，接着一手握着旗杆，另一手挟着车辕，竟头也不回地跑走了，与刚才的气魄相比，未免有些逊色。

少年看到颍考叔仓皇而逃，气势更加高涨，他随手抄起一杆画戟，就向颍考叔冲去。二人你追我赶，竟在众目睽睽之下，上演了一场夺车闹剧。颍考叔虽手持大车，速度却不见缓，后面的少年穷追不舍，高举手中的画戟，几次就要劈向颍考叔的头颅，但都被颍考叔巧妙地避开。

鲁隐公在心中暗想，两员武将都不容小觑，但二人似乎嫌隙已久，无论选择哪方，都会引起另一方的不满，导致军心不稳。鲁隐公把目光投向郑庄公，看他如何抉择。

眼看颍考叔就要跑出校场，郑庄公终于不能作壁上观了。他连忙派大夫公孙获拉住少年，好言劝解，一面派人追回颍考叔。

眼看一场激励士气的战前动员变成你争我夺的闹剧，郑庄公虽是不动声色，言语中也多了几分严厉。他虽然称赞了少年武将的勇猛，却还是把大车赠予了颍考叔。得到大车，颍考叔自然成了明天攻许的急先锋。

隐公后来得知，那名少年武将名叫公孙子都。他不仅身手不凡，还是远近闻名的美男子，从出生以来，还未遭受过如此屈辱。眼看众将士祝贺颍考叔，自己则被晾在一旁，他不禁咬牙切齿，"咣当"一声，把画戟扔到地上。

翌日中午，攻城的号角吹响了。

颍考叔果然不凡，一人一车，势如破竹般登上城墙。眼看他就要站上墙头，一支暗箭突然从身后飞来……

三

郑武公十四年，夫人武姜生下嫡长子。传言因是梦中生产，便为孩子取名"寤生"，并因此受到武姜的嫌恶。三年后，武姜生下次子段，对他疼爱有加。后来，武姜几次请求武公立弟弟段为太子，但都遭到了拒绝。

寤生登基，成了郑庄公。武姜没有善罢甘休，她一面以母亲的名义，向庄公索要土地赠予段，甚至要求把要地制邑封给段，虽遭到了拒绝，但还是替小儿子要到了并不逊色的京邑；另一方面，她与段相互通气，商量着推翻庄公的计策。

他们的阴谋最终还是破产了。郑庄公虽表面顺从，实际上洞若观火。母亲伙同弟弟加害自己的调虎离山计，庄公早已从安插的亲信那里得知。最终，郑庄公克段于鄢，武姜也被流放到城颍。庄公发下毒誓，不到黄泉永不相见。

一年后，庄公开始反悔。颍考叔正是在此时登场，他用抓来的几只猫头鹰，拐弯抹角地劝诫庄公，顺便献上"凿深隧，通黄泉"的计策，圆了庄公与母亲相见的心愿。

从此，庄公不计前嫌、掘地见母的举动被传为佳话，颍考叔的纯孝更是为人称道。颍考叔也从一介乡野村夫，摇身一变，成了郑国大夫，并深受庄公宠爱。不论从哪个角度，这都是皆大欢喜的结局。

但如果想深一点，就会产生些许怀疑。郑庄公并不是什么孝子贤孙，而是老谋深算的政治家。当初，他一味忍受母亲的无理取闹，并不是因为孝心，而是忍气吞声，其实早就做好了对付的打算。甚至有一种说法，说郑庄公故意姑息养奸，等弟弟沉不住气起兵谋反，再名正言顺地铲除后患。

那么，对于母亲武姜，郑庄公又抱有怎样的感情呢？对于从不疼爱自己，甚至伙同弟弟想要推翻自己的母亲，郑庄公难道没有一丝不满吗？当然不会，否则也不会发下黄泉相见的毒誓。但仅仅一年，郑庄公就思念母亲到了茶饭不思的地步？郑庄公能够忍耐弟弟二十二年，难道对于母亲就如此心切，甚至连一年都等不了吗？

郑庄公会不会也有自己的考虑呢？虽情有可原，但逼死弟弟、逼走母亲，毕竟不是什么仁义之举，庄公也不会落下好名声。与其如此，还不如找个借口，和母亲重归于好，演一出母子相会的亲情剧，无论对母亲还是对自己，都有好处。

这时，颍考叔出现了，他完美地扮演了孝子的角色，给郑庄公寻找到接回母亲的契机。颍考叔一介武夫，就算再怎么孝顺，恐怕也难想出如此巧妙的进言之策。相传，在他背后的正是郑国智囊祭足，但祭足到底是私自行动，还是早就受到了庄公的指使，就无从得知了。

再说回颍考叔的死。

许国很快就被攻下，郑庄公邀请齐、鲁两国国君参加庆功宴。席上，郑庄公流露出了少见的悲愤，他痛失爱将的扼腕之情，令郑国众将士无不感动落泪。

三国盟军也在瓜分财物后各自散去。齐、鲁两国相互推让，最后连庄公也不愿接收许国土地。这一仗，算是白打了。

鲁隐公回国后，听说郑庄公命令参与攻城的郑国将士，每百人献一头猪，每队献一只鸡或一条狗，作为祭品，诅咒杀害颍考叔的凶手。隐公心中生疑，杀害颍考叔的难道不是许国守军吗？许国沦陷，大仇得报，怎么还要用巫术诅咒凶手呢？果然，很快他便听说颍考叔不是被许国人，而是被郑国自己人杀的。

他首先想到的就是公孙子都。毕竟前一天刚输给颍考叔，没拿到大车，还丢了面子，第二天又眼睁睁看着功劳被颍考叔抢走，心高气傲的子都怎么能咽得下这口气？于是便在颍考叔快要登上城头时，张弓搭箭，射死颍考叔，以解心头之恨。这确实是冲动的少年会干的事。

可是，子都真的气量狭小至此吗？作为一名武将，他难道不知道两军阵前，应该放下私怨，同仇敌忾吗？作为把名誉看得比生命更重要的美男子，他难道会做出暗箭伤人这种抹黑自己名誉的事吗？

鲁隐公一时难以定夺，他又想到了其他的事。

颍考叔从城上坠落后，瑕叔盈以为颍考叔是被守军所伤，一股愤气，冲出队列，奔到城下，捡起颍考叔掉落的大旗，绕城一圈，一边大呼："郑军已登城矣！"众军士看见大旗飘扬，果真以为郑军登上城墙，顿时信心百倍，一拥而上，没等守军反应过来，就攻破了城防。也就是说，从结果来看，颍考叔被暗杀并没有阻碍郑军的攻城，反而激发了军队士气，加速了许国都城城防的瓦解。

难道郑庄公连这一步也预料到了？

不可能！颍考叔登上城墙，同样可以振奋士气。而且许国本就没有还手之力，为了攻许损失一员干将可以说得不偿失。更何况，颍考叔还对郑庄公有恩，从昨天赠车的做法来看，庄公也对他多有偏袒。颍考叔遭人暗算，应该是郑庄公预料之外的事情。

可是，郑庄公的表现未免有些太刻意了，简直让人联想到他与母亲黄泉相见时的反应——"公入而赋：'大隧之中，其乐也融融。'姜出而赋：'大隧之外，其乐也泄泄。'"郑庄公当时真的如此高兴吗？现在，郑庄公又真的如此悲伤吗？

鲁隐公还是无法摸透郑庄公的心思。

又过了几日，传来郑庄公为赏公孙子都灭许之功，将颍考叔之妹颍妹嫁给子都的消息。鲁隐公心中好笑，看颍考叔的面容就知道他妹妹也不会好看到哪里去，而子都可是远近闻名的美男子。郑庄公这么做，与其说是赏赐子都，不如说是安慰颍妹。郑庄公难道没有想到，如果颍考叔是被自己人所杀，嫌疑最大的就是子都吗？还是说，他明明知道还故意嫁颍妹与他？

郑国的巫术搞得如火如荼。三日后，郑庄公率领诸大臣去颍考叔陵前祭奠，一个蓬头垢面的男人拦在郑庄公面前，声泪俱下地说："臣颍考叔先登许城，却被奸臣子都冷箭射死。如今我已经请到玉帝之命，准许让奸臣偿命。"说着拔出宝剑，自刎而死。

郑庄公大吃一惊，连忙查看男人的面容，没想到竟然是美男子公孙子都。

看来巫术真起了效果，召回了颍考叔的魂魄，附身在凶手子都身上，为自己报了仇。郑庄公痛心疾首，既为子都的罪行感到愤怒，又为自己先失颍考叔，又失子都，两员爱将竟死于嫌隙而惋惜。

不过又有传言称，郑庄公早就调查过颍考叔的尸体，根据插在尸体的箭矢的角度，推断出了射击者的位置，确认此人正是公孙子都，只是不忍心再失去一员爱将，故隐忍不发。智囊祭足咽不下这口恶气，下定决心惩治子都。

子都与颍妹成婚时，颍妹哭泣着求子都为她找出杀兄仇人。子都看向杯中自己的倒影，竟看见颍考叔的身影，吓得魂不附体，夜里梦中呓语，请求颍考叔饶恕自己的罪行。后来，祭足交给子都一个锦囊，里面竟是射杀颍考叔的弩箭。子都终于经受不住良心的谴责，精神彻底崩溃，最后疯癫自杀。

如此看来，一切都是祭足的计策，大搞巫术也好，许配颍妹也好，赐予锦囊也好，都是为了给子都施加心理压力。最后子都也如祭足所设计的那般，在亲口承认杀害颍考叔的罪行后自我了断。

祭足果然不可小觑，隐公在心里盘算。当时颍考叔能被提拔，也是他一手操控的结果，现在更是略施小计，替颍考叔报了仇。问题是，庄公到底知不知情？他有没有指示祭足，用计逼死子都？就像对弟弟段一样。

隐公听着窗外绵绵的秋雨声，思索着。

2

"爱花、爱花，下课了！"

爱花抬起头来，同桌姚婕正摇晃着自己的肩膀。姚婕梳着娃娃头，水汪汪的大眼睛使她看上去比实际年龄更小，一站起来却比大部分男生还高。

"爱花，在看什么呢？"一张小小的脸凑了过来，眼看就要贴到爱花的脸上，甚至能感觉到少女温暖的呼吸，她赶紧收了收稿纸。

"一个，一个混账写的校报稿而已。"

"哦，"姚婕晃了晃脑袋，眨了眨大眼睛，露出失望的神情，"我还以为是情书呢！"

"怎么，怎么可能！"

"可是爱花看得好认真。给我也看看嘛！"

说着，姚婕就像小狗一样蹭过来。爱花向后一跳躲开，笑着挥舞着稿纸：

"你别过来呀！再过来我打你了。"

"我才不稀罕呢。爱花，去小卖部吗？"

"不了，我还要去找一下主编。"爱花朝她做了个鬼脸，"给我带盒橙汁！"她笑着跑出教室。

爱花一路小跑来到打印校报的教室。教室里放着几台电脑和打印机，以及堆积如小山的未分发的校报。爱花一直忘不了报纸刚印出来时好闻的油墨气息，当然也忘不了老爷打印机工作时发出的"嘎吱嘎吱哐当哐当"像是马上就要变形的诡异声响。

此刻，打印机偃旗息鼓，教室安安静静，只有一个胖乎乎的男生坐在电脑前。听到脚步声，他转头看向爱花，朝她憨厚地一笑。

"主编！"爱花挥了挥手中的稿子，算是打招呼。

"爱花，关于稿件的事情……"

"我知道。"爱花绕过迷宫般的一排排桌子，把稿子递给男生，"已经搞定了。"

"不愧是爱花。"男生翻起稿纸。

"主编，这次的稿件有点特殊，我也不知道是否符合要求……"

"我看了第一篇，应该是要解决颍考叔之死的问题吧？"

"欸？"爱花有些惊讶，"难道主编觉得颍考叔不是公孙子都杀死的吗？"

"那谁知道啊。"主编露出憨厚的笑容，神神秘秘地说，"加油干吧，爱花。我有预感，校报要火了。"

3

"所以，最后结局是什么呢？"姚婕歪着脑袋，趴在桌上，水汪汪的眼睛里充满好奇。

可不能被她的外表欺骗了。"等下一期的报纸吧！"爱花故弄玄虚地说。

"就告诉我嘛！"

"我也不知道呀。"

"告诉我嘛！"姚婕撒起娇来，挠起爱花痒痒。爱花一边忍不住地笑，一边举起双手投降，"好了好了，我没有骗你，是真不知道啦。"

"真的吗？还是故意不说呀？"

"真不知道啦。"

23期的校报一出，爱花就看到刘平瘦削的身影来往于各个班级之间，为自己的栏目卖力宣传。"请大家务必读一读，不要一拿到就丢进垃圾桶，那样太不环保了。"明明自己就是个把校报扔进垃圾桶的家伙，爱花看着刘平滑稽的样子有点好笑。

真的被主编说中了，校报的反响出乎意料地好。现在，即使是像刘平以前一样看也不看一眼就把校报直接丢进垃圾桶的学生，也会先看完最新的小说连载，再把校报扔进垃圾桶。

爱花作为编辑，也被当成掌握情报的内部成员。第三期校报连载出来后，不少同学向她打探下一期结局的内容。作为尽职尽责的专业编辑，爱花可不会泄露天机。虽然连她也不知道刘平会写些什么。

"爱花，关于下一期的连载，能稍微透露一下吗？"

向爱花走来的是一个高个子的短发女生。爱花记得她叫童天，是戏剧社二年级的扛把子。童天有张棱角分明的脸，眉清目秀，还带着点英气。她尤其擅长演冷艳的角色，受到众多男女粉丝的青睐。

虽然和童天在一个班，爱花和她平时却没什么来往。性格高冷的童天居然也对连载感兴趣，爱花着实有些意外。

"这个，"爱花礼貌地微笑道，"其实我也不知道。"

"是这样啊，"童天捋了捋刘海儿，神色不变，"那我就这么和社长说了。"

"戏剧社社长吗？"

"嗯。下周文化节，社长想演出历史剧。他似乎对校报内容挺感兴趣的。"从童天的语气可以听出，她一点也不感兴趣。她不再多问，转身离开了。

对了，下周就是五月的文化节，也就是各大社团八仙过海的时候。校报社作为从来没有组织过活动的社团，现在也是备受关注。不如在下周刊出最后一期连载吧，一定会再次引起轰动的。想到这里，爱花的心不由得雀跃起来。

虽离截稿还有整整一周，不过还是去刘平那里打探一下情况吧。爱花终于有了一点作为编辑的责任感。

爱花走进十一班教室时不禁愣住了。刘平的桌子一角，竟贴着仔细裁下来的校报，不用看就知道是他撰写的栏目版面。

以前虽然把校报扔进垃圾桶，但至少给人家留个"全尸"，现在竟然大胆到敢"分尸"校报了。爱花记得，另一面可是学校领导在台上讲话的照片，现在恐怕被剪得七零八落了吧。

这家伙的虚荣心简直膨胀到了极点，真是无可救药！

"夏同学找我有事吗？"刘平露出微笑，和平时见了鬼似的反应判若两人，"要夸我的话，我也不介意。"

"谁要夸你啦！真是自我感觉良好。"她搬了把椅子，坐在刘平旁边。

刘平微微摇晃着椅子，露出陶醉的表情。

"对了，下一期的稿子呢？"

"下一期？"

"不要装傻了，你不是要连载四期的吗？"

"哦对。"刘平一副如梦初醒的神情，"好像确实说过。我想想，下一期到底该写什么？"

"难道你没还想好?!"爱花惊得差点从椅子上跳起来。

这家伙一定又在开玩笑，爱花不禁提高了音量，惹得周围的同学投来疑惑的目光。

刘平一手托腮，慢悠悠地说："我确实不知道呀，是谁杀死了颍考叔呢？"

"当然是公孙子都呀！"爱花急了，不知道刘平葫芦里卖的什么药，不自觉地加快了语速，"他最后不是自己承认了吗？而且也只有他才有动机吧！"

话一出口，爱花才意识到自己的失误，在这家伙面前，居然提什么"动机"，这绝对是隐藏指令。刘平立刻停止了摇晃，坐直身子，伸出四根手指。

"有动机的，除了公孙子都之外，至少还有四个人哟。"

"不，随便几个都好，总之你快把稿子……"

"第一个，就是许国守军，动机明显是为了阻止颍考叔登上城墙。"刘平不理会爱花，他竖起一根手指。

"等等，可你不是写了，箭是自己人射的吗？"

"我只是在说动机而已，有没有作案机会是另一回事。"

喂，明明是历史小说，怎么又牵扯到案件了，又不是什么推理！

"第二个，就是郑国大夫瑕叔盈。"刘平又竖起第二根手指，"他被颍考叔抢走了本属于自己的战车，同样有理由嫉恨他。"

"可明明是他帮颍考叔报了仇。"

刘平并不理会，又竖起一根手指："第三个，就是齐、鲁两国。虽然表面是同盟，但三方也处于相互牵制的状态，两国看到郑国猛将如云，难免会感到威胁，便想在战场射死颍考叔。这样既能消灭郑国一员猛将，又能引起郑国内部相互猜忌。"

"这也太牵强了。刘平，你是在胡扯吧。"

"当然是在胡扯，"刘平居然一口答应下来，"第四个，就是郑庄公。"刘平竖起第四根手指。

"郑庄公？"这回爱花真的吃了一惊，"不可能！怎么看损失最大的都是郑庄公吧。"

"如果换个角度看呢？假如郑庄公并不像表现出来的那样宠幸颖考叔，而是早就想把他除掉呢？"

"怎么会！不管庄公是不是真的想念母亲，颖考叔都帮了大忙呀，否则庄公也不会重用他。"

"别忘了，庄公可是老奸巨猾的政治家。那种情况下，采纳颖考叔的劝诫，与母亲重修于好，对于美化自己的形象可谓大有裨益。但他心里是怎么想的呢？母亲同弟弟一起企图推翻自己，不杀已经是仁至义尽了，颖考叔你个土包子，居然还对我进行道德绑架，庄公难道不会心怀怨气吗？颖考叔四处宣扬他的孝道，不就越发衬托出自己的不孝吗？庄公的怨气越积越深，终于到了恨不得除掉他的地步。"刘平仿佛郑庄公附身一般侃侃而谈。

"难道那场夺车的戏码也是庄公安排的？"

"没错，庄公料到恃宠而骄的颖考叔一定会争夺大车，同样还有心高气傲的子都，也一定会参与进来。庄公也许早就准备让子都扛下杀害颖考叔的罪名了。"

"这也太拐弯抹角了吧。而且，子都也是员干将，郑庄公舍得下血本？"

"郑庄公当然够狠。颖考叔对自己有恩，言行也挑不出毛病，自己没借口杀他。子都虽然勇猛，却刚愎自用，与其他将领多有不和，心眼又小，留着总归是个祸害。庄公出于大局考虑，也要除掉他。庄公看似损失了两员猛将，但也除掉了两个心头大患，还振奋了士气，一鼓作气攻下了许国，顺便展现了自己心系将士的贤明主公形象，不是一举三得吗？"

爱花震惊得说不出话。她当然完全不相信刘平的话，但这家伙居然有如此险恶的想法，看来内心也是肮脏透了。

可不能上了他的套，爱花定了定神，咳嗽两声，恢复了专业编辑一本正经的腔调："所以，你到底要怎么写，能先让我知道一下吗？"

"当然要还原颖考叔之死的真相！"刘平义正词严，好像有谁蒙受了什么不白之冤一样。

"所以是谁杀死了颖考叔？"

"没错，问题就在这里。"刘平两眼放光，"爱花，我们一起来揭开真相吧！"

"等等！为什么把我算进去！"

"为什么？"刘平满脸憧憬，"当然是因为，我早就想成为侦探的助手了！"

4

"怎么会变成这个样子呀！"

爱花走在前面，不住地唉声叹气。自己当时怎么就妥协了呢！就算要和这家伙调查，也不该同意当什么侦探。推理什么的，自己可是一窍不通，更何况还是两千多年前的案子。还有，这家伙对助手到底是有什么执念呀，感兴趣的话自己解决不就好了，为什么要把我卷进去?!

爱花在心里发着牢骚。刘平紧跟在后面，如同一只温驯的小狗。

"我说，你该不会早就知道答案了吧？"

"怎么可能？找到答案可是侦探的工作。"

唉，自己什么时候真变成侦探了。话又说回来，刘平的稿子交不出来，自己也会受到处罚，所以就陪这家伙玩玩吧。

"所以为什么是图书室？"爱花停下脚步，他们已经来到学校图书室的门前。虽然是图书室，其实也就是比普通教室大一点，摆着几排书架和几张桌子的房间而已。

"案件调查当然首先要听取相关人员的证词。"刘平说着，踏进图书室。

爱花可不认为能在图书室里碰见早就连灰都不剩的郑庄公和公孙子都。"你不会想从学校图书室里多达十本的历史杂志中找什么证据吧？"

"怎么会？来了就知道了。"

他们迈步进门。稀稀落落的书架上，零零散散地放着些书籍杂志，就像秃顶校长头顶的那几根头发，格外寒酸。

刘平连看都不看，迈步就往里面走。房间最深处摆着几张桌子，一个长发女生坐在桌旁，一言不发地看着书，旁边站着一个煞风景的唾沫横飞的男生。

"慧敏社长，我有点事想请教你。"

长发女生听到刘平的声音，不情愿地抬起头来，微眯的眼睛总像是还没睡醒，又或许她天生就长着一双含笑的细眼。

"为什么今天的蠢蛋一个接着一个……呀，你好，爱花！"

"你好，慧敏！"

爱花认出女生，正是十一班的班长颜慧敏。爱花在班长大会上见过她，当时她就给爱花留下了大家闺秀的印象。爱花看到慧敏手捧一本大部头的精装书，看上去至少有五六百页。砸到头上一定很疼吧，爱花没来由地想。

"慧敏，每节体活课都到这里看书吗？"

"嗯，因为这里比较安静。"她合上书，爱花只看到封面上印着"通史"两个烫金大字，"我打算这周把这本书读完。"

"刚才刘平叫你社长？"

"是历史社，我也不知道怎么就变成社长了。爱花是校报社的吧，说起来我还投过稿子呢。"

"等等，难道说那篇《关于鸦片战争的几点思考》……"

"没错，是我投的，不过研究角度不算很新颖，手段也不是很丰富就是啦。"

两个女生很快就你一言我一语地聊起来。另一边，刘平也和站着的男生拌起嘴来。对方是十班的孟鹤雨，只在运动会上见过，擅长短跑和跳远，头发似乎天生带点栗色，即使也许并非如此，还是给人轻浮的印象。

"鹤雨，你找我家班长有事吗？"

"当然是有求于人。哦对，话说回来和你也有点关系，是你连载了校报的小说吧？写得……"鹤雨抚着额头，作痛心疾首状，"真是一言难尽呀。"

"少废话！是你家社长派你来的吧！"

"你怎么知道，算了，我知道这个你在行。不错，是我们严谨的蒋社长喊我来确认史实的。"

"蒋社长，难道是戏剧社的蒋安国？"爱花突然加入了男生的谈话。

"没错，我们社长果然名声在外。你是一班的夏爱花同学吧，有没有看过我们戏剧社的表演呀？"鹤雨似乎非常期待肯定的回答。

"元旦表演的时候看过的。"

爱花记得那是根据希腊悲剧《安提戈涅》改编的故事，最后一幕，蒋安国扮演的国王逼死童天扮演的安提戈涅后扔下王冠的场景，还深深烙印在夏爱花的脑海里。

"很精彩吧？"鹤雨扬起眉毛，自豪地吹嘘道，"蒋社长表演得很棒吧，还有我们二年级的社花童天同学，当然还有我。"

爱花唯独不记得孟鹤雨扮演的是什么角色了，或许是与安提戈涅相爱的海蒙吧，于是便问了一句。孟鹤雨说是给瞎眼先知带路的小孩，于是爱花只能用

"这样啊"回应。

"喂，差不多行了。"刘平打断他们的谈话，"没事就赶紧滚蛋吧。"说着，他就把鹤雨推向门口。

"我还没问完呢！喂，别推我呀，小心我打你啊！"

爱花听到清脆的翻书声，才注意到被冷落的颜慧敏又看起书来。她完全无视男生的吵闹，一手托腮，一手梳理着头发。阳光从图书室的窗户斜射进来，照在泛黄的书页上，灰尘在阳光中飞舞。真是完美的构图、完美的模特，爱花一时产生了想要拍照的冲动。

"蠢蛋和蠢蛋在一起就会更蠢。"

慧敏头也不抬，就给两个男生盖棺定论了。爱花在心里为他们"默哀"。

5

"所以，我们想请教社长的是关于颍考叔被杀的案件。"刘平像警察在询问目击证人。鹤雨站在旁边，斜眼瞅着刘平，似乎在对他插队的行为表示不满。

"谁？"慧敏头都不抬，"哗啦"一声又翻过一页。

"郑国大夫颍考叔。"

"哦。先秦不是我专门研究的领域，请回吧。"

"不，请先让我把话说完。"

"请回吧。"

刘平作悲愤状，大有怀才不遇的悲凉之感。爱花也觉得他有些可怜，便用轻松的语调问道："慧敏慧敏，其实我们是想打听有关颍考叔被暗箭所伤一事的秘闻，你知不知道什么野史故事，告诉我们吧！"

"有呀有呀，你们想听什么？"

"天哪，真是没想到！""嘘，小声一点！"爱花和慧敏像交流明星八卦一般耳语起来。

"女人，都是演技派。"刘平喃喃自语。

"我也同意。"孟鹤雨连连点头。

"所以，你就占用了四期宝贵的校报资源，去写你那不切实际的架空小说。"爱花讲清楚事情的来龙去脉后，慧敏一捋头发，把脸转向刘平，冷冰冰地说。

"太，太过分了，我可是认真写的。"

"爱花，真是不好意思，因为最近有点忙，没来得及写稿。可也不能任由这种家伙糟蹋《历史回声》栏目吧。"

爱花一时不知如何回答，看来慧敏还不了解连载小说掀起的风潮，又或者她认为那是对栏目专业性的一种亵渎。

"我可是在认真研究历史问题，才不是不切实际的空想呢。提出假说，再验证，不是研究的基本方法吗?!"

"可是你提出的假说根本就是胡说八道。颍考叔只可能是被公孙子都杀死的。"慧敏站起身来，一甩齐腰的长发，"我来告诉你错在哪里吧，少年。"

"洗，洗耳恭听。"

慧敏缓缓开口，爱花不禁屏住呼吸。

"就像推理要讲证据一样，研究历史最重要的就是史实。你忽略了最重要的史实，那就是在那么远的距离，能够射中颍考叔的只有公孙子都一人。"

"等等，我可没有听说过……"

"那是你资料准备得不充分。当时郑庄公进行了调查，发现根据入射的角度逆推，正好就是公孙子都所在的位置。更重要的是，当时郑军与城墙距离很远，普通的弓箭手根本不可能射中颍考叔，唯有力大无穷的公孙子都才能办到。③"

"啊——啊——"不知是什么东西发出一声惨叫，"只有公孙子都才能办到? 难道不能有其他的大力士吗? 比如说那个瑕叔盈。"

"史料就是如此记载的。瑕叔盈只不过是'挟大旗不喘'的程度罢了，和子都他们的'能舞之'完全不在一个量级，其他将士就更不可能了。所以郑国，甚至整个盟军当中，除了子都，没有第二个人有能力射中颍考叔!"

"这——"刘平瞠目结舌。

"拼图归位，事件解决!"慧敏留下一句"中二"台词，把《通史》夹在腋下，大步走出图书室。

"哎呀，这下可糟了。"鹤雨拍着呆立着的刘平的肩膀。说着"糟了"，却丝毫听不出沮丧，反而一脸幸灾乐祸地看着刘平。

"刘平同学苦苦追查的事件居然被冷面御姐三下五除二就解决了，我劝你还是赶紧放弃成为名侦探的助手的愿望吧。"孟鹤雨像在说绕口令。

---

③ 此处为作者杜撰。

"怎么可以，"刘平握紧拳头，"怎么可以这么轻易放弃呢！"

真是莫名其妙的执念。爱花继续浇着冷水："可是慧敏也说了，除了子都，其他人都不可能作案。"

"这才是关键！根据推理小说的第一公理，唯一有可能作案的人绝对不可能是凶手！"

"那是什么奇怪的准则啊，你就承认失败吧。"鹤雨嬉皮笑脸地说。

"你有什么可高兴的，你不是也被慧敏抛弃了吗？"

"啊对！这下怎么跟社长交差呀！"

"你们也要演出关于颖考叔的剧目吗？"爱花好奇地问道，"童天她也问过我连载小说的事情。"

"嗯嗯没错，社长说要演一出完整的历史剧，主要围绕着颖考叔展开。今年是蒋社长在戏剧社的最后一年了，想为他准备一个完美的谢幕，所以想尽量还原历史的细节。"

"颖考叔是蒋社长演的？"

"嗯嗯没错。蒋社长演最合适了，他给人的就是那种很正直的感觉呀。另外，我演的是郑庄公。"虽然没问，孟鹤雨还是像竹筒倒豆子一样说个没完。

"哇，你居然演郑庄公！"居然是个有名字的角色，爱花很是意外。

"嗯嗯没错。很厉害吧，我可要好好表现啊！郑庄公可是个具有多面性的角色。"

"那加油啊。"

爱花发现没怎么说过话的孟鹤雨是个很健谈的人，而且"嗯嗯没错"的口癖也有点可爱，不知不觉就和他聊了起来。

"喂，你们聊完了没有呀？爱花，我们赶紧走吧，还有正事要做呢。"刘平此刻倒摆起架子来，他一脸不悦，似乎还沉浸在刚才的失败中。

"那我先陪这家伙玩侦探游戏，祝你们演出成功！"爱花向鹤雨挥了挥手。

"嗯嗯好呀。爱花，到时候也要来看呀！"

"好了，快走吧！"

6

"所以，你还不死心吗？"

离开图书室时，天色已接近黄昏，还有十分钟就要放学了。此时，足球场上正进行着文化节足球赛的预赛，短短四十五分钟的球赛，竟然能产生 10 分的悬殊分差，也是罕见。即便如此，落后的班级仍旧没有放弃，迎难而上，发起一轮又一轮毫无章法的进攻。

刘平似乎受到了鼓舞："当然不能轻言放弃！而且，正如我刚才说的，根据第一公理，已经完全排除了公孙子都是凶手的可能。"

"但其他人也都不可能是凶手呀。"

"所以才需要我们揭开这桩不可能犯罪的真相。"

所以侦探还真是麻烦，明明有现成的嫌疑人不抓，非要上升到不可能犯罪的层面，真是闲得发慌。不过，爱花很快就见到了真正的闲人。篮球场上，一名健壮的男生因为多次故意打手被罚下场了。

"若虎兄！"刘平亲昵地喊，对方也同样亲昵地搂住刘平的脖子，"啊，快放手呀！我要没气了！"看来刘平并不领他的情。

"可我有好事情告诉你。"

刘平口中的"好事"似乎就是他所谓的案件，这对叫若虎的男生很是受用。"这，这难道就是……"他激动得说不出话来。

"没错，这就是……"刘平也是同样激动的语气。

"视线密室！"

"不可能杀人！"

糟了，完全不一样。还有他们在说什么。

"啊对，视线密室还是不太准确，毕竟还可以用弓箭射杀颍考叔，只是没人可能射中才对。你说对吧，凌风？"

旁边戴着眼镜、准备发球的小个子男生抬起头，迷茫地看向他："社长，你在说什么？"

"我是说不可能杀人啦，你认真听了吗？"

"不，要说听的话，我还是有听的。但案子太无聊了，就没怎么在意，边听边打啰。"

"两位是？"爱花终于忍不住问道。

"哦，我还没自我介绍。"虎背熊腰的男生突然不好意思起来，用手摸起后脑勺，"我是海峰中学初中二年级学生，推理社社长张若虎。这位是初一的见习社员，谢凌风。"

他又像之前那样，一把搂住见习社员。谢凌风一脸不情愿地歪过脑袋，向爱花打招呼。

"你们好，我是初二的夏爱花。等我一下。"爱花把刘平拉到一边，在他耳边小声问："我们学校有这个社团吗？"

"是他们自己搞的野鸡社团啦，也只有他们两个人。本来若虎还叫我参加，听说这样就可以申请成为正式社团了。因为他们的目标是成为优秀的侦探，和我的有点冲突，所以我拒绝了。不过他们也算是靠得住的，所以姑且承认他们的社团地位吧。"

真是奇怪的家伙。爱花瞥了眼身后的二人，若虎看上去像是篮球社的主将，和推理完全不搭边。凌风也是一板一眼，像个正常学生，不知道怎么会和刘平扯上关系。还有，我们学校的怪人也太多了吧！

"你们的悄悄话要说到什么时候呀！"若虎大声说，"我们赶快整理一下案情吧。"

"不，社长，我觉得没那个必要了。"

"喂，小风，你还打不打啦！"

身后传来呼唤声，谢凌风想要跑过去却再次被社长抓住。"好了小风，整理案情可是非常重要的。"若虎完全不管不顾，看来是个极度自我的家伙。

"不，我已经知道真相了。"谢凌风面红耳赤，依旧阻止不了独断专行的社长。"不要着急嘛。待会儿会有你表现的机会。"

谢凌风只好叹了口气，扶了扶眼镜，强装镇定。

"好！"若虎右拳猛击左手掌，发出"啪"的清脆声响，"首先，我们已经列出了案件的五个嫌疑人，而且他们都有动机，没错，老套路了！然后根据推理小说第一公理，唯一有可能作案的人绝对不可能是凶手，所以排除公孙子都的嫌疑！"

难道真有这个绕口令一样的公理？爱花看了眼刘平，他满脸兴奋，点了点头。

"然后就变成了不可能犯罪。不可能的原因在于，颖考叔是被背后的暗箭射中的。根据当时的距离，只有子都一人有能力射中他，剩下的人都被排除在嫌疑之外。所以，只要破解了超远距离射杀的手法，就解决了这起案件！"

"没错，就是如此！"刘平激动不已。

什么嘛，根本等于什么也没说。"所以呢，凶手是如何做到的呢？"爱花问，"前提是子都不是凶手。"

"当然不是子都！"若虎自信满满，把头转向见习社员，"小风，告诉他们你的推理!"他大喊一声,算是结束了社长的工作。

原来是个不负责任的学长兼社长,真不知道刘平觉得他们哪一点靠得住。不对,刘平也是半斤八两,只有我一个正常人,爱花心想。

谢凌风轻轻推了推眼镜,清了清嗓子说道:"我们社长虽然推理能力欠佳,但直觉很敏锐,他一眼就看出了此次案件作为视线密室的可能——"

"什么嘛,原来你有听我讲话。"

"请不要打断我。为什么社长会觉得是视线密室?因为颖考叔确实是在众目睽睽、没有人接近的情况下被杀害的——"

"等等,"这次打断他的是爱花,"如果用弓箭的话,即使不接触也是可以杀人的吧?"

"没错,但本次案件已经排除了这个可能,所以说是视线密室也并无不妥,剩下的就是破解这个密室。"

"对对。"张若虎像在看球赛一样,兴奋地手舞足蹈。

"根据密室杀人第一定理,"凌风停顿片刻,"破坏密室的就是凶手。再根据密室杀人第二定理,最先接触尸体的就是凶手。放在这个案子里,凶手都指向了同一个人,他就是最先来到尸体身边的人——瑕叔盈。"

居然是他!爱花也顾不得什么第一、第二定理了,连忙问谢凌风:"你的意思是,他也能射中颖考叔?"

"不,那是凶手使用的障眼法。推理小说中很常见,一个人突然倒地,发现胸口被刺了一刀,但并没人曾接近他。原因就是他倒地时还没有死,或许是突发疾病,或许是与凶手串通好的表演,总之那时他还活得好好的。凶手来到'死者'身旁,装作观察情况的同时刺死他,就完成了密室诡计。"

张若虎连连点头:"嗯嗯,作品的话,比如说阿加莎·克里斯蒂的——"

谢凌风打断张若虎的泄底:"拿这个套路类比一下吧。颖考叔由于某种原因,从城墙上摔下,瑕叔盈立刻跑到他跟前,在举起大旗之前,先用箭矢刺死了他。城墙离军阵有一定距离,这个举动应该很难被发现。概括一下说,这个诡计就是利用人们的心理盲点,认为箭一定是被射出去的……"

"打住打住,"这次打断的是刘平,"你的意思我明白了,但还要解释颖考叔为什么会从城上摔下来吧?总不可能是和瑕叔盈一起表演的一出戏吧?"

"这一点我正要提。文章中已有过暗示了。让颖考叔坠下的关键就是文中反复出现的物件,也就是他们争夺的大旗。"

"大旗有什么问题吗?"

"颍考叔登上城墙时是拿着大旗的，对吧？他昨天已经试过，即使一手挟车、一手持旗也完全不在话下。当他攀爬云梯时，却越来越觉得大旗超乎寻常地沉重。一开始，他由于兴奋没有注意到，但在爬城墙时，终于还是无法承受，又不敢抛弃大旗，只能死撑着，最后的结局就是连同大旗一起摔下。"凌风说得跟亲眼目睹似的。

"所以大旗是在前一夜被瑕叔盈替换的吗？"爱花逐渐跟上了思路，不自觉地兴奋起来。

"没错。瑕叔盈的动机也很明确，就是报颍考叔夺车之仇。他知道自己不是颍考叔的对手，即使趁乱杀死颍考叔，庄公也可能怀疑自己，于是就替换了大旗——也许是换了旗杆的部分——制造密室杀死颍考叔。"

"没错没错，"张若虎拍手叫好，"诚如小风所言。"

原来如此，爱花在心中暗自佩服，仅仅靠有限的信息就能做出如此大胆的推理，自己果真小看他了。推理社果真有两把刷子，不过可能要去掉社长那一把。

"哼！"刘平冷笑一声，露出不屑一顾的神情，"我还以为是什么样的推理呢。"

"你小子难道不服吗？"若虎卷起袖子，准备要干架。爱花连忙站在两人中间；凌风退到社长身后，把头转向篮球场的方向，一副事不关己的样子。

"我有三点反驳。"刘平又竖起三根指头。

"第一，按照你的说法，瑕叔盈是因为战车与颍考叔发生了冲突，也就是临时起意，那么他是如何找到合适旗杆的替代物的呢？庄公的大旗应该很重吧，否则也不会以此作为比试的标准，那么瑕叔盈又是从哪里搞到更重的旗杆的呢？"

"这……也许旗杆是中空的，可以往里面塞东西……"张若虎手忙脚乱地比画着。

"这可是春秋时期，怎么可能有那样的锻造技术？然后是第二点，当时谁也不知道颍考叔坠落的原因。事实上，在庄公检查其尸体之前，所有人都认为他是被守军击落的。那么瑕叔盈为什么不将计就计，制造颍考叔是被守军杀死的假象呢？比起背后中箭，不是正面中箭显得更自然吗？"

"也许他觉得可以陷害公孙子都，因为公孙子都也参与了夺车。"张若虎冷汗直冒，谢凌风不知何时已不见了踪影。

"最后是第三点，瑕叔盈在害死颍考叔后又拿起了大旗，还绕着城跑了一圈。如果大旗真的被调包了，换成了更重的大旗，本来就很吃力的瑕叔盈有可能做到吗？"

"也许他一开始就隐藏了自己的实力。也许——"

"那他为什么不一开始就使出来呢？既然他如此想要大车，甚至不惜为它杀人的话。"

"这个……"张若虎更加窘迫，脸上不断渗出汗水，"小风，你来解释一下好了。"他勉强保持镇定地说，却无人应答，转头望去，发现见习社员早就没了人影。

"凌风在讲到第二点的时候就走了。"爱花说。

"好哇，居然临阵脱逃，得好好教训他！"张若虎咬牙切齿地说，然后又面向刘平，"你们在这儿别动，我去把他找回来。"说着，他就气呼呼地跑开了。

7

"这样真的好吗？"爱花忍不住回头，望向篮球场的方向，"不等他们了吗？"

"谁会等呀。他们的推理已经被我推翻了。"

此刻天色渐沉，校门口已有稀稀拉拉的学生，应该是一下体活课就回家的好孩子。大部分学生还是会在学校多待一会儿，和朋友们聊两句再走。尤其是文化节快要到了，很多学生都参与了社团活动的准备工作，留在了教室和其他活动室待命。爱花和刘平离开篮球场，走在夕阳余晖映照下的林荫大道上。

"所以我们现在去哪儿？"爱花问。

"我推荐去戏剧社看一眼，说不定他们的演出会有参考价值。"

二人踏着树木的影子，来到学校礼堂门口。

虽然作为全校排场最大，甚至能动用礼堂的社团，戏剧社近年来却一直面临社员短缺的窘境，社团骨干依然是初三的学生。而他们大部分都要准备考试，无法全身心投入社团活动。剩下的学生中，爱花知道的只有初二的童天和刚刚认识的孟鹤雨，以及刚刚加入社团就广受关注的人气明星——一年级学生许留生。

爱花和刘平还没进门就听到了吵闹声。

"你们怎能说不演就不演了呢！"

"我有什么办法，总不能一瘸一拐地上台吧。"

二人推开门，走进礼堂。舞台上，一名国字脸、留着短须的男生和另一名高瘦男生正在争执着什么。爱花一眼认出，正是戏剧社社长蒋安国和人气明星许留生。

"你们好呀，我们来给你们打气了。排得不顺利吗？"

爱花自然地向二人打着招呼。大堂里没几个人，偌大的观众席空荡荡的。童天坐在观众席一角，百无聊赖地翻动着手中的剧本。孟鹤雨也在舞台上，他站在争吵的两人中间，似乎是在劝架，看到爱花来了赶忙松了一口气。

"爱花，你来探班啦，欢迎欢迎！刘平，你怎么也来了，真闲啊你。"孟鹤雨的态度转变得也太快了吧。

"怎么，我不能来吗？"

"我可不欢迎。"

"关你什么事。"

看来两人是真不对付，爱花决定不管他们，转头看向国字脸的社长。"遇到什么麻烦了吗？"她笑着问。

"麻烦……算是吧。"蒋安国挠了挠乱蓬蓬的头发，"爱花应该看过校报了吧，我们排的新戏就是相关的内容。"

"嗯，我已经听鹤雨说过了。"

"我在戏里的角色是颍考叔，鹤雨是郑庄公，留生则是公孙子都。但留生今天踢足球把腿扭伤了，他就不愿意演了。"

"什么不愿意演，"许留生噘起嘴，夸张地抬了抬左腿，"我也想演啊，但这样根本没法上台吧。"

"只不过是扭伤而已，过几天就好了。"

"那也来不及排练啊。"

居然在校足球预选赛那样的低水平比赛中也会出现队员受伤的事故。"没有替代的演员了吗？"爱花小心翼翼地问。

"有是有，可女生们都是为了留生来的啊。"

"那我也没办法。"许留生耸耸肩。

"演员的问题再慢慢考虑吧。能不能给我加点戏呀？"童天的声音从身后传来。她夸张地伸了个懒腰，向他们走来："所以我才讨厌演历史剧呀。"

"对呀，难道不能给童天加点戏吗？"孟鹤雨也帮腔道。他刚才一直站在争吵的二人旁边，想说话又没机会，现在终于插上话了。

"就算想加，也没有合适的理由。武姜的话，黄泉相见之后就没可能再出现了。"

"所以我才讨厌历史剧呀。就拉着这家伙的手，说一句'大隧之外，其乐也泄泄'，这到底算什么呀！"童天嫌弃地瞅了孟鹤雨一眼。

"明明我才是该抱怨的那个吧，我们可是同岁哎！"孟鹤雨也发起牢骚。

"唉，麻烦呀！"蒋安国焦头烂额，把头发抓得越来越乱。他突然一拍脑袋，像是想起了什么，看向刘平："对了！还有一件事情一直忘了问。刘平，下回连载你要写什么？"

"社长，你不用这么在意啦。刘平那胡说八道的小说怎么样都好啦。"

"胡说八道怎么了？"刘平理直气壮地反驳孟鹤雨。

"还是确认一下比较好，毕竟我也是从刘平的小说里得到灵感的。所以，"蒋安国看着刘平，"下回会为子都平反吗？"

童天和爱花也一起看向刘平。

"不不，你们误会了，"刘平被三人盯着有点不知所措，"我只是在写小说而已，和历史一点关系都没有，你们只要按照史实来演就没问题了。"

"那么学长不相信凶手是子都吗？"许留生也露出感兴趣的神情，不，应该说是挑衅更加恰当。

"这个……我这个助手相不相信并不重要啦。关键是侦探是如何考虑的，对吧，爱花？"

"咦，我，我吗？那个……"

唉，这个助手，踢皮球的功力可是一流的。爱花在心里吐着舌头。

8

回到家后，夏爱花有些怅然地坐在桌前。今天虽然被刘平拉着在校园里瞎转了一圈，腿都跑酸了，但心情并不太坏，她也莫名地在意起颖考叔之死来。

爱花打开电脑检索起来。输入"颖考叔"和"公孙子都"的关键词，屏幕最上方的条目是正史《左传》中的内容。《隐公十一年》里，有关颖考叔之死的前因后果，只有寥寥几句话：

> 郑伯将伐许，五月甲辰，授兵于大宫。公孙阏与颖考叔争车，颖考叔挟辀以走，子都拔棘以逐之。及大逵，弗及，子都怒。

秋七月，公会齐侯、郑伯伐许。庚辰，傅于许。颍考叔取郑伯之旗蝥弧以先登。子都自下射之，颠。瑕叔盈又以蝥弧登，周麾而呼曰："君登矣！"郑师毕登。壬午，遂入许。许庄公奔卫。

如果按照《左传》记载，公孙子都（公孙阏）因妒射杀颍考叔就是板上钉钉的事实，唯独缺少的是子都的结局，只有"郑伯使卒出豭，行出犬鸡，以诅射颍考叔者"的叙述，顺便批评了一番郑庄公缺少严刑峻法、只能靠诅咒惩罚凶手的做法。

至今为人所熟知的，有关公孙子都的情节都源于《东周列国志》和众多相关戏剧，缺乏令人信服的依据。《东周列国志》中补充了子都见鬼后惊悸身亡的情节，但从内容就可以看出只是演义故事，不能当真。

更加详细的记述是在昆曲《公孙子都》当中。其中不仅有颍考叔和子都的恩怨纠葛，更有颍考叔之妹颍姝的参与。如果蒋社长采用昆曲剧本的话，童天就可以演出颍姝这个关键人物了，爱花心想。

搜索了《公孙子都》的剧目，爱花很快找到了一篇很有趣的文章。

文章里说，颍考叔和子都的矛盾似乎由来已久。"颍考叔几复迫逼，争功夺利"，并非仅仅是夺车这么简单。以两人的性格判断，这也并非不可能，说不定两人嫌隙已久，夺车不过是导火索而已。

但戏剧中，有更加浪漫的解释。颍考叔反复逼迫、事事争先的原因，只是为了实现颍姝的终身之托罢了，二人间的恩怨更多是出于误会。当然，这个说法成立的前提是颍姝确实存在，但从戏剧中擅长虚构"才子佳人"的惯例来看，这点十分值得怀疑。

"戏剧中，子都射杀考叔后，被庄公安排与颍姝成亲，二人两情相悦的同时，子都却又受着良心的折磨。颍姝对自己的信任、委托自己找出杀兄仇人，如同镜子般照射出子都的丑陋，更加重了子都的负罪感。终于，子都没能抵抗住良心的谴责，'避过法诛却难避心诛'，最终疯癫而亡。

"从价值取向来看，这出戏无非是要表现出天网恢恢，善恶有报的主题。另一方面，子都又被寄予同情，塑造成了一时冲动、酿成大错、最终以死赎罪的悲情人物。

"其中值得玩味的是，戏剧中，子都暗箭伤人是出于一时冲动。之后，子都逐渐解开了自己与颍考叔的误会，认识到自己的罪行，最后主动选择了以死赎罪的结局。子都的死并不是简单的怨鬼索命，而是在理智的基础上做出的抉择。

子都正是在反复折磨自己的自省过程中，完成了自我救赎。"

爱花心中，子都的形象渐渐发生变化，但她又告诉自己，戏剧更多是表现人民的美好愿望，而有意识地进行塑造，并不能当作参考的依据。

"戏剧的价值取向也随着时间不断更迭。比如说今天，大多数戏剧中都有颍考叔战场救子都的情节，但在古代，则是完全相反。"颍考叔救下子都，子都却杀死颍考叔，显然是为了将子都塑造成恩将仇报的小人，怨鬼索命的情节也就顺理成章。但为什么以前会有子都救颍考叔的情节呢？其中的意义到底在哪里？爱花一时难以理解。

还有一点，就是之前的戏剧中，子都与颍考叔夺车前，还有郑庄公牛脾山迎母归养的情节。之所以如此安排，是因为其中包含了作者的一条逻辑链：子都与颍考叔结怨是因为选帅夺旗，选帅则是因为许国来伐；许国来伐则是因为庄公放逐母亲到牛脾山下，许国认为庄公不义，故而讨伐。

此处显然不符合史实，也不符合逻辑，区区许国，不可能胆敢讨伐郑国。如此安排，则可以认为，子都和颍考叔的纠葛，追本溯源，是出于庄公不义，而庄公自食其果，失去了两员干将。如此一来，就完全变成了对庄公的道德批判。④

不管怎么说，戏剧终究是艺术创作，缺少史实支撑，但正史记载少之又少，慧敏虽然提出了仅子都有能力射中的说法，但料想也是野史传说。颍考叔之死，依旧迷雾重重。

9

接下来的三天，爱花和刘平的侦探游戏完全没有进展。刘平看了爱花收集的资料，提出了两点疑问：一是为什么要加入子都救颍考叔的情节，二是为什么要将庄公牵涉其中。

"我当然也知道呀，"爱花反问道，"你倒是给个解释呀？"

刘平依旧恪守着作为助手的职责，心安理得地不提供任何推理。

眼看截稿日一天天临近，刘平还是一副悠然自得的做派，倒是爱花，急得直跺脚。星期一，文化节终于如约而来，各大社团又将八仙过海各显神通，备受关注的，还是校报社的最后一期连载。如果不能在周五按时出稿那就麻烦了，

---

④ 上述内容参考程利辉《由叙述到批判——两种视角下的子都之死》(《四川戏剧》2010年第1期)。

爱花心里埋怨。

"爱花,我们去看戏剧社的演出吧!"又是久违的体活课,爱花本想再去催一遍刘平,没想到他不请自来了。

"你的稿子写好了吗?怎么还有心情摸鱼!"爱花气得跺脚。

"我们不是还没有得出结论嘛,"刘平满脸堆笑,"说不定看完演出后就能知道什么了。"

爱花觉得即使看了也不会有什么收获。转念一想,难得的文化节不去看戏剧表演未免太可惜了,不过为什么要和这家伙一起去呀!

"你自己去看好了!"爱花赌气地说道,"我可没你这么闲。"

"我们是去调查啦。"

"调查什么的就说明你太闲了吧。"

爱花有些担心是不是说得太过分了,但刘平似乎并不生气。他从口袋里掏出两张戏票,在爱花眼前炫耀似的晃了晃。

"陪我去调查嘛,这里正好有两张票。"他把其中一张递给爱花。

爱花接过戏票:"你不会是特地为我准备的吧?"

"怎,怎么会,"刘平转过身,"一个朋友正好有事而已。快走吧,马上就要开始了。"

进入昏暗的大礼堂,爱花和刘平好不容易才找到自己的位子。爱花环顾四周,入座率差不多有四成,考虑到这个时间各大社团都在搞活动,能拥有如此多的观众也很不容易了。

爱花看到观众席最前排坐的是清一色的女生,她们三三两两,窃窃私语着。爱花猜想,她们一定是许留生的粉丝团吧。

时间一到,灯就完全暗了下来,只有两盏聚光灯照在舞台上。穿着长袍、戴着假发的孟鹤雨第一个出场,他扮演郑庄公,接见蒋安国扮演的颍考叔。孟鹤雨全情投入,十分卖力地说着台词,观众似乎并不买账。

"留生什么时候出场啊?"从前排传来女生们的窃窃私语声。

"啊——"旁边的刘平打了个大大的哈欠。

真是的,明明是他要来的。爱花一开始也提不起劲,不过看着看着便被吸引了。戏剧进入高潮,美男子公孙子都终于要上场了。

"哇!""来了来了!"观众席骚动起来。头戴银盔、身披铠甲的公孙子都在观众的尖叫声中走上舞台。

爱花凝神细看，公孙子都走得非常自然，莫非许留生的腿已经好了？不过，爱花很快发现，盔甲之下的子都并不是许留生，而是女扮男装的童天。本就英气逼人的童天再一化装，摇身一变成了美男子。

到了最后一幕——公孙子都暗箭伤人的桥段。舞台分为两处，一处是正在攀爬城墙的颖考叔，另一处则是张弓搭箭的公孙子都。舞台中央，升起白色的烟雾，舞台上很快烟雾缭绕。烟雾中，聚光灯发出的光清楚地留下一道痕迹。

"原来如此！"爱花突然惊叫道，把刘平吓了一跳。

"你说什么？"刘平揉了揉惺忪的睡眼，他刚才一直在睡觉。

"是因为距离，对不对？为什么会锁定公孙子都？是因为距离太远，只有他才能射中颖考叔，对不对？"爱花急切地问。

"嗯。所以怎么了？"刘平傻傻地点了两下头。总算有点助手的样子了，爱花想。

"如果距离其实没有那么远呢？"

"可是慧敏她不是说……"

"刘平，你知道海市蜃楼吗？"

刘平顿时坐直身子。"难道说是因为……"刘平不知道从哪里掏出一支笔，爱花立刻接过来，在门票背面的空白处画上草图（如图所示）。

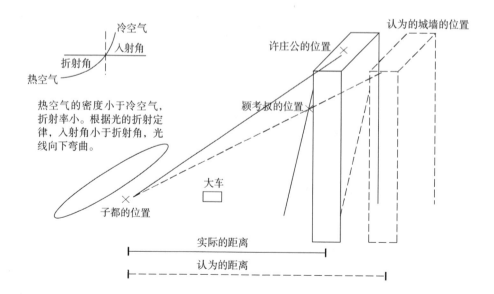

"因为天气很热，地面受到太阳光的照射而升温，靠近地面的空气温度要高于上层空气的温度，因而更加稀薄，折射率也更小。根据光的折射定律，光从光密介质射入光疏介质，入射角要小于反射角，所以光线从许国都城上照到盟军所在的位置，会发生一定的偏折，最后就变成这样的曲线。"

爱花画了一条向下弯曲，像是二次函数 $y=x^2$ 右半段的曲线。

"当然，盟军并不知道光会发生弯曲，只是根据常识认为光是沿着直线传播的，所以在他们眼中，许国都城会在这个位置。"

爱花从曲线起点的位置开始，画了一条直线，也就是曲线的切线。她在与曲线末端相同高度的位置停下，也就是与曲线末端平齐但稍稍偏右的位置。

"这样许国都城就会比想象中更远。实际上，以真正的位置来说，能够射中颍考叔的并不是只有子都一人，而是盟军的所有士兵都可以办到，不可能犯罪什么的，从一开始就不存在！"

等等，我怎么也说什么"不可能犯罪"了。算了，不管了，爱花把笔套盖上。大功告成！爱花长舒一口气。

"太，太棒了，"刘平激动到话都说不利索了，差点就要鼓起掌来，"爱花，你果然是我看中的侦探。"

"我才不是什么侦探！回去后赶快把稿子写了吧。"

爱花觉得有些不妙。刘平的反应有些过于激动了，简直和孟鹤雨拙劣的表演如出一辙。她在心中敲响警钟，里面一定有什么猫腻！

等等，爱花突然皱起眉头。自己为什么会觉得天气很热，还有，如果许国都城墙很矮，那么也不会产生很大的距离偏差。难道说，刘平从第一份稿件开始，就已经埋下了伏笔？

该死，自己完全被他牵着鼻子走嘛！

"恕我直言，"刘平突然换上另一副表情，"我还想提出一点反驳意见。"

"难道我说的不对？"爱花这下蒙了，明明是照着他的棋谱走，现在却要将我的军，这家伙到底在搞什么鬼？

"喂，你就一点意见也要竖手指呀！"

刘平没有理会。"这个推理的问题在于，既然盟军都不知道光线会弯曲，那么他们是如何射中颍考叔的呢？他们如果瞄准颍考叔，那么根据你的说法，应该会射到一个更偏下的位置，而不是正好命中。当时又不可能有人具有现代的物理知识，即使知道，也不知道该如何瞄准。所以，"他顿了顿，"不可能犯罪依然成立！"

刘平一伸懒腰，又瘫倒在了椅背上。

10

截稿日就在明天，爱花还是一筹莫展。虽然不认为自己是什么侦探，但作为校报社的成员，她还是在尽职尽责地想要解决谜团。问题是刘平否定了爱花的推理后，又恢复了平时的冬眠状态，文化节对他来说，不过是多了几节补充睡眠的课而已。

"爱花，去小卖部吧！"

一下课又听到姚婕快活的声音。她每天都会去小卖部买蜂蜜蛋糕，最后连爱花也被拖着，几乎一日不落。现在，小卖部的大妈一看到她们就会像喂小狗一样，把蜂蜜蛋糕放到她们面前。

"姚婕，你帮我个忙，我就陪你去。"

"好呀好呀，什么忙？"

对呀，什么忙。刚才信口一说，自己难道要向姚婕请教刘平的谜题吗？也太离谱了吧。而且爱花并不认为自己傻乎乎的同桌能派上用场。看到姚婕兴奋的样子，爱花又觉得，索性死马当活马医吧。爱花思考着如何用姚婕能听懂的语言叙述案情。

"我问你，假如……假如你是攻城部队的一名士兵，想要杀死一个在弓箭射程之外的、正在城墙上向上爬的人，你有什么办法吗？"

姚婕把手指放进嘴里，歪着脑袋，做出一个无辜的表情："用大炮轰？"

拜托，不要一边卖萌一边说着危险的话呀。爱花连连摆手："不不，没有现代武器，是古代、古代。"

"古代呀，那有什么办法呢？难道是'啊'地大吼一声，吓他一跳。他站不住脚，然后自己跌下来？"

现在可不是讲冷笑话的时候，能不能奏效姑且不论，自己确实被她吓了一跳。果然还是不应该问她呀。

"好像也对哟。我们还是赶紧去买东西吧。"爱花催促道。

"不过为什么要杀死正在攻城的人呢？他不应该是友军吗？"

"这就有点复杂了。好了，不想了，快走吧。"

爱花抓起姚婕的手，二人一路小跑，下了楼梯。

"不过说到攻城，我就想到了特洛伊木马，说不定用这个方法也行得通呢。"少女似乎完全沉浸在自己的幻想世界里。

"好啦好啦，都说不用想啦。"

"哦，"姚婕突然回过神来似的，"好吧！"她轻快地说。

突然，爱花像是想起什么似的。

"姚婕，你真是太棒了！"她一下子抱住了不明所以的同桌。

11

"所以，"爱花咽了口口水，"为什么你要把他们也叫来。"

第二天，爱花又去找刘平。可刘平叫她大课间去一趟中庭。到了那里，她才发现面前站着颜慧敏、孟鹤雨、张若虎、谢凌风和摩拳擦掌的刘平。

"这是理所当然的吧，侦探在宣布真相的时候，总是要把嫌疑人聚集起来。这是侦探这行的规矩。"

那算哪门子规矩呀。知道真相的话，直接对警察叔叔说不就好了，干吗把无关紧要的人全叫来，分明就是在摆排场。

"我们怎么就变成嫌疑人了？还有，我才是侦探好不好！"张若虎大吼大叫。

"刘平，你还在玩侦探游戏呀。"孟鹤雨一脸无所谓。

"好无聊，赶快结束吧，我还要回去看书呢。"颜慧敏冷冷地说。

"等等，在侦探宣布真相前，谁都不能走！"张若虎拦住颜慧敏。

"社长，你好丢人。"谢凌风用手捂住脸，小声说。

"好了好了。刘平，你在搞什么鬼？我只是提出一种有关颖考叔之死的推理而已。"爱花大声抱怨，其他人纷纷把目光投向她。

"啊，原来爱花解开颖考叔之死的谜团了吗？"孟鹤雨好奇地问。

"不可能！在真正的侦探提出解答之前，之前的一律是伪解答。"张若虎举起一只手表示抗议。

"社长，你还是别说话了。"

"但我已经说过了吧，以当时的距离看，能够射杀颖考叔的只有公孙子都一人。"

"没错。如果凶手是在军阵中的话。"爱花说。

"难道你认为是守军做的吗？那更不可能了，颖考叔是从背后被射中的。"

颜慧敏立即否定道。

"等等，我想你的意思是，有人躲在后面，但是在更靠近城池的位置。难道有什么遮蔽物吗？"谢凌风颔首沉思。

"那里应该是平原吧。如果有人在军阵和城池之间的话，一定会被看到的。"孟鹤雨反驳道。

"不，有东西的。"爱花的语速不知不觉加快了，"那就是颍考叔驾着的那辆大车！"

"大车？"众人异口同声地叫道。

"没错，颍考叔驾驶大车，到了弓箭射不到的地方停下，从车上下来，徒步拿着大旗和云梯接近城池。大车被留在了原地，也就是城池和军阵之间的位置。如果当时车里有人，就足够射中正向上爬的颍考叔。而且大车距离攻守双方都有一定距离，那种情况下，也不会有人特别注意。只要躲在车里，小心射箭，完全能瞒天过海。"

"可他是什么时候进去，又是什么时候出来的呢？"孟鹤雨问。

"进去的时机应该是在颍考叔驾驶大车出来之前；出来的话，应该是颍考叔被射中后，盟军一拥而上的时候趁乱出来，然后混在人群当中。"

"颍考叔难道没有发现车里有人吗？"

"因为车被做了手脚，就像是特洛伊木马一样，里面可能有个夹层。虽然是春秋时期，但这总是可以做到的吧。我记得春秋时期的战车似乎是可以多人同时乘坐的，如果那样的话就更简单了。"

"这么说，大车是特地改装过的，为的就是杀死颍考叔。这么说，凶手就只能是——"

"没错，策划杀死颍考叔，并且嫁祸给公孙子都的，只能是一个人，就是准备大车，并且有可能把人藏在大车中的郑庄公。"

爱花停顿片刻，发现众人的目光都落在自己身上，连忙慌张地补充："当然，这只是我的推测而已。"

"可是，郑庄公杀颍考叔的理由是什么呢？"颜慧敏蹙起眉头。

爱花看了看刘平，他立刻明白过来要做什么，连忙咳嗽两声，准备发挥助手的职责。

"庄公接回母亲，真的是出于真心吗？他会不会把对母亲的恨意，转嫁到使自己下不来台的颍考叔身上呢？同时，他又嫉妒颍考叔能够真心实意地孝敬母亲。嫉恨不断积累，终于到了想要铲除他的地步。但颍考叔为人正直，挑不出毛病，不能无缘无故就杀了他，于是庄公就想出利用公孙子都。他首先以大车为饵，引发两人争执，为子都因妒射杀颍考叔埋下楔子。接着又用木马计，在众目睽睽下射死颍考叔，并把凶手的罪名嫁祸到子都身上，最后千方百计逼迫子都认罪，自己则落在嫌疑之外。"

"公孙子都，不过是庄公的替罪羊和政治牺牲品而已！"刘平斩钉截铁地说。

12

最后一节课的下课铃打响，也就是截稿的最后期限。爱花快步跑出教室，在门口截住了背着包走出教室的刘平。

"你真的要那么写吗？"

"当然，助手的任务就是忠实地记录下侦探的推理。"刘平理所当然地说。

"可是，你是怎么考虑的呢？你当时写出前三部分的时候，真的想过庄公是凶手的结局吗？"爱花飞快地问道，她不知为何有些紧张。

刘平摇了摇头："老实说没有。你的推理完全在我的意料之外，恐怕全校也不会有第二个人那么想。"

"那你觉得那是真相吗？"

爱花觉得自己的问题很傻，傻就傻吧，现在就是很想这么问。

"我不知道。不过从逻辑上来说，有这种可能。"

"从现实的角度呢？"

"几乎不可能。"刘平迅速答道。

"也是呀，"爱花莞尔一笑，"我真是太傻了。只是写小说而已，郑庄公设下圈套，陷害子都什么的，怎么可能呢！"

"也不能这么说。"刘平表情突然严肃起来，"这至少能说明两个问题。"

"两个问题？"

"就是旧版的戏剧情节。一、为什么是子都救下颍考叔？二、为什么把黄泉相会也安排在同一折戏中？"

刘平又竖起指头，用严肃的语气说道。

"为什么加入子都救下颍考叔的情节？无非是为了表现子都和颍考叔并没有结怨，实际上是暗示，两人之间的纠纷完全是庄公故意设计的。另一个问题也可以得到解释，因为从黄泉相会开始，郑庄公就一直在表演。他本想利用颍考叔，塑造自己孝子的形象，但终于无法忍受颍考叔的纯孝，最后再害死颍考叔，嫁祸于子都。黄泉相会早就埋下了庄公杀害子都的因。"

"不，不会吧！"爱花惊叫起来，"你是在开玩笑吧？"

"当然，我当然是在开玩笑。"刘平语气柔和下来，"开玩笑，不要当真啦，爱花。"

"浑蛋！"

"抱歉抱歉。"

沉默良久，爱花说："可我还是不认为庄公是凶手。我觉得庄公也许确实是个政治家，但绝非冷漠无情之人，虽然他一直在演戏，但那绝对不是出自真心，而是被迫的，他是不会用这种阴险伎俩的。"

"所以你不相信这是最后的真相吗？"

"我不相信，或者说我不愿意相信。"

"但那样公孙子都就是凶手了。"

"我觉得，公孙子都确实是凶手，但绝对不是那种暗箭伤人的小人。他应该只是一时被嫉妒冲昏了头脑而已。"

"你还真是只凭直觉办案的侦探呀。"

"那又怎样！"爱花噘起嘴，又在不知不觉中撒起娇来，"总之，我不希望以我的推理作为结局。"

"好过分的要求。"

"明明是你一开始偏要我当什么侦探的。总之，总之你给我想想办法，不对，是你自己想办法解决吧，反正我不要郑庄公当凶手，也不要公孙子都。"

"知道啦。"刘平叹了口气，耸了耸肩，"真拿你没办法。"

四

公孙子都看着颍考叔一步步、一步步登上城墙。他手中的大旗迎风飘舞，在正午的阳光下，反射出金色的耀眼光芒，子都忍不住闭上了眼睛。

明明应该是自己，明明应该是自己，驾着大车，扛着大旗，冲在最前面，立下首功。自己不仅是姬姓后裔，是远近闻名的美男子，还是郑国最勇猛的武将，荣誉本该属于自己。颍考叔不过一介草民，受到主公赏识，被破格提拔为大夫，虽然作战勇猛，但并非真的勇不可当，再加上年事已高，与如日中天的自己完全无法相比。

自己曾在战场上，在千钧一发之际，从敌人刀下救下颍考叔，当时怎会想到，他竟会成为与自己争夺战车、抢走自己荣誉的对手呢？早知如此，当时就不应该救他！

子都赌气似的想着。

眼看颍考叔就要登上城墙了，子都只能眼睁睁地看着，他想要移开视线，却又做不到，只能看着本属于自己的功勋被颍考叔一点点夺走。

就在此时，子都看到了意料之外的东西。城墙上，有什么东西反射着阳光。子都凝神细看，看到一个身着华服，像是国君打扮的人手持宝剑，正准备刺向马上就要登顶的颍考叔。

不好！子都心中突然有了不祥的预感，颍考叔很可能会被刺中。子都思考的时候，手已经搭在了箭上。不能让颍考叔被敌人刺中，必须保护颍考叔，让郑国的大旗在许国的城头飘扬！

子都下定决心，瞄准手持宝剑的人，虽然只是一个模糊的身影。能射中吗？距离确实太远了，只要努努力，还是可以办到的吧。子都非常相信自己的视力，只要瞄准了目标，就一定可以射中。在放箭之前，他看了眼周围的郑国将士，他们似乎完全没注意城楼上的敌人，换句话说，只有自己能救颍考叔！

"嗖"的一声，箭矢飞出，向城墙的方向飞去。子都目不转睛地盯着，接下来是出乎意料的一幕——颍考叔突然抽搐了一下，然后连同大旗跌落下来！

为，为什么？子都不敢相信自己的眼睛，自己明明瞄准的是敌人，怎么会射中颍考叔！是射偏了吗？这么远的距离确实很难射准，但自己明明有足够的自信。军阵中传来喧哗声，都震惊于颍考叔的坠落。子都下意识地收起了弓箭。

最先反应过来的是瑕叔盈，他让郑军士气大振，盟军蜂拥而上，城门很快失守，盟军冲入城中。而子都完全变成了一具行尸走肉，只是一个劲儿地砍杀敌人。

子都心中，两种矛盾的情绪翻涌着。一方面，他不愿相信是自己杀死了颍考叔；另一方面，他又不禁怀疑确实是自己害死了颍考叔。他不愿去思考，只是拼命地砍杀敌人，觉得这样就可以弥补自己的过错。

许国被轻易攻下，庄公见子都英勇无比，或许也对未把大车赠予他而有些许愧疚，于是决定把攻城的首功赐予子都，还把颍考叔的妹妹许配给子都。明明得到了梦寐以求的功勋，子都却一点也高兴不起来。子都听说庄公已经发现颍考叔并非死在敌人的刀下，而是死在自己人的暗箭下，不禁惊慌地扔下了马鞭。

自己明明是想救颍考叔的，只是失手才杀了他，子都如此安慰自己。但心中另一个声音对他说："你当时真的没有动杀心吗？难道不是片刻的邪念，让你把原来对准敌人的箭，对准了你的同伴？你真的问心无愧吗？"

"子都，请帮我找出杀害哥哥的凶手，为我报仇吧！"颍妹声泪俱下。子都却一句话也说不出。杀害你哥哥的凶手就是我呀，如此残忍的话，自己怎么忍心说得出口！

庄公用巫术诅咒凶手，但对子都来说，折磨他的不是诅咒，而是自己的理智。他没有一天能安眠，精神却一天天越发清醒。他意识到，自己并不是误杀了颍考叔，而是在潜意识的驱动下，主动杀死了颍考叔。自己与穷凶极恶的杀人犯并没有两样，总是以堂堂君子自居的自己，竟然因为一时鬼迷心窍，成了自己最鄙视的暗箭伤人的小人！子都每天鞭挞着自己的内心，等待着惩罚的来临。

他等待的惩罚终于来了。祭足送来的锦囊，是颍考叔尸体上发现的箭矢。虽然不是庄公的命令，但意思已经很明确了。子都换下戎装，披散头发，佩上宝剑，来到了正在祭祀颍考叔的庄公面前，模仿着颍考叔的语气，供认了自己的罪行。

他透过乱发，看到庄公平静的外表下，一丝不易察觉的悲痛；看到群臣脸上露出的难以置信的神情；看到站在哥哥墓前、泪流不止的颍妹……

一瞬间，子都释然了。在他们眼中，我也曾经是个君子吧。子都笑着，拔出了宝剑。

作者附记

校报刊载的最后一部分故事中，子都没有射中许庄公，反而射中颍考叔的原因，可以参考爱花有关光线折射的说明，并参考示意图。

由于作者水平有限，小说中物理知识的运用并不能保证完全正确，请

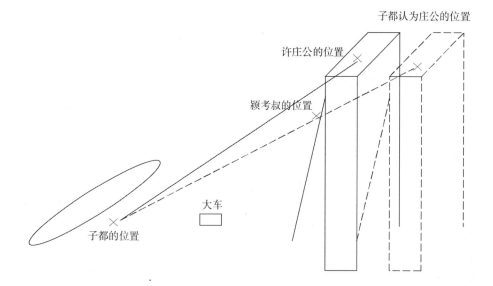

读者见谅。

　　本作是根据历史事件，经过虚构的再创作，故事中一切推理均与真实无关。除了特别标注的内容，历史叙述部分均有相关资料，但并非全是史料记载，不保证完全的真实性。如部分记述不符合史实，还请读者批评指正。

　　本作没有任何歪曲事实、解构历史的意图，仅仅是借助历史事件进行小说化的创作。如有任何不妥，作者在此致歉。

　　流平，"00后"，推理小说爱好者，复旦大学数学系研究生在读，曾任复旦大学推理协会第九任会长。推理小说创作以日常之谜为主。有《怕海的男人》《巴普洛夫的兔子》《乳牙》《樱花的告白》《摩天轮要转三圈》等短篇作品，散见于复旦大学和西安交通大学推理社刊。

谋杀残像

塘　璜

序

刺目的光亮闪现，借着光亮，我看清了前方的一切。出现在视线尽头的，是我的目标。

这一刻，我的心中诞生了从未有过的奇异情感——我犹豫了。

为了这一天，我不知等待了多久，为何事到如今，却犹豫了？

是不够坚定吗？不。我的心早已坚如金铁，为了更好的未来，我绝对不会动摇。

是因恐惧而退缩了吗？更不可能了。要说此时会感到恐惧的，应该是眼前的目标才对。

思来想去，之所以会犹豫，是因为不舍吧……

"想要完成更大的愿望，就必须付出代价，哪怕背负罪孽。成就大事者就必须狠下心肠。"这一刻，我仿佛听到了公子光的低语。

悲伤与不忍被狂热取代。事实上，事到如今，即便我内心有所犹豫，事态的发展也不可能由我控制了。

风声在耳畔响起。

在那仿佛没有止境的一刹那过去后，我已然浑身沐浴在鲜血中……

第一章　记忆碎片（一）

"您是一柄锋利无比的剑，足以劈开万里山川，剑锋所指，即便强如楚国，也将顷刻覆灭。可您就真的甘心一辈子做他人手中的剑吗？依在下看，比起剑，您更适合做执剑者。"

一名儒雅的中年男人出现在我视线的对面。男人面如冠玉，神态自若，举手投足间都充满着自信与智慧。值得在意的是男人明显异于常人的发色。他看上去不过三四十岁，也可能更年轻，却有着一头惹眼的白发。这样的人，任谁见上一眼，都很难忘记。

此时，眼前的男人正高谈阔论，极力向我阐述着他的主张。

"先生说笑了，我的剑术稀松平常，府上更是没有拿得出手的利剑。要讨论剑术，先生可是找错人了。"低沉的声音从我的嘴里发出，说出的话却不随我的意志。

我当然知道白发男人的话并不是在讨论什么剑术，他是在怂恿我去谋杀一个人，并取代那个人的地位。他要我谋杀并取代的，是如今吴国的君主吴王僚，也是我的堂兄。而他所说的利剑，则是整个吴国。

实话说，即便他不提出这样的建议，我也早就有相同的念头了。我能感觉到内心深处传来的强烈渴望。然而，我还是压制住了冲动，没有直接回应白发男子的怂恿。因为我很清楚，他会对我说这些，可不是为了我。他是想要利用我，替他向那个强大的楚国复仇。

见我故作懵懂地敷衍回答，眼前的白发男人依旧气定神闲。他没有继续喋喋不休，而是转身从背后拿出一只木匣，端到了我面前。

"先生这是何意？"我问道。

"献宝。"白发男人回答。

"何宝？"我没有直接拿过木匣，继续追问。

"一柄利剑，助公子成为执剑者的利剑。"白发男人依旧简短地回答。

闻言，我终于抬手接过木匣。打开匣盖，只见匣中果真放有一柄短剑，剑身短小，文理屈辟若鱼肠，可置于鱼腹之中。

"此剑名'鱼肠'，欧冶子所铸，乃世间难得的利器。剑成之日，相剑人薛烛与剑通灵，后评曰'逆理不顺，不可服也，臣以杀君，子以杀父'。"就在我打开匣子的同时，白发男人开始介绍起来。

"先生送此等凶煞不祥之物于我，可知下场如何？"听到男人的介绍，我原本温和的面色瞬间一寒，故意语带恫吓地说道。

面对我的恐吓，男人面色不变，神情镇定地说："所谓凶煞不祥，不过是弱小之人的评价。此剑锋利无双，是不可动摇的事实，只要找到合适的持剑之人，并用对方法，亦能为吴国、为公子带来大造化。不过，此剑确实锋芒太盛，公子若是没有下定决心，暂时还是不要触碰的好。"

"不愧是伍子胥。"面对眼前男人的从容，我忍不住在内心赞叹。

"一柄利剑能带来什么造化？"我面色缓和下来，正了正身子问。

"一位更贤明的国君、吴国的大治、开疆扩土的霸业，此三样不知算不算得上造化。"伍子胥说出了他早就准备好的说辞。

说完这句，伍子胥便眼睛一闭，摆出一副任君处置的模样。

见到这一幕，我的嘴角不禁微微扬起。片刻后，我身子前倾，将嘴凑到视死如归的儒雅男人耳边，轻声说了一句："大丈夫何惧锋芒。事有可为，只是时机未到。若先生有良策，可助我大事得成。事成之日，便是先生心愿得偿之时。"

我说完这话，伍子胥再次睁开了眼睛。此时能见到他的眼中，充满了先前没有的炽烈与狂热。

而我，则挽起衣袖，一把抓起匣中的短剑……

眼前的画面逐渐模糊，直至所有景象如雾般散去。

白色的天花板和刺眼的顶灯进入我的视线，我感觉到一阵眩晕。

还没等我缓过劲来，一大批人就围了上来。这些人中有的在表示关切，还有一部分则在急切地询问我。

我逐渐从眩晕中恢复过来，意识也逐渐清明，终于能有条理地整理方才看到的片段的内容了。不会有错的。先前看到的片段正是伍子胥向公子光，也就是后来的吴王阖闾谏言的场景。当然，与其说是谏言，不如说那是两人第一次密谋杀害吴王僚时的场景。

能够亲眼见证历史，还是以公子光的视角亲眼还原历史第一现场，这样的感觉让我兴奋不已。我不禁感叹"共鸣仪"真是一项伟大的发明。

由于共鸣仪的特性，"共鸣者"见证的画面中涉及人物对话的部分，会根据"共鸣者"大脑中默认的语言习惯进行调节。也就是说，"共鸣"到的记忆片段中的对话，会自动翻译成"共鸣者"习惯的语言。举个例子，如果"共鸣者"是惯用中文的人，当共鸣到两个外国人用英语对话的记忆片段时，只要"共鸣者"学过英语，大脑就会自动将英语翻译成中文，在"共鸣"到的片段中，外国人也会以中文进行对话。如果"共鸣者"没有学习过英语，那他进行"共鸣"时听到的对话就不会自动解析。

关于这一点，我在使用"共鸣仪"与"鱼肠剑"共鸣前就有所了解。让我感到意外的是，"共鸣"古代的记忆片段时，大脑居然也会自动将古人的对话解析成现代人能接受的语言习惯。当然，共鸣中的画面自动解析成现代中文，自然是因为我作为历史学家具备翻译古人对话的相关知识。

若是可以，我倒不想对话被自动翻译，反正我也听得懂古人的对话，能完全还原当时的对话，对于还原历史的本来面目或许会更有利。但我也不能过于奢求，能够借助这种跨时代的发明，直接见证"第一历史"的发生，对我这样的历史学家来说已经是最令人感动的体验了。

要知道，在"共鸣仪"还没被发明的时候，史学界所谓的"历史"，都是通过文献和出土文物尽可能还原与历史真相接近的"第二历史"。"第二历史"与实际发生过的"第一历史"相比，存在不小的偏差。

彻底还原曾经发生过的历史真相，是无数考古学家和史学家穷极一生都遥不可及的追求。就在三年前，"共鸣仪"的出现，让不可能变成了可能。

世界上第一台"共鸣仪"是由一名脑科学家、一名物理学家和一名不愿透露姓名的侦探共同发明的。据说，共鸣仪是从洛卡尔物质交换定律中得到灵感，以那名物理学家发现的某种能长久留存在物品表面，保存情感和记忆的全新粒子作为技术支撑，再结合当代蓬勃发展的脑科学，最终诞生的跨时代的发明。

我并非这方面的专业人士，对"共鸣仪"运行的原理也不甚了解。只知道，这种机器由两个部分构成，分别是一台解析仪和一个连接人脑的特质头盔。解析仪的作用是解析物品表面残留的特殊粒子，现在一般将这种粒子称为"记忆粒子"。有人认为，这种粒子是从生物的脑中诞生，是构成记忆和情感的关键。只有在人情绪波动较大的时候，才会排出体外。所以也有人将"记忆粒子"称为"记忆的排泄物"。

不管怎样，当前的研究表明，只要记忆粒子达到一定数量，就能把生物排出粒子时的记忆重塑。而根据洛卡尔物质交换定律"生物在触碰到物品时一定会留下些什么"的结论，就能发现，人在使用物品时极有可能把释放出的记忆粒子残留在物品上。解析仪起到的作用就是解析某件物品上残留的足以复现生物记忆的数量。人们把能够复现的记忆片段称为"共鸣值"，如共鸣值是"3"，那就代表该物品上残存的生物记忆片段有三段。

有一部分人相信，过去发生的一些类似于镜中见鬼或日本人所谓的"骚灵现象"，正是基于记忆粒子的特性才发生的，是极少一部分体质特殊的人不通过仪器，碰巧激发了物品中的记忆片段导致的。

提起人类如何看到物品中残留的记忆片段，就不得不说头盔的作用了。

简而言之，头盔的作用就是将粒子构成的记忆片段传输到人类的意识当中，让人在类似于做梦的情况下，见证残留在物品上的记忆片段。人们把这种现象称为"共鸣现象","共鸣仪"也因此得名。

粒子传输到人脑的过程，会经历一定程度的排列重组，但基本不会与残留的记忆出现过大的偏差。语言习惯的自动翻译就是在这个过程中形成的。

值得注意的是，由于能够残留下来的记忆片段很多都是原记忆持有者情绪激烈时排出的，所以记忆片段也多是一些情绪激烈的内容，传输到人脑时会对人脑造成一定程度的负荷，所以，一个人一天只能承受一段记忆片段。接收记忆片段的人一般被称为"共鸣者"，意指与物品上残存记忆产生共鸣的人。

共鸣仪诞生之初，是被用于刑侦破案的。由于犯罪者和被害人都会接触到凶器，而犯罪和遇害的过程都极有可能导致人情绪激动，排出粒子，残留下记忆片段。在这种情况下，只要对案发现场的物品进行检测，评估物品的共鸣值，再由办案警察充当共鸣者，窥探物品上残留的记忆片段，一旦获取案发时的记忆片段，就能很快锁定嫌疑人。

共鸣仪对罪案侦破起到的意义是划时代的。从三年前共鸣仪被发明并投入使用开始，全世界的破案率飙升，犯罪率则直线下降。

而将共鸣仪正式运用到历史学的研究中，则是从半年前开始的。记忆粒子一旦附着到某个物品上，即便过去千百年也不会消失。唯一让记忆片段消失的方法就是利用共鸣仪产生共鸣现象。共鸣现象是一次性的，只要物品上的某个记忆片段和共鸣者产生一次共鸣现象，物品上的记忆片段就会被传入人脑，在物品上消失，并永远无法复原。这也是以往共鸣仪用于刑侦破案时，警方会严格挑选共鸣者的原因。

残留在物品上的记忆片段能留存上千年的特性一经发现，就被学术界重视起来。半年前，一位教授通过共鸣仪实现了与出土的破损唐三彩的共鸣，从而揭开了一段尘封的宫闱秘闻。

不难想象，共鸣仪这种东西，在不久的将来会广泛应用到历史研究中，史学界将会因它的出现发生天翻地覆的变化。未来共鸣仪甚至可能有更广泛的用途，比如投入到精神疾病的治疗中，等等。

作为一名历史学家，我在这场学术巨变中，成了最早一批利用共鸣仪进行历史探索的先驱。而我一开始选定的共鸣物，正是大名鼎鼎的鱼肠剑。这件二十年前由我亲自带队从剑池底隐藏的吴王地宫中发掘出来的文物，对我来说有着特殊的意义。我坚信，这件文物必须由我来进行共鸣，必须由我来见证鱼肠剑上留下的那五段记忆片段背后所隐藏的历史真相！

由于我已年近六十，被担心是否能承受共鸣现象对大脑造成的负担。鱼肠剑一开始的共鸣者并不是我。为了能成为鱼肠剑的共鸣者，我据理力争。最后出于种种考量，尤其考虑到我是春秋时期吴国研究的权威，鱼肠剑更是由我带队发掘的，我才成功得到了共鸣者的资格。

这不仅是为了解开这么多年来，我心中对那起发生在春秋时期吴国的著名谋杀案的疑惑，更是为了卢子昂教授……

第二章　消失的记忆（一）

"马教授，请问您从记忆片段中看到了什么？"

"鱼肠剑中存储的第一段记忆是谁的？"

"请问目前共鸣得到的记忆与学术界对'专诸刺王僚'事件的定论是否存在出入？"

…………

一个个问题接踵而来，面对专家学者和记者连珠炮般的提问，刚从第一次共鸣中恢复过来的我有些烦躁。

但我还是耐心地回答了他们的问题。

我第一次共鸣到的片段是公子光的记忆。作为"刺王僚"事件实际上的主谋之一，且是吴王僚死后最大的获益人，公子光的记忆照理来说应该有着巨大的参考意义。但很不巧，这段记忆记录的是伍子胥与公子光密谋杀害吴王僚的片段。关于伍子胥和公子光是事件主谋的定论古已有之，所以单从这段记忆看，并没有太多新鲜的内容。

当然，身为共鸣者的我，对于这段记忆的体验，不能说不新鲜。最大的惊喜在于，居然能够通过记忆共鸣感知到记忆原主人的情感和内心具体的想法。这实在是太出乎我的意料了，居然连想法都能记录，共鸣仪对心怀隐秘的罪犯的威慑便可想而知了。

此次体验，我最大的收获便是了解了公子光是个什么样的人。整段记忆中，并没有发生太过激烈的事情，公子光和伍子胥的对谈也始终保持着平静。但能够在鱼肠剑上留下记忆片段这一事实本身就表明，那段记忆中，公子光的内心是非常激动的。

能够极力压制住狂热的内心，控制住自己的一言一行，在与伍子胥的对话过程中，始终保持冷静克制的上位者姿态，公子光确实不是等闲之辈。难怪他最终会成为春秋五霸之一的吴王阖闾。

应付完众人，我匆匆返回家中休息。为了应对明天的共鸣，我必须让大脑得到充足的休息。

一切，都是为了解开多年来的疑惑，也为了卢子昂……

回去的路上，我再次复盘了今天共鸣得到的记忆，反复推敲后，确定其中没有发现能够推翻现存定论的证据。但我相信，只要共鸣了后面的几段内容，一定会出现新的证据，来解释那个无论怎么看都不合理的故事。

我想尽一切办法成为鱼肠剑的共鸣者，其中一个最主要的原因，正是这么多年来，我对"专诸刺王僚"的故事始终无法尽信。虽然我带队发现了鱼肠剑这件文物，似乎证明了那个故事的真实性，但我本人对那起事件至今都存有怀疑。不为别的，只因文献中对"专诸刺王僚"事件的记载，有太多让人无法接受的不合理之处。

启发我对"专诸刺王僚"这个家喻户晓的故事产生怀疑的人，正是卢子昂教授，他也是我成为春秋时期吴国历史研究者的引路人。

人们总说三年一代沟，但我和长我五岁的卢教授总是无话不谈，原因则是我们都热衷于研究春秋时期的历史，尤其是吴国的历史。我们两人聚在一起时，总会围绕吴国的历史讨论个没完。

二十三年前，那时我还只是副教授，大我五岁的卢子昂是正教授，也就是在那一年，卢教授发表了那篇著名的论文《关于"鱼肠剑"是否存在及其原型的讨论》。那篇论文成为卢教授学术生涯的转折点，对他之后的人生产生了巨大影响。而我，或许是这个世界上最早获悉那篇论文构想的人。

即便是二十多年后的今天，我始终记得那天，卢子昂教授兴冲冲地前来找我讨论那件事时的场景……

"你不觉得奇怪吗？专诸刺王僚的故事实在是太奇怪了。"卢子昂一进门就说出了这样的话。

关于这个话题，他之前就说过。

"我记得你说过。你觉得这个故事实在是太不合理了。稍微有点脑子的人都不会选择那样的刺杀方式。但你不也说过嘛，许多历史往往是不符合逻辑的，这是人类千差万别的思维的误差。在没有证据的情况下，我们也只能相信文献上记载的内容。以目前的史料看，'伍子胥向公子光推荐了刺客专诸。公子光布局，将喜好美食的吴王僚邀请至府上品尝一道鱼炙。宴会半途，公子光谎称腿疾离开会场。刺客专诸将鱼肠剑藏于鱼腹中，端上鱼炙时，成功地刺杀了吴王僚，自己也被吴王僚的卫兵击杀。事后，公子光命安排在府上的刀斧手扑杀吴王僚的卫兵，最终成功夺权，成为吴国的新王。'这个版本是唯一的。"我不明白卢子昂旧事重提的原因，有些不解地说道。

"没错没错，我是说过，不过那是因为我没想到更合理的解释才那样说的。就在刚才，我想到了一种新的解释。你听听。"卢子昂两眼放光地说道。

我没有打断卢子昂，让他继续说下去。

"我一直无法理解。明明主谋已经把计划杀害的目标请到了自己家中赴宴，目标赴宴的主要目的又是为了品尝主谋府上的美食，在这样的情况下，想要杀害目标，最保险稳妥的方法，难道不是在食物里下毒吗？为什么要选择失败率较高，又存在一定泄密风险的雇凶刺杀呢？

"我试图思考过毒杀可能对主谋造成的影响。若主谋在自己家里的饭菜中投毒，很容易被第一时间怀疑，并被追查，故而不用毒杀的方法谋害死者。这似乎是个合理的解释，可我很快就否定了这个推测。因为这并不是一起普通的谋杀案，不能以常人谋害他人的情境思考。

"那是一起政治刺杀。既然是刺杀夺权，自然也不会在意被人追查。虽然很残酷，却不得不承认，有时候，真的有人可以凌驾于人们制定的规则之上，只要他自己变成制定规则的人。如此看，毒杀才是更合理的选择。

"而记载中还存在着另一处奇怪的地方。据记载，吴王僚赴宴当天带着大量的卫兵，自己更是身披甲胄。可以看出，他似乎是提前有了某种预感，抑或是天生谨慎。

"伍子胥和公子光都是非常聪明之人，他们不可能预料不到这一情况，也不可能不清楚吴王僚是什么样的人，一定会提前准备。他们在确定吴王僚一定会赴宴品尝美味，又大概率可能带着大量护卫的前提下，选择毒杀才是最没有风险的。公子光和伍子胥绝对不会愚蠢到忽略投毒这样简单的手段。究竟是什么让他们选择了利用专诸进行刺杀呢？还是说，传奇的刺客故事从一开始就是假的？"

卢子昂的话到这里，依旧是老生常谈，上一次谈起时，他就是在这里卡住的。我知道，他接下来要说的才是关键。

"直到今天，我在吃一道菜时，才想到了一种全新的可能性。

"其实，公子光和伍子胥是否启用毒杀这一选项，并不是我真正纠结的。我关注的是更加根本的问题，毒杀论只是附带而出的结果。

　　"我们复盘一下记载中的情况。吴王僚那天带了大量的卫兵。从他没有取消行程，依旧照常赴宴的结果看，吴王僚带上大量的卫兵，并非收到了确实有人要谋害他的消息，可能只是出于上位者的谨慎。

　　"之后，宴会照常进行，直到公子光假称腿疾离开现场，刺杀才真正开始。刺客端上了藏有利刃的主菜，在靠近吴王僚的瞬间，从鱼腹中抽出匕首，一击刺中吴王僚的咽喉，使其毙命。随后，刺客被在场的卫兵诛杀，而吴王僚所带的卫兵又在混乱中被公子光早就安排在府上的私兵剿灭。至此，凭借这场几乎可以说是完美的刺杀，吴国改天换地，新君上位，公子光也成了吴王阖闾。

　　"然而，这样的描述中有着太多说不清楚的地方。

　　"这场刺杀，与我所知的其他一些刺杀不同，谋划者的优势是无比巨大的。我所知道的其他刺杀，更多是刺客在被害者的主场进行刺杀，最终或成或败且不论，正是因为条件不利，刺杀才显得千难万险，事后才会被人口口相传。这起刺杀同样是四海皆知，却没有那么惊险。从后续的结果看，既然公子光府上的人手足以剿灭陷入混乱的吴王卫兵，那刺客存在的意义也不大了。即便没有刺客的一击，刺杀也能成功。吴王僚在踏入公子光府邸的那一刻，便已然是死路一条了。刺客在其中起到的作用，并不是绝对的。即便是这样，这场刺杀还是被大肆宣扬。这让我有些难以理解，是谁在传播中夸大了刺客的作用？这种奇怪的违和感，让我开始怀疑关于吴王僚被刺客所杀这件事的真实性。

　　"当然，这里可以理解为主谋设下了双重保险。即他希望能以最精准的方式一击刺杀吴王僚，以免在后续的围剿中出现变故，所以启用了刺客。这是说得通的。问题也恰恰出在这里，既然公子光和伍子胥想到了设计多重保险，那在宴会上，想要置吴王僚于死地，比起刺客刺杀这个选项，毒杀才是更隐蔽的保险，毒杀也不容易引起卫兵的警觉。可为什么我听说的版本中丝毫没有毒药的存在呢？

　　"这便是我产生毒杀怀疑的起点。

　　"针对这个问题，我思考过很多种可能性。首先，我想到的是，公子光不知道有那种不容易被觉察出味道，但又能置人于死地的毒药。但经过调查，发现差不多同一时期，是有毒害他人的先例存在的。身为上位者的公子光不可能不知道，伍子胥这样的人物也不会想不到。所以我排除了这种推测。

　　"接着，我又想，会不会是公子光和伍子胥不屑于用这等手段谋害一国之主呢？细想一下便可知其中荒谬。本就是礼崩乐坏的时代，既然都能下定决心做出弑兄弑君的行为了，这样的人真的会在意手段吗？毒杀的名声不好听，就不用了？更何况，只要夺权成功，话语权便归主谋者掌控，若真的觉得下毒害人不适合公之于众，那就把这消息封了便是。于是，第二种猜测也被我排除了。也正是这一点，启发了我接下来的猜想。

"我意识到，公子光确实可以依靠自己谋夺来的权力，在事后歪曲原有的杀人手段。那么，他或许真的用了毒药，只是因为觉得下毒不好听，便将其隐藏了起来。或许，当年的刺杀，公子光是设置了毒杀和刺客的双重保险。也就是说，下毒和刺客都存在。这也符合这种人物在办这等大事时该有的谨慎。

"就当我为这种推论沾沾自喜，以为可以解开疑惑之时，我突然意识到，这种想法是存在巨大漏洞的。毒杀和刺杀，这二者不能一起存在。问题的关键就在于下毒的时机。

"如果真的存在毒杀的可能性，那毒只能投在那道鱼炙中，投在诸如酒水和其他提前准备好的菜中，都是不合理的。公子光无法判断吴王僚会吃哪些菜，要投毒的话，就必须在所有菜品和酒水中投毒。当然，是只在吴王的那一份菜品和酒水中投毒。身为国主，吴王的菜品自然是独一份的，事实上那种规格的宴会，其他人的菜品也是一人一份的，公子光根本不需要担心自己因为不敢吃有毒的菜而暴露。他真正要担心的，是另一件事情。

"他身为主人，在宴席的前半段，必须亲自作陪，以稳住吴王僚。待到他以借口离开是非之地时，宴席也该是过了一段时间了。这段时间内，他无法做到让吴王僚不吃不喝，若是在吴王僚的所有菜品里都投毒。那吴王僚就会在他还没撤退前吃到毒物，一旦发生反应，公子光便来不及撤离，处境就会非常危险。

"照此推论，投毒的菜品，一定是要在公子光成功撤离后，才能被端上来的，还必须是吴王僚绝对会吃的菜。结合传闻中的情境，只有可能是那道最为重要的鱼炙了。

"如此一来，投毒和刺杀同时存在的理论也就不攻自破了。按照流行的说法，刺客专诸是将凶器藏在鱼腹中，伪装成端菜的下人，待到接近目标，才取出凶器进行刺杀的。若真是如此，便没有了下毒的可能性。这一刺杀行动本身，就意味着吴王僚不可能吃到那道菜。也不可能等吴王僚吃下一口，确定其中毒后，再进行刺杀。吴王僚夹菜的时候就会发现鱼腹中的异常，产生警觉。以此推论，毒杀和刺杀是绝对无法并存的。

"我意识到了这点，便做出了自己的选择。在过去的很长一段时间里，我更愿意相信毒杀的存在，而非众人认定的刺客的存在。这不仅仅是因为我觉得在鱼炙中投毒的效率和安全性更高。还因为，只有这样才能解释我最初的疑惑，解释整个刺杀故事中出现的不合理之处。

"我认为，所谓的刺客专诸以鱼肠剑刺杀吴王僚的事迹是不存在的。刺客从一开始就是以讹传讹的产物，或是吴王阖闾在自知弑君夺位的事情无法遮掩，堵不住悠悠众口的情况下，为了尽可能使整件事显得不那么龌龊而编造出来的。一个义士杀害昏聩无能的国主的故事，总比他亲自下毒来得好听些。

"如果这种想法是准确的话，那所谓的鱼肠剑，其实指的根本不是什么削铁如泥的利器，而是那种毒死吴王僚的毒物。虽然人说那道鱼炙名为'梅花凤鲚炙'，但这种说法并未得到证实。也正是因为太过详细，才显得蹊跷。连菜名都说得如此清晰，关键处却存在不合理的现象，就像是有人为了让世人相信鱼肉没有问题而刻意编造的一样。这反倒让我对菜本身产生了一些疑惑。我曾想过一种可能，或许制作鱼炙的那种鱼本身就是带有毒性的。公子光意外发现了这点，将那种味道鲜美却带有毒性的鱼，当成了刺杀吴王僚的剑。至于为什么会有鱼肠剑的说法，可能是因为那种鱼的毒，是存在于自身的内脏中的。

"一种味道极为鲜美，但内脏中含有致死剧毒的鱼，这才是所谓的'鱼肠剑'的真面目。既然鱼肠剑是鱼体内的毒，那所谓的刺客专诸，很有可能只是那种鱼的代称。刺杀故事的编造者在编造时受到事实的影响，才编造了'专诸用鱼肠剑刺杀吴王僚'的故事。我也是今天在吃河豚肉的时候联想到的。"

卢子昂终于说完了他的理论。我有很多话想反驳，却不知该说些什么。卢子昂的推论是基于现有文献做出的合理假设，我实在找不到反驳他的理由。

几个月后，卢子昂将他想到的毒杀推论整理成了论文，一经发表，就震动了整个学术界，引发了广泛的讨论……

我从遥远的记忆中抽离，因为后面的事情我不太愿意去想。

故事不是总有完美的结局。卢子昂并未因那篇论文收获赞誉。论文发表后的两年多时间里，那篇论文一直备受争议。直到二十年前的那天，关于那篇论文的争议才停歇。

给争论画上休止符的人是我。二十年前的秋天，我带队找到了隐藏在剑池附近的吴王墓穴。在那个幽暗的地宫中，我带出了鱼肠剑。这一发现，使我获得了如今的地位。而鱼肠剑的存在，让大多数人对卢子昂提出的"鱼肠剑是河豚毒素"的理论嗤之以鼻，就连原本支持他观点的人也开始嘲讽他为"历史发明家"。

也是在那一年，卢子昂消失在了众人的视野中，从此再也没有人见过他。

这些年来，我常常会在半夜惊醒，因为我的功成名就，是建立在卢子昂的厄难之上的。

卢子昂失踪后，人们普遍认为他是接受不了理论被推翻的现实，偷偷去没人的角落自杀了。只有曾是卢子昂至交的我知道，他不是这么脆弱的人。

二十年过去了。卢子昂虽然不在了，但他的理论和他对那件两千多年前的谋杀案的怀疑，一直影响着我。

我从未公开表态，其实，时至今日，我还是相信卢子昂的那篇论文是有可取之处的。事实上，即便找到了鱼肠剑，也不能证明吴王僚就是被这把鱼肠剑刺死的。地宫墓穴中发现的鱼肠剑可能只是一件普通的陪葬品。

直到今天，在我与鱼肠剑产生共鸣，见证了那段两千多年前的记忆后，我依旧觉得，卢子昂的理论并未被全部推翻。

只看那段记忆也能解释为伍子胥献上的鱼肠剑只是一种象征意义，是他劝公子光动手的道具，并不能证明吴王僚最终是被鱼肠剑刺杀的。毒杀的可能性依旧存在。

除去卢子昂的毒杀推论，我对当年的事件也有自己的解释。原本，所有的推论只能停留在假设的层面。共鸣仪的出现，为解开这一谜团带来了希望。

剩下的四段记忆中，是否藏着揭开所有真相的线索呢？我只能期待明天快点到来。我要亲自见证那场谋杀的真相。为了卢子昂教授……也为了我自己……

第三章　记忆碎片（二）

水没过了我的眼睛。我能感觉到有水从我的嘴巴里灌了进去。奇怪的是，我并未感到窒息，身上还传来了一种奇妙的触感。冰冷、麻木，却未彻底失去生机，这是我从没有体会过的感受。

我不知道自己的身体发生了什么，更不知道自己现在拥有的是谁的记忆。自我的意识从混沌中苏醒的那一刻起，我就一直被困在一个漆黑的空间中，身边只有黑暗和水。

记忆的主人似乎完全没有想法，能感应到的情绪只有一片混乱，没有任何条理。我也只能凭借看到的现状自行判断所处的环境。不知过了多久，我终于明白，自己正身处在一个被注满了水的狭小空间中。

我领会到这一点的瞬间便明白了，这一次共鸣到的究竟是谁的记忆。

眼前的画面开始发生变化，接下来发生的事情也证实了我的猜想。

黑暗中，一丝光亮渗入，很快，那一丝光亮便扩大起来，在我的视线上方洞开了一个圆形的口子。一双巨大的手深入圆形的洞口，死死地抓住我的身体，我麻木的躯体上传来微弱的挤压感和灼烫感。下一瞬，我就被一把拽出了那个洞口。直到此刻，我才借着上移的视线看清楚下方那个困住我的黑暗水牢的真面目，那是一口半人高的水缸。水缸的口子之前一直被木板盖着，此时木板已被掀开。

被大手捏住的地方传来的不适感越发强烈，我的身体开始剧烈地扭动起来。

果然是这样，和我想的一样，这一次我共鸣到的，竟是残存在鱼肠剑上的鱼的记忆。

我已然预料到了接下来所要面对的情况。

会把记忆残留在鱼肠剑之上的鱼，我能想到的，只有出现在刺客故事中的那条。此时我被打捞起来，接下来将要发生的事情自然就是被烹煮，做成鱼炙了。

突然，我意识到了这段记忆的重要性。要确认那个理论，通过这段记忆就能做到。

与正在冷静思考的我的意识不同，我的身体正疯狂地扭动着。借着扭动，我看到了原本视线中看不到的自己的身体。银闪闪的鳞片出现在我的眼中。此时，我的鳞片在室内灯火的照耀下，泛着美丽的金属光泽。再过片刻，这身美丽的鱼鳞就将被刮去。

现在可不是欣赏自己身体的时候，我必须看得更全面。这样想着，我便开始留意现在所处的空间中所有能反光的地方。终于，在一次头颅的摆动中，我的视线瞥见了那口水缸中的水面。借着昏黄的灯光，水面就像镜子一样。我在刹那间瞥见了自己的样子，心中的疑惑也在那一瞬间得到了解答。

还没等我开始思考那个结论，我就被人重重地拍在了砧板上，强烈的冲击让我眩晕不止，身体各处传来的痛苦也不断飙升。紧接着，刺痛感便传遍了周身，我知道，我的鳞片被刮走了。

强烈的痛苦使我的意识开始模糊。"砧板上的鱼肉"原来就是这样的感觉吗？最后残存的念头竟是这个。

在我即将彻底失去意识前的最后一刻，一个人出现在我的面前。

我不可能忘记那张脸，只要见过一次，就绝对不会忘记。儒雅的面庞、银白的霜发，除了伍子胥还能是谁？

他从房间的一角走出来，手上拿着那样东西。他走到我身边，停住了脚步。我看到那个正在刮我鳞片的厨师一样的人向他行礼。伍子胥把手上的短剑交给厨师。厨师拿着短剑在我的身上比画了一下。

下一瞬，一股难以言说的剧痛从我的腹部传来。我的肚子被鱼肠剑划开了。

被利器划破身体竟是如此疼痛，以前我只能想象这样的感觉，此刻却切实体会到了。我从未与此刻一般感觉到死亡距离自己竟是如此近……

我从难以形容的强烈痛苦中惊醒。人类能体会到的感觉果然是由中枢神经系统发出的。共鸣记忆中感知到的痛苦，通过大脑传到了我现实中的身体上。此时虽然已经清醒，但那种被剖开肚子又被千刀万剐的疼痛感，依旧残留在我的每一寸皮肤上。

也不知过去了多久，这种足以令人昏厥的疼痛才渐渐淡去。从痛苦中恢复意识的我这才注意到，自己的身体已经被冷汗浸透。我的周围围着一大群人，他们都用紧张的眼神看着我。

"马教授，您没事吧？"

"是看到什么恐怖的记忆了吗？"

"教授，您是不可缺少的人才，如果您受不了，一定要说出来，我们重新选择年轻的共鸣者接收剩下的三段记忆。"

…………

各种声音在我耳边响起。

我环视了众人一圈，长长呼出一口气，这才吐出了一句话："我没事，明天可以继续。这次共鸣到的是鱼的记忆，还真是奇妙的体验。"

我压制着痛苦，艰难地说出了这样的话。都到这一步了，绝对不能因为身体情况被替换掉共鸣者的身份。为此，我不能把那种几乎置我于死地的痛苦表达出来，只能将一切默默承受下来。

人们说鱼的记忆只有七秒，这可能夸张了些，但鱼的记忆很短是事实。谁能想到，那条鱼短暂的记忆竟会以这样的方式附着在杀它的凶器之上，留存了两千五百年以上的岁月。世间最深的怨念也不过如此。今天，我算是彻底承受了这股从两千五百年前穿越而来的怨恨。

值得庆幸的是，今天的苦没有白白承受。

我从这段看似毫无意义的鱼的记忆中，捕捉到了两个极为关键的信息。

首先一点，便是鱼的品种。

很遗憾，此时我必须承认卢子昂教授的理论是错误的。通过共鸣，我确定了当年的那条鱼是一尾花鲈，根本不是河豚。而鲈鱼最后的记忆也证明，鱼肠剑被塞入了它的腹中。这便能直接证明，卢子昂教授提出的"鱼肠剑等于河豚毒素""专诸的原型是一条河豚"的假说是不成立的。

鱼腹藏剑的事情真实存在。二十多年的时光，终于给卢子昂教授的理论下了判决书。

当然，我并不觉得被证实了的错误理论会成为卢子昂教授的屈辱。在共鸣仪出现前，有太多历史学家都在时间的回廊里迷失了方向。像卢子昂一样，终其一生追寻一个虚无的答案的人，岂止他一个？

当然，回归现实，于我而言，被证实错误的答案就应该立马抛弃。追寻下一个正确的答案才是唯一的正解。卢子昂教授的结论被推翻了，我的结论却还没有被证伪。

让我感到激动的是，今天我获得的第二点关键信息，极有可能成为证明我提出的那个推论的证据。

那个关键信息便是伍子胥的出现。伍子胥会在那段记忆中出现这一事实，本身就是一个大问题。

第四章　消失的记忆（二）

回到家里，我冲了一个澡，残留周身的痛楚才彻底消失。由于那种痛苦太过清晰，我洗澡时反复检查了自己的身体，确认身上有没有出现伤口。虚幻的痛觉就让自己这样小心翼翼，那些身上真的被开了口子的人该是多么凄惨啊。我为自己的谨小慎微感到一丝羞愧。很快，这种情感就被其他东西所替代了。

能让我沉下心来思考的，自然是与历史相关的事情。放松下来后，我开始认真思考起今天共鸣的记忆。

伍子胥的那张脸在我的脑海中浮现。

"他会出现在那个地方，与史料存在巨大的冲突。如果和我想的一样的话，那一切就都合理了。"我不禁这样想道。

据史料记载，公子光设计杀害吴王僚的时间，正是吴王僚趁着楚平王病死，派其余两位公子攻打楚国，却被楚军困住，吴国国内空虚之时。而这个时间点，伍子胥其人并不在漩涡的中心，史料上用"躬耕田野"四字形容伍子胥当时的境况。伍子胥是在公子光成为吴王阖闾后才被召回，并正式起用的。

然而，今天记忆共鸣中的画面，与这样的记载有出入。

伍子胥亲自参与了把鱼肠剑放入鱼腹的工作。那条鱼被做成鱼炙后，定是马上就要被端到吴王僚面前。也就是说，记忆中的画面发生的时间点，正是刺杀的当天。刺杀当日，伍子胥就在案发的公子光府上。记忆中的画面给出了这样的信息，而这一信息，与伍子胥"躬耕田野"的说法是背道而驰的。

这一发现使我大为振奋。因为，伍子胥在刺杀当日出现在案发现场这一点，与我二十年前提出的假设是可以对应上的。

思考到这里，我的记忆也飘回了二十年前的那个下午……

"你猜猜我究竟发现了什么！你是第一个知道的！"周末的午后，卢子昂兴冲冲地来找我。

此时，距离他发表那篇具有争议的论文已经过去了将近三年。他倒是一点都没有受到舆论的影响，依旧活在独属于自己的精神世界中。

卢子昂就是这样一个人，我一直羡慕的，也正是他的这个特点。

那时，卢子昂还没有在世人面前消失，我也还没带队发掘出吴王古墓。一切都还是日常的样子。

"发现了什么？"面对四十多岁心性还是和孩子一样的卢子昂，我只能无奈地笑了笑，然后问道。

"和那个哪儿哪儿都不合理的刺客故事有关。"卢子昂倒是回答得爽快。

"你还在研究那个事情啊？三年前的那篇论文，可是给你惹了不小的麻烦啊。"

"嘁，那有什么麻烦，学术就是拿来争论的。我自己也没认定那样的推论就是百分百正确的啊。如果被证实是错的，重写一篇，纠正错误不就行了。"

也许是因为从小就家境优渥，还是书香门第，卢子昂的人生一直很平顺，并没遇到过什么挫折。这才使他形成了如此豁达乐天的性格。一些对其他教授来说事关尊严的问题，在他嘴里不过是一次订正作业罢了。

"你最厉害的，就是这个性格。既然你提到了学术争论，又提到了'专诸刺王僚'的故事，我最近倒是也有一些感想。你要不要听听，然后和我争论争论？"我接着卢子昂的话茬儿，有些打趣地说道。

其实，从三年前卢子昂提出毒杀假说开始，我对于那桩遥远的谋杀案也产生了兴趣，三年里，也有了一些自己的想法。之前一直没机会和卢子昂探讨，今天正好找到机会说了出来。

听到我的话，卢子昂两眼放光，摆出一副洗耳恭听的样子。

这次，轮到我表演了。

"老卢，你的毒杀推论确实很有意思。但我总觉得春秋时期的人，在用毒杀人方面，不会像后世的人那样精通。将偶然发现的河豚毒，利用到刺杀中的可能性是有，但未必有你说的那么大。当然，在'专诸刺王僚'这个故事充满不合理这点上，我和你的想法是一致的。所以，我尝试从其他的一些角度看待这个问题，并得出了一个结论。

"我所注意到的，或者说是我觉得故事里不合理的部分，是关于刺客存在的必要性的问题。

"我总感觉传言中刺杀如彗星袭月、勇猛无双的刺客专诸，能够得手是必然的结果，故而觉得其有些名不副实。这才对专诸故事的真实性产生了怀疑。你的毒杀推论，也是能支撑这一怀疑的。换一个思路想，专诸是公子光虚构的这一观点，并不是必须要以毒杀论来支撑的。只要理解成那个勇猛的刺客'专诸'是另一种意义上的'不存在'，违和感一样能够得到解答。

"要想理清楚这个观点，就必须把目光放在事件的另一位主谋伍子胥的身上。

"据传，伍子胥为公子光出谋划策杀害吴王僚，是因为他想要吴国攻破楚国，以报父兄大仇。起初，他通过公子光的关系向吴王僚谏言，公子光突然从中作梗，让吴王僚放弃了继续攻楚的计划。当时，伍子胥就意识到，公子光并非不想灭楚，而是存了自立为王的野心，不想消耗自己的实力为吴王僚去灭楚。为了能达到灭楚的最终目的，伍子胥必须让已然无意攻楚的吴王僚消失，让公子光上位，以此争取公子光对他灭楚计划的支持。从这里可以看出，伍子胥在整个计划中，并不只是一个幕僚，他想要谋害吴王僚的迫切程度，一点也不比试图篡位的公子光低。帮凶和同谋看似相差无几，却有着本质的不同。

"为了达到这个目的，伍子胥向公子光推荐了刺客专诸。而自己，则暂时躬耕田野。直到公子光成功夺位，伍子胥才被公子光再度重用，最终达成了自己破楚的目的，鞭尸楚平王完成了复仇。

"我认为这段内容存在着太多让人费解，且语焉不详之处。要知道，公子光设计杀害吴王僚的时候，吴王僚正在攻打楚国。以此看，吴王僚并非不想攻楚，并非不可争取，可当时把灭楚当作最大目标的伍子胥，还是帮助公子光谋害了吴王僚。这一点，与印象中伍子胥杀害吴王僚的动机不符。如今已经没办法知道伍子胥是怎么想的了。不过，这不代表不能进行推测。

"以伍子胥选择了公子光的结果看，伍子胥当时一定是做出了自己的判断。或许是判断只有公子光才有能力灭楚，吴王僚只会依靠发动战争赚取蝇头小利。也可能是判断吴王僚并不会真正重用自己，无法参与到灭楚的实际行动中去，复仇的意义就失去了。无论如何，伍子胥在那个时刻，一定有着自己的判断标准。他不可能平白无故选择公子光。

"真正让我疑惑的，是伍子胥如何能确定公子光上位后，就一定能重用自己。要知道，先前还发生了公子光劝吴王僚放弃攻楚的事件。伍子胥仅凭介绍专诸的丁点香火情，之后又一直远离政治中心，又怎么能确定公子光上位后一定会回馈自己的期许呢？换位思考，如果我是伍子胥的话，是不能做到百分百确信这一点的。如此，就不得不怀疑，现有的说法是有人出于某种目的刻意制造出来的。这样回过头再看专诸刺王僚的整个故事，就会有种这个故事的存在是某人为了遮掩某些事实而虚构出来的感觉。

"那是什么人出于什么样的目的编造了这个故事呢？要想通这一点，就必须看现有的说法产生了什么样的影响，又有谁在这样的说辞中获利了。只有那个因为故事的存在而获利的人，才可能编造出这个故事。

"我们暂时放下毒杀的假设，以确认刺杀是实际存在的眼光看问题。公子光在这件事中，显然没有过多地遮掩自己的'罪行'。从结果看，最终成功夺权的公子光，没有隐瞒自己在谋杀中扮演了主谋的事实，他也不屑于掩盖自己当日在府上安排甲士的行为。他并非刺客故事的获利者。

"很显然，在现有说法中获利的也不可能是被害者吴王僚。

"那么，是不是专诸呢？从结果看，专诸的子嗣得到了好处，专诸本身得到了名声。可作为一个在故事中死亡了的人，这样的好处对他来说真的有意义吗？一个已经死了的人，真的有能力去推动这个故事的传播吗？结合前面分析的'获利者才会编造故事'的结论，专诸确实是获利者，但他并没有能力编造故事。所以，专诸编造了现有的说辞，这样的说法也可以排除。况且，我也不认为一个刺客有能力去构筑这样庞大的谎言。

"剔除掉所有不可能，唯一剩下的因这个故事而获利的人，就只有事件的另一位主谋伍子胥了。这套说辞，让他成了案发当时远离事件中心的角色。虽然现在我们都知道伍子胥介绍专诸给公子光，协助策划了谋杀，但只看这套说辞，他其实并未真正参与到弑君的行动中。只有这样，他个人的名誉才不会在当时受损，他才不会在案发的那段时间被世人看作一个实际上的弑君者，而是只被后世的人当成阴谋的策划者之一。

"也许在公子光成为吴王的吴国，没有人能处置他的同谋伍子胥，但背负上弑君者的骂名，也不是一件可以被无视的事情。国人嘴上不说，心里会记得。有着这样的骂名，新吴王也不能名正言顺地起用一个弑君者为吴国重臣。这样的结果是想要任用伍子胥的公子光和想要拥有权力从而能参与对楚战争的伍子胥本人都不愿意看到的。

"只要这样想的话，一切就都清晰了。编造专诸刺杀王僚时伍子胥躬耕田野的说辞，真正的目的是保护伍子胥在吴国的政治前途。

"身为吴国的新王，公子光必然逃不掉被指责弑君的命运，幸运的是，成为新王的他不需要遵从吴国的法，他本人就是吴国至高的规则。可身在王下的伍子胥，则必须在规则当中。所以，伍子胥必须要创造出一个自己没有深度参与弑君事件的说法。他们这样的人，做了什么并不重要，重要的是能不能给出一个面子上过得去的交代。这个交代是给悠悠之口的，是给自己制定的法度的，也是给后世的。

"所谓'专诸刺王僚'的故事，对于伍子胥来说，更像是一个伪造的'不在场证明'。而制造这个'不在场证明'的人，也只可能是伍子胥和公子光了。只有他们才有这个能量做到这一切。

"可伍子胥若只是深度参与谋划的话，他大可以悄悄和公子光商量，也不会有旁人传出他是主谋的说法，更没有必要编造出'专诸刺王僚'这样的故事。这个故事的存在本身，就揭示了伍子胥在整场谋杀中，扮演的并不只是出谋划策的角色。他和公子光真正想要利用故事掩盖的，是他犯下的更为实际的罪行。

"伍子胥利用自己当时'躬耕田野'的说法，掩饰了他在整个事件中的深度参与。伍子胥利用刺杀当天的故事、'专诸'这个刺客的存在、'鱼肠剑'这个华丽故事的存在，想要掩盖的究竟是什么呢？很简单！想要证明自己没有参与，就制造一个'不在场证明'，那推出一个尽人皆知的刺客，想要掩盖的自然就是弑君真凶的身份！

"简单来说，我认为，当年在那场宴会上，对吴王僚进行刺杀的凶手正是伍子胥本人。"

在一番长篇大论后，我终于向卢子昂说出了自己的结论。

面对这样的说法，卢子昂的表情有些吃惊。他似乎没料到一向保守的我，会想到这种可能性……

记忆中，卢子昂和我针对这个结论还展开了更深的论证。但此时我的意识已经逐渐模糊，困意占据了我的大脑。我就这样，在对过去的回忆中沉沉睡去。

至于当年得出的推论是否正确，或许也只有等之后的几段记忆复现，才能下最终的定论了。

第五章　记忆碎片（三）

恨，无休止的恨填满了我的身体。

当我的意识从共鸣的记忆中苏醒，第一时间就感知到了记忆主人内心充斥着的无边的恨意。我从未体会过如此强烈的恨意，日常生活中虽然也会产生诸如嫉妒、厌恶等情绪，却从未有过如现在这般强烈的恨。我甚至都怀疑，记忆的主人是不是每时每刻都生活在这般强烈的憎恨之中。

我能清晰感知到这种几乎与自己融为一体的恨意所针对的对象。是楚国，不，更具体的对象应该是楚平王。

我意识到了自己究竟是谁，眼前的画面也变得清晰起来。

一个等人高的木人伫立在视线尽头。木人的身上遍布着可怖的刀痕，纵横交错，满目疮痍。而在木人的咽喉处，一柄短剑直插其中。令人咋舌的是，这一剑居然穿透了木人实木的脖颈，整个剑身都没入其中，足见这一击的力道之大。

疲惫感从身体上传来，我短促地喘着粗气，显然方才进行过剧烈的运动，耗费了大量的体力。

但我没有休息多久，只简单地揉了一下脸，就再次行动起来。视线向前移动，我直逼插着短剑的木人走去，靠近后，一把抓住插在木人身上的短剑，将其狠狠地拔了出来……

强光刺入我的眼帘，和前两次一样，我从共鸣中苏醒。这一次共鸣比前一次轻松多了，至少没有被迫体验千刀万剐的感觉，我从眩晕中恢复的速度也快了不少。

毋庸置疑，这一次共鸣的是伍子胥的记忆。除了伍子胥，能接触到鱼肠剑的人里，没有人会对楚平王怀有那般深不见底的恨意。

有些可惜的是，这段记忆中并没有出现其他人。但是，这样一个简单的片段也有着巨大的价值。

首先，我意外地发现，在第一段共鸣记忆中始终保持冷静从容的伍子胥，内心竟是如此激烈。他的恨也跨越了千年的时光，一直延续到今天。

了解到这一点，我反倒更加敬佩伍子胥这个人了。能压抑着如此强烈的憎恨一步步实现目标的人，换到任何一个时代，都将成就非凡的伟业。

当然，对于这段记忆，我真正在意的，并不是伍子胥的心情和他隐忍的性格，我在意的是他的行为。

很明显，记忆中的伍子胥正在对着一个木人练习刺杀，且已经不是第一次了。木人满目疮痍的身体就是证据。从我对记忆中伍子胥内心活动的感知来看，他一定是在进行刺杀练习时想起了远在天边的仇人楚平王，才会情绪如此激动，释放出记忆粒子，在鱼肠剑上留下了记忆片段。

无论记忆片段是如何留下的，伍子胥在进行刺杀练习的事实还是让我精神一振。

今天看到的片段，似乎进一步证实了我在二十多年前提出的假设。在没有使用共鸣仪获取线索的前提下，就提前二十年推测到了真相，这无疑满足了我的虚荣心，让我喜出望外。但我还是压抑住了情感，没有表现得太得意。

记忆片段还剩两段，一切都还是未知数，任何容易引发争议的言论，都可能导致事情不受控制。要是在这个时候，把我在二十年前得出的推论公之于众，我就等于和过去的卢子昂一样，提出了与公认历史相违背的观点。事件的影响也会就此扩大。为了能从更多的角度证实全新的推论，不只听我的片面之词，之后的共鸣就有可能让其他人来。这可不是我想要的结果。

所以，我必须压制住自己的表达欲，等到一切尘埃落定后，再整理公布自己的新推论。现在，必须找些模棱两可的说辞敷衍过去，稳住现状。

正当我这样思考的时候，和过去两天差不多的一批人，见我差不多恢复了，又一次一拥而上……

第六章　消失的记忆（三）

　　"你居然认为伍子胥是刺杀吴王僚的真凶。很有意思的想法。不过，这种猜测似乎纯粹是逻辑推演的结果，少了一些细节佐证啊。那你也和我一样，认为专诸是不存在的咯？"卢子昂在听到我提出的"伍子胥凶手论"后，表现出极大的兴趣，积极地参与讨论。

　　我就是想要看到他这样的反应。我故意卖关子停顿了片刻，等到他快不耐烦了才得意地开口，说出余下的推理。

　　"说专诸这个人不存在可能不是特别恰当，我想，既然存在'专诸刺王僚'的故事，那他应该是有一个原型的。只不过，原型人物在现实中并不是重要角色。因为所谓的专诸，不过是一个'替罪羊'罢了。这个人是真实存在的，但他不是真正的刺客，而是正巧被选中的一个普通人，很有可能就是当时埋伏于殿内的甲士中死于混战的某人。他碰巧被需要编造故事愚弄世人的伍子胥和公子光选中，成为'传奇刺客'，成为故事的主角。

　　"为了完善故事，吴王阖闾在事后还专门优待了专诸的儿子专毅，在此之后，就再也没有专毅这个人的消息了，这证明专毅并未得到真正的重用，不过是为了让谎言显得真实，做做样子罢了。专毅本人自然也不可能拒绝这样从天而降的好处，当然会对此守口如瓶。同理，那些纪念专诸的行为，也都是为了让故事变成现实的手段。

　　"至于认为伍子胥是凶手的其他理由，我还能再举出一些。伍子胥向公子光推荐的刺客，必须是他自己。也只有这样深度参与，他才能更进一步了解公子光的内心想法，判断他是不是那个值得自己效忠的人。当然，他的行为很大程度上是在赌，赌自己冒这么大的风险，能换来公子光成功夺权后，对自己期望的回馈。伍子胥在赌，即便自己死了，有着巨大野心的公子光，也能替自己灭了楚国。如果自己能在刺杀中活下来则更好，自己就能在这件事上和公子光成为完全的利益共同体，共享同一个秘密。他是在用自己的身家性命赌灭楚的一线希望。

　　"如今看，他赌赢了，他不仅成功活了下来，公子光也给出了自己的报答，给了他光明正大向楚国复仇的机会。为了确保伍子胥能顺理成章地被重用，还一起编造了一个几乎骗了所有人的华丽的刺客故事。

　　"或许，这样的结论和你的毒杀推论一样，不会为所有人所接受吧。大多数人都只愿意接受自己最初听到的'真相'，但我对这个推断还是有一定自信的。

"刺客的故事里还有一个违和之处可以支撑这个结论。

"吴王僚被害当天，带了大量甲士保护自己，甚至自己都穿着铠甲。这是我最开始注意到的故事存在问题的地方。我认为，故事即便是虚构的，也会从一定程度的现实里汲取灵感。这处描述无法帮到伍子胥和公子光，那便可以理解为，这个细节是从真实情况中提取的。从这个细节可以看出，吴王僚其实是非常谨慎的人，在提防可能发生的刺杀。

"试想，吴王僚对于前往公子光府上赴宴存有警惕之心，又怎么可能轻易放任公子光以腿疾为由离开现场？客人还在大吃大喝，主人却不作陪，显得太过蹊跷了。吴王僚难道就一点都不怀疑吗？可他还是放任公子光离开了。此处，除了强行解释成吴王僚的警惕心忽高忽低外，就只有另一种解答了。那就是现场还留着另一个吴王僚见过，又被他判断成是公子光亲近之人的人存在。我有理由相信，承担这项任务的人，就是伍子胥。伍子胥曾向吴王僚谏言，吴王僚也知道伍子胥是公子光的近臣。只有现场还存在这样的人，吴王僚才能被稳住。

"只有伍子胥留在现场，吴王僚才不容易起疑，刺杀的计划才能更顺利实施。再结合之前的推论，认为极有可能留在现场的伍子胥就是凶手，也不是不可能的。只要从伍子胥就是凶手，'专诸刺王僚'的故事就是为他行凶的事实进行遮掩的这个角度看，故事中存在的诸多不和谐之处，就都能解释通了。"

我一口气说完了自己的推论，对面的卢子昂陷入了沉思。

过了好一会儿，他才抬起头，目光炯炯地盯着我说道："是不是这样，或许很快就能知道了。"

说完，我便被卢子昂拉出了研究室……

收回二十年前的记忆，我再次确信当年的判断没有错。虽然出于各种考量，二十年来我一直没有把当年想到的"伍子胥凶手论"公之于众，可能是卢子昂的遭遇启示了我吧，使我在提出观点时，小心了不少。但今时不同往日，经过三段共鸣，我越发相信那个推论很快就能重见天日了。

伍子胥进行过刺杀练习的记忆，便是最好的证据。除此之外，还有另一个重要情况引起了我的注意。三天时间，我已经共鸣了三段记忆，居然还没有共鸣到专诸的记忆。照理来说，历史记载中和鱼肠剑真正捆绑在一起的是这个刺客。可已经看了三段记忆片段，别说读取到此人的记忆，就连他这个人都没有出现过。这是不是也从另一个角度证明了我的猜想呢？因为专诸本就不存在，或者他本就不是什么重要人物，所以鱼肠剑上才没有留存下与他相关的记忆片段？

带着这样的疑惑，我期待着第二天的到来。

第七章　记忆碎片（四）

钟鼓之声在耳畔响起，眼前，出现了一座宽敞的大殿。大殿中央，有舞姬打扮的女子翩翩起舞，宫殿两旁则排列着几案，衣着华贵的人们列席其间，正品尝着美酒佳肴。他们的身后，站着一排排甲士装扮的人。

我正端坐于上位，注视着一切。脸颊上温热的感觉，显示此时我已然酒过三巡，略有微醺。也许是身上披着甲胄的缘故，我感觉自己的身体有些沉重。

然而，面对着眼前欢庆祥和的景象，我感觉到了记忆的主人此时内心隐隐的不安。时不时摸向腰间佩剑的手，就是这种不安的具体表现。

我的视线不断向左手边一个空着的几案瞥去，似乎很在意原本坐在那里的人的去向。

借着望向空案台的视线，我见到了那张几案旁的另一张几案后，坐着一个面如冠玉、气质儒雅的白发男人，正是比第一段记忆中沧桑几许的伍子胥。

"他果然在现场。"我不禁这样想。

就在此时，一道笔直的人影从大殿外走了进来，吸引了我的注意力。进入大殿前，守在门外的甲士还检查了那人的衣物。那是一个衣着朴素面容更朴素的男人，他端着某样东西，进入大殿后，绕过正在演出的舞姬，向我所在的方向走来。

不消片刻，那人就来到了我的身边。我也正好看清了他手上端着的东西，是一道鱼炙。我很清楚，这一幕意味着什么。

奇异的是，这段记忆的主人似乎也产生了警惕的情绪，我透过记忆，与记忆主人的情感共鸣了。果然，记忆的主人已经产生了怀疑。原因似乎是记忆的主人注意到，端上来的鱼炙居然是冷的。

我的视线从鱼炙上移开，看向了端菜的人。出乎我的意料，那是一张说不上熟悉，但也绝非陌生的面孔。

"原来是他?"属于我自己的这部分意识如此想到。

正当此时,一直坐在大殿左侧第二张几案后的伍子胥,突然端起酒樽站了起来,他缓缓走到我面前,做出一副要向我介绍菜品的样子。

"不必了,把菜放下,你们退下吧。"我能感觉到记忆主人压抑着内心的不安,一字一顿地说道。此刻,他就是我,他的不安亦是我的不安。

然而,伍子胥和那个端菜的人并没有照我的吩咐行事。

只这一瞬的停顿和犹豫,我心中的怀疑便具体了起来。

"你们想做什么?护驾!"我几乎是低吼般,说出了这样一句话。

话音未落,我便掀翻了面前的几案,整个身体往左侧翻。我试图利用几案造成的视线死角,先离开此时所处的位置,再抽出腰间的佩剑进行反击。

然而,我很清楚,无论怎么挣扎,都逃不开既定的命运。

果然,还没等我移动出一个身位的距离,一只手就从几案的缝隙中伸了过来。我看见那只油腻腻的手上,握着一柄短剑。

惊怒、慌乱、恐惧……各种各样的情感爆发了出来。我切实体会到了人在临死前的感受。

"啊!"半声惨叫从我的喉咙里发出。

紧接着,我就感觉到了从脖颈处传来的凉意。

"我中剑了。"当我意识到这一点时,我的视线已然变得模糊,我试图看清楚下手之人的长相,却已然看不清了。

没过多久,无尽的黑暗降临……

我骤然惊醒,浑身又一次被冷汗浸透,脖颈处还残留着异样的感觉。这一次,我居然亲身"经历"了吴王僚的记忆。以被害者身份直接体验历史上著名的刺杀场景,使我兴奋不已,兴奋的感觉冲淡了记忆共鸣所残留的恐惧,使我快速恢复了过来。

待冷静后,我重新审视方才体验到的记忆,才更加深刻地体会到所谓历史,就是已然发生且不可改变的往事。吴王僚在遇刺前明显已经察觉到了异样,他也试图挣扎求生,却还是逃不了一死的命运。正是因为我一开始就知道结局,带着这样的认知,重新经历那无法改变的惨剧时,才更觉悲哀。

此时,除了悲哀,我心中更多的感觉是疑惑。

记忆中的画面开始与我笃信的那个结论产生了偏差。我原以为端上鱼炙并刺杀吴王僚的人一定是伍子胥，可共鸣记忆中又多出了一个嫌疑人。

我原以为专诸是不存在的，但那段记忆中，实实在在地出现了一个端着鱼炙上前的人，按照记载，他应该就是实施刺杀的专诸。更让我感到意外的是，那张脸我并非没有在之前的几段记忆里见到过，只是当时的我选择性忽略了那个不起眼的男人。

其实我不应该忽略他的，两天前，通过鱼的记忆，在我身上留下难以忘怀痛楚的人正是他。那个从伍子胥手里接过鱼肠剑、料理那条鱼的人，那个被我当成厨师的人，和吴王僚记忆中端着鱼炙上殿的人是同一个。

被我认为不存在的"专诸"，其实早在之前的记忆中就已经出现过了。与证明了"河豚毒杀论"是错误的那条鲈鱼一样，那个不起眼的男人的出现，动摇了我的推论。

不，我的推论还没有被彻底推翻，那个男人也可能只是一个普通的厨师。由于吴王僚没有看清楚最后动手的人究竟是谁，所以，伍子胥依然可以是凶手。伍子胥在动手前突然靠近的行为也显得过于刻意。

况且，第三段记忆中，伍子胥在练习刺杀的场景也是实际存在的。

"如果伍子胥不是杀害吴王僚的凶手，那他为什么要练习刺杀？"我这样告诉自己，以此来让自己相信，二十年前的推论并未被彻底推翻。

可是，就在刚才，我又想到了另一种情况。如果是那样的话，两段记忆之间的矛盾就能解释了……

第八章　消失的记忆（四）

先假设专诸确实是存在的，就是那个长相普通的男人，最终刺杀吴王僚的也是他，那就必须去解释伍子胥的那段记忆的意义。

既然伍子胥并非动手刺杀吴王僚的人，那先前那段记忆中，他持剑练习刺杀的目的又是什么呢？他想要刺杀的究竟是谁？同时，还存在另一个问题。伍子胥若当时真的在现场，他又是怎么在旋涡的中心活下来的呢？

其实，对于这一切，我已经有了一个猜测，只是很难去承认罢了。

伍子胥在那个现场，主要目的确实是稳住吴王僚，但他还有另一项重要任务——灭口。他在专诸刺杀吴王僚的同时，从一旁偷袭，当场击杀了专诸。他会在那个时间点靠近吴王僚的位置，并不是为了刺杀吴王僚，而是为了方便偷袭专诸。只有这样做，当时殿上的吴王僚的卫兵们，才不会把伍子胥当成目标，反而会把他当成护驾的忠臣。另一方面，公子光跟埋伏在现场的甲士一定是提前通过气的，他们自然也不会把伍子胥当成目标。唯有如此，身处风暴中心的伍子胥才能处在相对安全的位置，最终全身而退。

照这个思路往下推导，伍子胥应该是在吴王僚遇害后，假装上前确认尸体的情况，就在那个时候，拔下了吴王僚身上的佩剑，反手杀死了专诸。我在吴王僚的记忆片段中看到他身上是携带佩剑的，伍子胥自己不可能在宴会上携带武器，所以，要击杀专诸，就只能从吴王僚的身上获取。伍子胥练习刺杀的目的，就是为了那个瞬间。通过这一举动，他也成功地在短时间内获得了吴王僚卫兵的信任。

只有这样，才能确保专诸不会在之后的混战中侥幸活下来，事后才能任凭公子光随意解释刺杀的性质。所谓刺客，便是这种绝对不能留下的、只为了杀人而存在的"一次性工具"。

伍子胥训练刺杀的目标，从一开始就是"专诸刺王僚"这个故事中的另外一位死者——专诸。人们都只关注是谁杀了吴王僚，却没有人注意刺客也是被害者。在刺客就应该被当场诛杀的惯性思维下，从未有人在意过具体是谁杀了专诸。

若真是如此，那吴王阖闾和伍子胥在事后给专诸儿子高官厚禄，就还有另一层原因——出于他们的愧疚。

关于这样的结局，专诸自己又是否知晓呢？我无法替专诸回答，但我相信，在他端着藏有利刃的鱼炙走入那个现场的时候，一定是抱着必死的决心的。若自己注定的毁灭能保证伍子胥的安全，他未必会因此怨恨。很有可能，被伍子胥杀死也是他任务的一部分。为了那种现代人无法理解的"大义"，他很有可能是坦然接受"同伴"刺来的那一剑的。

只不过，刺出那一剑的伍子胥的心情又会是什么样的呢？对他的心理，我似乎能隐约捕捉到一点，但不敢再往下多想了。

以上的这些猜想，是真实存在的，还是连续四天的记忆共鸣使我的大脑受损，产生了奇异的妄想？我竟也分不清了。

"我们是不可能百分百还原历史的，能做的只是尽可能凭借文献记载和文物所留下的线索去还原历史的大致模样。就像调查罪案一样，文献就是证人的证词，证人是会说谎的，所以必须要以文物来佐证文献的真实性。文物则更像证据，证据虽然不会说谎，却不能做出准确的回应，而不同的人是会对证据产生完全不一样的理解的，所以也不能百分百抵达真实。种种这些加起来，使历史变成了最不可解的谜团。也正因为历史是不可解的谜团，所以更需要我们去尝试解开，并不断提出新的可能性。在永远无法彻底还原真相的前提下，我们所做事情的终极目的并非还原，而是找寻。找寻本身，才是历史能给我们的最重要的馈赠。我们也是以此来证明自己的存在的。即便是错的，我也愿意大胆提出假设，对我来说，这就是我找寻真相的方式。有些人不懂这个道理……"

记忆的涟漪被拨动，耳畔仿佛响起了二十多年前卢子昂对我说过的话。

二十年后的今天，我终于有些能体会卢子昂话里的意思了。

终于，我不再思考那个动手刺杀了吴王僚的人究竟是谁，也不再任自己的想象漫无边际地发散。

明天，这段跨越了悠久时光的追逐之旅就将走到终点。一切都将尘埃落定。于我而言，无论明天看到什么样的记忆，我都是能接受的……

第九章　记忆碎片（五）

刺目的光亮闪现，借着光亮，我看清了前方的一切。出现在视线尽头的，是我的目标。

这一刻，我的心中诞生了从未有过的奇异情感——我犹豫了。

为了这一天，我不知等待了多久，为何事到如今，却犹豫了？

是不够坚定吗？不。我的心早已坚如金铁，为更好的未来，我绝对不会动摇。

是因恐惧而退缩了吗？更不可能了。要说此时会感到恐惧的，应该是眼前的目标。

思来想去，之所以会犹豫，是因为不舍吧……

"想要完成更大的愿望，就必须付出代价，哪怕背负罪孽。成就大事者就必须狠下心肠。"这一刻，我仿佛听到了公子光的低语。

悲伤与不忍被狂热所取代。事实上，事到如今，即便我内心有所犹豫，事态的发展也不可能由我控制了。

风声在耳畔响起。

在那仿佛没有止境的一刹那过去后，我已然浑身沐浴在了鲜血中……

五段记忆终于彻底共鸣结束。我和前四次一样，从半休眠中惊醒。一大帮人拥了上来。

"辛苦您了，教授。"

"马教授，请问最后的记忆，是否准确显示出杀害吴王僚的凶手？"

"教授，您没事吧？"

"请问，鱼肠剑中的记忆片段是否与史书上的记载一致？"

…………

各种各样的声音传来，只是这次比以往还要嘈杂一些。

我尽力压制着波涛翻涌的内心，使自己的表情看上去平静些，缓了许久后，才冷淡开口道："最后一段记忆是专诸的。史书的记载没有错。杀害吴王僚的就是刺客专诸。唯一与记载有出入的部分，是与伍子胥相关的部分。关于这一点，我之后会将看到的五段记忆整理编写成文字，以论文的形式发表……"

面对媒体的狂轰滥炸和其他专家过剩的求知欲，我足足应付了两三个小时。直到傍晚，人群才散去。

我也终于要为这五天的研究收尾了。在博物馆工作人员的帮助下，我就像二十年前亲手把鱼肠剑带出地宫时那样，亲手把它放回了博物馆的储藏柜里。

亲眼见到盖子合上，我终是压抑不住内心的狂喜，嘴角不自觉地微微翘了起来。一切终于结束了。

其实，不久前，我对各家媒体和其他历史学教授撒了一个谎。鱼肠剑中藏有的第五段记忆，并不是专诸的。所以，直到现在，我对两千五百多年前的那起命案的理解并没有更进一步。我依旧不能确定刺杀吴王僚的人究竟是伍子胥还是专诸。

既然今天见到的这段记忆不是专诸的，也就证明了专诸并未在鱼肠剑上留下记忆片段。这一事实，反倒让我开始相信专诸就是刺杀的人。记忆片段是需要情绪波动达到一定程度以后才能留存在物品上的。伍子胥只是回想起了楚平王，就将记忆留存在了鱼肠剑上，很难想象，在实施刺杀的那一刻，他的内心会没有波澜。所以，我更相信，在那个时刻，利用鱼肠剑刺杀了吴王僚的人，是现场的另一个人。

我虽然只在记忆片段中，通过吴王僚和鱼的视角，见过那个面目普通的男人两眼，但结合前面的猜想，能让我对他有更深一步的了解。刺客实施刺杀瞬间的片段没有被留存下来，也就说明，那名刺客是一个内心冷静到几乎没有情感波动的家伙，是一个真正意义上的没有情感的杀人机器。或许只有这样训练有素的刺客，才能完成常人无法完成的任务。这一刻，我竟对自己曾认为"专诸刺王僚"是一件简单的任务而感到惭愧。

如果以上的推断都没错，那专诸绝对是一个冷静到可怕的完美刺客。

当然，这些都只是我的猜测。事实究竟如何，因为没有记忆片段作为证据，我想永远不会有人知道了。

但这又有什么关系呢？

有些事情，注定要成为永远的谜。

两千五百年前的那桩谋杀的真相是如此，二十年前卢子昂的死，从今天起，也将成为永远无法为外人知的秘密……

第十章　消失的记忆（五）

当我得知共鸣仪被运用到历史鉴定领域的时候，最先产生的情感是恐惧。

我很清楚，关系到两千多年前命案真相的鱼肠剑一定会被盯上。和我猜的一样，对鱼肠剑的鉴定被官方提上了日程。

共鸣仪真是可怕的发明，不，真正可怕的是记忆。

值得庆幸的是，漫长的审批时间给了我思考的空间。我意识到，既然我无法改变鱼肠剑会被共鸣仪提取记忆片段的现实，那我就必须成为鱼肠剑的共鸣者。

为了成为鱼肠剑的共鸣者，我可是花费了不小的力气，东奔西走，四处打点关系。功夫不负有心人，最终我得到了这个机会。

我的记忆绝对不能让其他人看到！我很清楚，如果物品上残留的记忆片段是由人在情绪激动时释放出的记忆粒子构成的，那二十年前，我在那个地宫里用鱼肠剑杀害卢子昂时的记忆，也一定会留存在剑身之上。

只有我自己成为共鸣者，亲自接收残存在鱼肠剑上的所有记忆片段，才能让那罪恶的记忆彻底从世界上消失。

为了消灭能够指证我的证据，即便再痛苦，我也必须去共鸣那些片段。当然，身为一位历史学家，我很乐意亲眼见证历史事件的发生。

计划非常成功，虽然吴王僚被刺杀的记忆和鱼的记忆让我吃了不少苦头，但还在能够承受的范围内。

其实，比起实际的疼痛，给我最大冲击的，是最后共鸣的那段记忆。二十年来，我一直没有忘记那段记忆，多次午夜梦惊，都梦到相似的场景。但共鸣仪带来的体验是截然不同的，那是无比真实地将当时的场面复刻到脑中，就连杀人时的情感都清晰地保留了下来。

幽暗地宫里翻倒的探照灯、卢子昂扭曲的面孔、第一次动手杀人时内心的慌张、对卢子昂的愧疚与不舍……一切都是那么熟悉。

我并不后悔当年做了那件事，如果那时没有狠下心肠，我就不会有现在的地位，也就无法推动之后的几项重大研究。没有背景的我，很有可能在副教授的位置上熬一辈子，然后庸庸碌碌过完一生，永远无法追上家境富裕、从不缺资源的卢子昂。那样的人生，是我无法接受的。

这次，在我共鸣了公子光的记忆后，我更坚信当年的选择没有错。世人只记得春秋五霸之一的吴王阖闾是一代雄主，又有多少人会对他弑兄杀侄的罪行指指点点。想要成就大事业，就必须狠下心肠。两千五百多年前的公子光是这样，两千五百多年后的我亦会是如此。

会发生那样的事情，也要怪卢子昂自己。四十多岁了，心思还那么单纯。可能那就是所谓的"温室里的花朵"吧。我也挺羡慕一个人能一生保持那样的心性，前提是家境够好，又能一直好运。

说起来，卢子昂也确实是个运气好的人，他居然不靠团队，仅靠自己，就提前发现了一个隐蔽的吴王地宫的入口。他唯一的错，就是不该把这个秘密告诉我。

我永远忘不了那个下午，当我说出"伍子胥凶手论"后，卢子昂激动地拉着我，说要带我去一个地方时的场景。我怎么都想不到，他要带我去的，居然是从未被发现的吴王墓的新入口。过去，为了保护建筑，吴王墓一直无法开启。可只要有了这个隐蔽的新入口，发掘吴王墓就不再是奢望。

想来也是讽刺，卢子昂的警惕心都用在了毫无意义的事情上，为了在公布自己的发现前保持神秘感，卢子昂特意选了一条隐蔽的路线前往那个入口，一路上竟没有留下我和他一起行动的踪迹。他也不想想，两千五百多年前留下的地宫里可不会有监控，那简直是最完美的杀人现场。

当那柄短剑出现在我眼前的瞬间，我的耳畔仿佛就响起了两千多年前另一个杀人凶手公子光的低语。他似乎在劝我"成就大事者就必须狠下心肠"。

卢子昂再也没能活着走出那个本该让他获得荣耀的地方。他的尸体被我用专业手段做旧，处理成了一具看上去无比古老的骸骨，和那些陪葬之人的骸骨放了一起。直到两个月后，我清理完现场的痕迹，重新以古墓发现者的身份带着团队进入墓穴发掘，卢子昂的骸骨才和其他古尸一起重见天日。那时，甚至连我都分辨不出，哪具骸骨是属于他的。

通过这次的事情，我还确定了一件事。卢子昂死的时候，应该是没什么痛苦的。他的记忆片段没有留存在凶器上，这就证明他被杀的瞬间，应该是脑袋空空，一片茫然，没有过于激烈的情绪。这在一定程度上减轻了我的愧疚感。

一切终于结束了。我回味着下午亲手将那柄短剑放入储藏柜中的心情。"终于把杀死卢子昂的记忆证据销毁了。"那时，我的心中不断重复着这句话，差点因压制不住内心的狂喜而笑出声来。

今晚，终于能做个好梦了。

望着窗外的月光，我坐在靠椅上，端起酒杯，对着虚无致敬。

——敬卢子昂。更敬我的胜利！

第十一章　记忆不会消失

就在著名历史学家马教授与文物鱼肠剑中的五段记忆共鸣结束后的次日早晨，一个看上去吊儿郎当的人，独自来到了博物馆。

他曾经是一名不愿意透露姓名的侦探，三年前，在和两个朋友共同发明了对社会具有重大影响的划时代仪器后，他的身份自然就不同于往日了。此次，他是以专员的身份前往博物馆的，为的是回收借出的共鸣仪。共鸣仪是极为重要的机器，这次对鱼肠剑进行共鸣的仪器，正是博物馆通过复杂的流程向共鸣仪的发明者直接借用的。

"那名教授进行完五次共鸣后，你们重新对鱼肠剑进行过共鸣值检测吗？"男人刚一见到博物馆的接待人员，就问出了这样的话。

"是五次没有问题啊。我们之前进行过多次检测，鱼肠剑上的共鸣值只有'5'，确定这一事实后，才开始实验的。"工作人员被男人的一句话问住了，他猜不透男人的意图，有些心虚地狡辩道。

"我不是说最初的检测。使用规范上不是说过吗？每次进行完共鸣后，都要重新检测物品的共鸣值。因为只要接触，就会留下痕迹，这可是洛卡尔物质交换定律啊，你连这都不知道吗？要是有人在共鸣结束后，不小心触碰了物品，而且当时的情绪又比较激动，就会留下新的记忆片段。你能确定这个文物在五次共鸣结束后，没有被其他人触碰过吗？"男人对工作人员的无知表现出了不耐烦，但还是解释了一下。

"啊，马教授好像在把东西放进储藏柜前碰了一下。"听到男人的解释，工作人员这才拍了一下脑袋，想起了昨天的事情。

"那还是把东西拿出来，重新检测一下吧。毕竟是有价值的文物，要是留下一些没有记录在案的无意义记忆片段，会对后世的研究造成误导。如果发现新的记忆片段，还是尽可能清除掉比较好。我说，你们怎么这么不规范？借用仪器的时候，那个'人脑狂'应该解释过使用规范吧？"面对工作人员的反应，男人有些无语。

一个小时后，博物馆的工作人员在男人的监督下，对鱼肠剑进行了新的共鸣值检测。和男人担心的一样，鱼肠剑上出现了一个新的共鸣值。

"这个片段应该是马教授的记忆。没想到他看起来很平静，实际上情绪波动还挺大啊。现在该怎么办？"博物馆的工作人员面对理亏的现实，有些苦恼地询问道。

"也不知道那老头在激动些什么。还能怎么办？当然是找人对这段记忆进行共鸣，把它消除掉啊。"男人看了看手表，摇头叹气道。

"那我们去通知马教授。"工作人员可不敢得罪眼前的男人，立马准备去联系马教授。

男人却拦住了工作人员。

"别去了，找他过来要多久啊，我赶时间，就我来吧。我倒要看看那老头子在想些什么。"男人说着，一把拿起共鸣仪的金属头盔，戴在了自己头上。

工作人员犹豫了片刻，按下了启动共鸣的开关。

塘璜，新锐推理作者，苏州市作家协会会员。痴迷于古典本格和日系新本格推理小说。钟情于阿加莎·克里斯蒂、连城三纪彦、西泽保彦。短篇系列"死亡的交集"连载于《推理》杂志（金版）。曾为网络综艺节目《明星大侦探·第五季》提供过诡计，改编为第九期《木偶复仇记》。首部长篇推理小说《回不去的故乡》获第四届牧神计划·新主义悬疑文学大赛二等奖；《群星坠落的画卷》与《幽灵侦探的反向密室》分别获第六届牧神计划·新主义悬疑文学大赛"长篇组"一等奖与"中短篇组"三等奖；《献给永生者的葬礼》入围首届新星国际推理文学奖"长篇部门"决选。

魏晋迷雾

螟蛉子　路笛 撰

大梦桃花源　远宁 撰

螟蛉子

路　笛

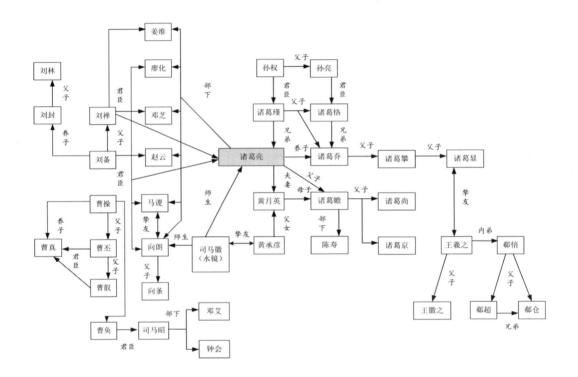

谁将五斗为解酲，蜾蠃螟蛉供一哂。

——〔宋〕朱翌《简韩仲朋》

1.（引子）王羲之

伏案睡着的王羲之被儿子王徽之推醒时，袖里落下一张绢帛，上面密密麻麻地写着字，绢帛被血染了一半。

几案上的油灯还在燃着，随风时明时灭，一旁的砚台和毛笔上的墨汁早已干涸。王羲之揉了揉惺忪睡眼，忙问是何时辰了。

王徽之给父亲递上薄毯，说已是黎明破晓时分，他从窗外看到房间里油灯彻夜通明，有些担心才过来看看，不知父亲何事烦心。他从地上捡起血绢帛，问道："莫非是这封信的主人之事？"

王羲之披上薄毯，点了点头："写信之人已去世百年了，然而信中疑案至今未解。我研究了数日，都毫无头绪，有些丧气。"

王徽之瞥见几案上展开一张信帖，父亲写了个开头，只有几个字：

再复吾兄，十月初八山阴羲之报

字体拘谨严整，与父亲平日里俊逸洒脱的字体完全不同，字字饱含千钧之力。

"百年前之事，又何须劳神烦心？"王徽之为干涸的砚台添了些水，将墨化开。

"你有所不知，这血绢帛上是蜀汉丞相诸葛亮之子诸葛瞻写的绝笔书，流落到了族亲后人诸葛显手中。诸葛显乃我旧友，河东人氏，数年前来京与我邂逅，有过一段来往，颇为投缘。"王羲之悲戚地说，"但他最近病入膏肓，将不久于人世……"

王徽之不禁长叹一声："原来是河东诸葛家！"

他对此中渊源早有耳闻，咸熙元年（264年），曹魏消灭蜀汉。权臣司马昭将刘禅、廖化、诸葛氏后人及百姓三万东迁到关中河东郡，实则是司马昭对这些人不放心，派人时刻监视，以防不臣之心。尽管如此，河东诸葛家仍闻名于世，让人不得不想起汉末三国时期叱咤风云的诸葛一族。

"此事说来话长。"王羲之缓缓道，"当年我大约二十出头，在岳父郗鉴的举荐下，初任秘书郎，掌管全国皇家图书。每日工作便是埋首故纸堆，整理旧章典籍。书院总是门可罗雀，无聊至极。那时，有一名男子每日来调阅前朝卷宗古籍，闲暇时和我相谈甚欢，于是逐渐熟识起来。他当时在建康城^①中逗留很久，见我誊抄书目的字迹工整秀丽，赞叹许久，原来也是书道同好。后来，他与我相约同游古迹、临摹名碑。他在蜀中生活过很长时间，我从他那儿听到不

---

① 东晋都城，今南京。

少奇闻逸事，眼界大开。他说，成都的城池、门屋、楼观都是秦朝时司马错修造的，距今已有六百余年了，真是遥想前人，令人感触颇多。

"后来我才知道，这位客人诸葛显正是诸葛氏后人。他对我也是有事相求。前朝古籍由于战乱大多散失，残存的图书都被皇家收藏编目。诸葛显多次查阅了诸葛亮北伐时期的各种史籍，是想破解自己家世之谜。特别是陈寿所著《魏书》《吴书》《蜀书》，共计六十五篇，合称《三国志》，中间有许多详尽记载，而此外的文稿内容浩如烟海，可如今他已时日无多。"

王徽之奇道："孔明先生北伐，至今已百年有余，世事变幻犹如沧海桑田，又如何搞得清？"

王羲之点了点头，轻捋白须说道："诸葛显并非诸葛亮直系后人。他祖父诸葛乔，本为诸葛亮之兄东吴诸葛瑾次子，过继给了诸葛亮。诸葛显之父诸葛攀之所以得到允许离开河东，正是他后来因缘巧合又恢复成诸葛瑾后人之故。诸葛显假借拜谒先祖诸葛瑾之墓到此调查，主要是为了查清祖父诸葛乔死亡之谜，以及陈寿篡改诸葛乔死亡时间这两个谜团。他说，也许答案就在旧籍中……"

王徽之说："尽管其养父、生父皆大名鼎鼎之人，但诸葛乔本人武无战功、文无政绩，实为平庸之辈，默默无名，并无世人关注。为何陈寿刻意修改卒年？莫非是记错了？"

"我也有此疑惑。因为诸葛乔弥留之际隐约提到了诸葛亮北驻汉中一事，而此事明确记载发生于'建兴五年'，但在陈寿的记载中，故意将诸葛乔的死亡时间提前了四年，即'建兴元年'，我甚至怀疑是建兴'六年'被错误刊刻为'元年'。可是，据诸葛显亲口所说，其父诸葛攀曾经就《蜀书》所写时间问题向陈寿去信，表示祖父诸葛乔的卒年记载有误，而陈寿竟然回信声称记载并无差错，确实是在建兴元年死于战场。"

"事实真相究竟如何？莫非这块血绢帛上写了？"

"血绢帛写的只言片语颇令人费解，比如中间提到的某人遗言'螟蛉子、螟蛉子'……"

"这是什么意思？"

"《诗经·小雅》所谓'螟蛉有子，蜾蠃负之'，是说蜾蠃只有雄蜂而没有雌蜂，不交配不生育，没有后代，因父爱使然，只能养育螟蛉的幼虫。螟蛉子应该指的是养子的意思。"王羲之展开血绢帛，交给儿子说，"等会儿你也带回去看看。"

"好，想不到世上竟有从不生育之虫。那'螟蛉子'可是指诸葛亮的养子诸葛乔?"

"也许是吧。如果依照这事追溯诸葛乔的死因，就不得不从诸葛亮北伐之战时的两位指挥官——监军邓芝和主将赵云说起了。"

"愿闻其详。"王徽之走到窗前拉开帘子，一丝血红的晨曦照进书房，打在绢帛的血迹上。

绢帛上的字迹潦草，密密麻麻，尚有血滴浸透字里行间。

史料：

1. 《三国志·卷三十五·蜀书五·诸葛亮传第五》："（诸葛）乔字伯松，（诸葛）亮兄（诸葛）瑾之第二子也，本字仲慎。与兄元逊② 俱有名于时，论者以为乔才不及兄，而性业过之。初，亮未有子，求乔为嗣，瑾启孙权遣乔来西，亮以乔为己适子，故易其字焉。拜为驸马都尉，随亮至汉中。年二十五，建兴元年（223 年）卒。"

2. 《王羲之十七帖》："往在都，见诸葛显，曾具问蜀中事，云：成都城池、门屋、楼观，皆是秦时司马错所修。令人远想慨然。为尔不？信具示，为欲广异闻。"

---

2. 邓芝

章武三年（223 年），一个灰暗的午后，敲门声吵醒了午睡的邓芝，他忙披好衣服，心中颇有些疑虑。在这个时候上门找他的人，一定是有要事禀报。

门外是个二十多岁的青年，以前在丞相府中见过，但未有深交。邓芝想起，此人便是被称为"沉默公子"的诸葛丞相之子诸葛乔。

"原来是伯松啊，有何要事？"邓芝邀请他进屋细聊。

伯松是诸葛乔现在的字，他以前的字叫作"仲慎"。根据伯、仲、叔、季的长幼排序，他本是生父诸葛瑾的次子，后因诸葛瑾之弟诸葛亮人过中年仍膝下无子，才将诸葛乔过继给他，将字改为"伯松"。

"家父有事相商，事情紧急，在下就不进屋了，烦请移步到丞相府一叙。"诸葛乔客气地说。

---

② 诸葛恪的字。

邓芝望望天空，成都城和往日一样阴霾不见午阳，他的心情也如天气一样阴郁忐忑，不知诸葛丞相在困局之下有何良策。

去年在夷陵之战后，先主刘备在白帝城骤逝。临终前曾派费祎前往东吴与孙权停战议和。而今刘禅即位，政局不稳，不光面临东边孙吴和北边曹魏的军事压力，听坊间传闻新主人身边也人心思变，不少人在和魏、吴两国私通信件，真是内外交困。

邓芝在蜀中被誉为有"悬河之辩"的口才，连费祎都要对他礼让三分，诸葛丞相更是对他青睐有加，这几年颇受重用，平步青云。

路上，邓芝试探性地和诸葛乔闲聊起来，他觉得这个年轻人志虑忠纯，但不善言辞。几句话后，邓芝便套出了一些关键信息。原来午饭时，诸葛亮和诸葛乔聊到了他生父诸葛瑾。去年江陵之战，诸葛瑾因过于谨慎而败于魏国都督曹真，备受孙权冷落，直到最近身体抱恙，孙权才念及旧恩，重新器重起来。

尽管东吴目前是敌国，但这说明诸葛丞相必定和他兄长私下有着密切的联系，从侧面可见，丞相对孙权得知先主去世后的心态变化非常在意。

心里有了数，邓芝随诸葛乔见到丞相时，寒暄几句后直奔主题：

"我认为现今主上年幼力弱，在位不久，最好还是派遣使臣与东吴重修于好。"

诸葛丞相点了点头，似乎颇为满意："我想了许久，一直找不到合适的人选，现在总算找到了，就是使君阁下。"

邓芝慌忙称谢，受命之际，接过了诸葛亮写给兄长的一封亲笔密信，具体内容不得而知。

邓芝自成都城南万里桥出发，顺流东行，经过三个月舟车劳顿，终于抵达东吴首都建业③，却遭到冷遇，孙权一直避而不见。

邓芝无奈，只得先拜访病榻上的诸葛瑾。诸葛瑾老眼昏花，身体虚弱，打开诸葛亮的亲笔信，看了好一会儿，也许是念及亲情，颇有感动之色。

"此事无须着急，我自会说服我主。你只需在上表求见时，说自己是为东吴而来即可。"随后，诸葛瑾对邓芝轻声耳语了一番。

邓芝连忙拜谢，诸葛瑾略显疲态，挥手让他离开，并说："我另有一事相求。长子诸葛恪虽才华出众，但为人孤傲，日后若你有缘得见，切勿在意他言

---

③ 东晋时改名为建康，今南京。

语冒犯之处……"

"哪里哪里……"

"说到这儿，也是我放心不下之事。诸葛恪虽是我长子，但他性格张扬，我们父子关系一直不和，怕时日一久，得罪了朝中上下，就离祸期不远了。"

"这倒不至于。"邓芝劝慰道，不明白为何诸葛瑾要告诉他这些。

"而我二儿子诸葛乔，幼年时沉稳低调，与其兄性格迥异，和我年轻时颇为相似。现在是我二弟养子，我本更器重他，就算才能不足，守住家业也令人放心。只可惜他并不在我身边，如果你能回成都说服我二弟父子，让诸葛乔来建业仕官，我将无限感激……"

"这个……恐怕需要回去和丞相商量。"

"那就万万拜托你了，一定把这个口信带到。"说完，诸葛瑾不住地咳嗽，挥手让邓芝离开。

邓芝此后又在使馆盘桓数日，这才得到通报，说孙权看望了诸葛瑾之后，同意接见。

大殿左右尽是东吴群臣，孙权听完邓芝简要说明来意后，沉默一阵，感叹道："我本想两国和亲，但恐贵国国力虚弱，若曹魏乘虚进攻，尚不能保全自己，要说同盟的话……"

邓芝躬身答复道："两国拥有四州之地，大王您又是当世豪杰，诸葛丞相亦是人中龙凤。蜀有重险可固守，吴有三江可阻隔，两国共为唇齿，进攻可并力夺取天下，退可以鼎足而立。大王若委身于魏，魏必令大王入朝朝拜，若不遵从命令，就有名目讨伐叛乱。我国那时必定见机顺流进发，如此一来江南之地将不再为大王所有了。"

孙权沉静思索了一会儿，明白了其中的利害关系，点头道："阁下所言甚是。"

邓芝见孙权被说动，耳边响起了东吴群臣议论纷纷的嘈杂声。邓芝再次深深作揖，朗声进一步劝孙权决断。

片刻之后，听见殿上传来孙权温和的声音："邓先生，请起身。"他果断拍桌对邓芝道，"今日与魏绝交，同时与贵国结盟。若有再议者重罚不赦！"

——大概当年诸葛丞相游说孙权联合抗曹、决战赤壁，也是如此场景吧！

邓芝长舒一口气，完成了使命，自然心情舒畅，午宴时与东吴群臣把酒言欢。席间诸葛瑾因病并未出席，坐在他座位上的是个年轻胖子，孙权对他礼遇有加。而这名青年眉宇间和诸葛乔相似，邓芝推断此人定是年长诸葛乔一岁的长兄诸葛恪。

早在成都时，就听丞相提到这个侄子机敏过人，但恃才傲物，将来恐有大祸。邓芝觉得相较诸葛乔的木讷内向，诸葛恪更为风度翩翩，气宇轩昂，举手投足间一股贵公子之气。正在暗忖之际，突然听到孙权笑问年轻人道："元逊，你父亲和叔父，谁更贤明？"

诸葛恪脱口而出："当然是我父亲，因为他更知道该侍奉谁，而叔父却不知。哈哈——"

邓芝只得苦笑，一下竟想不出如何反驳。

随后诸葛恪也不理会邓芝，又调侃起了老臣张昭，宾客们大笑不已。孙权不断打圆场，这才化解了尴尬。

邓芝完成了出使任务，打算回国时，孙权召集群臣，一路送至码头，诸葛恪也在随行数人中。

孙权对邓芝笑道："诸葛恪平日喜欢骑马，劳烦下次来时，让诸葛丞相送他侄子一匹好马过来。"

还未等邓芝开口，诸葛恪立刻对邓芝拜谢。孙权大惑不解，说马还没送到，为何谢恩？

诸葛恪回答说："蜀汉就是陛下的马厩，您都下令赏赐了，马能不到吗？"

邓芝皱了皱眉，不便与东吴群臣翻脸，想到诸葛瑾、诸葛亮对诸葛恪的评价，冷笑了两声，又向孙权拜谢告辞，回到驿馆不久后就匆匆辞别了。

谁知到达成都后，诸葛亮收到了孙权的亲笔信。信中对邓芝出使一行大加赞赏，说能说得两国重归旧好，唯有邓芝一人而已。

同盟关系一旦结成，就解决了后顾之忧。诸葛亮立刻决定誓师准备北伐，建兴五年（227 年）春天进驻汉中。

春寒料峭，营寨中生起了篝火，负责警戒的丞相参军廖化突然收到手下探子的急报，说有一小队人马正靠近营寨。

老将赵云听闻后，正欲披挂上阵，诸葛亮忙挥羽扇制止道："应该是向朗所率成都的援军到了。我看今日天色已晚，明日再会师动员吧，今晚有谁愿意前去迎接？"

邓芝起身道："长史正是我旧交，就由我去犒劳远道而来的将士。"

史料：

《三国志·卷四十五·蜀书十五·邓张宗杨传第十五》：（孙）权与（诸葛）亮书曰："丁厷掞张，阴化不尽；和合二国，唯有邓芝。"

3. 向朗

丞相长史向朗擦了擦汗，望了望毒辣的烈日照耀下的小股部队，终于缓了口气，他接过同乡马谡递来的水袋，猛灌一通。

从成都到汉中长路迢迢，向朗带队历尽蜀道坎坷，沿途跋山涉水，随军将士大多苦不堪言。

这段路途，对于在襄阳过了大半辈子的他来说并不算什么，毕竟从故乡到成都仿佛到了另一个世界，而今故土早已沦为东吴领土。

客居蜀地已久，这里充斥着浓郁的方言口音、潮湿的气候。此外，还有法正、李严等一众东川派旧臣垄断政治资源，尽管大家表面上和和气气，共侍偏安政权，但长夜漫漫，异乡人才有的孤独感时常涌上向朗心头。

之前先主刘备还在时，自己随着诸葛丞相和几员虎将都自外地到此，尚且受到重用，与原来东川派尚无利益纠葛。随着关羽被杀、夷陵战败、马超等旧将相继去世，东川派力压益州土著人士，一家独大。他们主张偏安一隅，苟且偷安，养精蓄锐。但诸葛丞相等荆州派系将士始终坚持匡扶汉室，力主北伐，自然引起朝中不满，这种矛盾随着先主去世渐渐显现出来。

然而，只要诸葛丞相这样的大靠山仍旧大权在握，向朗就非常安心，毕竟他和诸葛亮夫妇之间还保持着一层不为人知的私人关系。

在水镜先生（司马徽）的诸多弟子中，向朗最为年长，比庞统、诸葛亮等师弟大十余岁。诸葛亮本一直对他行长辈之礼，而向朗生性豁达，并不拘于繁文缛节，反道同出师门，以师兄弟相称便是。

话虽如此，向朗心中有数，诸葛亮虽然入学较晚，但天资聪颖，且与地方豪强宗族关系颇深，因此向朗早就对诸葛亮另眼相看。原来荆州地方四大家族为蔡、蒯、黄、庞四姓，诸葛亮的两个姐姐分别嫁给了蒯家和庞家，自己又娶了地方名士黄承彦之女黄月英。黄承彦不光是师父水镜先生的挚友，同时其妻蔡氏的妹妹正是荆州刺史刘表继室，三弟蔡瑁掌管荆州军权。换句话说，诸葛亮的岳父与刘表同为连襟，诸葛亮的妻舅正是刘表死后投降曹魏的重臣蔡瑁。

当然，向朗与诸葛亮二人还有更深一层关系。

原来，黄月英向来喜欢黑纱遮面，外人见过的并不多，又一直受黄承彦宠溺，性格内向。在她嫁人之前，同乡见过她的人少之又少，外界传言其是出了名的丑女，黄头黑面，性情古怪，结果一直待字闺中。而向朗因是水镜先生的大弟子，时常随老师到黄承彦家，才得见她真容。这个小姑娘完全不是外界传闻的那样，她不光机敏过人，而且天生丽质，勤俭持家。可以说，向朗是看着黄月英自幼一天天长大的，他侄儿向宠年龄也与黄月英相仿，一同读书，所以两家关系非常密切。

在向朗心中，黄月英是嫁给诸葛亮的不二人选，因此他费心做媒，不断在小师弟耳边吹风，终于成全了一段姻缘，诸葛夫妇自然对他万分感激。

婚后，黄月英伴随诸葛亮南征北战，外界不知，其实诸葛亮有不少奇谋妙计都出自这个弱女子之手。

迁居到气候闷湿的蜀地后，黄月英一直留守成都，操持幕后事务。这次诸葛亮前往汉中，她万分心系汉中的夫君。趁向朗离开成都前，黄月英召见了他，黄昏时密谈了很久，交代给他一项重要任务……

——诸葛丞相虽然刚过不惑之年，但夙夜操劳，憔悴不已，若遇阴雨天气则屡屡咳嗽不止，况且听说曹魏早已厉兵秣马大军压境，战局风云变幻，若有不测……

想到这里，向朗不禁轻叹一声，他在颠簸的马车中，又大声地催促部队急速行军。马谡则劝他少安毋躁，昨夜经过计算，今天晚上之前应该能到达目的地。

这次行动是北上押送粮草，另外带领五百人随军增援诸葛亮。

大部队到达汉中时已是二更时分，诸葛亮的主力部队驻扎在城北山谷中，大寨之间搭起的火盆噼啪作响，星星点点，犹如夜空中闪烁的繁星。

出寨迎接的人是邓芝，绿袍细髯。他抱拳对向朗行了个礼，安排部队接收粮草，然后忙拉着向朗进帐细谈；马谡则奉命安排好军队，先向诸葛亮赴命。

邓芝是新野人氏，与襄阳出生的向朗口音相同，两人用方言交谈，显得格外亲切。

"听说你这次成功出使东吴，可喜可贺。"向朗介绍了从成都带来的少年牙门将军护卫，人倒是年轻英俊，但脸上有一道醒目的刀疤，"对了。这位新封的牙门将军也是荆南人士，算我们半个老乡，也是名门之后。"向朗对他颇为赞许，说是他出发前极力向刘禅推荐，才新册封的。

"牙门将军"始创于刘备时期，后世称为"杂号将军"。所谓"牙门"，就是军中主帅以牙旗立军门之处。顾名思义，"牙门将军"即执掌牙门的将领，字面意为"勇猛善战的虎将"，实则只是诸多将军中级别较低的职级。

"我们荆襄出生之人才在朝中已经凋零了，看来挣得一官半职也是不易……"邓芝不禁摇头叹道，"好在廖化将军在这次出兵前也被封为丞相参军、广武都督，现在还在丞相大帐商议军机，要不要叫他来聚一聚？"

向朗摆了摆手，望了牙门将军一眼，在邓芝耳边悄声道："此刻天色已晚，我等舟车劳顿，是否改日再邀廖将军一叙？"

——向朗突然想起了黄月英行前嘱咐，尽量少和廖化接触，因此借机回避。

邓芝点点头，忙让手下在帐内掌灯。他在豆大的油灯下聊起了廖化："说到廖将军，我们虽是同乡，二十年前就相识，但他性格刚烈，脾气暴躁，难以相处，所以我们也交往不深。这次丞相亲自出兵北伐，荆襄派系中只有廖将军忠心耿耿，颇得丞相信任。"

——莫非是廖化性格暴躁的原因，才要少接触？

向朗一边在想黄月英的话，一边附和点头，试探道："听说他和一些荆州人士关系微妙啊……"

邓芝继续说："廖将军本人就是襄阳人，肯定不是自身原因。在下认为，荆州人士排挤他主要是因为他和关羽将军太过亲密了。这么说也许对关将军不敬，但他驻守荆州时，外界传闻他自恃勇武，为人孤傲，得罪了一班荆襄地方土著老臣。"

向朗点头道："在下也素来敬佩关将军，但他与同僚相处不睦也是事实。且不说老臣，就算新官他也多看不上，公安守将傅士仁和南郡太守糜芳，也多次受他轻蔑鄙视，最后才叛变投吴，导致荆州惨败。"

邓芝叹道："所以关将军在大意失荆州、败走麦城的危急关头，派廖化去上庸向刘封、孟达搬救兵未果，也并不意外。"

"愿闻其详！"向朗将油灯拨了拨，灯光明亮了些，他看到站在邓芝身后的牙门将军也睁大了眼睛。

邓芝悄声说道："还不是关将军生前在先主面前评价刘封是'蜈蛉之子'一语，使得刘封深为忌恨，就算廖将军头磕出鲜血来，他也不愿出兵相救。"

原来刘封本是罗侯寇氏之子、长沙郡刘姓人家的外甥。刘备流落荆州时，因为尚无子嗣，将其收为养子。刘封作战勇猛，屡立战功，本颇受刘备重用，但因为在关羽荆州战败的生死关头对关羽见死不救导致关羽被杀，后又因小事与孟达产生矛盾，导致孟达降魏，刘封回到成都后，在诸葛亮的强烈建议下被刘备责令自杀。刘封死前竟然叹息道："悔不听孟达之言。"

"这事蹊跷得很，孟达居然后来还劝降刘封？"向朗眯着眼问。

"是啊，据说是写密信给刘封，信中以'疏不间亲，新不加旧'为喻，说明到了紧要关头，权势和财利起主要作用的时候，亲人都会变成仇敌，更何况还不是亲人！还说，刘封与先主并无血缘关系却让他手握大权，自从阿斗被立为太子后，刘封地位尴尬，难免会被人猜忌离间。背弃亲生父母而认刘备作父，不合礼法；大祸临头还处在是非之地，不明智；见到正确的明路又心生怀疑，不合道义。还以申生、公子小白、重耳等人为例，建议刘封重新建功立业。孟达劝他恢复罗侯后嗣之名，投靠魏国，否则只能自求多福。"邓芝捋须低声缓道。

"刘封之死究竟原因为何不得而知，坊间也有传言说是诸葛丞相帮先主解决了刘封和刘禅之间可能存在的继承人矛盾……过了很久，先主才听说刘封在上庸时曾当众公开并撕毁了劝降密信，还怒斩孟达劝降密使，先主又经常后悔错杀刘封，时常独自在宫中潸然泪下。"

"要真说不发援军救关将军就得被处斩，那孟达还投降了曹魏，后来不也受到诸葛丞相厚待，还要招降他归汉，只不过是区别对待而已，恐怕归根到底还是因为刘封'螟蛉子'的身份。说起'螟蛉子'，除了忠心耿耿，也有真才实学之人。比如这次魏军的主帅大将军曹真，也是'螟蛉之子'，传言他本不姓曹，原姓秦，是曹操收的养子。前几年在江陵之战大败诸葛瑾，名声显赫，现在受到重用……对了，话说这次曹真大军压境，诸葛丞相有何破敌之策？"向朗问道。

邓芝端起油灯，带向朗到帐中所挂地图前道："拜丞相之恩，我被任命为中监军，与赵云将军由箕谷出由斜谷道向北，计划佯攻郿城。这一疑兵之计主要目的是吸引从长安出发的曹真主力，这次行动并非要进行阵地攻坚战，因此任务轻松。而站在赵云背后殿后的主将，则是丞相之子诸葛乔。"

"他也要上阵？他缺乏战斗经验，很多将士都不太认识他呢……"向朗摇了摇头。

"丞相曾提到，蜀中诸将皆无出色之人，而老将又大多凋零，这次北伐培养继承人也是重要任务。"

"这倒也是，难怪离开成都前，黄月英临时召我，说丞相密信说一定要带马谡和牙门将军。"

"难怪刚才我在营中见到了他……早就听闻马谡与阁下是莫逆之交，我还以为是你举荐的。"

"我与马谡私交甚笃自然不假，事实上，入蜀以来丞相一直很器重他，似乎打算将他着重培养为荆州派系的继承人，不然也不会在先主临终前推荐他了。"

邓芝摇头叹道："只可惜先主对他评价不高，不然也不会说他'言过其实，不堪大用'了。"

"是啊，也难怪他被雪藏多年。但也有些吊诡，刚才我向丞相报到时，他竟然对马谡到来一事感到诧异，似乎有些意外，这倒是和黄月英的说法不一致。"

"这是为何？"邓芝颇为不解，"因为三天前军议时，丞相确实是打算东路以赵云将军作为疑兵，而西路大军才是主力，准备奇袭，而这个西路大军的统帅，本是打算交给牙门将军王平的。"

"牙门将军？"向朗也有些疑惑了，望了望站在帐门外的疤面将军，"哪个？莫非你说的是那个曹魏的降将？"

"是啊，不是门外的刘将军，而是王平。"邓芝盯着向朗道，"他虽曾为徐晃副手，出身敌营，但为人谨慎，军纪严明，颇有赵云将军当年之勇。赵将军也极力推介，因此王平深受先主重用，一直在此地驻防。"

"这样啊。"向朗点了点头，"若有赵将军保荐的人才，主力西进应无大碍吧。"

"另外，还有一件事只与你说，不可为外人道。"邓芝神秘地一笑，"我从东吴出使回来。本还带有一个口信给丞相父子，丞相长兄——东吴重臣诸葛瑾本希望让诸葛乔回到东吴继承本家爵位。但我一回来，见丞相还有重用诸葛乔的意思，我想这对我们荆襄派有利……"

"所以你就没跟丞相父子提这件事？"

"正是。"邓芝得意一笑，"我也是为了国家大计着想，这事我们二人知道就行了。"

史料：

1.《三国志·卷三十五·蜀书五·诸葛亮传第五》裴松之注引《襄阳记》曰："黄承彦者，高爽开列，为沔南名士，谓诸葛孔明曰：闻君择妇，身有丑女，黄头黑色，而才堪相配。孔明许，即载送之。时人以为笑乐，乡里为之谚曰：莫作孔明择妇，正得阿承丑女。"

2. 《校补襄阳耆旧记》："汉末，诸蔡最盛，蔡讽姊适太尉张温，长女为黄承彦妻，小女为刘景升 ④ 后妇，（蔡）瑁之姊也。"

3. 《三国志·卷三十六·蜀书六·关张马黄赵传第六》："（关）羽善待卒伍而骄于士大夫，（张）飞爱敬君子而不恤小人。"

4. 《三国志·卷四十·蜀书十·刘彭廖李刘魏杨传第十》记载有孟达写给刘封的劝降密信全文，此处摘录如下：

> 古人有言："疏不间亲，新不加旧。"此谓上明下直，谗慝不行也。若乃权君谄主，贤父慈亲，犹有忠臣蹈功以罹祸，孝子抱仁以陷难，种、商、白起、孝己、伯奇，皆其类也。其所以然，非骨肉好离，亲亲乐患也。或有恩移爱易，亦有谗间其间，虽忠臣不能移之于君，孝子不能变之于父者也。势利所加，改亲为仇，况非亲亲乎！故申生、卫伋、御寇、楚建禀受形之气，当嗣立之正，而犹如此。今足下与汉中王 ⑤，道路之人耳，亲非骨血而据势权，义非君臣而处上位，征则有偏任之威，居则有副军之号，远近所闻也。自立阿斗 ⑥ 为太子已来，有识之人相为寒心……夫智贵免祸，明尚凤达，仆揆汉中王虑定于内，疑生于外矣；虑定则心固，疑生则心惧，乱祸之兴作，未曾不由废立之间也。私怨人情，不能不见，恐左右必有以间于汉中王矣。然则疑成怨闻，其发若践机耳……

4. 赵云

正值晌午时分，箕谷山道上煦风和缓，光线透过林间缝隙打在银白色的铠甲上。

赵云的这副甲胄已穿戴了四十载，仍不忍舍弃，上面曾沾满的血迹已渗透到铠甲裂纹中去，犹如勇士的勋章。

——当初还是翩翩少年，而今已是壮士暮年。

这次诸葛丞相首次率兵北伐，久经沙场的赵云主动请缨。诸葛亮思虑再三，还是同意了老将的请求，封为先锋官。当然，赵云心中明白，作为蜀汉仅剩的

---

④ 刘表。

⑤ 刘备。

⑥ 刘禅。

五虎上将，这次阵前受封，并非要上阵杀敌，而是要利用自己威震天下的名气，作为吸引曹真主力的诱饵。

"子龙将军七进七出，早就令曹军闻风丧胆，敌军这次一定会重兵合围。这次的任务是埋伏在山谷之中，沿途多布置哨兵，不许正面迎敌死战，只准依仗山林地势，虚张声势。"诸葛亮叮嘱道。

诸葛亮虽与赵云共事多年，深知其为人，但仍不放心。临行前，诸葛亮分派行事谨慎持重的邓芝，统领向朗从成都带来的五百援军殿后，作为接应。最后是初次出阵的诸葛乔，领五六百兵在侧翼押送粮草。

——保存好实力，佯攻诈败，掩护诸葛乔撤退，大概是丞相想助他积累战功，这个任务看来并不困难。

赵云想到这里，林间轻风吹来，他似乎从中嗅到了杀伐之气。

远处山脊间一支黑压压的敌军正急速行军，总领大将谨慎地收起了"曹"军黑旗，将部队一字长蛇阵排开，如果遭遇埋伏可以前队变后队，立刻撤退，这样损失最小。

遥望士兵的穿着和阵形列队，这正是密探所报的曹真先锋队。

然而稍令赵云意外的是，队列蜿蜒漫长，人数远远超过了斥候预估。

——队伍急速前进，转眼就进入了埋伏包围圈，再不行动的话……

埋伏在林间的部队铠甲上折射的斑驳耀眼的阳光，从蔽天旌旗中透射出来，让人一眼看不出究竟有多少人马。

按照约定，赵云一声令下开始放箭，树林中无数方向射出箭矢。曹真的部队临危不乱，每组小队都备有铁盾，顿时阵形收缩成一圈，但并未后退，因为人数众多，后排的人马在狭窄山道上踩着前排被射倒将士的尸体继续推进。

须臾之间，赵云自知人马不足开始撤退，但曹军行进速度很快，尽管死伤惨重，但前线已经逼近，两军开始交战。

情势紧迫，赵云连忙鸣金收兵，急速退至中路与邓芝会合。现在已来不及焚烧沿路栈道故布疑阵了，这时却不见了诸葛乔的补给队。

"诸葛乔现下在何处？"赵云忙问道。

"先前在山谷背侧运粮，大概刚刚返回大寨，也可能正在到此地的途中。"邓芝捋须缓道，"现在得赶紧将战报通知他，避免其与敌军相遇。"

"竟然这时候失去联系了……真是危险。我们撤回大营，路上会相遇吧？"

"未必，诸葛乔走的是小道，敌军很难发现，比较安全，问题是行军较为迟缓。"

"好，我们还是得抓紧时间先通知他。"

"明白，要不我这边派人前去？"

"你是说成都调来的那些人？会不会不熟悉地形？"赵云皱着眉头问。

"放心。我们负责侧翼保护，这几天才对地形进行了勘查，我让牙门将军带一小队人去通报。"

"那好，让他路上小心。"赵云点了点头，说罢，来不及仔细嘱咐，就匆忙指挥部下撤退了。

身后密集的鼓点声响起，早已掩盖了林间战马奔驰的呼呼风声。

入夜之后凉风习习，军帐中，诸葛丞相脸色铁青，赵云与他相识多年，从未见到他显露出如此焦虑的神色。

赵云、邓芝部队成功吸引了曹军主力进攻，虽小有损失，但大体上达成了战略目标。帐中军议的内容主要是下一步主力西进的问题，让赵云颇为诧异的是，这次西进的统帅为马谡。马谡素有"熟读兵法"的美名，但他实战经验不足，让人担忧。

——看来，丞相器重的人选是马谡啊！

赵云赏识的牙门将军王平则被任命为副将，另外向朗也作为监军，三人已经率大军悄然启程了。

然而，诸葛丞相一反常态地沉默寡言，谁都知道他在等待诸葛乔的消息。

原来，诸葛乔自午后出发后，在撤退时就失去了联系。目前得知曹真大军就在箕谷侧翼布阵，诸葛乔很有可能凶多吉少。

这一推测在军议结束后得到了印证，几名满身血污的蜀汉士兵逃回了营寨，正是当时负责通报撤退任务的疤面牙门将军和几名部将。

起初，负责护卫工作的丞相参军廖化在辕门外将这几名士兵拦截下来，他们自称是向朗从成都带来的。因为廖化并不认识这几人，还以为是间谍，向朗刚随大军西进，难以对证。

这时邓芝接到通报，赶到辕门外一一确认后，向廖化解释了来龙去脉后，对方才放行。

据这几名残兵败将禀报，遇见诸葛乔的部队后，部队遭到曹真奇袭，被切断了后路。蜀军人马死战，损失惨重，诸葛乔身首异处，手下几乎全军覆没，只有他们数人跳崖侥幸逃脱。

得到廖化通报后，赵云心中忐忑不已，他卸下盔甲，随廖化直奔中军大帐。

只见诸葛丞相在帐中兀自踱步，见到二人后轻叹一声。赵云明白，虽骤然面临失去爱子之痛，但作为三军统帅，为了避免影响军心，丞相一定是强抑内心悲痛，表现得处乱不惊，淡然道："此事不怪子龙将军，胜败皆是天命，你们先退下吧。"

赵云默然不语，也不知如何回答，只得带着廖化静静走到帐外坐下。

沙场的烈风吹来，两人将铁盾横放在帐门，在月光下对酒，相顾无言，默默地远望着黑暗中闪烁摇曳的油灯。

"先主病榻托孤，病逝于白帝时，丞相痛哭流涕，如今诸葛公子不幸，却未想到丞相如此安静……"赵云的白须被风吹得凌乱起来。

"是啊，我从上庸处未借得刘封救兵，他们都借口辖地归附不久，民心不稳，将我打发走。我逃回先主身边时听得关将军全军覆没，也见到丞相跺足长叹，数日不能饮食，让我深为愧疚。要是当时能说服刘封、孟达援救关将军，也不至于走到如今的地步，怪我无能……"廖化叹道。

"刘封对关将军见死不救，必出自私心，与廖将军无关，无须自责。只是这几年，丞相先后失去了知遇先主、肱股重臣，今日又失去爱子，而北伐大计又无头绪，真希望丞相能渡过此难关。"

只见丞相怔怔望着帐外漫天星斗的背影，彻夜未眠。赵云多么希望这盏油灯暗淡下来，丞相能暂时休憩片刻，甚至希望帐中传来恸哭抽泣的声音，能打破黑夜的寂静。

但是，大帐里的油灯一直安静地亮到了天明。

史料：

《三国志·卷三十五·蜀书五·诸葛亮传第五》有注：

亮与兄瑾书曰："（诸葛）乔本当还成都，今诸将子弟皆得传运，思惟宜同荣辱。今使乔督五六百兵，与诸子弟传于谷中。"书在《亮集》。

5.（幕间）王羲之

"舅舅今天就任北府长官，我登门祝贺时，表哥的一句话让我很在意。"王徽之在父亲书房里还书时，不经意间说了这么一句。

"你是说郗超那小子？郗愔那家子人都是些碌碌平庸之辈罢了，不必在意。"王羲之摆了摆手。

"是的。当时我听到满座宾客无不溜须拍马，心里不爽，就随意敷衍了一句，说舅舅'应变将略，非其所长'。郗愔大怒，说我出言不逊，好在郗超打圆场，说'这是陈寿给诸葛亮作的评语，这是把舅舅比作诸葛亮'才化解了尴尬的局面。"王徽之抿嘴道。

王羲之听后大笑不已，说郗超还有点出息。

"这倒不要紧，"王徽之说，"'然连年动众，未能成功，盖应变将略，非其所长欤'这话倒是提醒了我，说明陈寿或许不认可诸葛亮带兵打仗的才能。"

"诸葛亮北伐连年兴兵动众，确实也没有什么战果……"王羲之点了点头。

"陈寿在《诸葛亮传》里这样评价他，也许出于私人恩怨吧？"

"陈寿父亲曾是马谡参军，马谡兵败被诸葛亮所杀，陈寿父亲也因此牵连受罚。后来又有传言说，陈寿在诸葛瞻手下做事，一直受到轻视，因此他对诸葛父子的评价不如世间那般高。"

"即便如此，这和他改了诸葛乔的死亡时间又有何关系？"

"这倒是令人费解。对了，血绢帛上面写的东西，你看完了吗？"

"看完了，是诸葛瞻死前对这个案子搜集的各种证词。我觉得最大的疑点是诸葛亮在第一次北伐后的责罚：马谡被斩，向朗革职，诸葛亮自己也写了《劝将士勤攻己阙教》，承认了自己指挥战争的失误。"

"'大军在祁山箕谷皆多于贼，而不能破贼为贼所破者，则此病不在兵少也，在一人耳……'，这'一人'就是诸葛亮的自谦之语吧！"王羲之把内容背了出来。

"未必。箕谷之战明明己方兵多，为何遭此惨败？为何明明有魏延、吴懿、王平等名将不用，而临时重用向朗、马谡，战败后又重罚？显然是'一人之力'影响了战局走向。"

"莫非你认为诸葛乔之死并非意外？"

"诸葛乔后队送粮草而阵亡，赵云、邓芝先锋反而成功脱身……"王徽之认为其中必有蹊跷。

"你是说赵云、邓芝等人对其陷害？这对他们又有何益处？"

"邓芝不是从东吴回来时有口信要传达给诸葛乔吗？该不会是诸葛瑾、诸葛恪父子想将诸葛乔拉拢为高级内应，被识破后杀人灭口吧？"

"这只是坊间传闻罢了，不值一驳。口信也许只是嘘寒问暖罢了，况且诸葛瑾究竟说了什么已无从查起，邓芝有没有将口信传到都值得怀疑。诸葛乔手无大权，又难以接触到高层军事机密，内应价值有限。"

"难道是向朗？从事后诸葛亮的重罚来看，若念及两人的旧交，这样严酷的处罚显得太出人意料了。"

"向朗的话，既然他与诸葛亮私交非比寻常，卷入诸葛乔事件不知动机为何？"

"这倒也是。说到动机，我想起血绢帛上提到的'螵蛉子'了。或许是这层养父子关系，如曹操收养曹真时，已有曹丕等亲生子，不存在继承方面的问题，曹真就算为曹魏立下汗马功劳，也不会觊觎曹丕之位，曹操、曹丕父子自然也放心将军政大权交与他。而刘备收养刘封时，史载刘备尚无子嗣，刘封本有继承刘备大业的机会，却随着刘禅的出世而变得身份尴尬……"

"难怪当年刘封回成都后，诸葛亮极力劝说刘备赐死刘封。据称，后来听说孟达劝降刘封时被刘封扯书斩使严词拒绝，刘备念及刘封忠心耿耿，颇为后悔，痛哭流涕。这也许是诸葛亮考虑到刘封刚烈勇猛，刘备死后难以驾驭，对于继承人刘禅不利，因此才借机解决心腹大患。"

"如此说来，诸葛乔岂非和当年的刘封有着相似的经历？"

"确实如此！诸葛乔之死，受益最大的无非二人，一是前一年才出生的诸葛亮亲生子诸葛瞻，二是此时已四十六岁的诸葛亮！"

"建兴五年诸葛瞻出生，建兴六年诸葛乔阵亡……这未免太巧合了吧？"

"究竟是不是巧合我们已无从查证了，但世人若不认为是巧合的话，你觉得普通人会作何推测？"

"诸葛亮便是事件的主谋吧……"王徽之说出了这个惊人的推论。

"也许这正是陈寿所担忧的事。陈寿作为史官，秉笔直书、中立地评点历史人物的得失是职责所在。诸葛父子对陈寿固然有私怨，然而我纵观全书，发现陈寿对诸葛父子的评价仍然是褒多于贬，更多地体会到他对诸葛亮的感激敬仰之情。称他不擅长应变将略，无伤大雅，修改诸葛乔的死亡时间，正是为了避免后世之人对诸葛亮展开各种不利的想象……如果诸葛乔死于建兴元年的话，即在诸葛瞻出生之前四年，那么世人便不会认为诸葛亮是凶手了吧？"

"也许陈寿当年正是如此想法，但他毕竟非亲历之人，也只能按照常理推测。"王徽之只能接受这个推想。

"欸，莫非你认为事件真相并非如此？"

"看完诸葛瞻的血绢帛，我大胆推测或许事件有更深层的原因。在此之前，我想问一问血绢帛的来由。"

史料：

1.《三国志·卷三十五·蜀书五·诸葛亮传第五》：然（诸葛亮）连年动众，未能成功，盖应变将略，非其所长欤！

2.《世说新语·排调·第二十五·四四》：郗司空⑦拜北府，王黄门⑧诣郗门拜云："应变将略，非其所长。"骤咏之不已。郗仓谓嘉宾⑨曰："公今日拜，子猷⑩言语殊不逊，深不可容！"嘉宾曰："此是陈寿作诸葛评，人以汝家比武侯⑪，复何所言！"

3.《三国志·卷四十·蜀书十·刘彭廖李刘魏杨传第十》：申仪叛（刘）封，封破走还成都……封既至，先主责封之侵陵达，又不救（关）羽。诸葛亮虑封刚猛，易世之后终难制御，劝先主因此除之。于是赐封死，使自裁。封叹曰："恨不用孟子度⑫之言！"先主为之流涕。

---

6. 诸葛瞻

景耀六年（263 年）冬天，绵竹城北尘烟弥漫，插在黄土垄头的半截帅旗残破不堪，在萧瑟寒风中猎猎作响。

诸葛瞻望着绵竹城头不断被射落的守兵，悔恨不已。万万没想到邓艾会绕过驻守剑阁的姜维、廖化主力，从阴平道偷袭成都。他也未听从部下建议占守要道，错失良机，反而在涪城平原上与长途跋涉的邓艾主力决战，遭到惨败，

---

⑦ 即郗愔。

⑧ 王徽之，曾任黄门侍郎。

⑨ 嘉宾：郗超，字嘉宾，是郗仓之兄。

⑩ 王徽之的字。

⑪ 即诸葛亮。

⑫ 即孟达。

不得不退守绵竹。

残阳散发出血色光泽，更添几分悲壮，一同融入了诸葛瞻手中的绝笔信中。绝笔信记录了诸葛瞻从廖化那里听来的首次北伐大战时，邓芝、向朗、赵云诸人在诸葛乔去世前的各种动向，以及自己的亲身见闻。

绝笔信写在一张绢帛上，血泊中的诸葛瞻已身中数箭，身旁是倒毙的将士和断头铁枪，血污从他的额头四处飞洒，溅到了绢帛上。这次出阵前，诸葛瞻已知此战凶多吉少，随身将这封信揣在怀中，既知已绝无生还可能，他便将绢帛装入锦囊用胶泥封印。

身边侍卫等人都早已在战场厮杀，早无可用之人，唯见一个年轻书生模样的人，从城中急匆匆赶赴战场，忙向卒长领了一副甲胄。

诸葛瞻向书生招了招手，书生顿时一脸煞白。

诸葛瞻对这个年轻人有些印象，他几年前曾是卫将军姜维的主簿，两人关系密切。姜维与宦官黄皓及党羽不共戴天，因此书生也经常在朝堂和黄皓发生争执，引起场面混乱。诸葛瞻见刘禅面有不悦之色，屡屡维持秩序，大声呵止，引起了书生不满，私下评论诸葛瞻无所作为，引起了大臣的议论。

最近几年，听说他因父丁忧还乡，才返回成都不久，就到绵竹来驻守。

——这书生也许以为是有旧怨，害怕他报复吧？

诸葛瞻内心也很苦闷，朝中很多大臣认为自己纵容了黄皓集团权倾朝野，明知是刘禅宠信黄皓而不听劝诫，自己无能为力，能有什么法子呢？

诸葛瞻从书生手中扯过甲胄，低声说："你别上阵了。"说罢将锦囊交给他道，"眼下赶紧前往剑阁，找到廖化老将军，将锦囊交给他，叮嘱他一定要将锦囊交给诸葛乔后人。"

书生听完一脸诧异道："廖化将军？"疑惑为何在这危急关头要奔赴剑阁。

"你只管前去便是，来不及细说了。"诸葛瞻见十九岁的儿子诸葛尚赶来，将自己的战马交给书生，挥手赶书生离开。临走前，他问了书生名字，书生说自己叫陈寿。

"你也随陈先生一起走吧。"诸葛瞻让儿子骑陈寿的马一道离开。

诸葛尚叹道："我们父子深受国恩，世人误认为我们和黄皓是同党，只可惜我们没早斩此人，才导致今天大败。今日苟活又有何意义？"

陈寿不忍离去，见诸葛尚兀自擦拭佩剑，知道他去意已决，不得不挥泪作别，感叹诸葛一家之忠烈。

诸葛瞻见陈寿骑马绝尘而去，不禁陷入沉思，遥远的记忆泛上心头。

——大概今日会命丧于此吧！我诸葛世家为国捐躯，也不负青史留名了。

二十多年前，父亲于五丈原骤逝。他担任丞相期间，蜀汉一度中兴。随着数次北伐未果，父亲终于积劳成疾，撒手人寰。在此之后，国家疲敝，逐渐衰弱。

而战争失利，早在第一次北伐时就有征兆。

东部战线上诸葛乔被杀，西部战线马谡失去了战略要地街亭，牵连到向朗被革职重处，理由是包庇马谡战败之事，真实原因尚不得而知。

北伐战争几乎耗尽了蜀汉的国力，唯一的成果是降伏了姜维这个文武全才的麒麟儿，而他最后也继承遗志，继续北伐。

谁知父亲去世这些年来，诸葛瞻虽然袭爵武乡侯，却一直疲于和姜维明争暗斗。这两位分别是诸葛亮血缘和事业的继承人，理念上存在巨大矛盾。这并非出于私人恩怨，更多的是政见分歧。

诸葛瞻更倾向于费祎、蒋琬等人在休养生息之时充实国力的方针，而姜维则主张继续出兵，对北伐事业矢志不渝。毕竟蜀汉实力相较魏、吴两国薄弱，长期的战斗早就耗尽了国力。

每当诸葛瞻在朝堂上和姜维争辩时，总是听到姜维不屑的嘲讽，似乎感叹诸葛丞相何故竟得子如此！

其实，诸葛瞻认为采取保守态势是不得已而为之的办法，东吴的案例就是前车之鉴。

东吴吞并荆州三十多年后，国力早已在蜀汉之上，东吴中也有不少人有问鼎中原的想法。延熙十六年（253 年），吴国太傅诸葛恪大权在握，他在东兴之战击败魏军后打算乘胜大举兴兵。当时诸葛瞻收到了重臣张嶷的急函，要他以堂兄诸葛恪为戒，预测此战必败无疑。果然，诸葛恪在大败回国后，因在朝中树敌过多，立即被杀，被夷九族。

这一事件的直接后果是诸葛瞻的大伯诸葛瑾一支的血脉在东吴彻底断绝。当年，诸葛瞻和久卧病榻的母亲黄月英聊起时，不住地感叹，幸好自己远在成都，不然作为诸葛恪的堂弟也一定会受到牵连，这时候母亲不经意间说了一句很突兀的话："我们家曾经亏欠他们家许多，现在是时候偿还孽债了。"

"什么意思？"

"今后请务必照顾好诸葛乔后人，这是你伯父家唯一的血脉了，有机会的话，护送他后人平安回到建业。"

诸葛乔这个名字在诸葛瞻小时候就听人提起过，后来就渐渐遗忘了。他知道此人是自己的哥哥，实际上是自己的堂兄，自己刚刚出生他就去世了。

"这又是何故？为何说我家亏欠他许多？"诸葛瞻跪伏在地，不安地问。

"这都是很远的事情了。"黄月英不断咳嗽，摇摇头，勉强挤出几个字，"得问牙门将军……"

诸葛瞻见母亲咳出血来，不敢再问，只得让她先闭目休息。

年事已高的母亲意识逐渐模糊，几天后就仙去了。在办完丧事后，诸葛瞻心中的疑惑逐渐生根发芽。

天刚亮时，诸葛瞻就匆匆赶往向条府上。

向条之父向朗早已过世，向朗因马谡事件失势后仕途中断，只得赋闲在家。而向朗之侄向宠就担任过牙门将军，"将军向宠，性行淑均，晓畅军事"，这是父亲在《出师表》中对他的评价，因此深受重用。虽然向宠在数年前的南方战役中阵亡，但诸葛瞻推断，根据向朗、向宠这两条线索，也许向条这里会有答案。

向条开门见到诸葛瞻，热情地将他带进主屋。

主屋墙上挂着一幅大字，原来是延熙十年（247 年），向朗去世时写的《遗言戒子》，这段话闻名于世：

> 《传》称师克在和不在众，此言天地和则万物生，君臣和则国家平，九族和则动得所求，静得所安，是以圣人守和，以存以亡也。吾，楚国之小子耳，而早丧所天，为二兄所诱养，使其性行不随禄利以堕。今但贫耳。贫非人患，惟和为贵。汝其勉之！

读罢，向朗对亲人养育的切切深情让诸葛瞻感动。几句寒暄过后，诸葛瞻开门见山地问起了"牙门将军"和诸葛乔之死的事。

"向宠之外，名将中王平、张嶷、赵云之子赵广也担当过牙门将军，当然还可能有其他人。除了王平将军之外，其余人都没有参加过丞相的北伐之战，因此和诸葛乔之死毫无关系。"

"不会是和王平将军有干系吧？"

"这倒不会，王平虽是曹魏降将，但受赵云将军引荐，在街亭之战后也受丞相重用。王将军此生为国披肝沥胆，忠心耿耿，断不可能有二心。"向条很确定地摇了摇头。

"确实，王将军为人坦荡，待我也敬重有加。现下还能查到其他牙门将军吗？"

"牙门将军大多年纪较轻，职位低微，所以受封者较多。我幼时听家父提及过，是有个刚被封的牙门将军被家父从成都带到前线作战。据说此人脸上有一道疤痕，似被刀割过。"

"此人后来如何？"

"不甚清楚。家父后来被调到西线作战时，就与他没了联系。后来家父因马谡事件受丞相重罚，从此心灰意冷，无心政事，此后再未提过北伐战事。当时和他来往密切的邓芝也已经去世，我看也许只能去找老将廖化问问，也许他是目前仅存的线索了。"

"可廖化不在成都，只有等以后了吧……"诸葛瞻喃喃道。当然这只是原因之一，廖化随姜维守剑阁，两人关系密切，诸葛瞻也不愿让姜维参与此事。

谁知这一等，就等到了绵竹之战……

刹那的回忆闪过脑海后，诸葛瞻瞥见诸葛尚重伤扑地，已当胸中枪倒地阵亡了。

——这些谜团只能听天由命，留交后人了。

诸葛瞻举起锃亮的佩剑，上面反射着刺目的白光，他随即自戕而死。

史料：

1. 《三国志·卷四十一·蜀书十一·霍王向张杨费传第十一》记载："（向）朗素与马谡善，谡逃亡，朗知情不举，亮恨之，免官还成都。"裴松之的注释为："（向）朗坐马谡免长史，则建兴六年（228 年）中也。"

2. 《三国志·卷三十五·蜀书五·诸葛亮传第五》：建兴十二年（234 年），（诸葛）亮出武功，与兄瑾书曰："（诸葛）瞻今已八岁，聪慧可爱，嫌其早成，恐不为重器耳。"……（景耀）六年冬，魏征西将军邓艾伐蜀，自阴平由景谷道旁入。瞻督诸军至涪停住，前锋破，退还，住绵竹。艾遣书诱瞻曰："若降者必表为琅邪王。"瞻怒，斩艾使。遂战，大败，临陈死，时年三十七。众皆离散，艾长驱至成都。瞻长子（诸葛）尚，与瞻俱没。

3. 永和三年（347 年），史官常璩（《华阳国志》的作者）向西蜀长老考证，听说陈寿曾经在诸葛瞻手下任职时受辱，所以二人不和。蜀国败亡应归恶于《三国志》中的"宦人黄皓窃弄机柄"。而陈寿在归恶于黄皓的同时，也归恶于诸葛瞻的"无能匡矫"。

4.《华阳国志》:(诸葛)尚叹曰:"父子荷国重恩,不早斩黄皓,以致倾败,用生何为!"乃驰赴魏军而死。

7. 诸葛攀

绵竹城北长长的官道上,一行人沿着蜀道北上,蜿蜒不绝。这些人衣着华丽光鲜,不少人携带妇孺家眷,面露惊恐之色,惶惶不可终日。队伍两侧是神色严肃、浑身甲胄的魏军士兵。一些卒长见人群中一些老弱病残行动迟缓,开始厉声呵斥,甚至用皮鞭抽打落伍之人,场景甚是悲凉。

这是在曹魏咸熙元年(264年),即刘禅投降后的一年。在这一年里,钟会进驻成都,向司马昭诬告头号功臣邓艾,将其与子押送洛阳。后来钟会、姜维也被乱军所杀,邓艾也死于途中……

这长长的队伍就是奉司马昭之命,将投降的蜀汉旧臣迁往关中,彻底根绝后患。因为队伍太长,沿途每隔百里就设有一个补给兵站,走不动的羸弱之人就暂时在简陋的兵站休息,不少幼童和老者倒毙途中,旋即被士兵就地掩埋。

诸葛攀也在人群中,经过绵竹城北旷野时,天色已暗。乌云过后竟晴空惊雷,黄昏之后突然淅淅沥沥下起雨来。押送官兵也在途中兵站就地扎营休息,等待雨停。

诸葛攀脱下沾满泥浆的靴子,刚在道边坐下来,就听到不安的蜀汉官员开始窃窃私语,讨论着经过绵竹城时听到的传闻。一个胖子背着湿透的行囊,正在抱怨泥泞难行的蜀道,旁边一个约莫六十岁的疤面老者不屑地哼了一声。

"你哼什么?"胖子愠道。

"我哼关你何事?"疤面老者没好气地白了胖子一眼,随后不再搭话。

诸葛攀突然听出了老者讲话中有些荆襄口音,但又不完全一致,更像是荆南一带的方言。他正在回味之际,突然坐在一旁的一个瘦高个儿叹道:"听说邓艾被从成都押回洛阳,才经过绵竹时父子就被监军所杀……"

"可不是嘛!司马昭心狠手辣,诸葛瞻父子、邓艾、钟会、姜维全部命丧此地。"胖子大声说道。

听到诸葛瞻的名讳,诸葛攀有些怅然。

"你可要小声点……虽然司马昭名义上给我们封了爵，让我们体面地迁往关中，但得心中有数——毕竟大家都是俘虏，说错话可是要掉脑袋的。"瘦子压低了声音。

"多谢提醒，看来司马氏权势滔天，距离篡夺曹魏皇位也不远了吧？"胖子说。

"我看司马昭早已架空了魏国皇帝，颇有当年曹操之风。恐怕等他死后，天下迟早得到他儿子手里……"瘦子摇了摇头。

"那我们会不会还没到洛阳就在半路上遗尸荒野？"胖子惊叫起来，引发了蹲在一旁的人群的骚乱。

不远处的卫兵闻讯，有些疑惑，似要赶来。

诸葛攀摆了摆手，示意众人安静下来，低声道："大家不必担心，尽可放宽心赶路，别在路上节外生枝。"

人群立即又噤了声，胖子没好气地问："为何？半路上截杀我们岂不一劳永逸？"

"在下认为司马昭定会厚待我等，毕竟东吴大患未除，善待降将可作示范。"诸葛攀淡然道。

"也是。"胖子和瘦子二人点了点头，众人也平静下来。

这时篷外雨声更大了，队伍已无法前行，众人都挤在一起议论纷纷，其中一名耄耋老者拄拐悄悄拍了拍诸葛攀。

"你也是襄阳人士？"老者不停咳嗽，虽形容枯槁，但夜色中一双眼眸发出凌厉的光芒，他同样也是襄阳口音。

"在下诸葛攀，祖父生长于隆中，所以尽管四处迁徙，家父和我自幼都操襄阳口音。"诸葛攀起身道。

"莫非阁下是诸葛丞相后人？失敬失敬。"老者拜道。

"可是诸葛丞相的爵位由诸葛瞻大人继承啊……他和儿子诸葛尚去年就在绵竹阵亡了。"聒噪的胖子突然大声插嘴道，"另外一个儿子诸葛京目前也在被押往河东的途中，我前两天听说了，但不是这位。"

诸葛攀不以为忤，缓缓道："家父名叫诸葛乔，实为丞相养子，英年早逝，所以不为人知并不足为怪。"

——父亲二十多岁在北伐阵亡时，自己尚年幼，连父亲的长相都不记得，还是母亲和祖父带大的。

"想不到老先生久居蜀地多年，竟也乡音未改啊！"说到这儿，诸葛攀突然想到刚才和胖子争吵的那个疤面老者，口音虽是荆南地域，也算半个同乡，他便起身将疤面老者招呼过来。

白须老者仍在不住咳嗽，三人找了个人少的地方挤下，聊起了故乡，大概人在垂暮之年总喜欢忆旧吧。

原来他虽是襄阳人士，但自幼漂泊在外，黄巾义军被剿灭时他也受牵连，在汝南聚众落草，直到后来追随关羽。

"阁下是廖化将军吧？"疤面老者突然说道。

"我们见过？"白须老者打量了对方半天，似乎竭力思考在哪里见过，但又若有所思地摇头，似乎没有想起，也没有否认自己就是廖化。

诸葛攀很奇怪为何疤面老者认识他，转念又想蜀汉老将中廖化有曾投靠黄巾军的经历，也活跃于不同时代，很多人认识不足为奇。

"能在关将军手下做事，死而无憾了。"白须老者不胜伤感。

"可惜关将军为奸人所害，可惜可叹！"诸葛攀道。

"关羽固然善待士卒，但对同僚、士大夫傲慢无礼；张飞虽然尊敬君子，但不体恤小人。二人虽与先主义结金兰，但先主在世时，也经常责备他们。大权交与二人，先主只信任金兰、宗亲之人，外姓人纵有天大本事，也难获重用，用人方面比曹操差远了。可见兵败也只是迟早之事，又有何可惜？"疤面老者小声摇头说。

诸葛瞻见白须老者没有反应，似乎早已年老昏聩，也就不再挑起两个老人的争论了。

一个时辰后，黄昏阵雨霎时停歇，天空开始放晴。魏军士兵加紧赶路，说是离前面兵站营帐还有两个时辰，须争取在天全黑前赶到。

人们又开始拧干衣物，准备启程，只见金甲攒动，间杂萧萧马鸣。老弱多走不动了，只能在原地继续休息。

诸葛攀见白发老者咳嗽得厉害，将随身携带的水袋留给他，疤面老者说要留下来陪同。

——两个老人相互有个照应也好。

聒噪的胖子听说白发老者是名将廖化，也有了兴趣，一边擦汗一边说要留下来听听战争旧事。

诸葛攀来不及多想，就收拾起包裹启程。白发老者在接过水袋时，用枯瘦的手颤颤巍巍地抓住诸葛攀的手，在他手心塞进一个锦囊袋，悄声耳语道："这个锦囊袋是去年诸葛瞻将军死前托人给我的，他说战局纷乱与诸葛乔后人失散，若有机缘再见到，可交由后人拆看……"

诸葛攀正欲拆看，只听官兵在身后呵斥催促，他不得不起身告辞。

诸葛攀怕途中有官兵监视，一直不敢拆看锦囊，直到半夜到达兵站后，众人睡去，他才在夜空微弱的星光下打开泥封口，读了起来。

信是写在一张绢帛上的，上面血污已经干涸，大致记载了诸葛瞻生前探访的有关邓芝、向朗、赵云等人在北伐战争时的见闻与母亲临终时的奇怪遗言。此外还有两件事，一是诸葛恪惨遭灭门，诸葛瑾一族血脉断绝，诸葛乔之子诸葛攀应该回东吴继承；二是诸葛乔之死似有意外原因，其中关键在一个疤面牙门将军身上……

——疤面牙门将军是什么意思？

…………

牙门将军大多由年轻勇武的悍将任职，有的也是名将子嗣。如果在北伐一战二三十岁的话，现在应该是六十多岁的老者了……

两天后，诸葛攀在途中兵站休息时，偶遇了从后面部队赶来的聒噪胖子，他七嘴八舌地说，在绵竹雨天遇到的廖化老将军在途中已经去世了。

胖子说，本是他和两个老者晚上同睡草席，第二天他醒来时疤面老者已随队伍离开了。胖子想摇醒廖化，却发现他早已气绝暴毙。魏军官兵认为他是年老病逝，于是就在野外就地草草埋葬了事。

匆匆赶路的行人没人对廖化之死好奇，只有诸葛攀有种莫可名状的恐惧。

——那个阴阳怪气的疤面老者，究竟是何人？

史料：

1. 《三国志·卷三十五·蜀书五·诸葛亮传第五》：（诸葛乔）子（诸葛）攀，官至行护军翊武将军，亦早卒。诸葛恪见诛于吴，子孙皆尽，而（诸葛）亮自有胄裔，故（诸葛）攀还复为（诸葛）瑾后。

2. 《三国志·卷三十五·蜀书五·诸葛亮传第五》：（诸葛瞻）次子（诸葛）京及（诸葛）攀子（诸葛）显等，咸熙元年内移河东。

8.（尾声）王羲之

——就这样，血绢帛虽是诸葛瞻所写，但经陈寿、廖化、诸葛攀、诸葛显之手，最后落到王羲之父子手中。

王羲之从头到尾梳理了一遍故事的前因后果。

"如果说诸葛乔死于非命的话，也许诸葛亮有最大动机。借助敌军之手，将养子除掉后，爵位就自然而然地传给亲生子了。这几乎和当年他代替刘备杀掉刘封，将基业留给刘禅如出一辙。"王徽之说。

"从阴谋论的角度考虑，正是如此。这也是陈寿修改诸葛乔死亡时间的原因，将诸葛乔的死亡时间提前数年，就可以在很大程度上排除后人对诸葛亮为子嗣继承原因杀掉养子之嫌，也就不影响他塑造的诸葛亮在后人心中的光辉形象。"

"不过，从诸葛亮临时换帅马谡、追责向朗、黄月英遗言'牙门将军'，甚至廖化在其中的关键作用来看，诸葛亮显然知道的没有他夫人多。如果换个角度看，诸葛乔之死会不会另有受益人呢？"

"你是说？"

"如果按同乡和认识先后来看，向朗和黄月英早就认识，而且诸葛乔死，诸葛瞻袭爵，这对荆州派系和诸葛亮直系血亲同样有利。"

"可黄月英远在成都，又是一介女流，怎可能造成诸葛乔之死？"王羲之觉得儿子的思路太过奇怪。

"水镜、黄承彦本为挚友，向朗听命于黄月英不足为奇。诸葛乔北伐前一年，诸葛瞻诞生，向朗担任丞相长史，官员的陟罚臧否，又多出于他的进言。刘禅本无主见，加之牙门将军职位低微，升降都不会引起朝中关注。成都援军由向朗亲自带领，到达汉中，诸葛亮虽事事躬亲，但在百忙之中对受黄月英之命带来的马谡、牙门将军究竟是什么人，他也未必能洞察清楚。在瞬息万变的北伐战场，牙门将军就是在一线冲锋陷阵的死士，是进是退，牵一发而动全身。"

"……也就是说，你认为最后在箕谷作战时，牙门将军奉赵云、邓芝之命通知诸葛乔撤退的消息……"

"如果按照血绢帛记载，负责通报的疤面牙门将军在箕谷之战途中究竟做了什么甚为可疑。他也许追上了诸葛乔，也许逃跑了，甚至可能向敌军暗示了后方战线诸葛乔的隐秘藏身之处。须知按照诸葛亮的安排，诸葛乔的运粮路线本就在后方僻静的安全小道，为何大军安然撤退，只有他被杀？"

"可他为何要这样做？向朗及其所带部队又为何回避廖化？而且似乎诸葛攀对廖化意外之死一事也颇有疑虑，所以诸葛乔并非意外死于敌军之手？"

"也许就是意外……一系列对他不利的因素，在北伐战争的那一天全部偶然串联起来了——诸葛亮、邓芝、赵云、向朗、黄月英、廖化、牙门将军……所有的因素。"

"牙门将军究竟是何人？若从阴谋论角度来看，此人与荆州派系关系密切，与廖化有深仇，与诸葛亮有大恨，那么杀掉诸葛乔、廖化就解释得通了。世间真的存在这样的人吗？"王羲之望着桌面上仍旧空空如也的"再复吾兄"的信帖，不知如何落笔答复诸葛显。

"诸葛显说答案都在旧籍中，我遍翻《魏书》《蜀书》《吴书》，发现了这条线索。"王徽之将抄录的一句话给了父亲，出处是《蜀书十五·邓张宗杨传第十五》：

> 咸熙元年春，（廖）化、（宗）预俱内徙洛阳，道病卒。

"此外，我已在藏书库查到咸熙元年司马昭下令从成都迁往洛阳的蜀汉旧臣名单，"王徽之又指了指抄录在文档后面的一个名字，说，"刘封之子刘林，当年为牙门将军，与廖化同队，但此人到河东之后就隐姓埋名了。"

"牙门将军刘林？从未听说过此人。他与廖化竟然都是在咸熙元年一道从成都被迁往河东的俘虏，而廖化死于途中，蹊跷至极。"王羲之大为疑惑。

"刘林为刘封之子……刘封又是刘备荆州时期收的义子……关羽危急向他求救之际，刘封想起了关羽曾无意随口暗讽他是'螟蛉子'一句，深为忌恨，所以不发救兵。看来，黄月英所谓'螟蛉子'原来是这个意思……"王羲之轻轻摇了摇头。

"不错。关羽身死，廖化回成都告状，与刘封有不共戴天之仇。刘备在诸葛亮谏言下悔杀刘封，向朗在黄月英建议下向刘禅举荐提拔刘林，这样一来，刘林就有机会参与北伐而接近诸葛乔。刘林大仇得报，诸葛乔以及最后廖化皆因他而亡。后来，诸葛攀、诸葛显到东吴承袭了诸葛瑾的爵位，诸葛瑾、诸葛亮两家正好时运颠倒，正可谓'冤冤相报，天命轮回'。"

王羲之反复回味着儿子的一席话，深叹一口气。重新展开信帖，正要打算下笔回复时，突然发现自己早已冷汗涔涔，而脊背却一阵发凉。

——写给老朋友，究竟要不要告诉他真相呢？

他望着窗外飞来飞去的土蜂，嗡嗡不止，这些昆虫有着怎样的秘密？

螟蛉子、螟蛉子。有人用此赞扬亲养之情，有人用此贬低无缘之命，有人又用以破解百年之谜……

作者附记

螟蛉是指昆虫的绿色幼虫，蜾蠃是一种蜂。古人一直有"蜾蠃不生育，喂养螟蛉为义子"的说法。南北朝时医学家陶弘景不信此说，他观察发现蜾蠃窝中雌雄俱全。这些蜾蠃把螟蛉衔回窝中，用尾上毒针将螟蛉刺为麻醉状态，然后在其体内产卵。原来螟蛉不是义子，而是用作蜾蠃卵孵化后的食物。现代科学研究证明，蜾蠃是一种寄生细腰蜂。

此外，西晋陈寿所纂魏、蜀、吴史书，本名究竟是称《三国志》还是《国志》，目前学界尚存争论，缪钺、范文澜及中华书局点校本出版说明均认为是前者，最近经辛德勇先生《陈寿〈三国志〉本名〈国志〉说》考证，认为本名应为《国志》，《三国志》是后世俗称。小说不拟对此深究，暂沿用旧说也均称"蜀汉"。此外，魏、蜀、吴三书在宋之前独自流传，但因王羲之任秘书郎，掌全国之藏书，所以能看到三种书并不足奇。略晚于王羲之父子的裴松之注《三国志》，确有"**（刘）封子（刘）林为牙门将，咸熙元年内移河东**"一语（语出《三国志·卷四十·蜀书十·刘彭廖李刘魏杨传第十》)，这一信息应在裴松之之前就广为人知了。漫漫历史长河中，有关刘林的记载仅此一句，巧合之处，聊备各位看官一哂。

　　路笛，新锐推理作者，个人兴趣是将历史、科幻设定和推理悬疑小说结合起来，创作更有魅力的新时代推理小说。长篇推理小说《金属森林》曾入围首届 QED 推理小说奖决选，《火鸟号事件始末》获第四届牧神计划·新主义悬疑文学大赛三等奖。短篇推理小说《指雕师》曾入围第一届"中国原创推理星火奖"复选，并收入《2021 年中国悬疑小说精选》；《整容狂》收入《2023 年中国悬疑推理小说精选》。

大梦桃花源

远　宁

（一）

"刘贤弟，听人说你要去寻找我笔下的桃花源？"远房亲戚陶渊明见到我后连忙问道。他气喘吁吁地赶来我家见我，可能走得太急，鞋上都是青黑色的淤泥，膝盖下的泥点水渍也没来得及擦一擦。他看到我依然在整理行囊，并没有出门，终于松了一口气。

"是啊，元亮兄，来得早不如来得巧，你若明日来，我就出发了。"我笑眯眯地回答。看到他来，我还是很高兴的，毕竟他是去过桃花源的人，多和他聊一聊，能给我的行程提供更多的指引。

最近他写的《桃花源诗并序》引起了不小的反响，他笔下描绘的安定、祥和的桃源生活，让很多人都心向往之。毕竟时局混乱，朝廷黑暗，皇帝世家都朝不保夕，百姓最期盼的便是求得平安温饱。也正因为如此，他的诗文惹得很多人都去寻找桃花源。遗憾的是，众人的寻找，也如同那序的结尾，堪堪停在了渔人再寻桃花源未果上。

我本想和他好好谈谈桃花源，得知一些桃花源的细节，他却一把拉住了我。

"不要去！"他言辞急切，看着我的眼神甚至带了几分恳求，"不要去寻找桃花源！那里其实……并不存在！你看太守发动了那么多人寻找都没有找到，你自己一个人又如何能成功？"

自从元亮兄和那渔人因为前往桃花源而消失了好几日再回来后，他们遇仙的传闻便开始传得沸沸扬扬。虽然元亮兄没有明确表态这件事的真实性，但也一直是默认的态度。为何转眼月余过去，他连诗歌和文章都写了出来，那渔人也一次次带人去寻找桃花源，元亮兄却开始否认这件事，还极力劝阻我去寻找，这实在是令人不解。

我外表温和，实际上是个很执着的人。

"元亮兄可是担心我？你放心，太守没有找到，是因为他所求不纯，无非为了上位者求仙问药，或者有新丁口能收纳赋税。而我只是心向往之——向往未必是要得到，就像游览名山大川时遇到的风景，就算喜爱，我也从未想将它们据为己有。得之我幸，失之我命，我对找到桃花源并不强求。"我劝慰了元亮兄一句，手上依旧忙个不停——我正在准备一根长绳，这对于进山探洞有很大帮助。

"刘贤弟，你可真让人为难！"发现劝不动我，他看起来有些焦躁，索性自暴自弃般地躺在了我屋内的榻上，半晌后抬头问我，"有酒吗？"

他天性嗜酒，因家贫不能常得，所以常常找人蹭酒，不过是为了寻一场大醉。而我愿意招待他喝酒，因为他饮酒从不惹事，也不让人讨厌，甚至在喝醉后有一种超脱常人的清醒。

众人皆醉我独醒未必是一种幸运，而众人皆醒我独醉也未必不是一种幸福。他看着是醉的，其实比谁都清醒，也更痛苦；而我看着是清醒的，却比他更醉，也更幸福些。

我无奈地笑笑，便让童子去给他沽了酒。

喝了一壶酒后，他似乎更迷茫了，神情恍惚，双目茫然，最后拉住了我的衣袖。

"别找了，无论如何都别去找那个地方了，因为那里只能带给人不幸和死亡！"他怔怔地望着我，脸上露出十分悲伤的神情，"也许我只是在酒后做了个梦，把梦里的事情当了真，写了点安慰自己的诗文，结果却害了别人的性命，我不希望有更多的人死在寻找桃花源的路上。"

"什么人死了？"我抓住了他话中的重点，追问道。

他用双手捂住自己的脸，看起来十分痛苦。

"有些去寻找桃花源的人在山里出了事——有的人死了，有的人失踪了。最主要的是，那个渔人也死了！"

原来在今天早上，和元亮兄一起发现桃花源的渔人的尸体随着他的小船一起漂了回来。渔人躺在船上，却早已停止了呼吸，嘴里还被塞了一根桃枝。

在这之前，他已经驾船出去五天了，还是寻找桃花源。从前，他是迷失了去桃花源的路，而这一次，他迷失了回家的路。

（二）

"我曾千百次叮嘱他，要信守诺言，答应别人的事情一定要做到——不要泄露桃源人的事，不要让人去打扰他们的生活。可他违背了诺言，为了那一点点赏钱，就把桃源人的事情告诉了太守，结果……"他拿酒的手有些哆嗦，我发现他今天一直在摸索自己的右手，仿佛要搓掉什么脏东西一样。

"他就是个世俗小人，见了奇异之事，想要汇报上官得些赏赐。因此违背誓言，为己谋利，也不必过于指责。毕竟如今这世道，升斗小民活着也很艰难。"我开解他道，"我知道你不愿为五斗米而折腰，但也不能过于谴责小人物为了活下去而占些小便宜，你不可能让每个人都和你一样高尚。"

"他是有些魔怔了。"元亮兄喃喃地说了一句，"我从来没想过，他会有这样的结局。现在大家都说，他是违背了对仙人的承诺，所以被降罪，而那根桃枝便是惩罚的证明！"

世人都认为元亮兄和渔人在桃花源遇仙而在仙界待了一段日子。因为凡人遇仙的传闻如今盛极一时——比如有一个叫王质的樵夫，自称是西晋时人。他说自己去石室山砍柴，走到一处山洞中，看到有童子下棋便去围观。童子给他桃子吃，他吃了桃子就忘记了饥饿，等看到棋局结束，却发现自己带来的斧柄已经烂了。下山后，才知道世间已经过去了几十年，和他同时代的人都没有了。于是大家都认为王质是在山中遇到了仙人，正所谓'洞中方一日，世上已千年'，身在仙界所以不知世间时间飞逝。后来当地官员带他去见了郡守，郡守又把这件事报告给了国君。如今王质受着国家的供养，时不时带人去山中寻仙。

再有近者，大概是太元八年（383年）的事情了。有两人上报官府，说他们名叫刘晨、阮肇，是汉明帝时期之人。永平五年（62年），他们进入天台山后迷路，只能在山中采桃充饥。他们顺着山中大溪逆流而上，遇到了仙女。后来他们与仙女成亲，过了十天，他们想要回乡看看，结果发现人间已经过去七世，也就是太元八年了。

而这两个人的结局也是又去山中寻仙，最后不知所终。

山洞、桃，似乎是遇仙的必备条件。

而元亮兄偶遇桃花源的那座山叫楚山，也叫过会稽山，这两个名字是从春秋战国时流传下来的，那时，会稽山和武陵山脉合称"昆仑山"（注：古代的昆仑山和现代昆仑山不是一个概念，是一南一北两个山系）。昆仑是传说中的仙山，西王母所在之地，有瑶池，有不死药，人称百神之所在。这么想来，元亮兄和渔人能在那里遇仙，简直是再正常不过了。

元亮兄是个很矛盾的人，他信奉老庄之道，却又认为世间那些遇仙和长生的故事都是骗人的。

"'世间有松乔，于今定何间'，就算世间有赤松子、王子乔这样的仙人，又有谁亲眼见过呢？所以那不过都是人自己的想象罢了。人啊，还是应该安享生命，生老病死是不可避免的自然规律，相信神灵能让自己长生才是愚不可及！"

这一点我倒是同意他的看法，如今的遇仙故事都是这些所谓的遇仙者自己讲出来的，他们说自己遇仙后就到了几十年或者几个朝代之后。可这茫茫人世间，又有谁能证明他们说的是真的呢？因为谁都回不到过去证明他们是否存在，所以只能任由他们愚弄百姓和上位者——因为求仙得长生是君王和各大世家贵族都在狂热追求的事情，而且愿意为此花费大量财力、物力和人力。

"他们只是用这种话来欺骗世人，然后骗得上位者对他的重视，从而得到好处。"元亮兄神情严肃地对我说。

"可元亮兄你不是欺骗世人的人啊！"我静静地望着他，"我了解你的品性，你不是那样的人，你确实去过桃花源！"

"不，贤弟。"他轻轻摇头，神情有些悲伤，攥紧了自己的右手，低下头不再看我，"如今的我也是会骗人的！"

（三）

"听闻你们去桃花源的时候，先见到的是一片正在盛开的桃花林？"

"是的，四月的桃花，非常美丽。"元亮兄微微点了点头，似乎又想到了那幅情景，露出心驰神往的神情。

如今已经是五月末，东风已过，百花已残，就算是四月，寻常桃花也已经落了。

"我还记得那两岸的桃花，落英缤纷，灼灼其华，那种怒放的绚烂简直要燃烧我的眼睛。"他的眼睛迷蒙起来，"就像梦幻中的仙境，要有三生三世的幸运才能看到那么缠绵的十里桃花，在我看来，实在值得浮一大白！"

初夏欲来，人间四月芳菲已尽，元亮兄去了梦一般的桃花源，记忆让他刻骨铭心，而带来的折磨也同样如此。

"其实我和渔人并没有不同，我们都没有遵守诺言——他把桃源人的秘密告诉了当权者，而我把秘密写进了诗文里。渔者只不过为了一点点赏钱，而我不过是为了文人的虚名……"元亮兄有些厌倦地看着自己的手，"我也会受到惩罚吧？"

"先别乱想，元亮兄，那渔人的尸体如今在何处？"我不太相信仙人降罪的说法，也不愿看到他如此消沉。作为一个行动派，我觉得与其在这里猜测，悲春伤秋，不如去看看是怎么回事。

"他的亲人不想再和官府扯上关系，便直接把他的尸体拉回家安葬了。贤弟你看，亲戚或余悲，他人亦已歌。人生一世，不过如此！"元亮兄喃喃地说，将杯中酒一饮而尽。

"既然如此，元亮兄更应该和我去给他上一炷香，也算告慰他和你相识一场，曾共赴一场奇遇。如果可能，去弄清他为何而死，也算是你最后能为他做的。"

听了这句话，元亮兄有些迟疑地点了点头，跟着叹息一声，站起身来。

"他的家人应该不太愿意见到我，毕竟当初是我雇了他的船，然后和他同去了那桃花源。而且因为我的文章，他也饱受非议，成为别人眼中不守承诺之人，为此我还和他多次争吵过。如今他死了，我还活着，总有些'我不杀伯仁，伯仁却因我而死'的味道。"

元亮兄很少会这样对人情世故感到为难，因为他是一个从不在乎别人眼光的人，洒脱随意，任性自然，如今如此踌躇应该是他在愧疚。

可渔人之死和他并无干系，如果硬要究其原因，我觉得渔人的结局更多是源于他自己的贪婪。

但不解开元亮兄的心结，只怕他不愿意让我去寻找桃花源。如果我将来也因为寻找桃花源出了什么事，他可能还会将错误归咎于自身。

"走吧，元亮兄，我们去看看他。"

听元亮兄说，渔人前段时间过得很好——太守给了他赏赐，让他带自己的门客去寻找桃花源，还有很多人也因为同样的原因私下雇用他。他甚至不用打鱼，整日里陪着各种各样的达官贵人或猎奇的人在江上和山中乱转就能养家糊口。

可好景不长，时间一久，由于一直没有进展，太守开始对他不满。与此同时，有听渔人指引去寻找桃花源的人在深山意外丢了性命或者失踪了，有人的亲眷还为此找过他的麻烦——对方也有点权势，只不过更惧怕太守的势力而已。

因此，这段时间渔人的心情也不太好，常常借酒浇愁，而且性格也越发执拗。只要一出门便会疯狂寻找自己做下的标记，希冀再次找到桃花源。可世事就是这样，越强求越不可得。家人也劝他，仙境可遇而不可求，能去一次已经是莫大的福分，就不要再强求，他偏不听，仿佛魔怔了一般。长此以往，家人也就不再管他了。

谁也没想到，这一次出门，他却丢了性命。

我们到达渔人家时，天已完全黑下来了。渔人的灵堂没有人看守，帮着在门口偶尔照看一眼的是邻人，说他的妻儿因害怕仙人报复，夜间都躲到亲戚家里去了。闻听此言，我们着实唏嘘了一阵——享受着渔人寻找桃花源带来的好处，却连为他守灵都不敢，所谓大难临头各自飞，便是如此。

灵堂里只点着几支白蜡烛，棺椁前胡乱摆放着一些祭品和香烛，风一吹，烛影跳动，照出一地暗影幢幢，让人遍体生凉。

我们给亡者上了一炷香，然后我举着蜡烛壮着胆子朝棺材里看了一眼，这才看清了这位渔人的样貌。这是一个中年汉子，身体健壮，身上没有明显的伤痕，只是双唇绀紫，面上发青，口齿微张，神情看起来很痛苦，双手如鹰爪如钩，放在身体两侧，还有点僵硬。

这状态有点像中毒或心疾，我懂一点岐黄之术，只能大致判断。

"我看到他时，嘴边还有呕吐物，现在都给清理干净了。那时，他身体如弓一般僵硬，两只手放在咽喉处，好像在抓扯那里，如今尸身已经开始软下来，手应该被收殓尸体的人放下来了。"元亮兄轻声说。

"他穿的衣物呢？"

渔夫身上穿的是新换上的寿衣，那么之前身上的衣物呢？还有，他口中那根桃枝又去了哪里？

"衣物和桃枝还有他那条船都被家人找的道士做了法事除晦，现在供在水边发现他的那个地方，听说要等渔夫下葬后再焚毁。当然，船烧不烧我不知道，但衣物和桃枝肯定是要烧的。"这年头，一条船还是值点钱的，但是衣物什么的没人敢留。

我觉得有些矛盾，为什么说是仙人降下惩罚却要除晦，难道不应该祷告上天免除责罚吗？

"我们再去河边看看。"

元亮兄没问我原因，但特意跑回家拿了灯笼。虽然灯笼也不是很亮，好在天边还有一轮明月给我们照亮。

渔人的船离渡口不远——就在他日常停泊之处，也是他今早被发现的地方。道人作法的地方就在岸边的一棵桃树边上，岸边都是青黑的淤泥，如今也被前来围观的人踩出了不少脚印。可能这件事在百姓眼中太过邪门，围观者为了辟邪，在那棵桃树上折了不少枝子，把好好的一棵树折得七零八落，生受了一场无妄之灾。

趁着四下无人，我仔细翻看了渔人留下的衣物。

衣服的前胸部位有一大块呕吐物的痕迹，我从河里掬了一点水，将那已经干了的呕吐物润湿。再从发间取下银簪子，把簪子尖端包在有呕吐物的布料中。不一会儿，在微弱的灯光下，簪子的尖端发了黑，我心中不由得一沉，是中毒！衣服的后背有大片曾经被水浸透的痕迹，元亮兄说他看到渔人尸体时衣物被雾气浸染得有些潮湿，但后背确实是湿的，而且靠近后更觉尸体阴寒之气逼人。衣物里有些破碎的叶片，也有泥土的痕迹，鞋帮上有被石头刮划的痕迹，鞋底上有带青苔的泥土。

"少了些东西。"我望向元亮兄，"无论去打鱼还是上山，食物和水必须有。食物被吃掉了，那水囊呢？"

渔夫身上没有水囊，我怀疑毒就下在那里，最后被凶手扔掉了。

从衣服和鞋子的痕迹来看，渔人上过山，曾经在山间长时间行走，却在吃食物喝水时，被毒死了。从元亮兄描述他发现尸体时的情形和衣物上的呕吐物来看，那应该是一个非常痛苦的过程。

我最后看的是供在旁边的那根桃枝，那就是寻常的桃枝，叶子已经枯萎，上面还有两个小小的桃子。我朝路边的那棵桃树看了一眼，上面也有不少未成熟的小桃子，不由得叹了口气。

（四）

"如果渔人是被杀的，元亮兄，你觉得是谁杀了他？"从河边回来，我跟着元亮兄去他家，走在他身后，忍不住问道。

他一反常态地保持沉默，半晌才反问了一句："你觉得呢？"

"首先，我不认为桃源人是仙人，桃源也并非仙境。"我沉吟了一下说，"其次，我觉得他们确实有可能是凶手。只要是人，都会想要自保，桃源人不想因为这个不守信用的外人而被迫卷入乱世中，再次被官府奴役盘剥，所以偷偷在山里将他灭口也不是不可能。

"而且从前我听县里的仵作说过，尸体从僵硬到完全软化一般都发生在死后三天之后，而渔人离开家是在五天前，也就是说，他大概在前往寻找桃源一天之后就遭到了毒手。按照现在的天气，死了三四天尸体竟然还没腐烂……这说明，他的尸体之前在温度极低的地方待过。"

"难道是山洞？"元亮兄猜测道。

"对，山洞里常常会有终年不化的冰，气温很冷，所以一些山民会在其中贮藏食物，洞中也常常会有山体渗下的积水。因此他衣物的后背都被水浸湿，而且你靠近他的时候会觉得尸体阴寒之气逼人。尸体之前很可能就放在某个山洞中，直到昨天才被凶手撑着船送回来。"

"有道理。"元亮兄点了点头。

"我记得元亮兄写过，你们进入桃花源是通过一个山洞——开始颇为狭窄，走了一段距离，之后豁然开朗的山洞。"

"是的，狭窄而又幽长的山洞，一次仅仅只能通过一个人。"

"或许他就是在这样一个山洞里探索时被害，凶手也许是和他同行的人，也许就是桃源人。"

"刘贤弟，你真觉得桃源人会出桃花源？一直跟着他，知道我们做过的事情，并因此展开报复？"元亮兄愣了一下。

"当然，他们当然会出入桃花源。"我笃定地点头。

我日常喜好游山玩水，走过山中很多地方。其实越往深山中走，越是有许多人迹罕至的森林。它们似乎在盘古开天地时就矗立在那里，不知岁月年长。就连常在山林行走的人都不敢轻易踏足那里，因为这样的山林里有太多危险。而在这些深山老林里，散落着许多与世隔绝的小山村。

"我认为你们误入的桃花源就是这样一个民风古朴的小村落，从你写的'男女衣着，悉如外人'一句便能知道事情有异——如果桃源人真是为了避秦时战乱，躲到山中不与外人接触，缘何服饰和外面人并无不同？秦时的服饰和如今可大不相同。我猜他们只是和外界接触少罢了，况且如果这么多年真不与外界接触，所有婚配嫁娶只在他们那些人中间，从秦到今，只怕早就亡种灭族了！"

"贤弟这么想是对的。"元亮兄闻言赞同地点了点头，似乎也松了一口气，"桃源人和外界的接触估计也是力求不惹人注意，婚姻嫁娶大概也是与和他们一样隐居在深山中的村落部族通婚。世上可能有知道他们存在的人，但是在他们眼中，桃源人只是居住在深山中的一个小村落罢了，和他们每个人一样并没有什么不同。"

"元亮兄说的是。"

听了我的话，元亮兄仿佛受到了鼓舞，话匣子也打开了。

"贤弟，其实关于渔人之死，我心中还有一个怀疑对象，那便是太守派来和渔人一起寻仙的门客。他一直对寻找桃花源非常积极，因为找到桃花源对他来说便是大功一件，所以他私下给了渔人不少好处。随着找到桃花源的希望越来越渺茫，他们之间也发生了矛盾。听渔人的家人说过，最近他和渔人常常发生争吵，甚至威胁渔人。这一次外出，渔人离家很早，也没留下什么话，家里人不知道他是不是和门客一起走的。"

"既然他对寻找桃花源如此迫切，就没来问过你吗？"我好奇地问。

"问过。"元亮兄点点头，面上露出一丝讥讽，"那门客扯虎皮做大旗，对我威逼利诱，几乎什么招数都使上了，但是他能奈我何呢？我说去的那天喝了酒，从桃源出来的时候也喝了送行酒。而我喝酒期在必醉，世人皆知。更重要的一点，渔人为了他自己的利益——保证自己是唯一能找到桃花源并得到好处的人，不想让我对门客多说什么，他也证实说我一直醉着，我所知道的一切都是听他讲述的。其实去的时候，我没有醉……"

是啊，如果你醉了，又怎能写出那么细致的文章呢？如果出来时你醒着，信守承诺的你又怎能容忍渔人处处做标记呢？

"所以门客就不再纠缠你了。"

元亮兄点了点头："我说了谎，但因此得以遵守了诺言，得到了内心的平静，所以我并不后悔。"

（五）

陶家的院子里种着很多菊花，如今正郁郁青青，等到秋日来临，才能绽放花朵，让我这位远房兄长可以尽情"采菊东篱下，悠然见南山"。

陶家是陋室，但主人并不在意，能自得其乐，在此撰文以自娱，心灵高尚，陋室自然不陋。

只是我这次来，却发现了异样之处——他家院子的篱笆上贴了几张符箓。

"为何会有这么多符箓？"

"是你嫂子不放心，非要贴，怕下一个遇害的就是我。"元亮兄无奈地说。

"如果你遇到的是仙，这些东西有什么用？"我哑然失笑，"什么符箓能把神仙拒之门外？"

"其实不是拒仙，因为还有一种说法，那便是我们遇到的不是仙，而是鬼。"元亮兄轻声说，对我做了个噤声的手势。这时，他的家人迎了出来。我们这个时候回来，他的家人还都在等着，亲人之间真正的牵挂，大概就是如此。对比渔人一家，看到此情此景，我心里好受了许多。

我们双方见过礼、略叙过家常后，元亮兄便打发家人先去休息了，而我们坐在他的房间里继续聊天。

"谁说你们遇到的是鬼？"

"是附近道观的道人。"元亮兄微微一笑，"他们说的也是有模有样，我看百姓们也很相信。"

这么一说，渔人的家人不敢守灵，还要给他的遗物作法除晦便能解释了。

"他们说我们误入的是一个楚国大墓。贤弟可能不知，一直有传说我们这山中有一个楚国王族之墓——昔年秦灭六国，有楚国王室子弟仓皇逃到此地，遂在此隐居，后来便葬在山中。楚人好巫敬鬼，热衷巫术，有很多秘术，所以道人说我们遇到的那些桃源人正是楚人的亡魂。

"至于我们当时'忘路之远近'，他们说我们是遇到了鬼打墙，所以才陷入了迷失之中。而桃树是辟邪之树，可以镇住鬼魂，而那么大片的桃林要镇住的便是那洞穴里的楚人鬼魂，让他们不敢踏出洞口一步。而且他们还说，'初极狭，才通人'的洞穴其实是墓道，因为前窄后宽正是陵墓的制式。与我们交谈的桃源人只不过是以秘术封印在墓穴中给楚王殉葬的楚人亡魂，他们的灵魂在墓穴里不死不灭，给我们吃的东西也是后人给他们的祭品——毕竟当时正是四月，清明节才过去不久。正因为我们去的是亡者的世界，所以在出来之后，作为活着的人再也寻不到去那里的道路了。"

"这说法倒也有趣。"我也像他一样，闲适地躺在竹榻上，"既然被十里桃花封在了墓穴中，又怎能出来杀渔人呢？"

"说是我们出来时被亡魂下了咒，我和他对桃源人承诺过不说出那里的信息——'不足为外人道也'便是立咒，但渔人不守承诺，所以便被咒杀了。"

"这说法倒也有趣，但也只能当作奇闻怪谈来听一听，吓一吓普通百姓了。若是因为违背誓言被咒杀，那么在他做标记的那一刻、你写文章的那一刻，早该被咒杀了。"我笑着摆了摆手，望向元亮兄，"其实我觉得，排除仙人降罪、鬼魂咒杀这种怪力乱神的说法，杀死渔人的凶手可能有这么几个人——桃花源人、太守门客，也许……还有元亮兄你？"

"我？"只见他一下子从榻上坐了起来，有些惊愕地看着我，"你，你为何会怀疑我？"

"因为你和他同去了桃花源，他没有遵守诺言，而你非常反感他的所作所为，还为此多次和他争吵，不是吗？"

"是。"元亮兄点点头，他又开始下意识地搓右手了。

"我猜他可能劝你和他一起再去一次溪上，期望能共同回忆出什么，好帮他找到桃花源，得到更多好处。当然，他也许诺给你一些好处，你们真的去了，但在路上不知为何发生了争执，然后你就下毒杀死了他！"

闻言，元亮几乎要从榻上跳起来。

"他是多次来找过我，但我从未答应过他，陶某怎能做如此言而无信之人，怎能因为贪图那一点点好处就做出如此下作之事！我这几天都在家里，家里人和左邻右舍都能证明，我……"

看他如此焦急气愤，我哑然失笑。

"元亮兄别急，我也只是这么说。但我能肯定不是你，因为你生性高洁耿直，不为五斗米折腰，自然不会贪恋那些弃守承诺带来的好处。而你也根本不会驾船，更何况是要从山那边把船撑回来，因为你是个即使从早到晚去除草也只能做到'草盛豆苗稀'的人，那种力气活儿怎么适合你呢？"我揶揄地笑了笑，话锋一转，"但我怀疑你做了另外一件事。"

"何事？"元亮余怒未消地望着我。

"你看到他死了，便在尸体上做了手脚——当时你到我家，衣服和鞋子上全都是水边淤泥的痕迹。其实你应该是第一个发现尸体的人——你踩着淤泥到了船边看到了他的尸体，震惊恐惧之余，为了把这件事的走向引向怪力乱神，你便想在他的尸体上做点手脚，于是就在他嘴里插了一根岸边野桃树上的桃枝！"

听到我这么说，元亮兄面色大变，最后有些颓然地倒回榻上，看着自己的右手，承认了我的猜想。

"此事我确实问心有愧。清晨我起来散步，当时雾气蒙蒙，我看到他的船停靠在岸边，便鬼使神差地靠前看了看，结果就在船里看到了他的尸体。然后如贤弟所言，我没敬重他的遗体，还做了那件事后立刻逃走。"他捂住自己的脸，"我只是希望不要再有人去寻找桃花源，不要再因一个不切实际的梦想而疯狂，最后丢掉了性命！如果世人能把渔人的死当作一个诅咒、一个惩罚，阻止他们疯狂寻找的脚步，不再试图去打扰桃源人的宁静生活，那就最好了！"

我了然，所以在我家时他是那么惶恐，一直神经质地搓自己的手。因为那只手折断了岸边的桃枝，又把桃枝放到了死者嘴里。他一身孤傲骨、半生潦倒身，有自己的坚守，耻于去做违背本心的事。所以这种事一旦发生了，他才会那么忐忑不安。

"所以你跑来劝阻我不要去寻找桃花源，是不愿意让我步他们的后尘。"

"是。"

"那时候你难道不应该更担心自己吗？"闻言我有些生气，知道同一个秘密的两个人死了其中一个，那么剩下的那个人可就太危险了，他却只想到不让别人毫无意义地死去和维护桃源人的生活。

"我并不怕死，焉知那不是另一种解脱？但求生时还是希望能遵守本心罢了！"他轻轻叹息一声。

（六）

"说这延绵不绝的大山中有秦灭六国时躲在这里的楚人后裔，我相信是有可能的；从两汉至今，武陵这里就战火不断，魏蜀吴三国在此征战不休，本地还有武陵蛮作乱，老百姓躲到山中躲避战乱，也是有可能的。而他们都有可能是你们看到的桃源人的先人。为了避世，桃源人可能早就做了各种准备，当他们发现有你们这样的外人到来，便说出了早就准备好的一套谎言。谎言虚虚实实，听起来缥缈，但能掩人耳目，终极目的便是不让人来打扰他们。"

"你是说我们被全村人骗了，他们都在说谎？"元亮兄有些难以置信地问。

"如果为了保护全村人，我也会说这样的谎言，难道还要对你们这样不明品性的外人掏心掏肺吗？"我正色道，元亮兄有时就是太过天真，觉得人与人之间都该以诚相待，信守诺言，"他们当然不可能完全信任你们，很可能在后面一直跟踪你们。当看到渔人做标记，就知道他不打算遵守诺言，便在你们后面将做下的标记统统毁掉，最后再堵住入山的洞口，你们就很难再找到他们了。况且你们去的时候，桃林落英缤纷，说明桃花已经是盛开过后开始落花了，通常在几天之内，所有的桃花就会全部凋零。

"如果山间有一片粉云，远远便可以望到，那自然容易找到。可是当桃花凋零，只剩茂盛的桃叶，变成了和周围一样的青青绿色，想要再找谈何容易？而且想找溪水的起源也不容易——'河海不择细流，故能就其深'。这武陵江水如此宏大，不知有多少溪水会流入其中，还不包括雨季会突然出现临时水流，哪有那么容易找到当初的那条小溪？没了标记，再没了显眼的参照物，难以找到是理所当然的。"

"这么推测下来，桃源人确实不太可能杀死渔人，因为他们只需毁掉标记即可，不必一直跟着我们。而越靠近武陵郡，水道上的船只和人就越多，也就越容易被人发现他们的踪迹，他们没必要冒险到如此地步。而且他们也不太可能知道我们住在哪里，更不可能找到渔人常常停船的地方，再把船停在那里。"元亮兄立刻推测出后面的情况。

"是的。"我点了点头，"如果是桃源人杀人，渔人寻他们这么久，大部分时间都在山上，只要随便找个机会下手，在大山里悄悄埋尸就谁都找不到了，不必多此一举送回尸体。所以我还是倾向于是太守门客那边下的手，他们毕竟来往了很长时间，而且门客人多势众，不乏撑船好手，每次和渔人出发也都是在这个渡口。

"况且元亮兄你说过，一直寻找桃花源未果，门客才是最失望愤怒的——这让他失去了跻身向上的一条途径，尤其在前期付出了那么多努力的情况下。现在他需要及时止损，并且有一个向太守解释这件事的完美理由，让太守断绝寻找桃花源的念头。那么只有渔人死了，才不会有人坚持说有桃花源，就算渔人口中没有那根桃枝，他的死也可以被门客在太守面前添油加醋地解释为被仙人责罚，不允许泄露仙界的秘密。那么笃信神灵的太守，自然不敢违逆鬼神的意见，这件事便可不了了之。

"日后元亮兄不妨再观察一下，既然渔人的家人不想再和官府扯上关系，也没将他的死讯上报太守，如果那门客不再登门，就说明他早就知道渔人已死，不必再跑一趟，那么八九不离十他就是凶手。"

"就算知道了他是凶手，我们也没办法为渔人做什么。只有猜测，没有证据，一切也只是推想，我们只能让渔人就这么埋葬！而杀人者，可能依旧活得春风得意。"元亮兄有些颓败地说。

在君王的性命都朝不保夕的世道，一个小小渔人的性命在上位者眼里，又算得上什么呢？也许连草芥都不如。

"所以这乱世，才让人更想寻找桃花源啊！"

话毕，我们两人都长长地叹了口气。

其实对于桃花源究竟在哪里，我一直有猜想——当时他们遇到桃林的时候，寻常地方的桃花都开过了，而那里的桃花才开放，说明桃花林在山中地势较高的地方——地势高的地方温度就会低，花开得就比较晚。而"林尽水源"，说明他们到了溪水的发源处，那至少是半山之处。虽然半山的洞穴如今很可能已经被桃源人封死，但既然推测他们依旧有外出的情况，水路未必是唯一选择，肯定也有陆路交通，估计那应该就是一条鲜为人知的山间小路了。

这茫茫大山中，只要有恒心，桃花源也许终有一天会被我探访到吧！

想到这里，我下定了决心。

"元亮兄，今后我还会继续去寻找桃花源。"我站起身来，眼望窗外的远山，"本来我就喜欢游山玩水，以此乐而忘忧，在此期间顺便去找一下桃花源也无妨。"

"可是……"

"元亮兄，我知道你担心什么。"我抓住他的手，安抚地拍了一拍，"那么我希望你在序的最后加上我的故事，也许就会让那些只是为了寻仙猎奇的人就此止步。我和他们不一样，我寻找桃花源只是去寻找自己的一个梦想，完成一个自己的心愿，再无其他。毕竟如桃花源那样美好的地方，谁不心向往之呢？"

南阳刘子骥，高尚士也，闻之，欣然规往。未果，寻病终。后遂无问津者。

远宁，本名由远宁，"80后"推理作家。性随和，好读书，喜爱福尔摩斯和波洛。2008年开始推理小说创作，作品散见于《推理》《推理世界》等杂志。代表作："大唐狄公案"系列、"唐案无名"系列、"红线传"系列等。短篇推理小说《看朱成碧》曾获首届华文推理大奖赛一等奖。

大明野乘

建文逊国异闻录　王圣翔　撰

西获麒麟　　　拟南芥　撰

嘉靖二十一年　瘦亮亮　撰

建文逊国异闻录

王圣翔

引　子

残阳无奈地落下去，天边只剩下一抹血红。

桌上的淡酒早就冷透了。身着月白色袍服、浓眉大眼的状元郎胡靖"啪"地一拍桌子。

"这些无耻的武夫！"

"京师真的守不住了吗？"

身着灰袍、消瘦如风中芦秆的翰林院修撰王艮抱着一丝期待，一一看向众人。

众人不是低头不语，就是默默摇头。

"只要金川门一开，叛军就能直入京师城，"眉目清朗的兵科给事中胡濙无奈道，"城内二十万禁军分散在各处城关，还有谁能挡住燕庶人的铁蹄？"

"那万岁怎么办……"王艮低头嘀咕。

"怎么办？"坐在上首、身着褐袍、一脸老成的翰林院编修吴溥一歪头，"还能怎么办，赶紧劝万岁潜出京师，再做打算。"

胡濙摇摇头："以万岁的性子，他怎肯一走了之，再说叛军早就将京师围困得如铁桶一般，潜出京师谈何容易？"

"你不是说谷王和曹国公要献出金川门吗，"吴溥接着说，"他们如果与燕庶人早有约定，金川门外叛军的守卫必然相对空虚，我们可以——"

一直没开口的翰林编修杨子荣突然"嘿嘿"地笑起来。

众人一齐望向他："勉仁，你为何发笑？"

杨子荣站起来，看了一眼众人，冷言道："我笑你们这些迂腐之人，他们皇家的家事与我等何干？"

王艮像一杆挺直的铁枪腾地立起来，指着杨子荣大声道："勉仁，你糊涂啊，这岂是皇家家事，如果燕庶人凭武力夺得大位，这天下百姓还会有安宁之日吗?！"

杨子荣一扭头，坐下来不说话了。

"我等皆受万岁知遇之恩，才有机会进入朝堂为百姓做点事，"王艮一拱手，"于国、于君，此刻正是我等用命之时啊！"

胡濙抬起头："如德润兄所说，金川门或许真的是个机会。"

吴溥点点头，转向胡靖："光大，你怎么看？"

胡靖迟疑了一下，低头道："我这个人一向没什么主意，你们说吧。"

"怎么也得试一试？"王艮近乎哀求道。

"你们啊，不想想，明天这个时候奉天殿的龙椅上坐的是谁，要是真帮万岁逃出生天，你们脖颈上的东西还保不保得住。"杨子荣阴恻恻地插了一句。

"你——"王艮涨红了脸，瞪着杨子荣。

杨子荣冷哼了一声。

王艮无奈地看向其他人，众人都是眼神闪躲，默默无语，胡靖更是背过身去。

"算我王艮恳求诸君了。"王艮退后一步，躬身到地。

"王敬止，"杨子荣又开口道，"你一口一个百姓，自己的命都要没了，还谈什么百姓。"

"杨子荣！"王艮大怒道，"道不同不相为谋，你滚！"

杨子荣一甩袖子："我早就该走了，与你们这些酸子说不清楚！"

"滚！"

杨子荣转身离去，屋子里安静得像冻住了。

半晌，王艮长叹一声："诸君，国事糜烂至此，万岁旦夕不保。艮，一介书生无以报国报君，只能以身相求，望诸君能尽全力保全万岁性命。"

"艮，在九泉之下必感念诸君恩德……"

"敬止……"

"敬止，你干什么……"

下一瞬，灰色袍袖向着门柱飞舞起来，"啪嚓"一声，昏黄的屋子里突然开出一朵猩红的花，又化作点点血雨，缓缓落入尘埃。

第二日，清晨，卯时。

紫禁城的宫门"吱呀呀"地被推开了。

从里面走出三个身影，前头身着深青色公服的是建文二年（1400 年）庚辰科的状元郎、现在的翰林院修撰胡靖，后面跟着一高一矮两名内官。

他们是替皇帝前往同是翰林院修撰、与胡靖同一科的榜眼王艮家吊唁的。燕王大军几日前开始围困京师，王艮深感国事无望，据其家人说，今日清晨向妻子交代好后事，便以头触柱而亡。

皇帝感念王艮的忠心，便遣状元胡靖前往吊唁。

与此同时，京师城外十里的龙潭，燕军大营。

中军大帐中，一个高大的身影背着手站在几案前，眼睛微闭："三宝啊，四年了，终于等到这一天了。"

"是，殿……陛下。"

营帐外，遮天蔽日的军旗下，摩拳擦掌的燕军正在慢慢集结，今日就要攻城了。

乙丑，至金川门，谷王橞、李景隆等开门纳王，都城遂陷。

——《明史》

第一节

建文四年（1402 年），六月十四，京师陷落第二天。

辰时，龙潭，燕军大营。

兵科给事中胡濙咽了一口唾沫，慢慢地抬起头，前面就是燕营高大的辕门，里面密密麻麻、无边无沿的营帐让他想起了马蜂的巢穴。

其实这是他第二次来到燕军大营，第一次就在昨天，京师陷落的那一天。

那时候，他怀里揣着两封书信，一封是太医院戴院使的，一封是谷王和曹国公的。两封信写的是同一个内容，就是告诉燕王，我们愿意打开金川门，迎接您进城。

"敬止，能做的，我都做了啊。"胡濙咬了咬牙，低头继续往里走。

守门的军士验过腰牌，胡濙躬了躬身子便往营盘中心走去。一路上见到的一队队燕军军士都是一副耀武扬威、不可一世的样子。胡濙小心翼翼地走在一边。

行了不知多久，前头突然出现了许多镶着金边的黄色锦旗，他心里"咯噔"一下，看来就要到了。

胡濙一抬头，看见一群身着深红色公服的官员簇拥着几位藩王，意气风发地从中军大帐中走出来。

他赶忙闪到路旁，这些人大摇大摆地从他面前走过。

胡濙认出了这些人里有原兵部尚书茹瑺、原吏部右侍郎蹇义，还有庚辰科的状元胡靖。

他知道这些人刚刚一定在燕王的大帐里，齐声高呼："天下岂能一日无君，愿燕王殿下为了百姓和社稷，早日即位！"

而燕王一定连连摆手："本王起兵是为了仿效当年周公辅佐成王，怎能自己当皇帝呢？"

这种"三推三让"的戏码在史书上已经演绎过无数次了，这些饱学的原建文朝重臣自然不会担心燕王真心推辞。

"周公"是到了，可是"成王"现今又去了哪里？

胡濙脑袋乱哄哄地进了大帐，帐内的寒气让他一激灵，一抬头便触到了两道鹰隼般的目光。

他膝盖一软，"扑通"一声匍匐在地，颤巍巍地高声道："燕王，千……万岁、万万岁……"

几案后的阴影里，传来几声有如夜枭的干笑。

"源洁，一日不见，生分了许多啊。"

胡濙以头触地，战战兢兢地道："今时今日已经不同往日了，燕王……万岁……"

阴影中的人挥挥手："源洁，不必如此拘礼，你跟那些人不一样。"

"你是戴院使的弟子，戴院使曾经救过我的命，他在信中举荐你，说你是忠厚老实之人，我是信他的。"燕王缓缓道。

"多谢殿……陛下，多谢陛下。"胡濙磕头如捣蒜。

"好了、好了，"燕王有些不耐烦了，"今天叫你来，是有差事交给你办。"

"……陛下能想到小臣，是小臣的荣幸。"胡濙定了定心神道。

阴影里突然安静了，半响，燕王才悠悠道："我想知道'成王'现在在哪里。"

胡濙身子一颤，抬起头："万岁，不，'成王'……建文不是被烧死了吗？"

燕王又沉默了一会儿，道："我想知道那具焦尸到底是不是'成王'，如果不是，他又去了哪里？"

胡濙瞪大了眼睛，似乎明白了什么，立即俯身道："小臣定不辱命！"

"这个你拿去！"

"啪！"

金光一闪，一把鎏金剑柄的佩剑扔在胡濙面前。

"这是本王的佩剑，"阴影中，又传来燕王冰冷的声音，"在京师城中，你可以凭着这把剑便宜行事，调动所有人力和物力。"

胡濙整个人俯在地上，用双手将佩剑高高举起："……谢主隆恩。"

"源洁，今日我就要答案。"燕王在阴影中挥了挥手。

"小臣，即刻去办。"

胡濙爬起来，低着头恭恭敬敬地捧着佩剑，撅着屁股慢慢地向大帐外退了出去。

"等等！"

刚要退出大帐的胡濙身子一颤。

"再给你派个帮手，"燕王的声音稍稍柔和了些，"三宝，今天你就跟着源洁吧。"

"是，陛下。"

胡濙这才发现，大帐的阴影中除了燕王，还有一个高大的身影。

"谢陛下！"

胡濙急忙托着佩剑，叩头谢恩。

"对了，他大名叫'郑和'。"燕王又补充道。

胡濙这才看清，那人的面目就像刀劈斧凿一般冷硬。

"郑将军。"他躬身施礼。

郑和像一座山似的站到胡濙面前，沉声道："胡给事，我们走吧。"

胡濙仰头看了一眼郑和，想要转身却脚下一软，抱着佩剑跌出了中军大帐。

郑和一探手，像抓了只小鸡一般将胡濙提在半空。

"郑将军，放我下来，放我下来……"

郑和一松手，胡濙"扑通"一声摔了个狗啃泥。

胡濙一骨碌从地上爬起来："郑和，你这是干什么！"

"是你让我放手的。"郑和两手一摊。

胡濙气血上涌想上前一步，却又退了回来："陛下的差事要紧，不与你计较。"

他气鼓鼓地提着佩剑转身跌跌撞撞地走向营外，郑和像影子一样紧紧贴在他的背后。

两人要了两匹快马，一前一后一路狂奔到了金川门。

过了金川桥，胡濙翻身下马，郑和也跟着下了马，两人牵着马到了城门口。

早有燕军军士上来盘问。

胡濙将手中佩剑高高举起："燕王钦赐佩剑在此！"

领头的军士接过来，翻来覆去看了看："你这东西，我也不知道真假，你还是乖乖接受入城检查吧。"

说完他用手一指，城门洞中用木栅栏分成了出城和入城两条道，各色百姓排着长长的队伍，燕军军士们拿着画影图形挨个儿检查。

"郑将军，"胡濙一甩袖子，扭头冲郑和道，"你要为我证明啊。"

郑和面无表情地看了看他，刚要开口，出城的道上突然传来一阵骚动。

三人不约而同地望过去，只见一个破衣烂衫的老乞丐跌跌撞撞地往城外跑。

"抓住他，他是建文奸臣！"

几个燕军军士一边追一边高喊。

胡濙看着这老乞丐有些眼熟，但一时想不出在哪里见过。这时，老乞丐也看到了胡濙，转而向他跑了过来。

"胡给事救我！胡给事救我！"

胡濙睁大眼睛，心中骤然一紧，原来是他。

第二节

胡濙认出了跑过来的老乞丐，下意识地伸手去搀扶。

电光石火之间，一道黑影就到了他前面，寒光一闪，"噗"的一声，一片红雾喷涌而出，一颗黑乎乎的东西"骨碌碌"地滚到一边。

老乞丐的身子晃了晃，扑倒在地上不动了。

胡濙觉得天旋地转，急忙闭上眼睛才站稳，慢慢睁开眼睛就闻到了浓重的血腥味，脸上也是黏糊糊的。

他用手在脸上一抹，一手猩红的血。

胡濙的五脏六腑顿时翻江倒海一般，再也忍受不住，转身跑到路边，吐了一地的苦胆汁。

好半天，他才缓过来。

"郑和！"

胡濙怒气冲冲地指郑和的鼻子："你怎么可以滥杀无辜！"

郑和"锵"的一声，收起佩刀，冷冷地看着他。

胡濙举起燕王御赐的佩剑："我要到陛下那里告你一状！"

"滥杀无辜？"郑和盯着他，像猛兽盯着它的猎物，"此人是谁你不知道？"

胡濙垂下眼帘，低声道："我怎么知道。"

郑和走到一边，从地上捡起刚才滚落的东西，将它提到胡濙面前。

胡濙眼前赫然是一颗人头，他眼睛一闭。

"窄额头，圆眼睛，鹰钩鼻，"郑和顿了顿，下一句话像是一块掉落的冰凌，"这人我在'建文奸臣'图影上见过。"

胡濙身子一颤。

"此人名叫王钺，是建文的贴身内官。"郑和的嘴唇微微翘起。

胡濙下意识用衣袖擦了擦额头的冷汗："原来是他呀，他这么打扮，我一下子没认出来。"

郑和"嘿嘿"一笑，重重地拍了拍胡濙的肩膀，胡濙一龇牙。

"胡给事，你又不是奸臣榜上的人，紧张什么。"

"没……没有。"

郑和不再理会颤抖的胡濙，掏出一块令牌，转身对那军士道："我是郑和，让我们过去。"

那个军士急忙屈膝行了一个军礼："原来是郑将军，遵命！"

燕军军士闪开一条道路，郑和与胡濙跨上快马，郑和一拍胡濙坐骑的屁股，两匹快马掀起一地尘土，穿金川门而过。

两人骑着马，沿着入城的大道急行到了西长安街，这一带是京师官署最集中的地方。一路上，见到不少燕军军士押着披头散发、破口大骂的"奸臣"。

胡濙不忍停留，双手一甩缰绳，直奔皇城。

两人一直到了承天门才下了马，平日里，别说是宫城之内，只要进了皇城的洪武门就要下马步行。

有燕军军士上来盘查，胡濙举起燕王的佩剑，这里的军士立刻认了出来，急忙打开宫门。

两人将马匹交给军士，胡濙回头看了一眼郑和，发现郑和正直勾勾地盯着自己，他立即转头，一声不吭地步入宫城。

两人默默地穿过端门和午门，前面是五龙桥，桥下昔日澄清见底的金水河已经染成了暗红色。

自从京师陷落，燕军占据皇城，燕王就下令关闭宫门，"清宫"三日。胡濙明白所谓"清宫"其实就是杀人，将原来后宫中亲建文的内官和宫女一律斩杀。

胡濙回忆起昔日的宫城，仿若一名不可亲近的端庄命妇，而现在却是裸着血淋淋的身子任人宰割。

想到这里，他暗暗叹了口气。

"胡给事，可是在思念旧主？"

这话仿佛一支冷箭让胡濙一激灵，他急忙转身对郑和道："郑将军何出此言，建文昏庸无能，天下百姓盼望燕王这样的明君久矣。"

郑和干笑了几声，拍了拍胡濙。

两人一路无话，终于到了后宫，郑和在路上拉了一名小内官领着他们到了乾清宫。

乾清宫早就成了一片焦土。就在昨日，燕王带着军队顺利进入金川门，兵部尚书茹瑺带着二十几名文臣前去迎驾，燕王抚慰了一番便提马直奔皇城而来。

没想到在半道上，被编修杨子荣拦住，他大声质问："燕王，您是要先拜谒太祖陵呢，还是先即位？"

燕王突然惊醒，急忙拨转马头去了孝陵，先去那里祭告太祖高皇帝，不想这一耽搁，宫内竟燃起了大火。

之后，燕王带着军队进入皇宫就发现乾清宫已经被烧成焦土，宫中内官在废墟中找到了建文帝的尸体。

小内官领着两人来到乾清宫的便殿，由于灭火还算及时，只烧毁了正殿，建文帝的尸体暂时停放在此处。

"胡给事，请吧！"

郑和推开殿门，做了一个请的手势。

胡濙点点头，当先跨入殿中。殿内没什么陈设，只有一尾芦席盖着一具尸体，放在殿中央。

胡濙转身望了一眼刚入殿的郑和："郑将军，去龙潭之前不知道陛下给我这件差事，所有没有带行医的器具，这尸体没办法勘验啊。"

郑和皱了皱眉。

"要不我先回家一趟将器具取来？"

"不用了！"

郑和高声将领路的小内官叫来，吩咐了几句。那小内官便急匆匆地出去了，其间他的眼神一直紧紧盯着胡濙。

不一会儿，小内官取来一套医官用的"九针"。郑和打开看了看，将它交给胡濙。

"怎么样，可以用吧？"

胡濙伸手接过来，点点头。

郑和直面胡濙，伸手将殿门掩好："你可以开始了。"

胡濙走到尸体旁，缓缓掀开芦席，下面是一具焦炭般的尸体。他未及多想，取出一把类似匕首的钺针开始勘验。

郑和像一只在空中盘旋的秃鹰，目不转睛地监视着胡濙的一举一动。

约莫半个时辰，胡濙放下手中的针具，长出了一口气。

"验完了？"

胡濙转过头，对郑和道："是啊，差不多了。"

郑和静静地等着下文。

"切开此人喉管，里面没有灰烬，应该起火之前就死了，否则呼吸时喉部应该有灰烬。"

郑和微微点头。

"我还在他的腹中发现了鸩毒，"胡濙接着说，"也就是说，此人是服下鸩毒后再被焚烧，看尸体的姿态也可以从侧面证明，如果被火烧死，必定有挣扎的迹象。"

"所以，此人是不是建文？"

胡濙瞥了他一眼："从身高、体形，还有……"

他摊开手掌，上面有几颗不同颜色的玉珠。

"据我所知，这种五色玉珠只用在皇帝的冠冕上，"胡濙顿了顿，"所以，此人应该就是建文。"

郑和一言不发地看着胡濙，看得胡濙有些不知所措。

"郑将军？"

"你还有一个地方没有仔细验过。"

第三节

"郑将军，你说什么？"胡濙以为自己没听清楚。

郑和伸手指了指尸体的头部："这里你没有仔细验过！"

"头部我验过了呀！"

郑和逼近了一步，盯着胡濙，缓缓道："陛下曾对我说，建文生来头颅是偏的，所以不被太祖喜欢。"

胡濙一愣，立即跳着脚道："这……这种宫禁秘闻，我怎会知道？"

"现在你不是知道了。"

"哦，好、好……"

胡濙慢慢转过身子，探出手摸了摸尸体的脑后。

"怎么样？"

"不确定。"胡濙回头看了看郑和，"要不你帮帮忙，一起将尸体翻过来。"

郑和默默地点点头。

两人一个抬上半身，一个抬下半身，将尸体整个儿翻了过来。

尸体的后脑虽然已经焦黑，但可以清楚地看到是滚圆的，并未有畸形的迹象。

两人对望了一眼。

"此人……不是建文。"胡濙颤抖着说。

郑和"锵"的一声，抽出佩刀，杀气腾腾地盯着胡濙，好半天才冷冷地哼了一声，推门出去了。

胡濙手心里捏了一把汗，见他出去了一会儿，才敢呼出一口气。

仅过了一刻钟，郑和就带着几名内官和宫女回到了便殿。

"郑将军，你这是干什么？"

郑和斜了胡濙一眼，冷冷道："你看着就行。"

说着，他便让这些宫人一字排开，他提着寒气逼人的佩刀开始问第一个内官。

"乾清宫起火时，你看到了什么？"

这是一名白皙瘦弱的小内官，他想了想说："小奴当时在乾清门当值，不知宫内发生——"

郑和手起刀落，那名内官哼都没哼一声就被砍了头。

其他宫人都惊叫起来。

胡濙也吓得退后了一步，差点蹲到地上。

"不许叫！"

郑和用滴着血的佩刀指着那些宫人。

宫人们瑟瑟发抖，却不敢再发出一丝声息。

"下一个！"

第二个是名宫女，只因身形有些丰满不被建文所喜，这才保住了性命。她闭着眼睛不敢看郑和，颤巍巍地开口："奴婢……奴婢，在起火前看到两名内官进了正殿。"

"看清是谁了吗？"

"没……没……"

郑和又是利落的一刀，宫女的尸体"扑通"一声倒在地上。

有几个宫人当场就瘫倒在地，却又不敢发出声音，紧紧地捂住自己的嘴巴。

"郑……将军，"胡濙颤巍巍地说，"让他们……慢慢想想，线索……说不定会有。"

郑和看了一眼胡濙，冷冷道："胡给事说的有理，你们快想一想。"

"不过……"他在宫女的尸体上擦了擦佩刀的血迹，"我可没那么多耐心。"

"是王钺，是王钺，"有个内官叫起来，"我看到了，是少监王钺，还有一个是他的侄子叫王锥。"

"王钺？王锥？"郑和几步走到那内官面前。

"是他们俩……是他们俩……"那小内官边哭边说，"我没看错。"

"王钺、王钺。"胡濙喃喃自语，忍不住笑了。

郑和猛地回头看了一眼胡濙，一脚踹倒了那个小内官，眼看佩刀又要砍下去。

"宫门！宫门！"胡濙大叫起来。

郑和放下佩刀，转身走到胡濙跟前："你说什么？"

胡濙喘了口气："郑将军，如今看来这具焦尸必定是王锥的，乾清宫的火就是王钺点的，而建文乔装潜出了皇城。"

郑和面无表情，也不搭话。

胡濙舔了舔嘴唇，继续道："锦衣卫那里有宫门出入的记录，那里或许会有线索。"

郑和"锵"的一声收起佩刀："走，我们去镇抚司。"

胡濙看着郑和疾步走出便殿，整个人差点瘫倒。他看了一眼幸存的宫人们，旋即紧绷起精神来，快步跟了出去。

出了皇城，有一条宽阔的大街，名曰千步廊，锦衣卫镇抚司就在这条大街上。

两人上了马，一路飞奔来到镇抚司。

胡濙与郑和亮出身份，锦衣卫的指挥使赵曦亲自出来迎接。

这赵曦本是建文朝的锦衣卫首领，手下有几万锦衣卫将校，负责保卫皇城，结果燕王一进金川门，赵曦毫不犹豫地降了燕王。

燕王命他继续执掌锦衣卫，依旧做他的指挥使。他毕竟是建文旧人，所以他对拿着燕王佩剑的钦差格外殷勤。

两人说明来意，赵曦立即让人将前一日出宫的记录册子拿了出来。

胡濙翻了翻，看看赵曦："赵指挥，怎么都是空白的？"

赵曦擦了擦额头的冷汗，急忙叫来当值的百户，劈头盖脸骂了一通。

那百户也很无奈，苦着脸道："几位大人，昨日皇城乱成一团，哪还有心思记录？燕王一进城，不都赶着投诚去了嘛。"

"啪！"

赵曦抬手给了那百户一个嘴巴。

"谁让你擅离职守了！"

"算了，算了，"胡濙急忙上前道，"既然没有记录，打他也于事无补。"

"那你回忆一下，昨日皇城混乱之前有人出宫吗？"

郑和一直在默默地看着，这时才开口问道。

那百户仰起头，好一会儿才道："对，是有人出宫了。"

"能想起是谁吗？"

"是状元郎胡靖和两名内官。"

那百户笃定地回答。

"胡靖？"郑和看了一眼胡濙。

胡濙避开郑和的眼神，开口道："胡靖是建文二年庚辰科的状元，在建文朝是个翰林院修撰。"

郑和嘴角翘了翘："我知道这个人。"

"胡靖几时进的宫，又为什么和两个内官出了宫？"郑和转向那百户，继续问。

百户想了想道："胡翰林一大早就进宫了，具体时辰我记不清了，不过他和两个内官为何出宫我倒是记得。"

"他们是替……建文吊唁翰林王艮的。"百户补充道。

"王艮？"

"也是庚辰科的进士，不过他是那科的榜眼，也就是第二名。"胡濙解释道。

"我知道榜眼是什么意思。"郑和撇撇嘴。

"我听说王艮昨日一早，以头撞柱自尽了。"胡濙叹了口气道。

"是啊，是啊，"那百户接过话头，"胡状元一早进宫应该就是去向建文禀报此事的，建文就派他带着内官去吊唁。"

郑和意味深长地看了一眼胡濙，转头又问那百户："你还记得那两名内官吗？"

那百户摇摇头："宫里内官这么多，哪记得住？好像就是一高一矮两个人，脸嘛，好像挺生的。"

郑和点点头，靠到胡濙身边，压低声音道："胡给事，看来我们是抓住建文的尾巴了。"

第四节

胡濙一愣，转头低声问："郑将军，你什么意思？"

郑和只静静地看着胡濙。

胡濙不自觉地往旁边挪了挪，转而睁大眼睛："……你是说，那两个内官？"

郑和的表情微变，旋即恢复了正常，像是平静水面上消失的波纹。

胡濙自然没有注意到，他搓了搓手，自言自语道："能替建文去吊唁的内官一定是心腹，怎么会是几个生面孔呢？"

"这两名内官确实有些奇怪。"胡濙看向郑和。

郑和眯起眼睛，看了一眼胡濙："我们走吧。"

说着，他便向赵曦拱了拱手，扔下惊愕的胡濙离开了。

"郑将军、郑将军，"胡濙心急火燎地从后面追了上来，"我们下一步去查哪里？"

郑和嘴角上翘，看向胡濙："胡靖啊，那个状元郎。"

"不可啊，万万不可！"胡濙苦口婆心地说。

郑和停下脚步，盯着胡濙的眼睛问："为何不可？"

"郑将军，你想啊，"胡濙咽了一口唾沫，"胡靖是哪一朝的状元？"

"建文。"

"那就是了，连建文朝的状元都能为陛下所用，天下士子不都可以为陛下所用吗？"

郑和想了想，道："用黄金买马骨头。"

"是啊，是啊，郑将军就这么去查问，胡靖会怎么想？"

郑和冷着脸没说话。

"陛下知道了会怎么想？"

过了半晌，郑和点点头："明白了，那你说怎么查？"

"不能查状元，还有榜眼呀。"胡濙握紧汗涔涔的拳头，尴尬地笑了笑。

"王艮？"

"对，既然是去王艮府上吊唁，自然会留下一些蛛丝马迹。"

"走，我们去王艮府。"

王艮的宅院在鸡鸣山下的国子监附近，离锦衣卫不算太远，两人翻身上马，一路向西疾驰。

行不多久，胡濙远远就望见前面一座挂着白绫的小宅院，胸中憋闷却也不敢流露。

"郑将军，前面就是了。"

郑和当先跳下马，胡濙也跟着下了马。

两人牵着马来到王艮家门前，院门不大，高高悬起的白绫异常刺目。

"砰、砰——"

郑和重重地敲打门环，胡濙突然觉得这一下一下是打在自己心头。

好半天，院门终于"吱呀呀"地开了，里面出来一个老眼昏花的老仆："你们找谁啊？"

郑和没搭话，抬腿就往里面走，差点将老仆撞翻在地。

胡濙急忙扶住老仆。

老仆认出了胡濙，指着郑和的背影，疑惑地问："胡给事，这……这……是怎么了？"

胡濙摆摆手，示意他不要问了。

老仆佝偻起身子默默点头，胡濙搀扶着他跟着郑和进了院子。

王艮家是个两进的小院落，正堂上也悬着白绫，正中间停着王艮的棺木，前面蒲团上孤零零地跪着一名全身缟素的瘦弱女子。

郑和大步跨进正堂，胡濙追上来却见他不仅在王艮的灵前上了香，还恭敬地拜了拜。

瘦弱女子缓缓地躬身回了礼。

"您想必是王翰林的遗孀。"郑和开口的语气也十分和缓。

女子低着头，一开口就哽咽得说不出话。

"死者已矣，生者更要好好活着。"说完，郑和躬了躬身子，退出了正堂。

胡濙急忙对女子行了个礼，也跟了出去。

"郑将军、郑将军，我们这就走了？"

郑和停下脚步，悠悠道："忠臣义士……再说也没什么好查的。"

胡濙松了一口气，握了握拳头，开口道："除了王艮府，我们还有一个地方可以查。"

郑和转身看着他。

"城门，我们应该去查城门，"胡濙笃定地说，"昨日战事方酣，各城门都有重兵把守，一旦有人出城，必定会留下痕迹。"

郑和点点头："好，那我们去查一查城门。"

两人一前一后正要离开，没想到院门被推开了，从外面进来一名青袍文士。

"解先生？"

胡濙疑惑地看着他们两人，似乎两人早就认识。

那文士抱了抱拳："郑将军，这么巧。"

郑和急忙屈膝回了一个军礼，回禀道："解先生，陛下让我来辅助胡给事查案。"

青袍文士这才瞥了一眼胡濙，随口道："原来是源洁啊。"

胡濙急忙上来行礼："解先生，久疏问候，见谅，见谅。"

文士冷哼一声："不敢当，不敢当，我知道你是个大忙人，这就开始给陛下办差了呀。"

原来这文士名叫解缙，太祖在世时就是出名的才子，只是性子十分狂傲，所以在太祖和建文二朝都没有得到重用。燕王一进城，解缙觉得机会来了，立刻飞马前去拜谒。

胡濙一下被噎住了，红着脸不知如何应对。

"陛下让你查什么案子？"解缙又开口问道。

胡濙舔舔嘴唇，张张嘴，也没法回答。

倒是郑和恭敬地说："陛下让我们来查查翰林王艮的死因。"

"陛下真乃明主，"解缙动情地说，"就连区区一个冥顽不灵的书生的生死都要关切。"

"那您来这儿，又是做什么？"郑和开口问。

解缙一愣，咳嗽了一声道："王艮这人虽然不识时务，毕竟与我有同乡之谊，留下这孤儿寡母的，大家就让我来看一看。"

"解先生真是有情有义之人。"郑和恭维道。

"解先生，昨日一早您来吊唁过王艮吗？"胡濙在一旁问。

解缙斜了他一眼，摇摇头："前天晚上还见他好好的，谁知道他要寻短见。"

郑和急忙问："您在前天晚上见过王艮？"

解缙点点头："是啊，前天晚上，我们几个江西同乡在吴溥家中饮酒。"

"那您昨天真的没来过？"胡濙又问。

解缙眼眉一挑："你们这是在查问我吗？"

"不敢，不敢。"胡濙急忙解释。

"我们接下来还有公务，就不打搅解先生了。"说着，胡濙拉着郑和就往门外走。

郑和却站着不动，继续问解缙："解先生，你能不能跟我说说那天晚上的情形？"

解缙露出疑惑的表情："郑将军，你这是何意？"

郑和一抱拳："解先生，既然陛下让我们查一查王艮，我们了解清楚了才好回禀。"

"特别是那天，他有什么异常？"郑和补充道。

解缙歪着头，想了想，道："你这么一说，那天的王艮确实有些奇怪。"

第五节

郑和眼睛一亮："他怎么了？"

解缙皱了皱眉，沉默了一会儿说："想想也不算什么，他这人一向如此。"

"还请解先生将详情相告。"郑和眼光灼灼地上前半步。

"王艮本就沉默寡言，那天晚上我印象中他就没说过话，"解缙摇了摇头，"一直低着头在那里抹眼泪。"

"为什么抹眼泪？"郑和继续追问。

"这——"解缙吞吞吐吐，一时说不出话来。

"想必是说了不少陛下的坏话吧！"许久没有开口的胡濙突然道。

"你——"解缙涨红了脸，"胡濙，你不要血口喷人。"

"我们……我们就谈了谈战事，"解缙急忙向郑和解释，"大家都对建文很失望。"

"您没有陈说大义，指天画地要跟着旧主慷慨赴死？"胡濙冷冷道。

"怎么会呢……"解缙的声音发虚。

"我听说陛下进城时，您是第一个赶到他御驾前的。"胡濙语带讥讽。

解缙满面通红，高声嚷道："我与陛下早有私交，我一直盼着他能打进京师来！"

说完这话，解缙自知不妥，重重地一甩袖子，气急败坏地转身往正堂走去。

胡濙转向郑和："怪不得你们认识。"

郑和面无表情，也没有回答。

"我们走吧。"

郑和当先走出了院门，胡濙转头看了一眼解缙的背影，也跟了出去。

两人上了马，郑和开口问："我们先去哪个城门？"

"金川门。"

"为什么是那里？"

"陛下已经围困京师数日，其余各门都有重兵驻守，"胡濙端坐在马上继续道，"只有在金川门，陛下将看守的军队调去了其他各门，建文如果要出城，这里是最合适的。"

郑和沉默了一会儿，点点头："胡给事，你怎么知道陛下将金川门的军队调走了？"

"金川门守将谷王、李景隆给陛下的信，就是我送的。"

胡濙狠狠一夹马肚子，缰绳一勒，坐骑"唏溜溜"一声长嘶，就朝金川门飞奔而去。

郑和望着胡濙的背影，突然诡异地笑了。

金川门营建于洪武初年，因金川河由此出城而得名。京师被困之后，主持防务大局的侍讲学士方孝孺在这里派了重兵驻守，又命谷王和曹国公李景隆担任这里的主将。

胡濙在马上遥望这座熟悉的城门，孤零零的城楼就像弯下脊梁的老父亲，迎风招展的"燕"字大旗更是十分刺眼。

太祖皇帝当年时常自夸这京师城固若金汤，今时今日要是他还活着，又会作何感想？

"胡给事！"

郑和冷冷的声音将胡濙拉回现实。他一抬头，发现金川门已近在眼前。

他跟着郑和翻身下马。

刚才那名守门的军士立即就迎了上来:"郑将军,有何吩咐?"

"昨日是谁当值?"郑和立即问。

"是鲁百户,我马上去找他过来。"

军士转身离去,不一会儿便领着一名粗壮的百户到了两人面前。

"郑将军!"鲁百户屈膝一礼。

"昨日金川门是你当值?"

"是属下。"

"我问你,记不记得有一高一矮两人出城?"

鲁百户想了想,道:"昨日出城的人很多,属下实在记不清了,不过出城的人我们查得很严,就怕有奸臣榜上的人漏网。"

郑和点点头。

"那就是在陛下入城之前,"胡濙开口道,"那两名内官一大早就出了宫,按时间来算也应该是那个时候。"

"那时还是谷王和李景隆看守城门。"郑和托起下巴,想了想。

"要不要找他们查问?"胡濙试探道。

郑和看了他一眼:"当然要去。"

说着,郑和当先翻身上马,胡濙也跟着上了马。郑和却没有催动坐骑,而是又跳下马,对鲁百户吩咐了几句。

"刚才郑将军跟鲁百户说了什么?"等郑和再次上马,胡濙忍不住问。

"哦,我突然想到让他去其他各处城门查一查。"郑和冷冷地盯着前方。

胡濙望着郑和阴沉的侧脸,心里渗出一丝不安。

郑和在前,胡濙跟着,两人催马一路赶到了十王府。

十王府虽名为王府,但并不是某位王爷的府邸,这里是就藩的藩王回京师朝见天子时的临时居所。

靖难烽火因"削藩"而起,建文就将几名在京的藩王软禁于此。

燕军攻占京师,这些藩王自然也得了自由,但依旧暂且安置在此,听候新皇帝的分封。

两人来到十王府前,胡濙拿出了燕王的佩剑,守卫的军士自然立即放行。

郑和与胡濙来到谷王的宫殿。

内官匆忙进去通禀,两人就在宫门外候着,却左等没有踪影,右等也毫无动静,就连一向沉静的郑和也是频频皱眉,胡濙更是来来回回不停走动。

就在两人都有些按捺不住的时候,宫门"吱呀呀"地开了,从里面拥出一大堆衣着华丽的内官，接着是身着各色绫罗的宫女，最后众星捧月一般抬出了一张太师椅，上面坐着一个大白胖子。

两人上前行礼。

大白胖子谷王，眼皮都没抬起来，懒懒道："你们找我何事？"

"王爷，您还记得我吗？"胡濙上前道。

谷王肥硕的脸颊抖了抖："想起来了，你是戴院使的弟子，昨日多亏你去帮我们送信，本王如今才能得陛下如此信任啊。"

"我只是个跑腿的，那都是您立下的不世之功。"胡濙立即道。

谷王仰头哈哈大笑。

"赐座。"

谷王吩咐一声，内官立即拿了两张圆鼓凳，让他们坐下。

"你们有什么事，尽管说来。"

胡濙看了一眼一直没说话的郑和，开口问："我们受了陛下之命，想查一查，昨日殿下守城时有没有可疑的人出城？"

"昨日？"谷王大脑袋晃了晃，笑了，"兵荒马乱的，谁出城啊？"

胡濙追问："您再想一想。"

"那就是你呗，"谷王哈哈一笑，"昨日巳时，你带着两个仆人出城去陛下那里送信啊。"

"送信……"谷王突然神情一滞，"说起送信，我倒是想起来了，确实有你之外的人出城送信。"

胡濙向前一探身子："什么人？"

谷王沉默了一会儿，道："曹国公李景隆。"

"李景隆？"胡濙又看向郑和，郑和的脸色微微一变。

"是啊，他家的两个仆人出城送信去了。"

"两个仆人的相貌，您还记得吗？"胡濙追问。

谷王摇摇头："我记他们干吗？不过……好像一人高点、一人矮点。"

第六节

"是一高一矮两个人？"胡濙激动地站了起来。

谷王吓得身子往后一仰，太师椅差点整个儿翻过去，幸好身边的内官手疾眼快给扶住了。

"王爷，能不能详细说说那两个送信人？"胡濙继续问。

谷王脸颊的肉一跳："曹国公的事，你们还是去问他自己吧，我说不合适吧。"

胡濙缓缓举起燕王的佩剑，冷冷道："王爷，陛下钦赐佩剑在此，事关重大，还请如实相告。"

谷王撇了撇嘴："也就是看在戴院使的面子上。"

"曹国公都是为了他那个宝贝女婿呗，"谷王轻蔑地说，"他通常隔个十天半月就给他女婿送信，将京师里朝堂上的局势都告诉他。"

"他女婿是何人？"郑和开口问。

"平阳王，是我三哥——晋王的三儿子。"

"这次京师易主，他肯定第一时间就派人知会去了，好让这个宝贝女婿有所准备。"谷王缓缓道。

胡濙回头看了一眼郑和，没想到与郑和冰冷的视线相触，急忙转头望向谷王。

两人从十王府出来，胡濙急忙问："郑将军，曹国公的事儿，您怎么看？"

"谷王应该不会说谎，他与曹国公没什么恩怨，"郑和面无表情地继续道，"这样看来，曹国公的嫌疑就很大了。"

"是啊，是啊，"胡濙急忙附和，"曹国公曾经在战场上与陛下数次交锋，那都是在生死之间。"

胡濙迟疑了一下，压低声音道："如今归降陛下，心中难免有所顾忌。"

"你的意思是，曹国公放走建文是为了留一条后路。"郑和眯起眼睛道。

胡濙点点头："这也是人之常情、人之常情。"

郑和没有说话。

这时，从道路尽头飞奔过来一匹快马，马上的人见了郑和立即放慢速度，郑和也快走几步迎了上去。

胡濙远远地看着。那人跳下马向郑和禀报了几句，郑和频频点头，又吩咐了几句。他认出，来人正是镇守金川门的鲁百户。

鲁百户对郑和屈膝行了一个军礼，郑和掏出一块令牌交到鲁百户手中。鲁百户接下令牌翻身上马，又绝尘而去。

胡濙的心瞬间冻住了，却又有一丝解脱，这场戏终于要落幕了吗？

"鲁百户查到什么了？"

等郑和走到近前，胡濙强打精神开口问。

"没查到什么，"郑和轻描淡写地回答，"只是有几个城门的军士不配合，所以将我的令牌给了他，好让他便宜行事。"

"令牌""便宜行事"两个词让胡濙的心落入了谷底。

"曹国公那里，我们还去吗？"胡濙问。

"去啊。"郑和看了他一眼，"曹国公这么大的嫌疑，怎能不去查一查？"

说着，郑和翻身上马。

望着郑和的背影，胡濙又生出一丝希望。

"王敬止啊王敬止，你要保佑我啊……"

胡濙跟着郑和来到曹国公府，曹国公虽然是降将，但和谷王一起打开金川门奉迎燕王入城，立下大功。燕王当即许诺他，李家的地位和荣耀会在新朝延续下去。

国公府前，镇守的军士虽然换上了燕军的旗号，但都是曹国公的旧部。

胡濙依旧拿出了燕王的佩剑，守门的军士不敢怠慢，急忙去府里禀报。

与谷王不同，曹国公没让两人等候多久，禀报的军士便出来领着两人进了国公府。

胡濙无心欣赏富丽堂皇的国公府，机械地跟着军士穿梭在殿阁之间，就连身后郑和冷峻的目光他都感受不到了。

不知走过了多少重，又走了多少进，军士终于将他们领进一间厅堂落座。

没过一会儿，门外一阵响动，一个高大的身影跨了进来。

想必是曹国公到了，两人立即起身见礼。

胡濙偷眼看了看曹国公，发现曹国公并没有谷王那么意气风发，英气的面容上有些倦意。

"两位钦差，来我国公府有何公干啊？"

胡濙看了看郑和，还是那副波澜不惊的面容，索性把心一横，当先开口道："曹国公，您还记得我吗？"

曹国公仔细端详了一番，道："原来是胡给事啊，能顺利献出金川门多亏了你呀。"

"不敢当、不敢当。"胡濙急忙连连摇手。

"当初我与谷王商议献出城门的时候，还是有一点顾虑的，"曹国公顿了顿，声音低缓道，"毕竟我与陛下在战场上数次生死相搏。"

"所以我们想到了太医院的戴院使，陛下还是藩王时曾生过一场大病，若不是戴院使妙手回春，就没有日后驰骋沙场的陛下了。"曹国公侧着脸，似乎在回忆往事。

胡濙点点头，心中终于了然，怪不得燕王这么信任戴院使，幸运的是，他曾在戴院使门下学医。

曹国公咳嗽一声："两位钦差见谅，我好像说多了，你们的公事要紧。"

"曹国公，我们就想问问，昨日一早金川门是否有人出城？"胡濙挺着背脊问。

曹国公想了想，答道："应该没有。"

"没有？"胡濙看了一眼郑和。

曹国公摇了摇头："确实没有。陛下大军压境，怎么会有人轻易出城呢？"

"不过，"曹国公似乎想起什么，"我与谷王一同受命镇守金川门，这几日基本上是半日一次轮班值守，昨日因为要献门，我才早去了一会儿。"

"曹国公的意思是？"

"我到的时候，谷王早就在了，所以应该先问问他。"

"我们去询问过谷王了。"一直没说话的郑和开口道。

"哦，"曹国公脸色稍异，"他怎么说？"

"他说有一高一矮的两人出过城。"郑和盯着曹国公说。

曹国公点点头："那应该是我到之前的事，谷王说的应该没错。"

"但他说那两人是你派出去的信使。"胡濙抢先说。

"什么？"曹国公似乎没听清楚。

"您昨日是不是派人送信给平阳王了？"胡濙站了起来。

"没有，绝对没有，"曹国公连连摇头，"别说平阳王，昨日我没有给任何人送过信。"

第七节

两人从国公府出来，胡濙一直没说话。

倒是郑和先开口："李景隆虽然矢口否认，却越发显得可疑。"

"郑将军，你的意思是？"

郑和用手托着下巴："建文自知京师旦夕不保，便乔装成一名内官以吊唁王良为名逃出皇宫，而此时李景隆派人出城给自己的女婿平阳王送信，这两件事真的是巧合吗？"

胡濙不置可否。

郑和继续说："另一边，陛下入城后，内官王钺让自己侄儿王锥喝下鸩毒，穿上冕服，然后点火焚烧，造成建文已死的假象。如果这是一整套严密的筹划……"

郑和看向胡濙："没有人在背后筹谋，几乎是不可能完成的。"

胡濙避开郑和的视线，低头喃喃道："难道这一切都是曹国公做的？"

"也许吧。"

"那……那我们赶紧回禀陛下，立即将李景隆下狱，逼他说出建文的去向，"胡濙抬起头，"说不定还能追上建文。"

"李景隆刚刚立下大功，又手握兵权，恐怕陛下……"

"也是，也是。"

胡濙搓着手来回走动，活像一只笼中的老鼠。

半晌，郑和似乎下定了决心，开口道："我们得找到更确实的证据，才能向陛下禀报。"

"证据？"胡濙一摊手，"这谈何容易，金川门的守军都是他的旧部，你能找他们来做证吗？"

郑和撇撇嘴，没有说话。

"对了，"胡濙突然眼睛一亮，"戴院使！戴院使！"

"戴院使……怎么啦？"

胡濙兴奋地一拍手："那天，戴院使让我带着他写给陛下的书信去找李景隆，还让我带了一盒药丸给他。"

"药丸？"

"那时候我也没有细想，"胡濙看着郑和道，"如今看来，这些药丸应该是李景隆特意为建文出逃准备的。"

"什么意思？"

"陛下起兵以来，建文就患上了头痛病，时常要服用戴院使的药丸。"

郑和点点头："明白了，那我们兵分两路。"

"兵分两路？"

"天色不早了，陛下还在等我们的消息，"郑和望了望阴沉的天空，"你去戴院使那里，我再去趟谷王那里。"

"谷王?"

"谷王那儿应该有那两个送信人更多的信息。"

"……也好。"胡濙勉强点头,"那我们在哪里碰头?"

"黄昏时分,在王艮家门口吧。"说着,郑和飞身上马,"嘚嘚"的铁蹄声骤起,一会儿就远去了。

白驹过隙,恍然间就到了黄昏时分。

胡濙晃晃悠悠地坐在马上,任由它踢踢踏踏地慢慢前行,这条通往王艮府的路,他心里希望永远也走不完。

他抬起头,目力所及就是那座挂着白绫的院门,更远处铅灰色的天际突然裂开了一道鲜红的印迹,一如那日的黄昏。

"敬止,等等我……"

他伸出手,向虚空中一抓,仿佛闻到一段梅香,那是王艮最喜欢的花。

"胡给事!"

冷如利刃的呼唤立即让胡濙回到了现实。

不知什么时候,郑和骑着马就像黑夜的影子一样出现在他的身后,身边还有那名粗壮的鲁百户。

"胡给事,戴院使那里查到了什么?"

胡濙愣了一下,急忙回答:"戴院使说,李景隆让他准备一盒'芎菊上清丸',这药丸正是建文平时治头痛用的。"

郑和满意地点点头:"这证词很有用。"

"谷王那里呢?"

郑和嘴角翘了翘:"一会儿你就知道了。"

"……哦,好。"

三人三马就这么慢慢前行,胡濙终于忍不住问:"郑将军,我们这是要去哪里?"

"你很熟悉的一个地方。"郑和笑了笑,说。

胡濙浑身一颤,回想起来还从未见过郑和的笑容,他这一笑却让胡濙如堕冰窟,整个心都凉透了。

"到了!"

郑和突然一勒缰绳,翻身下马。

鲁百户也跟着跳下马,胡濙抬头一看,这里果然很熟悉,正是好友吴溥的家宅。

"胡给事，我们到了，下马吧。"郑和冲着胡濙道。

"哦，好。"

胡濙下了马，瞥见吴溥宅院门口竟然有军士守卫，心怦怦地跳成一团乱麻。

"胡给事，请吧。"郑和一伸手。

胡濙脚下软绵绵的，好不容易才稳住身形，慢慢地进了吴溥的宅院。

鲁百户在前头领路，郑和紧紧地跟在最后，胡濙被夹在中间有些喘不过气来，有一瞬仿佛自己已经被投入了逼仄的牢房。

好不容易挨到了后堂，鲁百户让到一边。

"进去吧。"郑和在身后道。

胡濙一闭眼，跨进了后堂，熟悉的陈设、熟悉的人物，一如那天黄昏。

上首安安静静地坐着一脸老成的吴溥，左手边是坐立不安的状元胡靖。

"入座。"郑和生硬地开口。

早到的两人同时抬起头望向胡濙，又几乎同时避开了对方的视线。胡濙在另一边坐了下来。

郑和看了看三个人，冷冷道："这下人到齐了。"

"郑将军，你这是何意啊？"胡濙咬咬牙道。

郑和微微一笑："胡给事，少安毋躁，一会儿你就知道了。"

说着，他背起手走了几步，回身缓缓道："应该从哪里开始呢，对了，是王艮的死。"

"我们先确认了乾清宫的那具焦尸并不是建文，接着又从锦衣卫那里得知一大早有两个内官跟着状元郎胡靖出了宫。"郑和看了一眼胡靖。

胡靖急忙将头转到一边。

"这三个人出宫的原因是吊唁刚刚自尽的翰林王艮，"郑和停下脚步，手托下巴，"于是我生出一个疑问，如果这两名内官里有一个就是乔装的建文，那么王艮的死似乎就是计划好的。"

"什么叫计划好的？"胡濙疑惑地问。

他看向胡濙："如你推测，这一切都是李景隆策划的，那他必须事先知道王艮要死了，才会有后面的筹谋。"

"王艮的死，绝不是偶然，而是整个计划的关键。"郑和紧紧地盯着胡濙。

"郑将军说笑了，王艮这种酸儒怎么会想出如此周密的计划？"胡濙攥紧拳头，迎着郑和道。

郑和笑了："我并不是说王艮策划了这一切，而是有人利用了他的死。"

"难道是李景隆？"胡濙故作惊讶。

郑和冷哼一声："怎么会是李景隆，他跟王艮可以说毫无交集。"

"此人，或者说这些人，一定跟王艮有着密切的关系！"

第八节

郑和鹰隼一般的眼睛，从胡濙、吴溥、胡靖身上一一扫过。三人都觉得浑身上下被一条冰凉的毒蛇爬过，一阵战栗。

"倒是解先生提醒了我。"郑和看了一眼胡濙，嘴角上翘，"他说在前天晚上曾经和王艮在一起饮酒。"

"于是，我派人查了一下。"

"你……"胡濙指着郑和，"你骗我，你没有让鲁百户去查其他城门！"

郑和笑了笑，没有回答，而是继续往下说："街面上流传着这样一则趣闻。"

"说几个江西籍翰林在一起谈论战事，大才子解缙和状元胡靖慷慨激昂，指天发誓要以身殉国，而王艮却只在一旁默默地流泪。"郑和不屑地瞟了一眼胡靖。

"众人散去，"郑和看向吴溥，"我们吴翰林的儿子天真地对父亲说：'胡叔叔不仅好才学，国难当头还能挺身而出，真是好样的！'"

"然而，老于世故的父亲早就看穿了一切，"郑和笑起来，"我们的吴翰林回答儿子：'你还是太年轻，刚刚你没有听到吗？你胡叔叔在交代自己儿子将家里的猪看好，一个连家畜都舍不得的人，怎么会舍得自己的性命呢？反而你王叔叔才是真的要殉国了。'"

郑和两手一摊："结果大家都知道了，王艮死了。"

他指着在座的人："你们都活了下来。"

屋里一下子安静了，连喘息声都听不到。

"啪，啪，啪——"郑和击掌大笑，"真是一个好故事啊，可惜终究是编出来的。"

众人默默地听着。

"第一，"郑和伸出一根手指，"在这个故事里，王艮并没有立即死，也没有说打算死，这就奇怪了，后面建文出逃的种种就无从谈起了。"

"这第二，"郑和伸出两根手指，扫视一周，"故事里的几个人确实都是江西籍的，但是……"

"你，"郑和一指胡靖，"你，"郑和又指了指吴溥，"再加上王艮，三人都是建文二年庚辰科出身，只有解先生不是这一科。"

"而你，"郑和指了指胡濙，"胡给事，恰巧也是这一科。"

"当然，"郑和又背着手开始踱步，"这并不能证明什么，只是让我突然有了点灵感，于是我也编了一个故事。"

"在我的故事里，除了刚才的人物外，我认为还要加上一个，也就是我们的胡给事。"郑和眯着眼睛看向胡濙。

胡濙身子一僵。

"那天晚上，王艮死了……"郑和露出悲凉的神色，他正色的话语仿佛有某种魔力，将整个屋子带回到那天黄昏。

"敬止……"

"敬止，你怎么这么傻啊……"

几个人围着王艮的尸体大哭了一场。

"不行，不能让敬止就这么白白死去。"吴溥先抬起头看向其他人。

胡濙重重地点点头，看向胡靖。

"你们……你们看我干吗……"

"你到底干不干？"胡濙恶狠狠地问。

胡靖低下头，赌气地道："干，我干还不成吗？"

"燕王的军队数量本就不多，如果知道金川门要献降，一定会将围困那里的军队调去充实其他各门，"吴溥站起来，"所以这是万岁出城的唯一机会。"

"万岁能听我们的吗……"胡靖嘟囔。

胡濙眼睛一亮，拍拍胡靖的肩膀："万岁不一定会听我们的，但一定会听你的。"

"我？"

"光大，你忘记你这个状元是怎么来的了？"胡濙嘿嘿一笑。

胡靖甩开胡濙的手，没好气地说："这事就别提了！"

"对啊！"吴溥一拍脑袋，"还是源洁脑子转得快，当年殿试的成绩，敬止是第一，可万岁见他太过瘦弱有损国家颜面，就把你这天庭饱满的第二名生生拉到了状元的位置。"

"你去替敬止向万岁报丧，万岁心中有愧，一定会亲自来吊唁，"胡濙也站了起来，"你记住，一定要让他乔装成内官出宫。"

胡靖撇撇嘴："我明白，就说为了掩人耳目。"

"等到了敬止府上，我们就能说服万岁抓住这个唯一能够出城的机会。"吴溥握紧了拳头。

"我们是能让万岁出宫，但怎么出金川门呢？"胡靖看向另外两个人，"谷王和李景隆可不会乖乖放万岁出城。"

吴溥一时也没了主意，往胡濙这边看过来，胡濙低下头来回地走动。

屋子里安静下来，仿佛时辰都不再流动。

不知过了多久，胡濙突然抬头，眼神灼灼，口中念道："平阳王。"

"谁？"胡靖转过头。

吴溥一拍手道："对啊，李景隆的女婿，晋王的三子。"

胡靖摇摇头，还是一脸茫然。

"状元郎，你脑袋里是不是只剩下书了，"吴溥揶揄道，"京师城中尽人皆知李景隆宠爱自己的女儿，顺道也特别器重自己的女婿平阳王。"

"他时常送信给平阳王，将京师的局势告诉女婿，燕王即将入主京师这等大事，他怎会错过？"胡濙接口道。

"你们的意思是让万岁乔装成李景隆的信使？"胡靖瞪大眼睛问。

胡濙怒其不争地摇摇头道："万岁装成信使太容易被认出来了。"

"你们说得那么起劲，还不是行不通。"胡靖撇撇嘴，有些泄气。

"万岁做不成信使，但可以做我的仆从啊，"胡濙看着一脸惊讶的状元郎，继续说道，"明天我会带着他们的降书去燕王军营，万岁可以跟着我出城，守军绝不会怀疑。"

"噢，我懂了，"胡靖兴奋地说，"先出城的两个假信使，在城外跟你的假仆人一换，假信使变成真仆人跟你一起回城。"

"天衣无缝！"三人异口同声。

"假仆人、真建文，就这样逃出城去。"郑和看着他们三人缓缓道，"你们说，我这个故事编得是不是更有趣？"

"不对！"

胡濙腾地站起来："无稽之谈！别说我没参加什么翰林聚会，就说如果解先生在场，怎么会发生那样的事儿！"

郑和心悦诚服地点头："解先生与陛下是故交，早有书信往来，彼此非常信任，如果他在场绝不会让你们胡来。"

"那你还说这种故事。"吴溥冷着脸道。

郑和嘴角翘了翘："我又没说你们同时在场，解先生嘛，可以等你们商量好之后，才故意让他在场。"

吴溥望了一眼胡濙，长叹一声。

这时，胡濙却抻长脖子看向门口，只听一个熟悉的声音传来。

"郑将军，你错了，都错了！"

第九节

所有人都向门外看去。

只见一名青袍文士抱着一把鎏金剑柄的佩剑，甩开拦住他的鲁百户，闯进了屋子。

"解先生，"郑和一脸迷惑，"你怎么来了？"

"还不是因为陛下这把佩剑。"解缙气呼呼地将燕王的佩剑扔到桌上。

胡濙笑了："解先生，调动京师城内所有的人力和物力，这可是陛下给我的权力啊。"

"再说了，也就是让您做个证罢了。"

郑和一下明白了，冷哼一声："是我疏忽了，竟没发现陛下的佩剑不在你身上。"

"别说的好像你要输了一样，"胡濙冷冷道，"我只不过是让解先生来说出真相罢了。"

"也好，解先生就说说那天的事儿吧。"郑和笃定地说。

解缙脸一红，顿了顿，缓缓开口道："我也没什么可说的，那晚的情形跟传闻差不多。"

"传闻？"郑和眼睛微眯。

解缙看了一眼胡濙，点头道："是啊，我已经站在门外有一会儿了，那个传闻我也听到了，差不多就是那样……"

"也就是说，这故事里没我。"胡濙有些得意地问。

解缙点点头，没好气地回答："没你！你又不是江西人！也不是翰林！"

"王艮也在？他还没死？"

"那当然，他就坐在这儿。"解缙指了指近门的空位。

"那你们是什么时候离开这里的？"胡濙继续问。

"快到夜禁才散的。"解缙想了想。

"这时王艮还活着？"

"当然，我看着他走出门去。"

胡濙看向郑和："也就是说，王艮自尽没有人会事先知道，你编的故事根本就不可能发生！"

郑和瞪大眼睛："不会是这样的！"

"解先生，你不会记错了吧？"郑和转向解缙，"你来吴溥家时，他们是不是早就都在了？"

"没有，"解缙摇摇头，"陆续到的。"

郑和一把拉住解缙："解先生，你要想清楚啊，这事可是要回禀陛下的。"

"我没记错，"解缙说得斩钉截铁，"我可以去陛下那里做证。"

胡濙看了一眼胡靖和吴溥，三人会心一笑。

时光逆转，又回到那日黄昏。

三人又商量了一些细节，胡靖一大早去宫内报丧，还要跟少监王钺商量好怎么火烧乾清宫，并留下一具焦尸。胡濙要确认李景隆在金川门的时间，以便两个假信使能顺利出城，还要安排城外两拨人碰面的地点。吴溥则负责在燕王进城后，立即前往皇宫联络王钺点火。

三人越商量，越觉得脊背发凉，这里面千头万绪，哪个环节出错都是掉脑袋的大事。

"而且万一燕王那边的人起了疑心，从尸体开始查……漏洞百出啊。"胡靖缩了缩脖子。

吴溥和胡濙也沉默了。

良久，胡濙狠狠一跺脚："你们放心，我已经让戴院使在信中向燕王举荐我，如果燕王要查证乾清宫起火的事儿，他需要一个靠得住的降官。"

"源洁，你千万不能让他们查到我啊！"胡靖紧紧抓住胡濙，"我怕……我顶不住。"

胡濙宽慰道："放心，你有状元的头衔，又有我从中周旋，不会查到你头上的。"

"保险起见，我们还需要一个燕王的人来做人证。"吴溥看着两人说。

胡濙点点头："这是个好办法。"

"解缙！解缙！"胡靖脱口道。

另外两人疑惑地看向胡靖。

胡靖脸一红，磕磕巴巴道："他早与燕王暗通款曲……他……他给我看过燕王的亲笔书信。"

"光大啊，光大，你怎么能……"吴溥气得握起了拳头。

"我没做过对不起万岁的事儿。"胡靖梗起脖子。

"好了、好了，"胡濙立即道，"就是他了，我们赶紧将敬止的尸体安置好，时间不多了。"

"能不能假装敬止还活着？"吴溥想了想。

"这怎么可能……"胡靖望了一眼王艮的尸体。

"我的身形与敬止差不多，"胡濙转向吴溥，"我换上他的衣服，坐在背光的位置，尽量低头不说话。"

吴溥手托下巴，点点头："可以，反正敬止平日里话也不多。"

"万一查起来，解缙他会不会起疑心……"胡靖有些心虚。

"没事，"胡濙得意地一笑，"他给你看燕王的书信，无非是想替燕王招揽你这个状元郎。明日燕王进城，你就主动让他引荐，遂了他的好意。"

吴溥一拍脑袋："对啊，这样一来，即使他心中有些疑惑，也一定会站在我们这一边。"

胡靖茫然地看看他们两个。

"朝廷更替之际，最缺的就是信任，"胡濙微微一笑，"如若他引荐的人出了问题，燕王心中会作何想？"

"郑将军，事实如此，不用我再多说了吧。"解缙不耐烦地说，"陛下还要跟我商量乾清宫如何重建，我就不奉陪了。"

说话间，解缙头也不回地拂袖而去。

郑和有些狼狈，伸出手："解先生、解先生……"

胡濙几步拦在郑和面前："郑将军，既然大家都讲的是故事，不如听听我的故事吧。"

郑和面无表情地转向胡濙。

胡濙缓缓闭上眼睛，想了想，终于开口道："面对陛下战无不胜的铁骑，在京师城内的每个人心中都会心生恐惧，但每个人都会用不同的方式去面对这种恐惧。”

“久经沙场的曹国公也不例外，”胡濙环视整个屋子的人，“他虽然决心向陛下献出金川门，但心中的另一面还是念着旧主情谊，决意放建文出城。”

“无论是事先准备好的‘芎菊上清丸’，还是矢口否认他向平阳王送过书信，这一切都可明证，”胡濙顿了顿，故意放大声音道，“李景隆将建文放走了。”

“郑将军，你说是不是这样？”胡濙笑了笑，冷冷道，“陛下还在龙潭等着我们回去复命呢。”

郑和铁青着脸，轻轻地点头：“事已至此，我们就这样回禀陛下吧。”

胡濙点点头：“那郑将军先行一步，我随后就到。”

说着，他伸手做了一个请的动作。郑和一愣，意味深长地看了一眼胡濙，转身跨出门去。

等郑和的脚步远去，三个人一下子都瘫倒在地，大口大口地喘气。

“我们做成了吗？”胡靖有些不敢相信。

“成了！成了！”

“敬止，我们做成了！”

三人突然狂笑起来，笑着笑着又大哭了一场。等终于平静下来，吴溥抬起头问：“那天真是好险，要不是杨子荣当街拦住陛下，王钺根本来不及点火。你们说，他是不是在帮我们？”

胡靖冷哼了一声：“他就是想在新主子面前出风头！”

“出风头啊……或许吧。”

胡濙缓缓转头看向窗外，天色已然全黑，但还是露出了幽蓝的底色。六月的天气，不知哪里竟然传来阵阵梅香。

　

上望见宫中烟起，急遣中使往救。至已不及，中使出其尸于火中……备礼葬建文君，遣官致祭，辍朝三日。

——《明太宗实录》

尾　声

永乐元年，三月。

京师郊外，一座孤坟，一块空墓碑。

一名身着靛蓝道袍的文士，提着一壶酒，独坐在碑前。

他咕咚灌了一大口酒。

"敬止啊，京师的梅花都已经开了……可你再也看不到了，再也看不到了……"

"你说你要为了天下百姓，"他嘿嘿一笑，"你死了，还能干什么？"

"你看看我，"他拍拍自己的胸脯，"陛下已经让我入阁，入阁是什么你知道吗？宰相啊，大明的宰相，我现在就能为天下百姓做事了啊，可你呢？"

"你呢？"他拍拍墓碑，"你再也做不了！啥也做不了！"

"还有那三个傻子，自以为做得天衣无缝……"他又喝了一大口酒，"要不是我当街拦住了陛下，你看他们这出烂戏怎么往下演？"

"最可笑的是那个吴溥，因为去皇宫联络王钺，结果没赶上茹瑺带着大臣一起投效，现在被发配到国子监教书去了；还有那个胡濙，"他放下酒壶，摇了摇头，"他被陛下指派，南下继续寻找建文，这一去还不知道什么时候能还朝呢。"

"还是那个傻状元，现在已经是太子的老师了，以后前途可期啊。"

"对了，敬止啊，"他顿了顿，"我现在不叫杨子荣了，陛下给我赐名为杨荣；胡靖也不叫胡靖了，又改回了胡广……等我们下了地府，再见的时候，别叫错了……"

"别叫错了啊……"

说着说着，他似乎有些醉了，整个人靠在墓碑上。

他扯开嗓子，大声吟诵："何郎去后谁知己，一度清吟一度春……"

"王敬止啊，王敬止……"

在寂寞的呜咽声里，枝头的一片片梅瓣翩翩落下。

王圣翔，1980 年生人，教授级会计师，长期与数字打交道的经历磨砺了理性的思考模式，骨子里却更喜欢与感性的文字为伴。小时候偷偷看老父亲的《山海经》后便开始与文字和故事结缘，上大学时被室友的一本《魔鬼吹着笛子来》打开了推理的大门，从此欲罢不能。从畅销君东野圭吾到社会派大师松本清张，从阿加莎到奎因，无所不好，终于按捺不住对推理的热爱，拿起笔写下一个个属于自己的推理故事。代表作："锦衣拍案"系列。

西獲麒麟

西获麒麟

拟南芥

许多年以后，面对……之时，我也没能忘了麒麟到港时受人围观的那个遥远的下午。

伶人之死

琉璃瓦的重檐屋顶，朱漆门，恢宏的紫禁城是这座帝国的心脏，住着世界上最尊贵之人。他如龙一般盘踞在殿内金漆雕龙的宝座上，群臣拜服。

台基上点起的檀香，使得殿内异香缭绕，从他口中说出的话透过这异香便成了政令，影响着庞大的帝国。他在群臣的协助下，将庞大的帝国治理得蒸蒸日上。

皇帝创出了如此伟业，这意味着他也有权拥有这世上最有趣的消遣，宫殿里专门有一群伶人磨炼自己的技艺，只为逗皇帝一笑。

除了各类戏曲、滑稽戏，还有各种杂耍。单单是飞丸，市井艺人用双手连续抛接丸铃，最多也就累加到五六个，但宫里的伶人可以抛起足足九个；走索艺人，只消在两座宫殿之间拉起一根绳子，便能从这头安安稳稳地走到那头。除此之外，更有各种吞剑吐火、胸口碎大石、舞狮舞龙、飞镖舞剑……

皇帝现下最宠爱的伶人，是满桂。他最会逗趣耍宝，皇帝曾夸赞光是看到满桂的神情、听到他的声音就想笑，他是个不折不扣的开心果。

现在，皇帝宠爱的伶人死在自己的房间内。

层层上报之后，锦衣卫派出一小旗，唤作木浪，前来调查满桂之死。

锦衣卫来头可不小，自太祖设立以来，锦衣卫一直都是皇帝亲军，掌管皇帝仪仗、侍卫和办案特权，但也曾因构陷忠良、贪污受贿，一度遭太祖削权、放置。

永乐帝登基，马上就恢复了锦衣卫的所有权力，其中北镇抚司，专理"诏狱"，可以直接逮捕和拷问犯人，刑部、大理寺、都察院这些部门都无权过问。

宫内无小案，这正是锦衣卫的职责范围，木浪得了令便急匆匆地往满桂的所在地赶去。

满桂死在自己房内，由于受宠的关系，他有独立的住所，虽与其他伶人仍在同个院内，却住了一栋小楼。一楼是他放一些戏法道具、服饰的地方，二楼是他休息的地方。

"大人，这满桂应当是想不开自尽的。"伶人班主对木浪说道。

"是不是自尽，自有我们来判断。"身穿飞鱼服、腰间挎着绣春刀的木浪说道。

锦衣卫小旗木浪带着一个校尉沈立业走进小院。他注意到，院子里其他房间都住满了伶人，从院门进来的话，势必要经过这些房间。

到了满桂屋前，屋门大开着，能看出用力破开的痕迹。

班主指着破损处说道："今早满桂一直没有出现，我们怕他出事便合力把门撞开，上了楼就发现满桂吊死在楼上。"

沈立业问道："你们自己居住夜间也都锁门吗？难道还怕宫中有贼吗？"

"这……防人之心不可无嘛。"班主面露难色，"赐下的东西和手上技艺的不传之秘都是个人的东西，怎么可能不关心呢？"

宫里的伶人都是从各地择优选来的，彼此之间都是露水情缘，相互提防甚至不和都极有可能。

"上楼去吧。"木浪道。

班主忙在前面带路，木浪和沈立业跟在班主后面，踩着木制楼梯上了二楼。

满桂的尸首还放在他的房间内，身上盖着白布。木浪之前已经了解过了，伶人们闯入后只是将满桂的尸体放了下来，其他地方都没敢动。这无疑保护了凶案发生地，留下了最原始的线索。

木浪掀开白布检查满桂的尸体："眼部淤血，舌根发紫，嘴微微张开，舌尖突出口半寸，喉骨破碎。从这些迹象看，确实为自缢而死。"

"下身似有秽物，应该是死前大小解失禁所致。"沈立业补充道。

木浪点了点头，又继续查看："脖子上留有索沟，而勒死和缢死都会在颈部留下索沟。缢沟的特点是着力侧深，两侧渐浅，最后出现'提空'；勒沟的特点则是水平、均匀、环绕、闭锁，没有'提空'的现象。"

两人先后又在尸首上摸索了一阵，站起身来："好了，送到北镇抚司的仵作那儿再做更细致的检验吧。"

仆从们搬来担架，将满桂的尸体小心翼翼地搬下了楼。

"没想到，这个满桂还是个附庸风雅的。"沈立业说道。

满桂的卧室中，除了床，还有一张书桌和两个书架，在两侧墙上还挂着一些字画。画和字都平平无奇，看了书桌上遗留的书信，木浪辨认出墙上的字画似乎都是满桂自己书写绘制的，写的都是与优伶、歌舞相关的诗词，诸如杜工部的《江南逢李龟年》和《观公孙大娘弟子舞剑器行》、白乐天的《琵琶行》和《长恨歌》。

"真是个奇怪的伶人。"沈立业嘀咕道，"不像个逗人笑的伶人，倒像个迷路的书生。"

"一个蹩脚的书生。"木浪翻了翻满桂的藏书和文稿，见没什么章法，如此说道。

班主递上一张纸："大人，这是我们在满桂的脚边发现的，看字迹应该就是满桂所留，应该是他的绝笔。"

"是遗书吗？"沈立业抻长脖子凑过去看了看，挺大的纸上只写了四个字：

可以见还

墨迹和纸应该是新的，但这四个字是什么意思呢？

木浪和沈立业都是武人，只能识文断字，光凭这四个字看不出什么深意。

"班主之前为何断定满桂一定是自尽呢？"木浪转过头盯着班主。

锦衣卫猛于虎狼，饶是班主心中无愧，在这瘆人的目光下，也是汗流浃背。他被这目光盯得三魂去了两魂，结结巴巴地解释道："楼下大门紧闭，楼上的窗户也关着，住同一个院子的其他人都说昨夜没有人去过满桂的小楼，而且房间里没有打斗的痕迹；满桂上吊，还留了书，自，自然是自尽。"

沈立业检查了窗户："确实是闩上了，且没有被破坏的痕迹。"

木浪摸了摸下巴的短须："那么满桂究竟为何想要寻死呢？据我所知，他是最受宠的伶人，得到过最多的赏赐，他为何要寻死？"

班主苦着脸说道："这不好说，干我们这行的，被榨干了笑声，自己心里只剩苦闷，一时想不开也是有的。"

木浪在这房间内四处张望，他又发现了一个值得注意的东西。书桌下面有个小火盆，现在春意正浓，夜晚已经不需要烧炭取暖了。盆内残留的也不是炭灰而是纸灰，未燃尽的纸上只有一个字——"麟"。

木浪有一种感觉，这应该是一个词。沈立业的想法与他不谋而合，他们异口同声地说出了那个词："麒麟！"

全皇宫、全京城，乃至全帝国都知麒麟。

永乐十二年，三宝太监郑和的手下杨敏带回了榜葛剌国的国王赛弗丁进贡的异兽，郑和称其为"祖剌法"，使者则称其为"麒麟"。

这头自外域而来的异兽，前二足高九尺余，后两足约高六尺，头抬颈长一丈六尺，首昂后低。头上有两肉角，在耳边。牛尾鹿身，蹄有三跆，匾口。

翰林学士们翻遍古籍，认定这便是传说中的麒麟。

汉许慎《说文解字》："麒麟，仁兽也，麋身牛尾，一角……麐（麟），牝麒也。"段玉裁注云："状如麇，一角而戴肉，设武备而不为害，所以为仁也……"

这些特征大多都能和异兽对应上，坐实了异兽便是麒麟的说法。

宫廷画师们特意绘制了一幅《瑞应麒麟图》，翰林们还在这幅画上作了《瑞应麒麟颂》，专门纪念此事。

今年，与三宝太监郑和第四次下西洋回国的船队一同前来的各国使者中，就有麻林国的使者，他向永乐帝献上了产自本国的麒麟。

这是帝国的第二头麒麟，送入京师时也遭到了围观。这头麒麟现正养在宫外不远处新建的兽栏内，等到确定这头麒麟健康、没有疫病之后再与宫内那头麒麟会合。

麒麟作为上古瑞兽有特殊的意义，它的出现往往象征着人君的与众不同，或者这个国家繁荣昌盛，所以朝廷一直都在宣传这件事。

木浪将纸片收了起来，这算是一个疑点，但看起来并不重要，因为满桂作为一个伶人，追求时兴的事物，写点逗乐的段子并不奇怪。

木浪又走到书架边上，他找到了一本倒扣着的书，扣着的那一页是一个全天下读书人都耳熟能详的典故。

相传孔子出生前，有麒麟在他家院子里"口吐玉书"，书上写着"水精之子，系衰周而素王"。

木浪又摸了摸书架，上面没有落灰。以木浪的才学看来，书架上有几套生僻的书籍，上面也没有什么灰。如此看来，满桂确是个爱书之人。

木浪和沈立业在满桂房内转了一圈又一圈，仔仔细细地翻了几遍。

突然，木浪开口对立在一旁的班主说道："这满桂毕竟是得圣上记住的人，不能就这样没了。我们兄弟二人看了看，心里也是认可自尽这个说法的，只是职责在身，不能两片嘴唇一碰就下了这个定论。这样吧，你把人都喊来，我们挨个儿问一问。诸位都是圣上的开心果，我们也就不把诸位往诏狱里带了，你意下如何？"

班主听到不用下诏狱，立即点头称是，按着木浪的意思去叫人了。

"我们真的就在这里审讯吗？"沈立业压低了声音询问木浪，"怕是不合规矩。"

"无妨。"木浪解释道，"在宫里办事，还是要讲究少闹动静，尤其是圣人眼皮子底下。"

不多时，班主就上来通知他们，人已到齐，可以询问了。

木浪先将班主留了下来，问了问满桂的来历。

"满桂是大约六年前进班子的，是从下面省里的班子送上来的，说是机灵有趣。我这几年看下来也觉得满桂是个可用之人，平时练功做戏都认真，一丝不苟，也不像下面有些人一样放纵自己，酒色之类，他沾得也不多。他在班里坐了三年多的冷板凳，才有机会在圣上面前露脸。这一露脸也没白费这么多年的苦工，他得了圣上的赏。"

"既然如此，他应该春风得意，你又为何觉得他会自尽？"木浪问班主。

"那都是两年前的事情了，我们这种人少有长宠不衰的，"班主说，"满桂这两年常为圣上献艺，花样和段子越来越少出新了，就说这半年吧，圣上只召过他一次。我晓得他心里憋着一股气呢！"

"近来他都没什么机会去面圣吗？"沈立业问道。

班主摇了摇头："这不下月因麒麟进宫，要摆宴席，原定他为圣上逗趣。"

"还有不到二十来天，他不该好好准备准备，想着再惊艳一次吗？"木浪问道。

班主叹了口气："我们这行扮他人演自己，越有才华的人越容易魔怔。我见过太多了。前几日，我就见他一日忧愁一日兴奋、又一日踌躇的，当时就觉得有些不对，不知道他在干什么，我这眼皮也一直在跳，谁承想应到今日了。"

这班主似乎是感同身受也陷入某种感情中去了，竟在两名锦衣卫面前发起呆来，眼神越发空洞。

"喀喀，那么我再问一句，"木浪用咳嗽声将班主神游的灵魂拉了回来，"满桂和同伴相处如何，他平日交际如何？"

"有些孤僻，不常与同伴一起戏耍。"班主说道，"至于交际，这我还真不太清楚。我只知道每逢休沐能出宫，他总会出去，大概有宫外的朋友吧。不过，他出宫应该不是吃喝玩乐。"

"你见过这个东西吗?"木浪从书架上拿下一本集子,封面上题着《苍藏文集》。

班主摇了摇头:"不知道,这里只有满桂喜欢看书。"

木浪让沈立业将班主送了出去,又带进来一个个伶人仔细询问。

伶人们都说自己没有注意到《苍藏文集》,他们对满桂的看法也很统一。

满桂是西域沙州人,在这里没有他的同乡或熟人。他总是独来独往,旁人想和他聊点什么,也聊不到一起去。满桂时不时爱炫耀爱掉书袋,让人受不了,久而久之,就没人愿意同他说话,他也不同人多说些什么。因此,进入戏班稍晚的人都认为满桂有些孤傲。总而言之,满桂没有什么友人,也没什么仇人。唯一的纠纷还在九天前,满桂和飞索艺人苏禾大吵了一架,虽然没有动手,但两人的脸色都不太好看。

"苏禾呢?"木浪问道。

"苏禾不在,听说召集伶人时,根本就没找到苏禾。"沈立业回复道。

"门窗皆闭的密室、飞索艺人、吵闹……这会是个巧合吗?"木浪带着沈立业又回到二楼推开窗户,窗外恰好有檐角,而且是朝向院外的。

"用绳套套住檐角,拉出一条绳索,那个苏禾靠着绳子就可以从外面走到二楼,不必进到院子里。"木浪一指檐角,"上面还有痕迹,你看像不像是绳套留下的?"

"有点像。"沈立业答道。

读书与飞索

"窗户是怎么关上的?"沈立业问道。

木浪替他解惑:"这倒不是重点,手上稍有巧劲的人都能用细铁丝深入木窗中间的缝隙挑开窗闩。"

"抓苏禾吗?"沈立业又问道。

"这个人有嫌疑,必须抓。"木浪皱着眉头,"但我心里一直有个疙瘩没有解开。"

"什么疙瘩?"沈立业又发问。

"《苍藏文集》是怎么回事?"木浪又拿出了那本集子。

"这书有什么特殊之处吗?"

"集子中有满桂的名字，不过不是作为作者，而是在最后的出资人中。"木浪说道，"那些读书人喜欢搞个文会，攒个集子，找人刊印出来，分发一圈，也是一种雅事。一般来说，与会者都会事先准备好一篇不错的诗文。但满桂一篇诗文都没入选，只是出资帮着刊印了集子。这表明他在文会上是个异类，偏偏这本集子由满桂出资刊印，而且集子有时常被翻阅的痕迹。他的想法应该是极其矛盾的，或许能通过这本集子查出满桂出宫见了些什么人，我们就能调查清楚满桂脑子里在想什么。"

沈立业却不认可自己上司的看法："下面的人刚才已经回报没有查到苏禾的出宫记录，那他就还在宫里。现在来看，这个走索的苏禾嫌疑较大，人也不见了，当务之急是找到他，而不是出宫搞明白死者的想法。破案的重点应该在凶手，而不是死者。我觉得我们应该先去找苏禾。"

"出宫和找苏禾并不冲突。"木浪对沈立业说道，"你去抓苏禾，搞清楚他和满桂的矛盾。我出宫一趟调查文集的事情。明日一早无论是否有收获，我们都在异兽苑碰面。"

"异兽苑？"

"就是宫墙外饲养麒麟的地方，既然满桂留下了这么多有关麒麟的线索，我们总该去看一看麒麟。"木浪说道。

对此安排，沈立业并无异议。

两人就此分手，一人留在宫内追查苏禾，一人出了宫门。

得益于《苍藏文集》资料的完备，木浪很快就找到刊行文集的书坊。在亮明锦衣卫身份后，木浪很快就得到了他想知道的东西。

《苍藏文集》确实是文会的产物，来书坊对接刊印的一共有两人，其中一人正是满桂，另一人则是周抱玉。木浪在文集上见过这个名字，他的署名很靠前，应该是文会的组织者。

书坊老板曾给周抱玉送过样刊，借此，木浪顺利地找到了周抱玉。

周抱玉大概三十来岁，来京四五年了，略有文名，不曾中举。

通过此人，木浪知道了那些诗文署名的究竟是哪些人。如果木浪有意，他能找出文集内所有人。木浪也知道了集子的由来：大约在三个月前，周抱玉约上一众好友在一个叫作苍藏亭的地方办了集会。周抱玉他们并不知道满桂的真实身份，如果他们知道满桂是伶人，是绝不会同他来往的。参加文会的人大多都以为满桂也是个读书人，只是才学平平。满桂会被邀请，也只是因为他愿意出资。

试问，谁会拒绝一个好说话、慷慨但有点愚蠢的朋友？

木浪知道满桂是个渴望成为读书人的伶人。伶人是下九流，对他们来说，士人就像天上明月。

"近来满桂有什么反常的地方吗？"木浪问周抱玉。

"应该没有。"周抱玉沉思片刻回答道。

木浪又问道："他的情绪如何？"

"这倒是有点怪，有时激昂有时低落吧，我搞不太明白。"周抱玉道，"我总觉得满桂这个人有点奇怪，他颇有志向，但身处穷途，常做无谓的怪事。"

"他提到麒麟了吗？"木浪问道。

"满桂问过我一些关于麒麟的典故，我也就说了一些，同时给他列了书单。"

周抱玉告诉满桂的都不是什么生僻的典故，除了满桂房间里找到的"衰周而素王"外，有《公羊传》记载的，麟者，仁兽，非中国之兽也，只有圣明君主在位才会出现，有王者则至，无王者则不至，还有《史记·孔子世家》记载的，鲁哀公十四年春，捕获了麒麟，孔子深感自己的道不能施行，便绝笔《春秋》。

"那你知道'可以见还'是什么意思吗？"木浪问道。

"似乎是南北朝江淹的典故，江淹人到中年才思减退。据《诗品》记载，有一天晚上他梦见一个人，对方自称是郭璞，有一支五色彩笔留在江淹处已多年，请求江淹归还。江淹从怀中取出五色笔还给了那人，就写不出好文章了。据《南史·江淹传》记载，江淹有一天梦见一个人，自称是张协，他对江淹说以前给过江淹一匹锦布，现在希望能还给他，结果江淹只能拿出几尺残锦奉还。"周抱玉说道，"无论是郭璞也好、张协也罢，说的都是一件事情——江郎才尽。"

"这个江淹是不是人缘不好，怎么被人编派这种故事，才华全是别人的。"木浪苦笑道，"这和'可以见还'有何关系？"

周抱玉说道："郭璞和张协讨要东西时说的都是'可以见还'。"

听了此话，木浪若有所思。

木浪从周抱玉那里离开，前往约定之地，看到路边的一家文玩店，心血来潮，走了进去。

他一眼就看到柜台上有不少麒麟形制的玩意儿，便随手挑中一个普普通通的玉麒麟，买下后别在了腰带上。

"大人！"沈立业看到木浪后打招呼道。

"你那边抓到苏禾了吗？"木浪问道。

"抓到了。苏禾就在宫里，他到了友人处，想走时因为宵禁已经走不了了，所以干脆在那边过了夜。满桂一死，他知道我们在找他，一时糊涂居然又躲了起来。但这是宫里，谁能逃出咱们锦衣卫的掌心呢？"

"所以他一直都没回来吗？"

"是的，夜里他没有到伶人的小院，有好几个人能为他证明。"

木浪又问道："用刑了吗？"

"用了一点。"沈立业回答道，"他不像是说谎。"

木浪道："那么，苏禾同满桂的口角是怎么回事？"

沈立业回答道："不过是伶人间的争风吃醋，苏禾有了些新戏法颇得上面的赏识，便到满桂面前炫耀。他一直都觉得满桂高高在上看不起他。两人互刺了几句，吵了起来，不可收拾。"

"原来如此。"木浪叹了一口气，"这样看来，满桂还真有可能是自杀。"

沈立业又从怀里掏出一张纸，"我把满桂窗外的痕迹拓了下来，如果是从下面丢上去的话，绳子留下的痕迹应该呈弧形，但现在的痕迹更像是有什么东西直接落到了上面。"沈立业又问木浪道，"大人有什么收获吗？"

木浪轻轻摇了摇头："我现在更相信班主说的话了，满桂可能是自杀。"

两人边走边聊，终于到了异兽苑。隔着老远，他们就看到了传说中的异兽——麒麟。

帝国的麒麟

借着锦衣卫的身份，他们走到了麒麟面前。

不愧是传说中的生物，他们仅仅是站在麒麟边上便感受到了一种可怕的压力。

沈立业甚至看得入迷，翻过栏杆，想要摸一摸麒麟华丽的毛皮。

"小心，别惊着麒麟。"一位老者出言提醒道，"快回到这边来。"

老者的右脚有些跛，丢开手里的桶，一瘸一拐地跑了过来，拦住了沈立业。

"麒麟和马匹一样，对从背面和侧面靠近它的生人很警惕。"老人解释道，"麒麟腿长有力，甚至能踢死狮子、豹子。"

"老者是西洋船队的人吗？"木浪一拱手问道。

老者自嘲似的笑道："我已有三四年没上船，早就不是船队的人了。你是怎么看出来的？"

"首先是你的皮肤，无论是肤色还是粗糙程度，都和我见过的沿海居民很像。"木浪说道，"其次，在海上待久了的人走路会像螃蟹，看似不稳，其实最不容易摔倒。最后一点，我看到你提来的桶里装了麒麟的饲料。所以我猜测你曾在三宝太监的船队待过，照顾过麒麟，直接现在，还在做着照料麒麟的活计。"

"要说出海的话，确实只有下西洋的船队了。"老者点了点头。

自洪武年间起，帝国就下令实施了海禁。

起因是日本诸侯割据，互相攻伐，导致出现大量无业的浪人到沿海地区进行走私和抢掠，这一政策禁止中国人赴海外经商甚至是出海捕鱼，也限制外国的海船靠岸。永乐年间，下西洋也只是朝贡贸易，民间私人仍然不准出海。随着倭寇之患越加猖獗，海禁政策也愈加严格。

老者说的没错，国内能培养出水手的地方只有三宝的船队了。

"那是好地方啊。"老者感慨道。

"不是说船上很辛苦吗？"沈立业问道。

"确实辛苦，风吹日晒，吃得也不好，但在碧海蓝天之下无拘无束的感觉，你们这些不曾出过海的人是不会理解的。"老者说道，"只可惜我同海盗交战不慎伤了腿，行动不便，再出海也只是累赘，因我照料麒麟有功，上面便留我在宫里专门照料麒麟。内外两头都是我照顾的。"

"这麒麟都吃什么，我看桶里的饲料和喂马的差不多。"木浪问道。

"麒麟是仁兽嘛，不食肉，是吃素的。"老者回答道。

"这矮矮的栏杆能挡得住麒麟吗？"沈立业也好奇地问道。

与麒麟巨大的身形相比，沈立业能翻过去的栏杆显得那么小巧。

老者说道："麒麟是义兽嘛，只要画出规矩，它就不会逾越。"

"这样看来，麒麟的性情有点像马。"木浪说道。

老者摇了摇头："这可大不一样。弱者愿意温驯、遵守规则是因为它们只能如此，强大的生灵还愿意守规矩的话，那就不得不称赞它的德行了，你们说是不是这个道理？"

木浪点了点头。

老者问道："你们只是来看麒麟的吗？"

木浪似乎是恍然大悟，回归正题："聊了这么多，还未请教老者尊姓大名？"

"你喊我鲁老头或者鲁伯都可以。"

"我们两人前来是为了调查满桂之死的。"木浪说道，"他死前来过这里吧，鲁伯。"

"我们之前已经问过门口的守卫了。"沈立业提醒道。

"你们说的是那个伶人吧，他跑来很多次就是为了看麒麟。"鲁伯说道。

"他只是为了看看麒麟吗？"沈立业问道。

"他还问了不少问题，基本上都和麒麟有关。"鲁伯回答道，"我也挑能说的同他讲了。"

木浪好奇地问道："他都问了些什么呢？"

"我们是在什么地方找到麒麟的，当地风俗如何，还有关于麒麟的性情。"鲁伯说道，"还有一些航海的趣闻，比如遇到可怕的暴风雨，为避免翻船，我们就只能砍断桅杆，但没了船帆我们就控制不了船的前进了，只能随波逐流，等其他船来救我们。粮食还好，万一断了水那可就惨了，钓上鱼来后，大家都会抢着挖下鱼眼，因为鱼眼里含水量最多……"

鲁伯讲起航海便滔滔不绝起来。

木浪忙打断他，"那满桂说过什么吗？"

鲁伯挠了挠头："一开始他兴致很高，到了后来，他似乎有些失望，好像没有听到想要的东西。"

沈立业道："难道真相就是满桂想借麒麟做戏，但一直没想出什么好点子，于是想不开自尽了？"

木浪和沈立业的调查好似重走了一个伶人的绝望之路。

满桂在现实中接触过麒麟，又在纸堆里寻找过麒麟，没有什么收获，他的情绪因此起伏，最后坠入深渊。

昨夜是阴天，不见明月也不见群星，是隐秘行动的好日子，宫墙边的守卫没见到什么可疑的身影，各处墙上也未见攀爬的痕迹。这世上又有谁胆敢夜闯紫禁城？与满桂有怨的苏禾虽然在宫内，但有数人为他做证，证明他绝无时间回到小院杀人。

"那么窗外的痕迹，可能是我们误会了。留下痕迹的也许只是一只巨鸦。"木浪说道，"满桂在御前献艺前夕自尽了……有人的死重于泰山，这满桂的死真是比鸿毛还轻。"

两名锦衣卫正准备下定论，却迎来了意外的转机。

"可算是找到你们了！"来人同他们一样也穿着飞鱼服。

"陈二郎，你不在所里当值，怎么跑到这里来了？"木浪说道。

"早上的那具尸体有结果了。"陈二郎说道，"应当是被害，宫里出了命案。"

"是谁验的？"木浪问陈二郎。

"张仵作。"陈二郎回答道。

木浪追问："大张还是小张？"

"宫里的尸体当然是大张了。"

木浪点了点头。

大张技艺高超，不太可能出错，他说满桂是他杀，那必定是他杀。

陈二郎对木浪他们说道："同我回去，你们直接问问张仵作，就都清楚了。"

"走，我们回去看看。"木浪招呼沈立业。

两人告别鲁伯，跟着陈二郎回到了北镇抚司。

满桂的尸体躺在床上，张仵作正拿着香菜擦手，祛除尸体的异味。

见到他们过来，张仵作才说道："你们的初步判断其实没有问题，但仔细看看死者的脖颈处，勒痕不止一道。致死的确实是上吊的那条痕迹，但边上还藏着一条，不太明显。"张仵作拿着一根木棍指出痕迹，"这条是死前留下的。"

"死前造成的？"

张仵作点了点头："死前的伤痕和死后的从特征上来看并不一致，所以应该是有人先勒晕了死者，然后将他挂到绳索上伪装成上吊的模样。证据还不止这一点。"张仵作又指了指死者的双手，"死者死前应该到处奔波，指甲缝隙中有一些污垢，但指甲缝被紧急清理过。"

"从哪里看出来的？"

"每个指甲缝的污垢量都不太一样，有些干净有些肮脏，应该是有人用细木棍、铁丝之类的东西清理过。指甲内侧有划痕，这表明替死者清理污垢的人很着急或者很紧张。"

"凶手为何要清理指甲缝？"木浪自问自答道，"是有什么东西留在里面吧。"

张仵作点了点头："比如死者被勒晕前曾抓伤过凶手，指甲缝内留有皮肉。这样很容易被人看出死者死前曾有过挣扎，并且也能依据抓痕抓住凶手，所以他必须替死者清理指甲缝。不过死者已死，无法说出自己的感受，凶手也可能是第一次替其他人清理指甲缝，加之他刚杀过人，手有些颤抖。"

"满桂是被杀的，那么谁要杀他？"沈立业不解地问道。

他们已经摸遍了满桂的人际关系，没有人对满桂存有杀心。

"一个人绝不会无缘无故被杀！"木浪道，"有果必有因。"

木浪看着满桂的尸体，不禁在心里问道，你的身上究竟还有怎样的秘密？

深宫魅影

木浪和沈立业在北镇抚司休息了一会儿，见天色已晚，便准备回家好好休息一夜。

世上很多事越是在意越看不透，木浪甚至想美美地睡上一觉，梦中能得些灵感，把这件案子给破了。

他们出门时遇到了三位同僚。

两队人在门前随口聊了几句，因两队手上的案子都不是什么机密大案，就相互交流了一下。

有时候，局外人往往能指出一些破局的关键。

木浪这边是卑微的伶人被谋杀，那边则是些无稽的小事，涉及宫内的一些志怪故事。

不过捕风捉影本就在锦衣卫的职责范围内，收集、探听宫内近来传出的鬼怪传闻对锦衣卫而言，算是正事之一。也许百年之后，锦衣卫的档案被公开，人们会吃惊地发现，机密档案中有数卷"志异篇"，记录了一大堆如《搜神记》一般的鬼神故事。

历史上的侏儒巫蛊之祸、狐狸叫、石人一只眼……说到底不也是毫无根据的鬼神之说嘛，却撬动了一国之根基。尤其是宫内的这些风言风语，有时会牵扯出一些事实，如某某妃嫔苛责下人、某个太监头子贪腐无度、有些人对圣上心怀愤恨……

而且，从反元的那一声"莫道石人一只眼，挑动黄河天下反"到紫禁城的建立，大明帝国似乎冥冥中与鬼神之说有分不开的联系。

当年，太祖下令兴建皇城，刘伯温把宫城位置定在钟山的龙头前。那个位置是燕雀湖的湖身所在，地势低洼，太祖调集几十万民工填平此湖。当时曾有传言说为了工程顺利，太祖将住在湖畔的一个名叫田德满的老汉，投入湖中垫底，作为"填得满"的吉兆。此事当然是无稽之谈，但从中也能知徭役之苦。

宫里的鬼怪故事一般也就是什么地方出现怪声或者怪影，少有直接害人的。

比如曾有侍卫在夜巡时看到过宫女的影子，以为是眼花了，于是就想上前看看，可怎么追也追不上打着宫灯的宫女。远远看去，宫女打着扁纱的宫灯就慢慢地走着，根本不像追不上。

紫禁城还有一些空房，所谓的冷宫并不是专门的一处宫殿，犯错的嫔妃就是被安置在一些偏僻房间里罢了。有个公公也说自己曾在某个房间前听到过奏乐声，打开房门却发现房间里空无一人。

有时又传出宫里有一口井，平日白天的时候往下看，井底就是一些石头、杂草之类的，但每到三更天后往下看，只要天上有月亮，你便会看到井底出现的不是石头、杂草，而是一张人脸……

这些事件多数都没有什么事实依据，查清后发现也不过是一些误会，比如所谓的鬼影，只是宫女或者小太监顶着宵禁走夜路，被人发现后立马藏了起来，奇怪的奏乐声也只是有些房子漏风，风声听起来恰好像奏乐罢了。

在宫里，人人如履薄冰，身心都会在难以排解的压力和痛苦中扭曲，这样一来，就给了鬼神活跃的空间，各种故事也就屡禁不止。

不过，昨夜同时出现了两种诡异现象，而且都有两三人看到，似乎确有其事。

其一，昨夜没有一丝光亮，宫墙上的守卫值着勤，在将睡未睡之际，听到一声尖锐的笑声。这笑声不是从地面来的，也不是从天上来的，而是来自半空中。他打着灯笼四处张望了下，却什么也没找到。大约过了一个时辰，又是这样古怪的一声。本来可以把这叫声当作什么怪鸟的鸟鸣，但就在听到叫声的这片区域发生了当夜的第二件怪事。大明帝国的紫禁城，偏于南京京城的东隅，有御河环绕。一队禁卫军经过怪叫声对应的宫外河面处，竟然看到一个女人在漆黑的河面上行走——不是在游泳，而是立在河面之上——刹那间就消失在了黑暗中。

与叫声不同，女人行走于河面这件事还是有些线索的。今天，锦衣卫们就在河道上见到了一件薄纱，由上好的丝绸织成，可以称得上是薄如蝉翼。锦衣卫也查到有饰演天女的舞女前一天遗失了舞衣，就是河面上找到的这件。那应该是被风刮跑，飘出了宫墙，落到了河面上。舞衣在河面上飘浮，遥遥望去就像河上有个女人吧。

但这也存在问题，夜里是西南风，河面上的女人却是往相反方向走的。可能是什么大鱼或者水鸭拖着舞衣在动，可目击到女人的禁卫一口咬定，女人是有高度的，绝不是贴着湖面在动。

因此，湖面上行走的女人还是一个未解之谜。

两队人分别后，木浪就着一杯薄酒吃了碗阳春面，闭上眼睛，睡了一晚。

第二天，他顶着两个黑眼圈，早早入宫钻进了满桂的屋子。

沈立业临近中午才与木浪会合。

在得知满桂是被害后，木浪的搜查更具有方向性，仅仅一个上午就有了收获。

木浪对沈立业说道："满桂的遗书应该是假的。"

"当然是假的，一个被害的人怎么会有遗书。"沈立业不以为意。

"凶手近期应该和满桂接触过。"木浪皱着眉头说道，"满桂同人说话喜欢掉书袋，他在诉说自己苦闷时可能会提到'江郎才尽'这个典故，那对方也就会知道'可以见还'这句话。加上伪造遗书的方法，你看出来了吗？"

沈立业摇了摇头："没有。"

木浪一指四周墙面："是白乐天的诗句，这几句诗中就藏着'可以见还'四个字，不过'以'字是以'似'字出现的。与遗书的字迹比对后，完全一致，遗书是临摹的。"

> 姊妹弟兄皆列土，**可**怜光彩生门户。
> 马嵬坡下泥土中，不**见**玉颜空死处。
> 风吹仙袂飘飘举，犹**似**霓裳羽衣舞。
> 弦弦掩抑声声思，**似**诉平生不得志。
> 春江花朝秋月夜，往往取酒**还**独倾。

木浪长叹一声："最开始我们没有发现这点，这实在是不该。这点也说明凶手了解满桂，他或他的帮凶一定就在满桂身边。"木浪顿了一下，"我还简单地翻了翻满桂的藏书，他似乎有个习惯，当遇到有用的内容，都会夹书签或者折下页。"

"找到了些什么？"沈立业问道。

《说文解字》："麒麟，仁兽也，麋身牛尾，一角……麐（麟），牝麒也。"

《礼记·礼运》："山出器车，河出马图，凤凰麒麟，皆在郊棷。"

《五杂俎》："龙性最淫，故与牛交，则生麟；与豕交，则生象；与马交，则生龙马；即妇人遇之，亦有为其所污者。"

"都是与麒麟相关的记录。宋代李石的《续博物志》将其称为'驼牛'，赵汝适在《诸蕃志》中将其称为'徂蜡'，"木浪继续说道，"还有一些如李密牛角挂书、匡衡凿壁偷光的典故，也有伶人名留青史的事情。"

"区区伶人有什么资格名留青史？"沈立业一脸难以置信。

"还是有的，伶人作为玩物似乎有着面圣进谏的优势。"木浪说道，"按满桂做的记录，后唐庄宗在中牟打猎，他和随从们乘坐的马践踏农田，毁坏了庄稼。中牟县的县令拦住庄宗的马向他劝谏。庄宗大怒，命令把他拉走杀了。这时，有个名叫敬新磨的伶人带领其他伶人追上了县令，列举着罪状责备说，你身为县令，难道没听说天子喜欢打猎吗？你为何要放纵百姓，让他们去耕种田地来缴纳国家的赋税呢？你为何不让你的百姓饿着肚子，空出这片田野，来让天子驰骋追逐呢？你真是罪该处死。庄宗听得大笑，赦免了中牟县令。"

"这些又有什么意思呢？"沈立业问道。

"有意思的。"木浪说道，"我们还是要回到原点，必须想明白满桂为何会被害。现在的他和之前的他有什么不同？他在献艺前夕查麒麟之事，那么他的死八成与麒麟有关。"

"现在宫里宫外与麒麟相关的人成千上万。"沈立业无奈道，"可能与满桂有交流的又不知道有多少。"

沈立业心里还是觉得麒麟与伶人之死不会有什么关系，一神兽一凡人，风马牛不相及。

木浪劝他道："先在这里仔细看看书吧，我有预感，只有当我们真的了解了满桂，才能破这个案子。满桂在书里留了很多东西。"

沈立业摇头道："我们不能都困在这屋子里，案子的真相应该是跑出来的，我再去外面探查探查。"

木浪望着沈立业飞速离开的背影，脸上露出无奈的苦笑。

建文之谜

木浪窝在满桂的屋子里待了整整一天。

从这些藏书来看，满桂收集了不少四书五经相关的书籍，但从翻阅的痕迹来看，他看的最多的还是各类小说、戏曲、志怪。

他渴望学识，却走不进那个世界。木浪想，满桂一定很自卑。

沈立业又来了。

"先别翻书了。"沈立业对木浪说道，"北镇抚司收到了匿名投书，可能和我们有关。"

接受告密是锦衣卫的重要消息来源，他们设立了多个投书处，用来收集告密者的告密信。每隔一两天，就会有专人将这些告密信收集归纳，找出有价值的消息深入调查。

和木浪、沈立业相关的匿名信上只有两句诗：

> 款段久忘飞凤辇，袈裟新换衮龙袍。
> 百官此日知何处，惟有群鸟早晚朝。

光是龙袍和百官这些词就够触目惊心了，加上对诗句的大致解读，更让人害怕。

先说袈裟换龙袍，当朝太祖曾经当过和尚，这不是什么秘密，但前后文明显指的不是太祖。诗句说的应该是天子隐居，而有退位隐居传闻的，可能是当今圣上颇为忌讳的那一位。

诗句是用左手写的，歪歪扭扭，难以辨认字迹。据锦衣卫的研究，人只要用自己不惯用的手来书写，几乎就能逃脱字迹追踪。

诗句下方还草草画了一棵树，树上开满了花。根据对花草有些研究的画师所说，这应当是一棵开满桂花的桂树。

傻子都能明白这指的是"满桂"，但就是不知道是署名"满桂"，还是告发"满桂"。

谁会想到，满桂能牵扯到本朝这段要命的过往——靖难之役。

太祖传位于建文帝，建文帝继位后，便定策削藩。当时领兵在外、身为燕王的当今圣上立即打着清君侧的旗号，起兵南下，发起"靖难之役"。不到四年，兵临南京城下，建文帝的主帅李景隆投诚迎当今圣上大军入城，满朝文武纷纷投降。建文帝眼看大势已去，不得已下令焚宫，携皇后马氏，跳入火中自焚。当今圣上最后只找到烧焦的尸体，最后以天子礼葬了建文帝。因为尸首难以辨别，世间一直有传闻说建文帝未死，谋求复位。

沈立业将事情告知了木浪，拉着他赶回了北镇抚司。

木浪也看到了那封匿名信。纸和墨都是几个铜板一堆的大路货，根本查不到什么来源。

整个北镇抚司都开始了动作，与满桂之死有关的人都被"请"进了北镇抚司。

哪怕只是凶手的障眼法，锦衣卫们也不敢掉以轻心。

那些伶人只是暂时被关押，其他人就没那么好运了。

将满桂招进戏班的那名管事已经被吊在了行刑架上。

"说吧，你和满桂是什么关系，你把他送进宫里有什么企图？"

"我都说了啊，我本来都不认识满桂，是宫里要补充伶人，我恰好看了满桂的表演，才推荐上去的。我没有什么企图，我就是想为圣上好好办事。"他像是想起了什么，"我会去看满桂还是沙州学正介绍的。你们可以去问他。"

"他去年已经得病死了。"

"他死了同我有什么关系，我是无辜的！"

木浪站在牢门外，已经能想象到受刑之人的绝望了。

"你不愿讲？好嘛，我们帮你打开嘴巴，来人！"

接着，里面传出了一阵惨叫声。

"我是真不知道。"

鞭打声还在继续。

木浪认为他可能真的什么都不知道，但他的同僚们似乎更愿意相信只有在重刑之下才有真话。

木浪又看到了一个熟人，这时被押进来的是周抱玉。虽然大明律对取得了功名的读书人有一定优待，但这根本阻拦不了锦衣卫。

不过像周抱玉这种柔弱的读书人，甚至都不用动手，吓唬他一下就好了。

押送周抱玉的人故意放慢了脚步，让周抱玉能听清里面的惨叫、看清里面的惨状。

他甚至停下了脚步，按着周抱玉的头逼着他往里看："这在我们这儿也是好戏了，里面的人骨头太硬，什么都不愿意说，我们已经准备解决掉他了。"

周抱玉看到里面的行刑人拿出一个奇怪的铁箍子，套在受刑人的头部。那个铁箍能让受刑人的双眼露出来，左右两边的行刑人用力拉动机关，随着力度逐渐加大，铁箍会越来越紧，一点点挤压受刑人的脑壳，随着压力越来越大，受刑人的眼球最终会被挤出眼眶。

就算周抱玉闭上眼睛，押送他的人也还是会用语言描绘这副惨相："你见过青蛙吧，现在他的眼睛已经瞪得像青蛙一样，眼珠子还在往外凸……我们这里有汉代张汤、武周来俊臣留下的刑法，会让你大开眼界的。"

周抱玉再也无法忍受，靠在墙边呕吐起来。

押送周抱玉的人不顾他呕吐物的腥臭，拉着他，将他推进了审讯室，把他捆上受刑架。

"见你是个细皮嫩肉的读书人，我们还是先用点文雅的吧，先用竹签子一个个撬掉你的指甲。"他抓住周抱玉已经变得软绵绵的双手，仅仅是做做样子，周抱玉就发出惊恐的叫喊。

"我说，我什么都说！"周抱玉大叫道。

"快说！"

"我们和满桂来往，确实没安好心，只是把满桂当作冤大头，让他出钱罢了。"周抱玉说道。

听了这话，木浪在心中叹道，满桂看不起其他伶人，读书人也一直看不起他。他没有找到适合自己待的地方。

周抱玉说道："我们对圣上下西洋的举动不满。"

"详细说说！"

"这都是满桂带头的！他一个劲问我们麒麟是什么、有什么用，就有人说到下西洋太过浪费，是圣上好大喜功。"周抱玉说道，"这都是别人说的，我一句都没说。满桂还提过，他想劝圣上停止下西洋。"

"之前我们的人找过你吧，你那时为什么不说？"

"面对锦衣卫，我哪敢说自己集会时听到或说过不满朝政的事情！"

在野士人抨击朝政算是一种风潮，在以往，这种事情都没人会去注意。

"你们是不是还提到建文君了？"

周抱玉听到脸色一变，本来他的脸色就已经吓得如白瓷一般白了，现在更是变得如死尸一样白。

因为建文君，天下读书人的胆气都被杀干净了。

方孝孺是建文君忠臣，也是士人领袖之一。当初，圣上从北平起兵，圣上的军师姚广孝就特意叮嘱过圣上，说方孝孺一定不会投降，但希望留他一条命。圣上点头应承。但真到了那天，方孝孺拒不为圣上起草即位诏书。圣上发怒，将方孝孺车裂。方孝孺的弟兄与他一同赴死，妻子郑氏及两个儿子事先自缢身亡，两个女儿跳秦淮河自尽。圣上勃然大怒，最后诛杀了方孝孺的十族，天下读书人此后再不敢忤逆圣上。

他一个小小的秀才，又如何能与方孝孺相比。方孝孺被车裂、诛十族，他岂不是要被凌迟处死！想到这里，周抱玉竟然昏死过去。

但在诏狱，想要顺利昏死也是件难事。

周抱玉立刻就被人用冷水泼醒。他痛哭流涕，眼泪、鼻涕糊了一脸："我们不该说那些同情建文的话，饶命啊！"

天下人嘴上不说，但心里怜悯建文君的不知有多少。

麒麟、下西洋、建文帝。

三者是可以连在一起的。

木浪退出牢房，同沈立业碰了面。

沈立业当然也在第一时间得知了审讯结果。

"没想到一伶人之死最后能牵扯出如此大案。"沈立业说道，"现在局面就很清晰了。满桂可能是建文君势力的谍子，想借着麒麟的名义让圣上停止下西洋，这说明建文君可能真就流落在西洋了。"

一直以来，世上都有传言说，在破城后，建文帝伪装成僧侣，从紫禁城的水道偷偷溜走了，可能藏身在西洋。

"下西洋是为了找建文君，这不过是传言，朝廷从来没有承认过。"木浪说道。

"这种事情怎么可能承认嘛。"沈立业说道。

木浪说道："这种说法不一定成立，三宝太监每次下西洋都浩浩荡荡的，如果建文君真的亡命海外，见到这样的阵仗早就躲起来了。比起找建文君，下西洋是为了与他国通好，怀柔远人，令蛮夷畏威怀德、输诚纳贡，造就万国朝拜的盛世景象。"

"大人说得有道理，"沈立业反驳道，"但建文君的势力在我们的搜查下一直以来都过得很艰辛，上下内外可能都断了联系，他们觉得建文君有危险就会行动，而不一定等到真有危险才行动。"

"关于这点，你说得也有道理。"木浪承认，"但是满桂为什么要死，如果他是建文君的谍子，他为什么会被害？如果和满桂有仇的话，只要将他的身份告诉我们，我们自会出手逮他。"

"告发他的人不是凶手。可能是他的同伙发现他已经暴露，要杀他灭口，还特意布置成他是因为江郎才尽自杀的模样。"沈立业说道，"我们既要找出写匿名信的人，也要找出满桂的同伙，抓到后面的大鱼。"

麒麟归来

木浪并不认同沈立业的判断。

如果案子真的如此办下去，势必会血流成河。

他离开北镇抚司，翌日一早，继续自己的调查。

凶手从何而来？是宫里人杀了满桂，还是宫外人杀了满桂？那个出现在河面上的女人让木浪心绪不宁。

他在宫外转了一圈，建造紫禁城的人早就考虑到有人会从水道溜进来，在所有水道口都埋下了栅栏，别说是人了，连大点的青鱼都钻不进去。

他在河滩上发现了几个脚印，不是人的，而是某种野兽的。他返回宫内，在宫内不起眼的草地上也发现了脚印，脚印类似牛马留下的。

木浪终于找到了自己的方向，他需要更多的证据来证明自己发现的真相。

他找到了一张奇怪的货单，单子上只有一样商品——黑绸。

他觉得时机差不多已经成熟，便前往凶手所在地。

当他走近凶手时，凶手远远地就发现了他。木浪没有声张，脸上露出自然的笑容，还同凶手打招呼。

凶手看上去没有防备，两人面上都带着和煦的笑容。木浪猛地向前踏了一步，这算是突然袭击。木浪觉得自己必定能抓住鲁伯，但是他实实在在地躲开了木浪这瞬发的一击。

木浪瞳孔一缩，顿时紧张起来——鲁伯早有准备。鲁伯一拳打来，木浪赶忙闪过身子避开，但鲁伯的拳头就像毒蛇一般紧咬住他不放。

木浪额头上的青筋慢慢凸起，他侧着身子挨了一拳，滚到地上，拉远了距离，想要拔出绣春刀来。

鲁伯就像知道木浪的打算一样，抬起一脚正踢中木浪的右手，让木浪将拔了一半的刀又塞了回去。

木浪未能拔刀，可鲁伯也不好过，他脚上有伤，一脚踢出后，下盘不稳，摇摇欲坠。见此，木浪果断放弃拔刀，再次欺身上前与鲁伯缠斗在一起。

一把年纪还能被选进船队，果然不是泛泛之辈。但鲁伯年纪毕竟大了，身上还有旧伤，不能支撑如此激烈的打斗。不多时，鲁伯便气喘吁吁，木浪渐渐占据上风。

突然，鲁伯从小腿暗袋中拔出一把小刀。小刀脱手而出，化作一道流光，直刺木浪面门。木浪连忙挥手格挡，将小刀打开。木浪的手臂上留下一道长长的口子，往外不断流血。

"你真是疯了！"木浪大喊。

他指的不单是鲁伯对他下死手，还因为鲁伯的所作所为会导致血流成河的可怕后果。

"都是那个戏子疯了。"鲁伯道，"他要毁了下西洋的事。"

与麒麟、下西洋这两点相关的，在满桂认识的人当中不只有鲁伯吗？

满桂被杀是因为他准备劝谏圣上停止下西洋。写匿名信让人猜测建文帝与下西洋有关，强化下西洋的必要性。一切都是鲁伯所为。

"我今天一定要逮捕你，让你说出真相，不然不知道将有多少人人头落地！"

鲁伯道："我也不会束手就擒，我要的很简单，只是大海罢了。"

盛世之景

浑身是伤的木浪将鲁伯带回了北镇抚司。他将鲁伯丢进牢房，嘱咐狱卒好生照顾，自己匆忙洗了把脸，便去见指挥使。

指挥使作为锦衣卫的首领，像木浪这样小小旗官一般是见不到的。木浪只能在指挥使的殿门前大喊"有要事禀报"，一股脑儿闯进去。

木浪没走几步便被拦下了。

"大人已经休息了。"

"真的是要事，早一分解决便有早一分的好处。"木浪喊着，想要硬闯。

"你一个小小旗官哪来的胆子！"

"算了，都是自己人，让他进来吧。"里面传出了指挥使的声音。

木浪终于被放行了。

"下官特来禀告满桂一案的始末。"木浪跪地拜见指挥使。

指挥使靠在椅子上说道："是那个这两天闹得沸沸扬扬的伶人被害一案吗？"

"正是此案。"木浪道。

"我记得案子已经有眉目了，他们才向我禀报过。你查出来的和他们说的不一样吗？"指挥使问道。

木浪摇了摇头："并不一致。"

"这可有趣了。"指挥使突然笑道，"既然不一样，我就不能只听你的一面之词。来人，喊个了解案情的过来，让他们对质一下。"

来的恰好是沈立业。

木浪是小旗，沈立业是校尉，从官职上看，木浪是要高过沈立业的，但锦衣卫内部也党派林立，相互制约，木浪不一定能管得住沈立业。像这个案件，两人的想法就碰不到一起，还有一些小矛盾。

沈立业说的还是前一日得出的结论，满桂与建文君的势力有瓜葛，他们试图保护流亡在外的建文君。

木浪则说出了完全不同的另一种可能："最开始，满桂只是想用麒麟写几个有趣的段子，重获圣心，可他久久没有灵感，他的痛苦、他的江郎才尽都是真的，在这一点上，班主和周抱玉确实没有说错。由于他仔细地调查了麒麟，注意到了一个真相——麒麟不是麒麟。《续博物志》中将下西洋得来的那种麒麟称为驼牛，《诸蕃志》中将其称为徂蜡，后者称谓来自发音，似乎是一种叫作阿拉伯语的胡语。满桂在沙州长大，班子里很多戏法和乐曲都来自西域，说不定他接触过阿拉伯语，知道那个称谓的意思，而且三宝太监最初都称其为祖剌法。这就说明，我们称之为麒麟的东西在其他时间和其他地方都不是麒麟。那为什么它会成为麒麟，因在当地某些语言中将其称为'基林'（Giri），发音与麒麟非常相近。另外，它的形态、习性与古籍中描述的麒麟有一部分吻合，加上那些翰林大学士都认定它是麒麟，它才成了麒麟。请指挥使恕罪，下官接下来可能会有些不敬之语。"

"你但说无妨。"指挥使对木浪说道。

木浪说道："方孝孺被诛杀十族之后，那些读书人没有胆子忤逆圣上，不敢毁了圣上找来的祥瑞，所以哪怕他们不认为那是麒麟，也会说是麒麟。"

麒麟乃天兆瑞兽，对一国一君都有极其特殊的意义。

"这类似佛经里说的龙，翻译佛经的人确实是大才。他将天竺那些蛇和类蛇的怪物都翻译成龙，结果在佛经里就出现了一群能拿龙、吃龙的佛教人物和相关传说，贬低了本土龙的形象，拉高了佛、罗汉、菩萨的神力。说着'不打诳语'的和尚用假货替换了真货。圣上和国内最聪慧的翰林学士们都认可那两头异兽是麒麟，或许久而久之，它们真的就成了麒麟。"木浪拿起他腰间的麒麟配饰，这个麒麟的造型集狮头、鹿角、虎眼、麋身、龙鳞、牛尾于一体，根本不是宫内外两头麒麟的模样。

木浪继续说道："但现在它们还不是麒麟，在满桂眼里，圣上花费了这么多人力物力下西洋，只得到一些珍宝和名声，还有一些假麒麟。江郎才尽的满桂想要抓住这个机会，于公于私，他都想要说出这个真相。首先，劝君王节俭，无论在什么时候都是大义所在；其次，哪怕他触怒了圣上，也能得到一个好名声，甚至是名留青史。从众人的供述中，我们知道满桂虽然是伶人却有士人的抱负，而伶人青史留名，像后唐庄宗猎于中牟和楚王葬马之事一般，都是靠劝诫君王。周抱玉等人觉得下西洋徒费钱财，也让满桂错误地认为停止下西洋这种事情也颇得人心。他无意中将他的打算透露给了鲁伯。鲁伯是西洋船队的水手，由于受了伤才留在岸上负责照顾那些麒麟。我查到鲁伯家里原是渔民，因为海禁的关系，才分了些许薄田。他一直都向往大海，后来进了船队，同叶公好龙的故事不一样，他出了海，深深爱上了海。也许他曾经劝过满桂放弃劝谏的想法，但满桂没有同意，他只能杀了满桂，让西洋船队不被解散。我们找他时，他也试图误导我们满桂就是因为江郎才尽而自杀身亡，但张仵作查出了满桂是被害身亡，于是他只能投出匿名信，将这潭水彻底搅浑，确保船队能继续下西洋。"

沈立业说道："有问题，鲁伯因为伤病早就不可能出海了，他何苦做这些呢？"

"因为他爱得足够深，哪怕自己不能出海，只要有人能出海，他也能接受。"木浪回答道。

"我还有一个问题，满桂案是我和你一起调查的。鲁伯在宫外，满桂在宫内一间密室之中，要是没有内应或某个强大组织的帮助，他怎么潜入宫中杀人？"沈立业又问道。

"宫内外的足迹、夜晚疑似鬼怪作祟的现象、满桂窗外的痕迹、黑绸和麒麟，这些加起来足够拼凑出真相了。首先，案发那夜是鲁伯特意挑选的黑夜，守城的禁卫视觉受限；其次，鲁伯也算是宫中老人，他挑了守卫最松懈的时段和地点。他进出宫的工具正是麒麟，如果麒麟不叫麒麟的话，或许就被叫作什么长腿鹿或者长颈鹿了。它们那给人压迫感的巨大身高刚好可以帮助鲁伯翻过紫禁城的宫墙。鲁伯先攀上宫外那头麒麟的脖子来到宫墙外，然后吹响哨子呼唤宫内那头麒麟前来。鲁伯照顾了麒麟这么久，训练它们听从哨子行动不是难事，这就和狗哨、鹰哨类似。禁卫听到的怪声就是鲁伯自制的哨子声。为了防止麒麟行动时被发现，鲁伯还准备了黑绸罩在麒麟身上充当夜行衣。鲁伯上了宫墙，就让宫外的麒麟躲了起来。麒麟身高太高，可以躲到河道里暂时藏身。它在河面上露出一部分脖子、脑袋有时被漂来的舞衣缠住，它就盖着舞衣走了一阵，被巡逻的人看到，就误以为有个女人在河面上行走。"

木浪咽了口口水继续说道："鲁伯再攀到宫内那头麒麟的脖子上，前往满桂所在的院子。"

沈立业问道："宫内那头麒麟应该被关着，它是怎么出来的？"

木浪对沈立业说道："你忘了吗？圈养麒麟的栏杆很矮，麒麟只是不愿意出来，它要是想出来的话，一抬腿就出来了。由于鲁伯有麒麟，他也就能轻而易举地不用工具就到二楼窗外，他稳稳当当地踩在屋檐上面，打开窗户进屋杀了满桂，所以屋檐上才会有不偏不倚的痕迹。鲁伯杀了满桂，烧了满桂记下的笔记，又用'可以见还'伪造了遗书。鲁伯再原路返回，禁卫听到第二声怪叫，正是鲁伯在呼唤藏在墙外的麒麟接他回去。鲁伯犯的案子看似没有破绽，但满桂在很多书里都做了记号，又问了不少人关于麒麟的事，这些都是瞒不住的。而且，宫内外都留了一些脚印，比对一下就知道那些是麒麟的脚印。鲁伯手臂上还有满桂留下的抓痕。犯人、证据，各种线索都合上了。这就是真相。"

指挥使听完木浪的话，沉默了一段时间，才开口道："真相很重要，但也没那么重要。"

沈立业听到这句话，有些得意地看了木浪一眼。

"我们都是为圣上办差的，最重要的其实还是圣上的心意。"指挥使瞪了沈立业一眼，"我知道你们是什么想法，案子越大，我们功劳就越大，获利也就越多，人人都想要办大案。但办大案，或是确有其事，或是圣上有这种意思。现在呢，圣上刚亲率大军去了漠北，打了马哈木，又遇到万国来朝、麒麟现世，正要弄个永乐之治或者永乐盛世。你要是确有其事也就罢了，现在是无稽之谈，还要弄得血雨腥风，你是怎么想的？我知道你只是个校尉，虽然名字叫立业，但单靠你一个人建功立业也不现实。你和你背后的那些人，你们都去守三年皇陵吧，这三年，我不想看到你们这些人的蠢脸。"

指挥使见沈立业失魂落魄地退走，才对木浪说道："你很聪明，整件事都被你梳理得很清楚，但有一点你错了，大错特错。那两头异兽就是麒麟，圣上和翰林学士们都没错，书上的那些记载年代久远又以讹传讹，才是错的，连带着什么装饰和首饰都错了，正等着拨乱反正。"

圣上发动靖难之役抢了侄子建文帝的皇位，需要祥瑞之兆来证明自己继承帝位是天命所归。他不会允许自己的麒麟是个骗局，还成了杀人工具。

指挥使又笑了笑："不过这也没什么大不了的，你改了就好，不要拿你这些错误观念到处去说，好吗？"

木浪恭敬地垂下头，回复道："属下知道了。"

"不过整件事就像一个笑话一样。木浪，你听过一个故事吗？"指挥使说道，"说蜀地多阴雨少见太阳，一日难得天晴，太阳正在缓缓升起。地上有两条狗，其中一条觉得太阳刺眼很可怕，就开始狂吠想把太阳吓回地下去；另一条狗呢，觉得太阳暖洋洋的，很舒服，害怕第一条狗的计划得逞，一怒之下就咬死了第一条狗。日出日落都是天理，这两条狗怎么可能影响到天理呢？"

木浪听了这个故事，沉默不语。

"你退下吧，这件事甚至起不了什么水花。"指挥使说道。

翌日，锦衣卫指挥使踏入皇帝所在的宫殿。宫殿中，各种异香交织出一个美好的虚幻世界，似乎光是闻着这些香气就能让人忘了烦恼。一队美貌的女官还在往香炉内投放各种名贵香料。

"爱卿所来何事？"皇帝放下手中的奏折，亲切地问指挥使。

"前几日，宫里发生了个案子，圣上宠爱的伶人满桂被杀了。"指挥使说道，"现已查明真相，伶人满桂对下西洋一事颇有微词，激怒了西洋船队的一名水手，因此被害。这水手照顾着麒麟。"

"伶人怎敢对国家大事有微词，没了就没了；至于水手，正值麒麟宴当前，小心麒麟。"

圣上挥了挥手，示意自己无事了，让锦衣卫指挥使退下。

第二天，鲁伯被放回继续照顾麒麟，同时上面派了两个小太监跟鲁伯学着照顾麒麟。

同年冬，鲁伯莫名其妙地喝醉了酒，掉进河里淹死了。

注1： 长颈鹿属于哺乳动物，主要分布在非洲。虽然有化石表明，长颈鹿曾经在亚洲生存过，但中国并不产长颈鹿，因此但凡在中国历史上记载的长颈鹿，都来自外邦。在明朝曾被称为麒麟，今台湾地区长颈鹿也被称作麒麟鹿，而日语中的长颈鹿汉字也写作麒麟。

注2： 明宪宗时期，有人鼓动宪宗效仿成祖皇帝，重下西洋。尚书刘大夏以下西洋徒费钱粮数十万，寻宝而归，奢靡浪费，为弊政，藏起了郑和海图和造船档案（一说是焚毁了），导致下西洋之事不了了之。关于此事，学界历来众说纷纭，但至少可以看出当时社会对整个郑和航海事件的轻视或者说是仇视，而相关航海资料也确已遗失。

拟南芥，悬疑推理作家，现居杭州。嗜读京极夏彦、三津田信三、连城三纪彦等名家推理小说，重幻想，偏好写诡谲的人心与诡吊的气氛，尤爱悲恋和绝望，以大愿力投入创作，不疯魔不成活。2012 年秋开始创作，目前已在《特区文学》《推理世界》《最推理》《超好看》《男生女生·金版》等杂志发表近百万字推理悬疑小说。短篇小说《一簇朝颜花》《乱世蚁·恨别惊心鸟》曾入选《2016 年中国悬疑小说精选》《2017 年中国悬疑小说精选》。已出版推理小说《百妖捕物帐·一念》《百妖捕物帐·四方角》《山椒鱼》《杭州搁浅》《大漠奇闻录》《生门》《失魂》，另有推理小说系列"乱世蚁""X"等。

嘉靖二十一年

瘦亮亮

1. 大高玄殿

"天坛顶，角屋楼，无依无靠大牌坊"形容的便是位于紫禁城神武门外，万岁山与西苑之间的大高玄殿。

此时此刻，刚刚落成的大高玄殿里灯烛通明，随着道童不住地添柴扇风，殿中央的八卦炉正燃烧着熊熊烈火。在炉旁不远处，一位身着道袍、鹤发童颜、一副仙风道骨模样的老者，正挥舞拂尘，口中振振有词。

道童擦拭着额头的汗珠，呼唤那位老道："三大爷——"

老道猛然睁开眼睛，厉声打断："注意称呼！"

道童咽了口唾沫，重新呼唤："仙师！"

老道满意地点点头，闭目颔首问道："何事？"

"快干锅了！"

老道"哦"了一声，收起拂尘的同时，还特意捏了个指诀，故弄玄虚道："你且依循我方下药炼丹，断不可有丝毫闪失！"

"谨遵法旨！"道童恭恭敬敬作揖，然后起身到药柜前，时刻准备配方。

"梅花鹿茸一两、长白山人参三钱、党参二两、白芍四两，对了，再添点胡椒调下味，陛下喜好这口儿，最后搓成丸子状，下炉吧！"

"仙师，炼丹不是应该用五金、八石、三黄吗？您这一点真材实料都不加啊？是不是有点太糊弄陛下了！"

老道瞥了道童一眼，道："天下这么多修真的，你知道为什么别人被称为道长，而老朽被尊为仙师，被当今圣上请进宫里吗？"

道童喃喃自语："被你蒙骗了呗！"

老道恍若未闻，犹自言道："因为他们是真的在炼丹，而我则是对症下药，熬大补丸。"

"这不就是打着修真的幌子，干着行脚郎中的活儿吗？您老这么欺蒙陛下，

188

万一哪天露了马脚，就不怕龙颜震怒，治您个欺君之罪啊！"

老道故作谨慎地左顾右盼，然后神秘兮兮地凑到道童耳边低语道："说句掏心窝子的话，狗剩，你三大爷我从江湖混到庙堂，混了这么多年，早就领悟出一个道理！"

"啥子道理？"

"上天总是会眷顾那些抱有侥幸心理的人！"

被唤作狗剩的道童差点没忍住"呸"出口。

"嘿！孩子，你可别不信！那日听闻皇上被宫女谋害的消息，你三大爷我的心立马就提到嗓子眼儿了，心想坏了坏了，好不容易遇到一个崇尚修仙养生的皇帝，老朽还打算像那姜子牙一样飞黄腾达呢！如果皇帝就这么给几个娘们儿弄死了，咱爷儿俩岂不是要卷铺盖走人，滚出这北京城！老朽当时正是抱着一丝侥幸心理，在这大高玄殿外，对着苍天各种求爷爷告奶奶，期盼皇帝陛下别死！别死！结果咋样，嘿，还真被我蒙中了！下午皇宫就传出喜讯，皇上居然死而复生，又活过来了！"

道童长叹了口气，老气横秋道："祸兮福之所倚，福兮祸之所伏。陛下如果驾崩，虽然是坏事，起码咱们能安安稳稳地被赶出紫禁城，回到老家继续行医！如今他活过来了，还是在你的祈福下活过来的，只怕……"

老道拍了拍道童的肩膀，颇为得意道："只怕当今皇上对老朽的道法更加崇敬膜拜！这未来啊，前途更加不可限量！"

小道童毫不吝啬地打起了退堂鼓，杞人忧天道："只怕，皇上一旦知道您在炼丹上弄虚作假，到时不光俺跟着受罪，估计连咱们村都要一起被株连呢！"

"呸呸呸！净说些不吉利的话！"老道朝地上啐了口唾沫，双手合十，十分虔诚地祈祷道："童言无忌，童言无忌，三清四御五老，满天的神仙，刚才的话，你们千万不要听到！"

就在此时，大高玄殿外传来急促的脚步声，紧跟着是守门道人的喝止："来者何人……啊！原来是陆大人，仙师正在殿内炼丹，不可打扰！"

"去你大爷的！什么仙师不仙师的，胆敢在锦衣卫面前装神弄鬼，活得不耐烦了吗！"

守门道人的"哎哟"声传来，显然是被推翻在地。紧跟着来人便推开殿门，大踏步走了进来。烛光照耀下，正是锦衣卫都指挥同知陆炳。

"陶老儿，陛下召你入宫！"

面对陆炳的横眉冷对，老道淡然一笑，挥动拂尘，依旧一副仙骨道风的姿态，淡然道："原来是陆大人，烦请您移步殿外稍后，本仙师为陛下炼制的仙丹稍后就好……哎哎哎，你咋还动上手了……"

老道话音未落，整个人已被陆炳揪着耳朵硬生生地往外拖。

"我是仙师！你不可这般无礼！会遭天谴的！"

"我管你什么狗屁仙师！迷惑圣上，酿成如此大祸，罪该万死！"陆炳越说越愤怒，甚至挥出醋钵大小的拳头要动手打老道。旁边随行的锦衣卫校尉赶紧阻拦，小声提醒道："陛下尚未追究此人罪责，陆大人切不可鲁莽行事！"

陆炳咬咬牙，终于放下了拳头，恨恨道："行！这顿打，暂且记下，先随我进宫面圣！"

老道就这样稀里糊涂地被陆炳推搡着往殿外走去，仓促中，仍不忘朝八卦炉旁的道童使眼色。

那个叫狗剩的道童即刻会意，手忙脚乱地将之前称量的药材和着面粉搓成丸子，然后取下发簪，穿成一串，一股脑儿架到八卦炉上熏烤，其间还不忘往上撒胡椒。

入夜，在锦衣卫都指挥同知陆炳的看押下，老道缓缓进入紫禁城，一起同行的还有随后赶来的那个手捧"仙丹"的道童。

此刻的紫禁城，看守比往日更加森严，一路下来，金吾卫和羽林卫巡逻往来频繁，而在皇城值宿的五军营叉刀围子手更是严阵以待。

回想起刚才陆炳粗鲁的举止，这个从小陪皇帝长大的玩伴，虽然平时就看自己不顺眼，却从未像今日这般放肆，非但无视尊老爱幼的传统美德，更是不顾尊卑有序的官场等级，竟然要动手打自己，莫非其中出了什么差池？念及皇上刚刚遭遇祸事，紫禁城里又是这般肃杀，老道心中越发不安，于是试探着说道："呃，呃，那日惊闻陛下不测，贫道可真是心急如焚，当即在大高玄殿外祭坛布法，拼上几十年修为，幸得玉清元始天尊庇佑，总算求得天子转危为安，真乃社稷之福啊！"

陆炳哼了一声，冷冷道："怎么？还想邀功？告诉你吧，皇上遭此凶险，你这贼道便是罪魁祸首！"

"啊！陆大人，可不能仗着自己是皇帝的发小儿，又兼领锦衣卫职务，在这儿血口喷——仙。"

旁边的道童蹭了蹭老道，低声劝道："三大爷，都这节骨眼儿了，就别装犊子了，好好唠嗑不行吗？"

老道狠狠瞪了道童一眼，转而质问陆炳道："是宫女谋害皇上，与我这方外之人何干！"

"你可知那一十六名宫女为何要谋害皇上？还不是你这老儿献的那个'红铅'药方！"

老道愣了愣，一副茫然不解的样子。旁边的锦衣卫校尉低声道："宫里都在传，皇上迷信道教，崇尚方术，不惜采集宫女的月信血来炼制红铅丹药以求长生。宫女们只能吃桑叶喝露水，正是因为受不了这般虐待和折磨，才会铤而走险，谋逆行刺！"

那锦衣卫校尉话音刚落，陆炳已然怒目质问："陶老儿，我问你，这个采集月信血的主意是不是你建议陛下的？"

"陆大人，此言差矣啊！贫道确实提过这个建议，也知道这样会很辛苦，所以会给那些提供月信血的宫女以相当可观的赏银补偿。当时，宫女们一个个可都是踊跃报名，很是积极啊，有几个落选的还曾试图贿赂本仙师呢……"

"现在出了事，你说什么都没用！这些狡辩的话还是留着跟陛下说吧！"

说话间，他们已经穿过了乾清门。陆炳没有径直走向皇帝居住的乾清宫，而是拐向左侧，带着老道等人从月华门径直向养心殿而去。

自从发生宫女谋害事件之后，从昏死中醒过来的皇帝就移驾到养心殿里暂居。

2. 养心殿

这座建于嘉靖十六年的养心殿，是一座由红墙围成的独立院落。担任皇帝贴身侍卫的锦衣卫大汉将军坚甲厉兵，遍布红墙内外，高度警戒。当老道和道童二人被陆炳带进养心殿的院子时，二人明显能感受到这些带刀侍卫投来的那种鄙夷又憎恨的目光。

道童心生惊惧，悄悄扯了一下老道的道袍，低声道："三大——"

那老道虽然也是胆战心惊，但仍不忘装腔作势，狠瞪了道童一眼，悄声道："注意场合！"

"仙……仙师，咱们这次是不是在劫难逃啊？"说话间，只见那道童已然双腿发软，似乎随时会瘫倒在地，他手中所端的"仙丹"更是险些掉落在地。

老道忙挽住道童，趁机耳语道："孩子，你忘了老朽是怎么叮嘱你的了吗，上天总是会眷顾那些抱有侥幸心理的人！所以……"

聆听着谆谆教诲，狗剩迟疑着抬起头来，一瞬间，他从冒充仙师的三大爷眼中明显看到了那种决绝且充满力量的目光。年幼的他似乎也被这种强大的精神力量所感染，不由自主地攥紧拳头，从内心深处发出那声呐喊："所以，与其害怕，不如心存侥幸！"

"喂，你俩嘀咕什么呢！"陆炳厉声呵斥道。

老道摆出一副"我不尴尬，尴尬的就是别人"的无耻嘴脸，淡淡一笑，装大尾巴狼道："我在跟小徒传授习道修仙的心得！"

陆炳冷笑道："但愿你死到临头时，也能这么嘴硬！"

正是怀揣着这种惶恐不安却又强作镇定的复杂心情，老道和道童亦步亦趋地走进养心殿内。

随着殿门缓缓开启，御台龙烛火光跳跃中，只见皇帝胡子拉碴，披头散发地斜靠在龙榻上，神情萎靡不振。

老道未曾见过青年皇帝如此落魄，站在门口不由得驻足。陆炳以为他是心虚，遂从后面推了一下，道："陛下，这个妖道我带来了！"

"炳，不得无礼！"皇帝强打起精神呵斥他，随即又对老道说道："哦，是仙师来了！快请过来，来到榻前，瞧瞧寡人。"

老道一愣，忙恭敬上前，趋步来到龙榻前。

皇上依旧歪侧着身子，一副有气无力的样子。他见老道上前，于是努力正了正身子，轻声唤道："靠近些，好好瞧瞧寡人！"说罢，撩起自己前额的散发，露出憔悴的面容。

老道这才明晓，陛下是想让自己观面相，这种察言观色、胡说八道正是自己擅长的，随即煞有介事地端详起来，甚至捏起了指诀，口中默念着即兴现编的咒语。如此这般摆足了占卜算卦的阵仗之后，老道捋着白须宣布答案："请恕贫道直言不讳，所谓修道难，修大道更难，生死难料，寒暑不期，陛下潜心修道，命中该有此劫，既已度过此劫，正是逢凶化吉……"

皇帝打断老道的喋喋不休，咳嗽了两声，缓缓道："仙师，寡人让你看的不是面相，而是这个。"说着，皇帝刻意扬起脖子，只见脖颈处一圈触目惊心的勒痕赫然显露出来。

老道心头一紧，隐隐感到有些不妙。

果然，只见皇帝阴沉着脸，轻声细语说："仙师，你说说，寡人这道勒痕，是天劫，还是人祸？"

老道咽了口唾沫，硬着头皮道："不论是天劫还是人祸，都是修习长生之道者该有的劫数……"

皇帝原本失神的眼眸里突然凶光暴起，紧接着就听他厉声喝道："你知道宫里都是怎么非议寡人的吗？他们说寡人迷信道教，崇尚方术，为炼制丹药'红铅'不惜残虐宫女，以致激起怨恨。那些宫女是不堪折辱，无奈之下自发反抗。她们，她们还骂寡人是暴君！"

闻听此言，老道如当头棒喝，赶紧跪倒在地，孱弱的身子丝毫不影响他如捣蒜般磕头，连连道："贫道有罪！贫道有罪！"

这番猝不及防的变故，惊呆了包括陆炳在内的所有人，尤其是那个道童，赶紧也跪倒在地，跟老道竞争似的，拼命磕头。

皇帝愣了愣，原本还倚靠在龙榻上一副有气无力的样子，此时居然赤脚走下榻来，上前搀扶起老道，故作惊愕地问道："仙师，何罪之有啊？"

老道起身，战战兢兢道："是贫道向陛下进言，采集宫女月信血炼制长生丹药——"

不待老道说完，皇上摆手笑道："如果这都算有罪的话，那么寡人祈求长生不老的宏愿，岂不也成罪过了！"

"不，不，都是贫道的罪责……"

皇帝伸出食指，做了个嘘声的手势，他的脸上随即露出阴鸷的笑容，阴阳怪气道："你是仙师，你不能有罪，你若认了罪，这让跟你修真的寡人以后何以自处呀？"

老道一怔，似乎看到了事态的转机，忙应和道："是！是！贫道无罪！"

"仙师非但无罪，还大大有功！听闻寡人遇险之后，太医院的那些御医都认定寡人生还无望，是仙师您在大高玄殿前设坛布法，不舍不弃地为寡人祈福，这才幸得上苍庇佑！所以说，以后寡人还是要跟随仙师继续诚心学道！"

"那是自然，那是自然！"老道连连应承，心中暗想，这一关总算过去了，正要放下警惕之时，皇帝突然杀了个回马枪，把话题又绕了回来。

"仙师，如果您是那些宫女，会因为贡献月信血，受不了羞辱和忍饥挨饿的痛苦，铤而走险谋害寡人吗？"

面对这种问题，老道赶紧表态："不会！绝对不会！"

皇帝饶有兴致地追问道："哦，说说你的理由？"

"陛下当年为了采集月信血来炼制长生丹药，特意从民间征召十三四岁女子入宫，她们大多出自贫苦之家。每逢旱灾，这些穷苦人家的孩子通常都是靠扒树皮吃观音土来充饥，怎么可能扛不住每月几日的忍饥挨饿，至于受不了采集月信血的羞辱那更是无稽之谈！何况，宫里每月对这些宫女都有赏银补偿！"

"仙师说得虽然有些主观，但也不是没有道理，只是寡人觉得这还不是最根本的问题。"

皇上说到这里，顿了一下，接着说道："寡人一直想不明白，寡人的要求纵然非常刻薄，对那些宫女来说，就算是生不如死无法忍受，完全可以自杀啊！为什么要刺杀寡人呢？"

陆炳在旁插言道："陛下，司礼监的初审结果是，那些贱婢之所以胆大包天施行谋逆，完全是受了那名叫杨金英的宫女蛊惑，想搏一搏，一旦刺杀成功，以后就不用再受虐待了！"

"胡闹，无稽之谈！寡人是皇帝，九五之尊，是大明王朝至高无上的天子！刺杀皇帝，不论成不成功，她们都要死，不光自己死，还要被诛九族，连累父母兄弟姊妹，全家全族统统去死！"

此言一出，包括陆炳在内的现场所有人顿时恍然大悟。皇帝说的没错，就算那些宫女忍受不了这般虐待，她们最后的底线应该是自杀，而不是刺杀皇帝。因为不管刺杀成功与否，她们都得死，而且是不得好死，是千刀万剐的凌迟。不光是刺杀者本人要被凌迟，她们的家人亲戚同样都要被凌迟！

当然，这还不是最不可思议的，如果只有一名宫女钻牛角尖，算不过账来，非要拼着全家老小被活剐的结局去刺杀皇帝也就罢了，可是最后参与刺杀行动的居然有十六名宫女！这群看似柔弱的女子，大家集体选择被凌迟、被诛灭九族，去干一件对自己几乎没有任何好处的事，这显然是极不合理的！

"还有一件更让寡人头疼的事情，"皇帝慢条斯理地继续说道，"乾清宫共有九个房间二十七张床位，除此之外，寡人还会到嫔妃居住的宫中留宿，每晚随机选择就寝的地方。这些都是高度机密的，那些宫女怎么会知晓？还有，她们又是如何避开寝宫的层层守卫，居然能以十六人之众悄无声息地潜入实施刺杀？"

陆炳回复："这些，司礼监并未详明。"

"哼哼，司礼监那份结案报告，说宫女受不了寡人采集月信血炼丹的虐待，因此选择殊死一搏，集体反抗暴君，这非常适合作为传奇故事，流传后世，但是要说历史真相……"

陆炳肃然道："我锦衣卫必当替陛下彻查此案！"

青年皇帝咳嗽了两声，连连摆手，坐回到龙榻上，幽幽道："司礼监那些太监虽然查得有失偏颇，毕竟是奉了皇后的懿旨，寡人此番能幸免于难，也多亏皇后及时赶到，惩治凶犯！女人啊，心里那点小九九，寡人还是明白的，皇后之所以让司礼监这样禀报，无非是埋怨寡人平时总是一心扑在修真长生上，没时间陪她，所以才借题发挥！她怎么就不能理解寡人的良苦用心呢？朕一旦找到长生之法，自然也会带着她一起与世长存，所以这儿女情长又岂在朝朝暮暮！炳啊，要我说，这次，你们锦衣卫还是别介入了！"

"陛下，此番宫变，疑点重重，难道陛下是要放任不管了？"

"炳，别人不了解寡人，你还不了解吗？寡人自登基以来，最看重什么？感情！大礼仪之争，寡人都可以撇了皇位不要！现在又怎可为了莫须有的真相，伤了我和皇后的感情呢？"

"可是——"

皇帝挥挥手，止住陆炳的言语，转头看向老道，痛心疾首道："真相可以不查，但是宫里那些污蔑修真方术的流言蜚语不能不加制止！仙师，寡人这次请你入宫，就是想恳求您为咱们修真之人弄清事实，以正视听！"

老道愣了愣，忍不住道："陛下，让贫道弄清事实？是要调查真相吗？"

"欸，仙师，您可是方外之人，怎么也落俗套啦！调查真相的目的是推翻司礼监的结案陈词，而弄清事实的目的是还咱们同道中人的名誉清白。目的不同，做事方式也大相径庭！"

老道细细品味一番，支支吾吾道："怎么感觉两者差不多啊！"

皇帝恍若未闻，继续道："宫里宫外，大家对仙师颇有微词。炳，你要好好行使锦衣卫的权力，协助仙师弄清事实！"

老道听到这里，恍然大悟道："嘿，这分明就是要调查真相啊！"

另一边，陆炳也抱怨说："陛下，您让我配合这个牛鼻子老道查案？这——"

"这什么这！好了，事情就这么定了！仙师，关于那晚事情的来龙去脉，您想问谁，想知道什么，尽可以让陆炳帮您安排。"说罢，皇帝指了指道童手中端着的盖着红绸的木盘。

老道忙使眼色，让道童递上，口中道："这是为陛下最新炼制的仙丹！"

"好！嘿，不错不错。你们还愣着干什么，都退下吧！"

言已至此，只见皇帝侧身倚靠在龙榻上，又恢复了之前慵懒的姿态。他一边细细品尝老道奉上的仙丹，一边打着节拍，摇头晃脑地哼起了小曲："我欲成仙,快乐齐天。最终还是那些念,缠缠绵绵永不变,写尽了从前以后,佳酿红颜,美妙不可言……"

3. 大礼仪

"三大爷,昨晚那个姓陆的锦衣卫把宫女刺杀皇帝的锅全甩到您头上,可吓坏我了,以为这下咱爷儿俩要玩完了!嘿,没想到面圣之后,陛下非但没有怪罪您的意思,还夸您大大有功!看来,上天还真是眷顾抱有侥幸心理的人呢!"

道童兴奋地说着,可老道脸上丝毫见不到半点轻松的神态。

"瞎乐呵个啥,你以为麻烦已经过去了吗?别天真了!接下来的事,恐怕才是最凶险的!"

"凶险?咋凶险了?"道童眼巴巴地看着老道,一脸茫然。

"我说,你这孩子耳朵里是塞驴毛了,没听皇帝后面咋说的啊?他要让咱们弄清宫女刺杀的实情,以正视听!这可真是没安好心啊!"

"哼,三大爷,别怪狗剩说您,您老人家就是太鸡贼了,看谁都和你一样鸡贼!"

"说你多少次了,在外面要称呼我仙帅!你这熊孩子,不但不长记性,还敢这么目无尊长,真是欠打了!"老道拿起拂尘,用木柄作势要打。

道童一边蹦跳着躲闪,一边反掉说:"那宫里的太监查案查得漏洞百出,陛下碍于皇后的感情,也不深究。大家要借着这次刺杀事件,严惩咱们方士的罪责,陛下不但替咱们开脱,还让锦衣卫配合仙师您调查实情,以正视听!这番好心,却被您当成驴肝肺!"

"你懂个屁!你把陛下看成什么人了?"

"当然是有情有义的好皇帝呀!"

"哼!天真!幼稚!孩子,听我一句劝,古往今来,但凡能坐稳那把龙椅的,没有一个不视权如命!为了争夺这皇帝的宝座,杀兄弑父毒害亲子的事情,那可是层出不穷!感情?呵呵,早就被这些帝王狠狠踩在脚下了!"

"所以呀,才更能凸显出咱们这位皇帝陛下重情重义呢!仙师,您莫忘了许多年前的大礼仪之争,当时还是藩王的陛下宁可舍弃九五之尊的宝座,也不愿给自己的亲生父母改称呼呢!"

"你呀你,到底是个孩子,你以为大礼仪之争,只是表面上继嗣还是继统之争吗？当年杨廷和率领众大臣逼着还是藩王的皇帝陛下，登基前非要管伯父孝宗皇帝叫爹，难道这仅仅只是因为礼法吗？同样，皇帝陛下登基的第六天就不惜冒着与众大臣撕破脸的风险，非让内阁给自己已故的生父拟皇帝尊号，并强行把生母迎进京城，这些坚持难道只是为了体现孝道吗？幼稚！肤浅！礼仪之争的背后，是政治斗争！是新皇帝与大臣们的控权之争！"

"啥意思啊？"

"这么说吧，当年陛下一旦认了伯父孝宗皇帝为干爹，他的伯母，也就是当时的皇太后自然成了皇帝陛下的干娘。那么从那一天起，陛下在紫禁城所见到的人都将由太后安排，上朝能见到的人，也都会由杨廷和安排。而皇帝陛下从藩王封地带来的那些身边人，一个都进不了紫禁城。把皇帝孤立在这紫禁城里，与那些亲信隔离开来，正是后宫和前朝联手控制皇帝的好手段！"

老道说到这里，顿了一下，接着又道："而陛下登基后坚持给自己已故的生父上皇帝尊号，真实意图不仅是把母亲接进紫禁城，更重要的是皇帝做藩王时的侍从跟着进了京，而贴身太监也都换成了皇帝从藩王封地带来的人。陛下和他的众谋士从此沟通顺畅，进而脱离太后和杨廷和等旧臣的控制！"

道童若有所思地点头，但很快又反驳道："可是，陛下毕竟是外地人呀，就算家乡的那些亲戚朋友跟着一起进京，在北京城里也毫无根基势力可言呀！"

"这恰巧就是杨廷和当年的失算之处，咱们这位皇帝陛下的生母乃京城中兵马指挥使蒋教的女儿。而蒋教，不但是陛下的外公，还是武定侯郭勋的上级！"

"武定侯郭勋？是不是那个写《英烈传》的大官！嘿，听说他前一阵获罪入狱，莫名其妙地死在了刑部大牢，皇帝陛下为此还大发雷霆呢！"道童忍不住唉声叹气，毕竟那本《皇明英烈传》可是他最爱读的书。

老道点点头，并没有责备道童的无礼插言，反倒陪着一同叹气，继续往下说："当年正是因为这层关系，陛下的母亲一进京城，就立刻得到了武定侯郭勋和京城驻军的支持。正是军队态度的突然转变，才促使杨廷和下台，进而导致陛下大礼仪之争大获全胜！"

"哇，没想到您把陛下的过往经历摸得这么清楚！"

"伴君如伴虎，如果不了解得深一些，我这把老骨头又如何能做得成那大高玄殿的仙师！"老道说到这里，怔了片刻，幽幽道，"屈指算来，回顾当年，陛下那会儿还只是一个不到十五岁的少年，却已经有如此手段，能把堂堂历仕四朝、担任两朝首辅的杨廷和斗得一败涂地。时至今日已经过去二十一年了，你还觉得皇帝陛下不让锦衣卫负责，却安排咱们去调查宫女刺杀的实情，仅仅是为了给修真炼丹正名吗？"

此言一出，道童不由得打了个冷战，支支吾吾道："三大……呃，仙师，那您觉得皇帝陛下的真实意图是什么呀？"

老道沉吟着说道："皇帝陛下不让锦衣卫直接负责此案，自然是怕这宫变查到最后，水太深了，不好收手……"

"那让咱们调查，就好收手了？"

老道苦笑了两声，浑浊的眼眸里透露出一丝悲哀，叹息说："孩子，你别忘了，咱们身上本来就背负着激起宫女谋逆的原罪，所以你、我，连同大高玄殿里的一众修真方士，是可以随时被扔出来顶罪，以平众怒的！"

"啊！三大爷，咱们赶紧溜吧，别冒充什么方士仙师了，老老实实回村继续做行脚郎中不好吗？"

"溜？"老道惨然一笑，道，"现在不知有多少锦衣卫在暗中盯着咱爷儿俩呢，不要说回村，只怕连这京城都走不出去！为今之计，只能硬着头皮查下去！"

"啊！那很可能是死路一条啊！"

老道拍了拍道童的肩膀，语重心长道："孩子，你又忘了我的谆谆教诲了吗？记住，上天永远会眷顾那些抱有侥幸心理的人！"

说这句话时，老道手中拂尘一挥，重新摆出仙风道骨的姿态，然后昂首阔步朝前方不远处的司礼监走去。

4. 司礼监

紧临万岁山后街的吉安所右巷，坐落着大名鼎鼎的明宫内廷内侍的最高指挥机关——司礼监衙门。

整个司礼监是一个独立的多重院落结构。它的第一道门面西而开，门内稍南的院落中种着十几棵长得高大茂盛的松树，这就是司礼监内书堂所在。在内书堂里，最引人注目的莫过于映入眼帘的那副楹联："学未到孔圣门墙，须努力趱行几步；做不尽家庭事业，且开怀丢在一边。"

如此这般，再往走，偏右的位置，能看到司礼监的厨房，据说里面的米、面、肉食等都由光禄寺供应。而内书堂往北的方向则是崇圣堂，司礼监掌印、秉笔、随堂等诸位公公每日到任入门后，都要先来这里施礼。

顺着崇圣堂，往北向南走几步，便能看到司礼监院落的第二道门。

入此门，迎面一间坐东朝南的屋子便是司礼监公厅大堂！

此时此刻，老道正捋着白须，摆出一副超然物外、睥睨众生的仙人姿态，端坐在堂上正座。随行而来的道童捧着拂尘，垂首立在其身后。

负责调查宫女谋逆案的司礼监公公张佐显然提前收到了锦衣卫的通知，要配合仙师勘察实情以正视听，所以他很快就将审讯宫女的卷宗一并抱将出来，呈放在老道面前。

"仙师，这是我们司礼监的审讯记录，请您过目！"

按理说，司礼监的太监都是一副趾高气扬的样子，而眼前这位张公公说话的声音很轻，每个字都透露着恭敬和谦卑，实在与他的身份不符。

面对那一厚摞密密麻麻的文字记录，老道不好意思承认老眼昏花看不分明，于是故作平易近人，道："张公公，老朽还是想听您亲口说说那晚宫女刺杀的经过！"

"那件事发生在十月二十二日的卯时，杨金英、张金莲、徐秋花等一十六名宫女潜入翊坤宫。当时万岁爷已经入睡，其中一个叫杨玉香的宫女，提前准备好了一条粗绳……"

"粗绳？"老道不由得愣了一下，抬眼看向张佐。

张佐解释道："是用从仪仗上取下来的丝花绳搓成的粗绳子！"

老道点点头，示意张佐继续往下说。

"据那几名宫女交代的口供，她们作案的过程是这样的，先是杨玉香把那条粗绳递给苏川药，苏川药又将拴绳套交到杨金英手中。而邢翠莲则把黄绫抹布递给姚淑皋，由姚淑皋蒙住万岁爷的脸嘴，防止其喊叫卫士。与此同时，邢翠莲压住万岁爷的前胸，王槐香按住万岁爷的上身，苏川药和关梅秀分别把住万岁爷的左右手，刘妙莲、陈菊花紧紧抱住万岁爷的双腿。如此这般，万岁爷从睡梦中惊醒，却已无力挣扎，只能任由贱婢杨金英自己脖颈拴上绳套，之后姚淑皋和关梅秀两人便用力去拉那绳套。"

张佐这番活灵活现的描述，直让闻听者如身临其境一般，深切地感受到了刺杀那晚的毛骨悚然。尤其是道童，更是听得如痴如醉，全然忘了遇袭的是当今天子，只当是评书话本，待听到这惊心动魄处居然忍不住叫了一声"好！"。

叫好声一出，老道和张佐都不禁变色，齐刷刷回头看向道童。

那道童跟随老道久了，近朱者赤近墨者黑，他深知自己祸从口出，急中生智，及时补救道："好……可恶！"

老道狠狠瞪了道童一眼，赶紧接过话茬儿，怒道："何止是可恶，简直是天理难容！"

"谁说不是呢！"张佐随声附和，显然没有深究道童口无遮拦的罪责。

"这般听来，那些宫女分工如此明确，看来早就打算置天子于死地，那陛下最后又是如何化险为夷的呢？"

眼见要讲案件的转折点，张佐不失时机地调整神态，之前咬牙切齿的表情一扫而空，取而代之的则是感恩庆幸之色，连说话的腔调里都洋溢着辞冬迎春的温暖。

"咱们的万岁爷绝对是真龙天子，受到上苍的庇护呢，原本那帮贱婢就要得手了，不承想那绳套被杨金英拴成了死结。"

老道不解道："只是因为勒绳被拴成死结，宫女们就作罢了？"

"怎么可能！那些贱婢见绳子打成死结，既解不开，又勒不死万岁爷，情急之下，竟然纷纷拔下头上的金钗银簪，丧心病狂地猛刺万岁爷的龙体。在她们一顿操作下，万岁爷就是死不了，贱婢们这才意识到万岁爷是有上天保佑，是真龙化身，都不知所措起来。其中那个叫张金莲的宫女更是十分恐慌，慌慌张张地跑去了坤宁宫，向皇后娘娘告密自首！"

张佐说到这里，稍微舒缓了一下，给完美的大结局做最后收尾："皇后娘娘闻讯后，惊讶不已，急忙赶到翊坤宫。别说，咱们这位方娘娘不愧是后宫之主，临危不乱啊，她一面命人将万岁爷脖颈上的绳子解下，一面派人去请宫中御医，这才把咱们的万岁爷从鬼门关里救回来！"

老道沉吟了片刻，幽幽道："张公公，案发地点翊坤宫可是曹端妃的寝宫？"

张佐愣了一下，回答说："不错，前一日万岁爷祭祀雷神，当晚便在曹端妃的卧所就寝。"

老道皱了皱眉头，低声道："既然如此，那老朽还有一事不解，烦请公公如实相告。"

"仙师，但问无妨。"

"十六名宫女行刺陛下之时，曹端妃人在何处？"

"这——"张佐脸上闪过一丝惊慌，迟疑片刻，说道："据，据说，曹端妃服侍万岁爷入睡后，就独自前往偏殿歇息了。"

"贫道记得刚才张公公叙述案情时，提起有个叫张金莲的宫女，因为恐慌害怕偷偷溜出行刺现场，跑去坤宁宫向方皇后自首告密，是不是？"

"确实如此！正是因为那个张金莲畏罪自首，才使得皇后娘娘及时赶到，制止了宫女们的恶行！"

"这也是老朽最为怀疑的地方，张金莲既然要畏罪自首，为什么不直接去叫醒曹端妃，而是舍近求远向坤宁宫求救呢？"

"这个嘛……"张佐欲言又止。

"十六名宫女能避开寝宫守卫，悄无声息地接近陛下的卧榻；畏罪者舍近求远，跑去坤宁宫告密。这些蛛丝马迹，你以为陛下会视而不见吗？圣上不让锦衣卫介入，却命老朽一个方外之人来勘察实情，以正视听，这等天恩浩荡，张公公还不明白吗？"

张佐咬咬牙，终于收起了之前的迟疑，坦然道："仙师既然把话说到这份儿上了，咱家若再躲躲闪闪，就有负圣恩了！不错，我们司礼监确实怀疑过曹端妃就是这次行刺案的主谋。可是曹端妃圣宠正盛，完全没有行刺的动机。再者，就算要行刺，也没有在自己寝宫动手的道理，这不明摆着惹祸上身吗？"

老道微微一笑，道："看来张公公也认定这是一次对曹端妃的栽赃嫁祸，不知这栽赃者的身份，司礼监可查出些眉目？"

"王宁嫔与曹端妃素来不睦，宫中传言，端妃在万岁爷面前数次诋毁宁嫔，致其被万岁爷责罚。王宁嫔为万岁爷生育一子，本应由嫔晋封为妃，也因为万岁爷的责罚而泡汤！"

"只有这些捕风捉影的传言，恐怕还不足以——"

"仙师，莫急，且听我把话说完。"张佐将那份卷宗打开，依次指着上面誊录的行刺宫女的名字，缓缓道，"这十六名宫女中，只有杨金英、邢翠莲、关梅秀、张金莲四人是曹端妃宫里的侍奉，其余十二人皆来自王宁嫔宫中！"

老道满意地点了点头："张公公如此释疑，贫道就明白了。那张金莲之所以舍近求远去坤宁宫自首告密，是因为她们都曾被王宁嫔收买陷害曹端妃，是以无颜面对自己的主子。"

言已至此，真相呼之欲出，在旁听得入迷的道童忽然醒悟过来，口无遮拦地质问道："大太监，你们司礼监把宫女行刺的来龙去脉、背后主使查得挺清楚的嘛，为何给陛下呈上那样一份漏洞百出的结案陈词？"

张佐叹了口气，道："咱家原本确实打算据实汇报，是皇后娘娘给驳了回来，改成了'宫女不堪忍受炼丹的虐待，铤而走险集体行刺'的版本，呈给万岁爷。"

闻听此言，道童更加愤愤不平，道："皇后娘娘怎能如此为人？为了往俺家仙师身上泼脏水，不惜掩盖案件实情！"

"唉，这位小道童，你可真是冤枉皇后娘娘了，她之所以这么做其实是另有苦衷！"张佐说到这里，左顾右盼一番，见四下无人，这才浮现出一副"快来听八卦"的贱兮兮的神情，挤眉弄眼地招呼二人过来贴面耳语。

"这些年，方皇后虽然贵为后宫之主，其实早已失宠。此番宫女行刺，牵扯到一妃一嫔，王宁嫔虽然现在也失了宠，但好歹为万岁爷生育一子。何况王宁嫔没有因子晋升为妃，万岁爷的心里还是多少有些愧疚的。至于曹端妃，恩宠正盛，更是万岁爷的掌中宝、心头肉。虽然我们大伙儿也认为曹端妃是被陷害的，但并无实据可以证明，而行刺的宫女又一口咬定曹端妃亦参与其中！方皇后如果让司礼监据实汇报，以万岁爷的生性多疑，难免会怀疑皇后娘娘从中捣鬼挟私报复！要知道，方皇后之前的两位皇后娘娘下场都挺悲惨，尤其是上一位张皇后，还被万岁爷废掉了。所以在处理这次行刺事件上，咱们这位方皇后才会格外谨慎小心。"

老道叹了口气，道："陛下聪慧过人，方皇后让司礼监交出那份经不起推敲的审讯陈词，就不怕弄巧成拙吗？"

张佐微微一笑："万岁爷这个人啊，对比他聪明的人特别提防和苛刻，但对那些远不如他聪明的人，则格外宽容。皇后娘娘正是深悉万岁爷这个品性，才故意这么做的！"

老道吧唧吧唧嘴，若有所思道："陛下瞧出了审讯记录里的漏洞，遂派老朽前来核实，到时你们司礼监在老朽的督察下，再交出那份真正的结案陈词。如此一来，案件的真相不但能水落石出，皇后娘娘亦能抽身事外，不受妃嫔争风吃醋的牵连！"

"仙师，不愧是世外高人，一语就道破了这凡尘俗世的弯弯心眼。"说完，张佐起身从柜子里拿出另外一份卷宗，再次恭恭敬敬地递到老道面前。

"遵照皇后娘娘的懿旨，这份记录王宁嫔主谋，涉及曹端妃以及两宫一十六名宫女行刺谋杀皇帝陛下的审讯卷宗，现由司礼监转托仙师，谨呈天子御览！"

5. 不是真相

"嘿，本以为陛下交代下来的任务会阻挠重重，谁承想，人家司礼监早都已经调查好，只等咱们取来呈给陛下了！"道童兴奋得合不拢嘴，他甚至得意扬扬地显摆起了手中卷宗，"王宁嫔主谋，曹端妃被嫁祸，宫女刺杀案里的一切疑点就都解释得通了！本来呀，还担心查到最后，会牵扯出什么大人物，要得罪人。如今看来，王宁嫔本就不受待见，正好是主谋，而深受陛下宠爱的曹端妃又被嫁祸陷害，把这样的调查结果呈给陛下，曹端妃岂不是要欠咱们一个大大的人情，陛下也会打心底里感激咱们！"

老道的脸色却显得格外凝重，他瞥了道童一眼，淡淡道："难道你以为现在你手里拿着的卷宗就是案件真相了吗？"

"可不咋的！仙师，您是不知道司礼监这份审讯记录有多详尽，我找给你看！"说着，道童翻出相应的卷宗，递给老道过目。

老道驻足，将卷宗里的文字对着阳光细细查看，只见上面赫然是司礼监的审讯过程——

> 嘉靖二十一年十月二十三日，奉懿旨："好生打着问！"
>
> 得犯人杨金英，系常在、答应供说："本月十九日，有王、曹侍长在东稍间点灯时分，商说：'咱们下了手罢，强如死在手里！'杨翠英、苏川药、杨玉香、邢翠莲在旁听，说：'是。'杨玉香就往东稍间去，将细料仪仗花绳解下，总搓一条。至二十二日卯时分，将绳递与苏川药，川药又递与杨金英拴套儿，一齐下手。姚淑皋掐着脖子。杨翠英说：'掐着脖子，不要放松！'邢翠莲将黄绫抹布递与姚淑皋，蒙在面上。邢翠莲按着胸前，王槐香按着身上，苏川药拿着左手，关梅秀拿着右手，刘妙莲、陈菊花按着两腿，姚淑皋、关梅秀扯绳套儿。张金莲知情见事不好，去请娘娘来。姚淑皋打了娘娘一拳。王秀兰打发陈菊花吹灯。总牌陈芙蓉说：'张金莲叫芙蓉来点着灯。徐秋花、邓金香、张春景、黄玉莲把灯打灭了。'芙蓉就跑出叫管事牌子来，将各犯拿了。"

末了，还有司礼监的最终提议：

> 杨金英等同谋弑逆。张金莲、徐秋花等将灯扑灭，都参与其中，一并处罚。

老道通篇看完，只是哼笑了一声，便随手把那卷宗甩还给道童，漠然道："如果把这份审讯卷宗呈上去，皇帝陛下肯定会非常不满意！"

道童惊愕道："为啥呀？"

"不合理！"

"有主谋，有动机，也解释了为何能避开寝宫守卫，甚至连作案过程中的分工以及皇后赶来后被宫女打了一拳这种微末细节都记录下来，文字描写得又生动又详尽。这份审讯记录简直是真的不能再真了！我是想不出还有什么不合理的地方。"

老道幽幽道："孩子，你好好回忆一下，咱们昨晚在养心殿面圣的时候，陛下对这个案子产生怀疑，他对咱们说的第一句话是什么？"

道童陷入回忆，也就在这一刻，他耳边回响起了陛下的那声质疑。

"寡人一直想不明白，寡人的要求纵然非常刻薄，对那些宫女来说，就算是生不如死无法忍受，完全可以自杀啊！为什么要刺杀寡人呢？"

是啊！刺杀皇帝，不论成功与否，行刺者都不得好死，不只是行刑者本人，还有他的家人、亲戚也要一并遭受那千刀万剐的凌迟之痛——这才是之前陛下质疑此案的最不合理之处。

老道似乎看透了道童心中所想，直言不讳道："宫女因为自己受虐，尚且不会冒着株连九族的下场去刺杀皇帝，又怎么可能为了嫔妃娘娘间的争风吃醋，去刺杀皇帝呢？这难道不是比之前'宫女不堪受虐'的刺杀动机更不合理吗？"

老道说到这里，顿了一下，接着又道："还有，要刺杀一个人，需要这么多人参与吗？谋杀皇帝这种大事，不都是知道的人越少越容易成功吗？这一十六名宫女潜入寝宫，蜂拥而上抢着刺杀皇帝，难道她们都不怕被株连九族、千刀万剐吗？"

老道的这一连串发问，似乎让刚刚拨云见日的真相，又蒙上了厚厚的迷雾。

道童心有不甘，反驳道："仙师，如你所说，刺杀皇帝要被株连九族、千刀万剐，这样还不如自杀，照这个逻辑推下去，那这件案子永远存在不合理之处啊！怎么解释都解释不通了！"

"好，咱们先抛开动机的合理性不说，眼下还有一个地方让人百思不得其解。"

"仙师，您还有哪里想不明白？"道童嘴上请教，心里却暗骂这三大爷真是个杠精！

"发生在二十二日卯时的那场刺杀，之所以功败垂成，是因为那个叫杨金英的宫女误将勒绳拴成了死结。老朽就不明白了，既然绳子打了死结勒不死，可以用别的方式继续行凶啊。比如干脆上手直接掐死陛下，再不然用发簪子往死里扎——"

道童忙打断道："仙师，你刚才没听张公公讲嘛，那些宫女见绳子打成死结，既解不开，又勒不死万岁爷，情急之下拔下头上的金钗银簪，猛刺狠扎万岁爷的龙体。就是因为扎不死，那个叫张金莲的宫女才会惊恐慌张地跑去皇后娘娘那里自首告密！"

"简直是胡说八道，陛下也是肉体凡胎，怎么可能扎不死？拿簪子朝着陛下的咽喉扎下去，十六名宫女一人扎一下，也够死四五次的了！或是戳太阳穴，也能戳死！"

"呃，可能当时宫女们一时心慌，没扎对地方吧！"

"依我之见，根本就没有扎！"

"啊？仙师，您何出此言啊？"

面对道童的质疑，老道却合上了双眼。在他闭目的一刹那，皇帝那晚的面貌顿时浮现在他的脑海里。

"仙师，寡人让你看的不是面相，而是这个。"

伴随着这声阴冷的腔调，陛下刻意扬起脖子的姿态，以及脖颈间那触目惊心的勒痕，这些情景，仿佛挥之不去的梦魇，一起涌上心头。

老道猛地睁开眼睛，那一刻的回忆戛然而止，面对道童刚才的质疑，他轻声咳嗽，缓缓回道："如果宫女们真的用金钗银簪妄图扎死陛下，那么昨晚，在养心殿里，陛下怎么可能只在老朽面前展示脖子上的勒痕，而对那些刺伤扎伤只字不提？"

"啊！仙师，您这就有点吹毛求疵了吧！也许那些扎伤都在衣服里面，不便展示，抑或对于险些被勒毙的皇帝陛下来说，金钗银簪造成的伤害不值一提。"道童不以为然地说道，末了又缀上一句，"不论是行刺的宫女还是负责审讯的司礼监太监，关于拿金钗银簪扎刺陛下这件事，完全没必要凭空捏造！"

"行，扎伤这件事也暂且不论，司礼监的卷宗里还有一处记录，着实太过匪夷所思。"

"又怎么了？"道童开始有些不耐烦了。

老道无暇计较道童的无礼，只是道："你去翻这份记录的后面，有这样一段描述，说方皇后解下皇帝脖颈上的勒绳后，急招御医进宫。那些御医赶到皇帝驾前，轮流查看一番后，却都不敢上前施救，理由是怕用错药，害死皇帝，受到惩罚！这种理由简直是胡说八道！皇帝是因宫女刺杀而生命垂危，即便救治失败，也是抓那几名宫女来治罪，怎么会责罚到救驾的御医身上？再说了，太医院最重要的职责就是救治陛下，当陛下奄奄一息需要救治时，御医们却因为害怕担责推辞起来。一群御医，只有那个叫许绅的敢于下药救治，这听起来难道不荒唐可笑吗？"

道童依言翻找出卷宗里的那段记录，再细细品味老道的这番论述，他稚嫩的脸上也现出了不安的神色："仙师，听您这么一分析，仔细琢磨，还真是让人越发觉得恐怖呢！难不成太医院的那些御医，是故意见死不救？"

"孩子，还有更可怕的事情，你没有想到！"

"还有什么？快说！快说！"

老道驻足，俯下身子注视着道童惊惧的双眸，冷然一笑，幽幽道："莫忘了，昨晚在养心殿，陛下还说过一句话。"

"哪……哪一句？"

老道站直身子，模仿着皇帝的腔调，一字一句缓缓道："陛下当时是这么对我说的，'太医院的那些御医都认定寡人生还无望，是仙师您在大高玄殿前设坛布法，不舍不弃地为寡人祈福，这才幸得上苍庇佑！'起先我以为这是陛下对我的夸赞，其实……"

老道话说了一半，不忍再说下去，然而后半句的意思再明显不过。只听那道童接过话茬儿，轻声道："其实是在暗示仙师您，那些御医非但对陛下见死不救，甚至做好了宣布皇帝驾崩的准备！"

"陛下着实厉害啊！他早已看透的真相，贫道却直到现在才窥探出一二！"老道一声长叹，大踏步地径直前行。

道童愣了一下，追问道："仙师，咱们下一步做什么啊？"

"当然是探查真相！"

"您是要去大牢提审那些行刺的宫女吗？还是回司礼监找张公公重新核实？"

"事到如今，不论是谋逆的刺客，还是负责查案的司礼监，他们都不可能说出实情。要想查清真相，只能去找一个人！"

"谁"

"许绅！"

"那个救活陛下的御医？"

"为何那些御医要对陛下见死不救，为何偏偏只有许绅敢下药救治，只要搞清楚这些缘由，我们离宫女行刺案的真相也就不远了。"

说这句话时，老道已经挥舞着拂尘，踏着大步，消失在一片正午阳光中。

6. 老虎尾巴

自从许绅在那场宫变中成功救活陛下，前来恭贺的同僚们便络绎不绝，结果全被许府管家以主人身体不适为由拒之门外。

"喂！喂！你这管家怎么分不出个好赖呢！睁眼好好看看，我们仙师不是普通人，那可是得道成仙的……"道童抵着门，正要先声夺人，却被许府管家无情打断。

"老爷病了，不能见客，管你们仙不仙的，统统不好使！"

说罢，管家伸手猛地推开道童，正要关闭时，只见老道一挥拂尘，于门前故弄玄虚地高呼一声："福生无量天尊！请教许太医身体何处不适？"

许府管家瞥了一眼老道，哼了一声，回答说："我家老爷患有脾疾，这几日越发严重，还请您谅解。"

管家说完，便要合上府门，就在这一刹那，老道的拂尘伸探出来，硬是卡在门缝之间。

"咦，我说你这老道士……"管家撸起袖子，准备动手驱赶。老道忙掐指一算，抢在挨揍前道："许太医的病疾不在脾，而在心！"

"我家老爷自己就是太医，得什么病还能不清楚吗？用得着你这老道在此胡说八道！"

"这位管家，你可听过'扁鹊见蔡桓公'的寓言小故事？"

"扁鹊？那是个啥鸟？"管家摸着脑袋，一脸茫然地问。

老道淡淡一笑，不计较他的无知，言简意赅说道："你回去禀告许太医，就说贫道会面相，能解他的病！"

管家闻听此言，收起轻慢之态，问道："请教道长法号！"

老道捏着白须，却不直接回答，而是朝道童频使眼色。

道童会意，大步上前道："我家仙师，是皇帝陛下请进大高玄殿修习仙术的陶真人！"

眼见管家还是犹豫不决，老道上前拍了拍他的肩膀，胸有成竹地说："你回去禀告吧，报上老朽的名字，陶仲文，许太医必然会迎我进府的。"

管家见老道如此信誓旦旦，这才将信将疑地返回府中禀告。

只过了片刻，许府大门果然再次开启。老道得意地朝道童瞥了一眼，正要淡定地往府门里迈步，结果被那管家硬生生地推了出来。

"嘿嘿！哪来的自信，害得我被老爷骂了一顿！"

老道一愣，问道："许太医不肯见老朽？"

"我家老爷说了，他那脾病是本月初九复发，乃旧疾，调养几日便可，与其劳烦仙师面相解病，不如恳请帮忙算命解卦。"

紧跟着，管家掏出一张折叠的黄纸递给老道，又神秘兮兮地说："我家老爷还叮嘱说，只要仙师解开这卦辞的寓意，自然就会体谅他的病情！"

说罢，不等老道回应，只听"啪"的一声，那管家已然将府门关闭。

"嘿！咋这么不懂礼数。懂不懂尊老爱幼啊！"道童感念许绅是揭开宫女行刺真相的唯一知情者，正要继续纠缠时，却被老道出声喝止。

"罢了！"

"怎么能罢了呢！如果不当面问清楚，咱们如何跟陛下交差！"

老道没有应声，他缓缓展开管家递来的那张黄纸。当老道看清写在黄纸上的卦辞时，他那道骨仙风的身子居然微微颤抖起来。

"仙师，许太医给你的黄纸上写了什么啊？"道童觉察出老道神色异样，忙凑了过去，抻长脖子去看老道手中黄纸上的卦辞，只见上面只有一句话："履虎尾，咥人凶，不咥人犹可，咥人则凶。"

"这是啥子意思啊？"

"孩子，你知道发生在景泰年间的金刀案吗？"

"金刀案？嗯，我想想……"

"行了，别装了，年幼无知也很正常。还是让老朽来说给你听吧。"老道清了下嗓子，侃侃而谈。

"金刀案，顾名思义，是由一把金刀引发的政治血案。景泰三年，锦衣卫指挥使卢忠奉明景帝之命以金刀为证据，妄图诬陷太上皇，也就是被囚禁在南宫的英宗皇帝，构陷其与太监勾结意图复辟。结果引发满朝大臣对英宗的同情，进而群臣激愤，朝廷动荡。卢忠作为此案的始作俑者，心中不安，遂找当时著名的算命先生全寅占卜。全寅为卢忠占卜的便是这句'履虎尾，咥人凶，不咥人犹可，咥人则凶'，意思是在警告卢忠，你已经踩到老虎尾巴了，处境很危险！自那以后，卢忠便开始装疯卖傻，远离金刀案的旋涡！"

道童若有所思道："仙师，许太医这是在拿当年卢忠的处境来暗喻自己现在的遭遇啊！这么一说，他们还真挺像的。"

"他们还真挺像的？"老道愣了一下，看向道童问道："你这话从何说起？"

道童童言无忌道："仙师，您想啊，卢忠是奉明景帝的命令办事，引起群臣激愤，不得不装疯卖傻。而许太医是在众御医都见死不救的情况下，下药救活了陛下，然后现在只能装病躲在家里闭门谢客！所以，如果把许太医比作卢忠，那么陛下是不是就相当于明景帝呀？他们这对君臣是不是挺像的！"

"等等！你说什么？再说一遍！"老道似乎觉察到了哪里不对劲，猛地抓住道童的双臂，用力追问。

道童从未见过老道如此惊慌失措，不禁有些畏惧，口中喃喃道："仙师，我说，他们这对君臣是不是挺像的……"

"不是这句！上一句！"老道的声音陡然变得尖锐起来，之前一直虚无缥缈的真相，在这一刻似乎变得触手可及。

"上一句？呃，如果把许太医比作卢忠，那么陛下是不是就相当于明景帝？"

"陛下相当于明景帝？明景帝！对！对！许太医要告诉我的答案就是这个！"老道浑浊的眼眸里闪出明亮的光，他开始在原地踱步，口中更是碎碎念个不停。

"为什么宫女们宁可冒着被诛九族的风险也要刺杀皇帝，为什么即便绳子打结她们也不肯换成其他方式完成刺杀，为什么她们明明拔出金钗银簪却不刺扎皇帝的要害，为什么太医院的御医们赶到现场不经施救便认定陛下生还无望，这所有的疑点，这些看似不合理的地方，能将它们一并解释清楚的，原来就是这句'陛下相当于明景帝'！哈哈哈哈！"

老道声嘶力竭地长笑，让道童不寒而栗。直到那苍老的笑声渐渐息止，道童才小心翼翼地问道："仙师，我不明白，为什么把陛下比作明景帝，那些不合理的地方就变得合情合理了呢？"

"孩子，你可知道明景帝最后的下场？"

7. 壬寅宫变

"史官们记载，明景帝是在英宗南宫复辟的一个月后在宫中暴毙而亡的。所有人都心知肚明，明景帝是被太监蒋安活活勒死的！"老道幽幽说道。

"明景帝是被勒死的？和咱们陛下的遭遇……"道童欲言又止，但他似乎已经知道了答案！

老道郑重地点头，他开始对那场惊心动魄的宫女行刺案进行全面复盘："那十六名宫女不畏惧株连九族的风险，敢于行刺陛下，是因为她们原本的计划是要制造陛下暴毙的假象。正因为要伪装成暴毙，所以只能用绳子勒死这种不见血的方式！"

"可是后来绳子打成死结了呀！既然不能见血，那宫女们为何还要拿出金钗银簪去刺陛下？"

"孩子，这里面有一个理解误区！那晚情形其实是这样的，在宫女们发现勒绳打成死结之前，陛下就已经一动不动了。宫女们拔出金钗银簪去扎陛下，不是要扎死他，而是在试探他是不是已经死透了！"

"没承想，陛下只是昏厥过去了！"

"不错！宫女们误以为行刺成功，于是才有后面那个叫张金莲的宫女通风报信的事情！"

"通风报信？她不是去自首告密的吗？"

"孩子，别天真了。十六名宫女铤而走险行刺皇帝，大家彼此肯定互相监督，怎么可能轻易地任由其中一人擅自离开！"

"仙师，您说的没错！通风报信确实比自首告密更合情合理！等等，卷宗上说，张金莲是去了坤宁宫，她是向皇后娘娘通风报信？难道这起宫女行刺案的幕后主使是皇后娘娘？"

一言至此，道童惊愕得说不出话来。

"乍一听不可思议，但细细想来，确实只有皇后的权威足以让当值的御医们敢于对陛下见死不救！"老道似乎早已料到这个真相，他叹了口气，继续娓娓道来。

"当时的情形一定是这样：方皇后在坤宁宫里接到了张金莲的汇报，得知宫女们刺杀成功，遂第一时间赶到了翊坤宫。她先是遣散了那一十六名宫女，随即把当值的御医宣召进宫。皇后娘娘原本是想命御医们宣布陛下暴毙的死讯，然而就在这时，有御医发现陛下一息尚存！如此变故，是方皇后始料不及的，而那些御医也隐隐觉察出皇后的意图，他们救也不是，不救也不是，索性以'担心用错药怕害死皇帝'为借口，就这么干耗着。直到许太医挺身而出，以峻药下之，才将陛下从鬼门关里救了回来。方皇后见计划失败，只得命司礼监将行刺宫女一一逮捕，严加审讯！"

老道一口气将那一夜宫变的来龙去脉全数复盘完毕，整个人顿时疲惫不堪，仿佛刚才口述的那些事情他刚刚经历了一遍似的。

可道童听得意犹未尽，他抱着看热闹不嫌事大的心态，多嘴问道："仙师，您说，如果宫女刺杀成功，接下来会咋样？"

"别瞎说！小心掉脑袋！"

"仙师，您刚才提到明景帝被暴毙，是因为英宗皇帝南宫复辟，有大臣们拥护，可是，咱们陛下一旦暴毙，那么谁会……我其实是好奇这个！"道童虽欲言又止，但意思再明显不过。

然而，也正是这句话，让老道本来松懈下来的神经，又陡然绷紧起来。

不错，刺杀皇帝不是请客吃饭，一定要提前选好接班人，避免继任者彻查此案。此时陛下早已立下王贵妃之子朱载壡为太子，而方皇后并无子嗣。换句话说，假设方皇后的宫变计划最后成功，陛下被暴毙，那么皇位自然是由现任太子朱载壡继承。如此一来，方皇后又如何能保证这个朱载壡登基后不会彻查先皇的真正死因？难不成太子也参与其中！不，这不可能！现今太子只有六岁，除非……

一念至此，不及多想，一个响当当的名字已然涌上老道心头——夏言，此人不仅是当朝内阁首辅，更是太子朱载壡的老师！

"难道要害陛下的，不只是后宫的皇后嫔妃，还有前朝的内阁首辅！不！不！这个念头太可怕了，万万不可以此妄断！"

一个人越是克制，越容易深陷其中。

就在老道使劲摇晃脑袋，一再告诫自己就此打住，不可顺此往下细想时，一个声音从记忆深处悠悠传来。

"我家老爷说了，他那脾病是本月初九复发，乃旧疾，调养几日便可！"

这句原本毫不起眼儿的管家传话，此刻老道品来似乎另有深意！

许太医为何要让管家特意强调自己脾疾复发的日期？难道这个十月初九意有所指？

"十月初九？十月初九？到底发生了什么？"老道百思不得其解，他已然抓狂，全然没了道骨仙风的派头。

就在这一刻，旁边的道童喃喃回应道："十月初九，我最喜欢的那个写小说的大官去世了啊！"

"写小说的大官？"仙师愣了一下，他看向道童，隐约中，一个名字呼之欲出。

"就是写《英烈传》的大官啊！仙师，您之前跟我讲大礼仪之争时，还提到过他呢！"

"武定侯郭勋！"老道脱口而出的下一刻，这起案件里所有的断点开始因为"郭勋"这个名字逐渐连点成线！

二十一年前，还是藩王的陛下正是因为得到了武定侯郭勋以及其所管辖的京城驻军的支持，才赢得了大礼仪之争的胜利，逼得四朝元老、两朝首辅的杨廷和致仕回家。

也正是那一年，年仅十五岁的少年皇帝逐步掌控朝堂，而郭勋作为皇帝在军中最关键的支持者，则一路平步青云，督禁军，加至太师，直至嘉靖十八年，更是进封翊国公。

但是，郭勋与首辅夏言素有不和，他本人常遭言官们的弹劾。刑科都给事中高时就曾上疏，告发郭勋贪纵不法的罪状多达十五条。皇帝为平众怒，于去年九月十二日诏郭勋下狱！

据说，当时郭勋不慌不忙地前往大牢，他以为自己没事，只是走个过场，平息一下文官的怨怒。

谁承想，高时很快又递上第二份奏折，要求严惩郭勋！皇帝未予理会，直接将奏折退回。由此可见，圣意再明显不过，他就是要告诉满朝大臣，郭勋案就此打住，不要再深究下去了。

接下来的事情，却让人始料不及！先是刑部大理寺汇报预审结果，认定郭勋论罪当斩！皇帝不悦，发回法司复查。

紧跟着，高时第三次上书，继续要求严惩郭勋！皇帝勃然大怒，直接贬了高时的官职！

然而好戏才刚刚开始，正当皇帝放心等待郭勋的重审结果时，给事中刘天直突然上书，弹劾郭勋十二条大罪，其中不仅有贪污受贿，甚至包括了扰乱朝政、图谋不轨。而法司做出的重审结果更是直截了当，除枭首外，再加一条没收家产！

皇帝终于意识到以夏言为首的满朝文臣欲置武定侯于死地的决心，他这次改变策略，没有直接驳斥大臣的奏请，而是收下法司的奏折不予理会，并且暗中旁敲侧击，恳求法司的大臣们能放郭勋一条生路。

然而，谁承想，就在十月初九这一天，堂堂的武定侯郭勋，这位曾在大礼仪之争中鼎力支持皇帝的勋贵，居然在狱中暴毙！

这一下，皇帝彻底愤怒了！他决定彻查郭勋之死，矛头直指幕后操控这一切的当朝首辅夏言！

也就在这种情形之下，十多天后，在翊坤宫里发生了这起骇人听闻的宫女刺杀皇帝的大案！

老道虽是修道炼丹的方外之士，但他还有另外一层身份，那便是陛下册封的少傅少保，再加上与皇帝关系亲密，所以对朝堂上发生的政事知晓得颇为详实。由于之前调查宫女刺杀案，只将注意力放在后宫嫔妃身上，才忽略了这些前朝旧事。

如今纵观全局，后宫的宫女们不堪忍受因皇帝炼丹而遭受的非人虐待；妃嫔因争风吃醋进而记恨皇帝的冷落和无故责罚；皇后忌惮皇帝的性格乖张、喜怒无常，又鉴于前两任皇后的悲惨遭遇，未生子嗣的她更是每日如履薄冰。

在前朝，皇帝推行新政，数次触犯以夏言为首的朝中大臣的利益。君臣之间的冲突越发激烈，直到后来，文官们强行剪除皇帝在军中的支持者。随着武定侯的暴毙，君臣矛盾已然剑拔弩张。当皇帝准备对内阁首辅以及满朝文臣进行清算之时，内阁也已做好了联手后宫另立新君的打算。

此时此刻，把前朝后宫的点点滴滴、里里外外联系起来，整个宫女刺杀案的全貌对老道来说，已是了然于胸！

就在这一刹那，老道突然回想起他的那位同行前辈的占卜卦辞："履虎尾，咥人凶，不咥人犹可，咥人则凶。"

这是九十年前，算命大师全寅对锦衣卫指挥使卢忠的警告。

"你踩到老虎尾巴了，虽然老虎还没咬人，但凶险至极！"

如此看来，当年的这句卦辞同样也适用于当下的自己。不，准确来说，眼下的情形远比九十年前更为凶险。因为被自己所踩尾巴的那只老虎，已经要现身咬人了！

当老道产生这种不祥的预感时，他猛然发现自己与道童所途经的街巷已然空无一人！

"孩子，快走！"老道心中一凛，忙拽起道童的小手，几乎小跑着往小巷的尽头快速奔去。

道童腿短，被老道扯拽之下，撞撞跌跌几欲摔倒。可是，他未有大祸临头的警觉之心，反倒天真烂漫地问老道："仙师，咱们是急着赶回去跟陛下邀功吗？"

"你这孩子，真是不知死活，老朽之前以为刺杀案主谋身居后宫，故而在外调查时未加提防。现在看来，朝中大臣也多有参与，恐怕咱们在宫外的一举一动，一直都处于对方的监视中。老朽如今查明了案件真相，你觉得那些凶手会让咱们活着进宫禀告吗？"

老道一边斥责，一边加紧步伐。道童却不以为然，甩开老道的拉扯，镇定自若道:"仙师,您放心!凶手不会对咱们动手的!"

老道驻足回看道童,只见那孩子一脸自信,心中不由得好奇,蹲下身子问道:"咦,你为什么这么肯定?"

道童拍了拍老道的肩膀,像个小大人一样,语重心长道:"仙师,您自己说的呀!上天总是眷顾心存侥幸的人。只要咱爷俩心存侥幸——"

道童话音未落,只听"嗖"的一声——箭羽破空的声音,紧跟着一支弩箭射中了道童的胳膊。

道童一怔,看了看自己胳膊上的弩箭,又看了看面前的老道,"哇"的一声大哭起来:"啊!三大爷!你骗人!"

老道不及多言,忙又夹起号啕大哭的道童,发足狂奔。

结果没跑两步,"嗖"的又是一箭,穿透老道的小腿,直接把这爷儿俩射翻在地。

与此同时,巷头巷尾,人影幢幢,居然有十几个蒙面黑衣人手持长刀,前后夹击而来。

老道见状,面露死灰道:"孩子,完了,这次恐怕抱有侥幸心理,上天也不会眷顾了!"

"三大爷,你相信光吗?"

"缸?什么缸?"

"我是说光,司马光砸缸的光!"

"缸呀!相信那玩意儿干吗?"

"哎呀!跟您说不明白。您看,就是那道光!"道童突然伸手指向高处的屋檐,只见一道刺眼的光自高空而下,那是绣春刀出鞘时的寒芒!

紧跟着只见一个修长的身影施展出燕子空翻的绝技,从天而降,待落地时,大家才看清他的面目。

来者不是别人,正是皇帝的发小儿,曾勇夺大明王朝武状元的青年才俊,如今身为锦衣卫都指挥同知的陆炳!

"陆大人,承蒙上天眷顾,你可算来救本仙师了!"老道兴奋地高呼。

陆炳冷冷道了句:"我呸!"然后就看他极不情愿地挥舞起手中利刃。

一瞬间,飞鱼华服犹如蛟龙,绣春刀锋恍若惊鸿,席卷着浓烈的杀气直冲那一众歹人而去……

8. 二龙勿见

西苑仁寿宫内，皇帝一如既往地摆出慵懒的姿态，侧靠在龙榻上。他双眼微闭，一副似醒非醒的样子，轻声细语地缓缓说道："看来，夏言是要学杨廷和啊，不，他比杨廷和要优秀！杨廷和只是想让寡人老实听话，他却想杀掉寡人，另立新君！"

陆炳恨恨道："陛下，让我带锦衣卫去把那老儿抓来！"

"炳，不可胡闹！你当寡人是什么？"

"大明王朝的天子啊！"

"是！也不是！且问你，寡人和以往的那些皇帝有什么不同？"

陆炳愣了一下，赶紧夸赞道："陛下更圣明、更睿智……"

"你啊，说的都是表象！要透过表象看本质，以往的皇帝都只是俗世的君王，而寡人和他们不同，寡人是修真得道的，将来还要成仙！寡人问你，仙会跟人计较吗？"

皇帝一番话，直接把陆炳整不会了，他支支吾吾道："那些人谋反，难道就这么算了？"

"谋逆者啊，什么时候惩罚，接受什么样的惩罚，不能人定，要问老天！你说呢，仙师？"

"皇帝陛下，所言极是！所谓善恶终有报，天道好轮回，不信抬头看，苍天饶过谁！"

"既然仙师也这么认为，那就不妨等上天报应嘛！"

皇帝轻描淡写的表述，仿佛之前那场惊心动魄的宫女刺杀都与他无关一般。

陆炳茫然，遂又问道："陛下，那此案该如何了结？"

"大学士严嵩也一再上疏，让寡人结案昭告天下，以安定人心。既然如此，炳，就依照司礼监的那份供词办吧！"说到这里，皇帝顿了一下，像是想起了什么，突然问老道说："仙师，太子在这件事上……"

老道忙道："陛下，太子还只是个六岁孩童！"

"匹夫无罪，怀璧其罪。一想到前朝后宫曾想立那孩子为新君，寡人心里就不舒服。唉，寡人该怎么办呢，既不会伤害到他，又能避免他被人利用！"

老道思索了片刻，说道："皇帝陛下，二龙勿相见，帝气不相冲！"

皇帝叹了口气，幽幽道："看来，也只能这样了！仙师，您退下吧！"

于是，瘸腿的老道和包扎着一只胳膊的道童，一老一少互相搀扶着，一斜一扭地往仁寿宫外走去。

在退出仁寿宫的时候，道童像是觉察出惊天机密，小声道："三大爷，我觉得陛下可能早就知道你炼假丹的事情了，他肯定也晓得你行脚郎中的身份，他不信任那些御医啊！"

老道不置可否，只是纠正道："叫仙师！"

道童恍若未闻，用独臂搀扶着老道往外走，继续喋喋不休："还有啊，陛下之前那个皇帝，武宗，我现在觉得死得也很蹊跷呢！您想想啊，正值壮年，身体强壮，没事就在豹房跟老虎、豹子干架，区区一个落水，怎么可能身体会一直不愈，拖拖拉拉半年后居然病死了！说不准也是暴毙，和那些后宫、朝臣，还有御医都脱不了干系！"

老道"哼"了一声，只是叮嘱道："行了，别胡思乱想了！"

老道说这句话时，忍不住回头又望了一眼身后的仁寿宫。

恍惚中，透过厚厚的墙壁，老道依稀看到那位三十六岁的皇帝，正孤独一人身处冷清空旷的宫殿中，像往常一样懒洋洋地斜靠在龙榻上，嘴里轻声哼着不知名的小曲——

> 我欲成仙，快乐齐天。
>
> 最终还是那些念，缠缠绵绵总不变。
>
> 写尽了从前以后，佳酿红颜，美妙不可言。
>
> 怎样勘破命中缘，怎样参透情中线？
>
> 无非是再多一点，再少一点，谁知深和浅？
>
> 扯过床前的灯和窗外月，心忽明忽暗！
>
> 酒空该醒了，天该亮了，再挣脱纠缠……

作者附记

壬寅宫变的记载通常是发生于嘉靖二十一年十月二十一日夜，然由时任刑部主事张合在《宙载》中的详细记录可知，行刺发生在二十二日卯时，即次日凌晨五点起。

据《万历野获编》记载，参与宫变的十六名宫女，分别为杨金英、杨莲香（疑为杨玉香）、苏川药、姚淑翠（一作姚淑皋）、邢翠莲、刘妙莲、关梅香（疑为关梅秀）、黄秀莲（疑为王秀兰）、黄玉莲、尹翠香（疑为杨翠英）、王槐香、张金莲、徐秋花、张春景、邓金香、陈菊花。

事后，方皇后下令将杨金英等十六名宫女押至西市，枭首示众。而首谋之一的王宁嫔和传说知情的曹端妃，则在皇宫内一个僻静角落被吊死。

丁酉，宫婢杨金英等共谋大逆。伺上寝熟，以绳缢之。误为死结，得不殊。有张金莲者知事不就，走告皇后。后往救，获免。乃命太监张佐、高忠捕讯之。言金英与苏川药、杨玉香、邢翠莲、姚淑翠、杨翠英、关梅秀、刘妙莲、陈菊花、王秀兰亲行弑逆。宁嫔王氏首谋。端妃曹氏时虽不与，然始亦有谋。张金莲事露，方告徐秋花、邓金香、张春景、黄玉莲皆同谋者。诏不分首从，悉磔之于市，仍锉尸枭示。——《明世宗实录·卷二六七》

在壬寅宫变中成功救活嘉靖帝的许绅，官至礼部尚书、加太子太保，然而第二年，也就是嘉靖二十二年的三月，突患疾病，于五月十六日暴毙。许绅在临终前曾说："我活不久了，当年宫变的时候，我为救皇帝又担心遭杀身之祸，精神一直紧绷着，以至于落下病根，所以无药可医。"

二十年，宫婢杨金英等谋逆，以帛缢帝，气已绝，绅急调峻药下之。辰时下药，未时忽作声，去紫血数升，遂能言，又数剂而愈。帝德绅，加太子太保、礼部尚书，赐赉甚厚。未几，绅得疾，曰："吾不起矣。曩者宫变，吾自分不效必杀身，因此惊悸，非药石所能疗也。"已而果卒，赐谥"恭僖"。——《明史·卷二百九十九·列传第一百八十七》

在壬寅宫变中救下嘉靖帝的那位方皇后，于嘉靖二十六年十一月病逝。然而万历年间的史学家何乔远在《十三朝遗史》中记载：方皇后是死于西宫大火，当时曾有太监催促嘉靖派人进屋去营救方皇后，可嘉靖竟沉吟不发一语。直待方皇后被活活烧死，嘉靖帝才慢条斯理地说道："后救我，而我不能救后。"

二十六年十一月，宫中火，中官请救后，上不应，后遂崩。已而复悼曰："后救我，而我不能救后。"——《胜朝彤史拾遗记·卷五》

第二年，也就是嘉靖二十七年四月，夏言因罪被逮入狱，获死刑。刑部尚书喻茂坚、左都御史屠侨援引高官能吏可以被减免刑罚的条款，请求免除夏言的死刑。嘉靖坚决不允。同年十月二日，夏言在西市被斩首。

狱成，刑部尚书喻茂坚、左都御史屠侨等当言死，援议贵议能条以上。帝不从，切责茂坚等，夺其俸，犹及言前不戴香冠事。其年十月竟弃言市。妻苏流广西，从子主事克承、从孙尚宝丞朝庆，削籍为民。言死时年六十有七。——《明史·卷一百九十六·列传第八十四》

壬寅宫变时的太子朱载壑，为嘉靖次子，于嘉靖十八年二月，被嘉靖立为太子，并指派夏言教导太子。嘉靖二十八年三月十五日，朱载壑行冠礼，嘉靖认为潜龙已经长大，不惧见真龙，遂去参加太子十六日的加冠，然十七日太子突患疾，紧接着病卒，年十四，谥"庄敬"，是为庄敬太子。自此，嘉靖深信"二龙不相见"之说。

十八年二月，上将巡幸承天，册立为皇太子，遂命监国。至是，上以太子年浸长，当出阁读书，命先行冠礼。越二日晨兴疾作，遣医胗之不治，忽北面拜日："儿去矣。"正坐而薨，年十有四岁。——《明世宗实录·卷三四六》

瘦亮亮，悬疑推理小说作家，新锐编剧，擅长创作"幽默推理"和"犯罪喜剧"类型的小说和影视剧。幽默推理小说代表作"季警官的无厘头推理事件簿"系列与"笨侦探"系列（目前已出版《把自己推理成凶手的名侦探》《一招狼人杀救侦探》）。其中，《季警官的无厘头推理事件簿1》于2015年11月获首届华语网络文学双年奖优秀奖；《一招狼人杀救侦探》于2019年2月获牧神计划·新主义悬疑故事大赛三等奖。推理小说《滚！侦探》于2020年8月获第二届"华斯比推理小说奖"三等奖，并收入《谜托邦01：中国女侦探》。历史推理小说《嘉靖二十一年》获第六届牧神计划·新主义悬疑文学大赛"中短篇组"一等奖。目前独立编剧作品有：电影《迷失1231》、网剧《龙传》。

近世遗闻

求丹记　白月系

后来，众人在断壁残垣中，也没能找到黄道长的身影。连同他的那些丹药、符箓，全都化为灰烬，无影无踪。只剩下一座一尺多高的小炼丹炉，被火烧成了黑青色，孤零零留在观中。

中国侦探在檀香山　战玉冰

『什么？连左右邻舍也要一并烧掉？美国佬这是疯了吧！还顾不顾咱们华人的死活？他们懂不懂什么叫「己所不欲，勿施于人」！不读《论语》的美国佬真是让人没办法，还是孔夫子他老人家说得好，「不学诗，无以言」「不学礼，无以立」，连这些基本的道理都不懂，还敢在这儿瞎指挥。』郑阿平一身炭灰，双眼布满血丝，脸上挂着的白口罩已经完全变成了『黑口罩』，显然刚从火场里出来。

求丹记

白月系

1

"王，今天上午 10 点到我的办公室来一趟。有件重要的事情，非得托你调查不可。"

看到布莱克校长留下的字条时，王亚东刚刚喝下一整杯咖啡，稍微驱散了些睡意。这还是他一个星期以来第一次回宿舍。即使在那间狭小的实验室里泡上再长时间，实验报告也迟迟看不到进展，这让他焦头烂额。

"布莱克校长当然知道我的处境。"他自言自语，"但他还是来找我了。那会是什么事？"

他知道没人能给出答案。无论如何，身为老布莱克的得意弟子，这一趟他非去不可。稍加思索后，他挑了件黑色的外套换上，简单处理了一下憔悴的面容，便动身出发了。

半小时后，他已经出现在布莱克校长的办公室。老校长正背着手在办公桌后来回踱步，阳光透过窗户，照在他花白的头发上。一旁的沙发上，多出了一个红头发的陌生年轻人，跷着二郎腿打量着王亚东。

见王亚东到了，老人立刻表现出惯常的热情："很高兴见到你，王！这段时间在伦敦还习惯吗？我不确定学校食堂的伙食合不合你的胃口。"

"我花了些时间适应。"王亚东承认，"但那都是小问题。我是来留学的，不是来享受的。"

"我喜欢你的坦诚和勤奋。管理宿舍的威廉太太说，你每个星期至少会有四天在实验室过夜。你是我见过的最出色的学生之一，何必还要如此拼命呢？"

"我读书晚，必须加倍努力，才能追赶上前辈的研究进度。"

布莱克校长怜惜地看着王亚东，轻轻点头。

"约翰推荐你是正确的。"说着，他抹了抹眼睛，"那孩子至少在这件事上没让我失望。"

"请您节哀。"

王亚东低头致意。约翰·布莱克是布莱克校长的长子，也是王亚东的旧友，是个性情洒脱、喜欢冒险的年轻人。在王亚东赴英国留学的过程中，他前前后后帮了不少忙。然而，他在一个月前死于一场交通事故。据说他驾车在公路上飞驰，结果车子失控，撞在一棵长歪了的树上。

"他到最后也没听进我的劝，我早让他少干那些危险的事……当然，我今天不是来让你听我这个老头子抱怨的。约翰喜欢周游世界，尤其中意你的国家，你们也是在他的一次旅途中相识的，没错吧？作为一名父亲，有关他的许多故事，我都是在葬礼上才第一次听说，这实在让人难过。我想，至少我要总结一下他的人生，为他在这世上留下些什么。所以我拜托了我的侄子托马斯——来，让我为你介绍一下。"

"很高兴认识您，来自东方的朋友。"那个坐在沙发上的红发年轻人站了起来，一把握住王亚东伸出的手。"我是托马斯，这么叫我就可以，我现在的职业是在家吃白食，爱好是马术和射击。"

"您好，我是王亚东，受布莱克校长的照顾，正在本校学习。"

"我听叔叔介绍过了，他说您是一位来自东方大陆的优秀学者。不知道您愿不愿意把那些古老的智慧借一点给我们？"

托马斯的语速很快，语气轻佻，王亚东好不容易才听清他在说什么。

"'古老的智慧'是什么意思？"

"就像叔叔说的，我正在为总结约翰的游记而四处奔波。他生前留下了许多日记，这让我的工作一度进行得很顺利，直到我听说他在旅游期间学会了汉语——然后最糟糕的事情发生了——从某一本笔记开始，我就只能看到那些我读不懂的方块字了。"

"约翰用汉语写日记？可我记得他的水平只够勉强阅读……"

"确实，正如您所说。那些汉字不是约翰写下的，而是夹在他的笔记本里。"托马斯变戏法似的掏出许多微微发黄的纸页，"日记里说，他最后的时光里似乎沉迷于收集和调查这些来自过去的文件。那是一个有关……呃……'daoshi'？"

"是道士。"

看到纸页上的母语，王亚东不由得备感亲切。

"啊，没错，就是那个'道士'。约翰在调查关于某个道士的故事，很可惜，这项尚未完成的调查因他的离去而中断。"

"我希望你们能帮忙把他的调查成果整理出来。说来惭愧，约翰并不是一个好学的孩子，但至少在最后的时光里，他找到了一件能让他痴迷其中的事情。我实在不希望这一切成为徒劳。"

老布莱克压低了声音。

"虽然我也可以找其他懂汉语的人，但思来想去，还是只能信任你，王。你聪明，而且细心，我相信你也想帮约翰实现遗愿吧？"

"我……"

学业繁忙、专业不对口、爱莫能助——这些话已经到了王亚东的嘴边，却又被校长热切的目光顶了回来。很明显，为了对抗丧子之痛，这位老人绝不会轻易放弃调查。更何况，纸页上的文字让王亚东无比在意。

"我明白了，布莱克校长。交给我们吧。"

"好样的，那我们就是搭档咯。"托马斯快活地一跃而起，"合作的第一步，能帮我解释一下那纸上写了什么吗？"

"好说。"

王亚东清了清嗓子，字斟句酌地念起来："那是在乾隆年间……"

2

乾隆年间，大清帝国。

曹老太爷府上的二公子生了场怪病。

起初只是觉得背上有些痒，很快便发展出一大片红斑。豆粒大小的泡一颗一颗生出来，不出几天，就在背上画出数条纹路来，仿佛猛兽的爪印，触目惊心。病人自是疼痛难耐，坐卧难安。找了镇上的几位大夫来，开了一些方子，都不见好。

不知是谁说了句"许是中了邪了"，于是就有下人恍然大悟似的，想起这么一号人物来。

"镇外山上有位黄道长，号称'半仙'，据说相当灵验，何不找来一试？"

自从大公子夭折，曹老太爷便只疼爱这位二公子。平日里虽不烧香，但事情紧急，死马也得当活马医一医。更何况在座的有位开中药铺的何掌柜，素与黄道长交好，此时也愿推举他。于是，老太爷便为何掌柜备了一些金银礼物，教他上山寻黄道长帮忙。

第二天，黄道长便下山了。

一进门，曹老太爷便觉此人气度不凡：头裹一字巾，脚踏十方鞋，背上一口方木箱，腰间一瓢葫芦，一身道袍穿了多年，虽然已经破损不少，却不染半点凡尘，看上去光洁如新。这一瞧，悬着的心多少放下了一点。

道长简单看了曹二公子的病势，便屏退旁人，关起门来作法驱邪。众人在房外，只听得里边念念有词，不一会儿，窗口竟飘出青烟来，紧接着传出了二公子的惨叫声。大家听得胆战心惊，若非何掌柜阻拦，只怕早破门而入了。

直到过了半炷香的工夫，黄道长才推门而出，开口便说邪祟已除，只需休养几日便可。再去看二公子时，人已神清气爽，背上的红斑似乎真有消退迹象。几天后，红斑结疤，纷纷脱落，二公子又健康如初。曹老太爷大喜，数次差人带金银上山酬谢道长，都被谢绝了。

后来听说，曹府上有个下人叫赵三，平生最爱偷鸡摸狗。黄道长作法那天，他因为好奇，便从后门撬开一条缝，打算往里偷看。只见黄道长从木箱里拿出一纸符箓来，一挥衣袖，竟凭空摸出一团火来。赵三只觉热气扑面而来，吓得屁滚尿流而逃，再也不敢偷看。

自此，黄道长的名号在当地更响了。他一个人在道观深居简出，除了下山去何掌柜的药铺里采购些金石草木外，不会主动外出。如果主动求他上门驱邪，基本上有求必应。他的口音不像本地人，关于他从何而来，众说纷纭。据说有好事之徒曾夜里探访道观，听见黄道长在观里不分昼夜高声念咒，吓得外人不敢接近；也有人见到观中飘出五彩云雾，黄道长在其中乘云飞天……诸如此类的传闻，不一而足，也算是当地人茶余饭后的一些谈资。

3

"我真没想到约翰会对这种传说感兴趣。"

告别了布莱克校长后，王亚东和托马斯乘车去拜访约翰生前认识的人，希望能打听到这份记录的来历。途中，托马斯和王亚东聊起了约翰·布莱克这个人。

"您认识他多长时间了，王？"

"大概只有两三年吧，不算太长。"王亚东轻描淡写地回答，"在我的印象里，他是个非常豪放洒脱、想到什么就会去做的人。"

"不用顾及我们的堂兄弟关系，我对约翰其实没有太多的好感。'想到什么就会去做'——说白了就是，他做事没有目标，也不计后果，对吧？"

"这倒——"

"从小他就是个只知道吃喝玩乐的人，跟作风正派的布莱克叔叔简直是两个极端。我完全不相信他会去做什么历史研究。那个黄道士的故事，估计也只是他出于好奇，随手存下的。这种事情我见得多啦，我刚从东南亚回来，你知道有多少有钱人喜欢收藏那些难懂的木雕吗？"

看起来，虽然同为花花公子，托马斯和约翰的关系并不好。

"结果，布莱克叔叔把那些纸片当成了托马斯的遗产。这也是没办法的事——他总得找个借口说服自己，儿子的这一生不是那么没有意义。"

托马斯明确地表示出对这份工作的抱怨之后，很快又耸了耸肩，开始缓和气氛："当然，既然接下了这份工作，我们就得好好干。您的奖学金还得指望叔叔吧？"

"嗯。只要能帮上校长的忙，我也愿意出一份力，毕竟校长在留学这件事上帮了我太多。"

"我说过您没必要说好话给我听——唉，算了。所以这份记录，大部分是那个叫何云的人留下的？"

"嗯，他是药铺的掌柜，也是黄道长最熟悉的人。"

根据何掌柜的记录，黄道长似乎曾经是个落第秀才。他本是中原人士，后来不知为何流落到广东一带，快饿死时被山上的老道士收留，索性跟着老道士学起了道法。几年后老道士病死，他便成了道观的主人。此人性格淡漠，不问世事，很少与山下的居民打交道。

"一般来说，道士要靠给人做法事、看风水之类的工作来维持生计，然而黄道长基本不做这类工作。他在道观里开垦了一块菜园，过着自给自足的生活。"

"我不理解。'道长'不是你们那边的一种宗教头衔吗？他为什么不去传播自己的神道？"

"一方面或许是因为他本来就是半路出家的道士，对布道的兴致没有那么高；另一方面也是因为信仰已经衰落了吧。道教是汉族的宗教，而清朝的统治者是满人，自然不会大力推崇道教。乾隆皇帝个人更是尤其讨厌道教。更何况，在当时，不能让人吃饱饭的宗教并不受欢迎。"

"因为生活贫困，所以减少了做法事的需求？嗯，看来你们那里的人都和我一样，是我们这里少有的现实主义者。"托马斯总结道，"但黄道长最后还是出名了，那是为什么？"

"好像是因为，从某一年开始，他突然转变了态度，开始主动给人施符水了。"

成为道长五年后，黄道长突然找到何掌柜，希望他能帮自己寻找"中邪"的人，不论症状轻重都无妨。不仅如此，他还表示，自己愿意无偿替这些人"驱邪"，保证分文不取。在他的热情奔走下，一些镇民接受了他的好意，开始主动委托他。果真灵验——不论大病小病，只要委托黄道长，竟然都能治愈。很快，他的名号便传扬开了。

"何掌柜曾经向他打听，为何一夜之间有了如此神通。他回答，自己在山上遇见了仙人，得授'天书'一卷，从此研习其中妙法，得以窥见天机。"

"神乎其神啊！"

"有一次完成了某位富商的委托后，他的名声就更加响亮了，围绕他的传闻也开始激增，直到何掌柜自己都对传闻中的友人感到陌生。据说他能呼风唤雨、腾云驾雾，还有人说他能灵魂离体、借尸还魂……总之就是完全掌握了仙人的法术。"

"那么，您觉得这些事情都是真的吗，王？"

"当然不可能是真的。"

王亚东坚定地摇了摇头。

"所谓传闻，只要有人愿意相信，就会演变得越来越夸张。古时候经常有这种装神弄鬼的道士，无非是为了从达官贵人手里骗点报酬罢了。"

"那么，您怎么解释传说的结局？"

在笔记的结尾，写下了黄道长最终的结局。在一次失败的"驱邪"中，中邪者走火入魔，最后竟酿成多人惨死的悲剧。黄道长因此背上了"妖道惑众"的罪名，当官兵前来道观捉拿他时，他点起一把火，自焚身亡。

"尽管如此，姓何的商人始终认为他并未身死，而是灵魂出窍，羽化登仙了。您怎么看待这点？"

"在没有根据的情况下，我更倾向于那只是他作为友人的美好愿望。在当时的背景下，道士被以类似的罪名处死，实在不是多么新鲜的事情。"王亚东字斟句酌地回答。

"看来，您是个无神论者啊。"

"我只相信真正能推动科学发展的东西，而神道并不能做到这一点。它只会带来混乱。"

"这世界一直很混乱，"托马斯耸了耸肩，"就好像，一百年前的人们也不知道地球外面到底是什么模样。科学一直在发展，而我们总以为自己已经知道得足够多。"

"你真的相信道士的法术存在?"

"我只是还没有足够的证据去否定它。我再问个问题,王先生,您觉得自己对科学的了解,和布莱克叔叔相比如何?"

"这……我当然不能与校长先生相提并论。"

"可是,那位校长先生现在是对这份记录最痴迷的一个。既然如此,我们又有什么资格说大话呢?"

"托马斯……别这么挖苦我。"

王亚东觉得有些泄气。随后,两人都短暂地沉默了一会儿。

"好吧,我承认我说得有些夸张了。向您道歉,王先生。"没想到托马斯又很果断地示弱了,"布莱克叔叔沉迷于这则传说的理由确实很复杂,除了因为那是约翰的遗物之外,应该还有一些别的理由。我对此有些猜测——您还记得刚才提到过的'灵魂离体'这个词吗?"

"当然。"

"约翰离世之前,正在研究与灵魂离体有关的道术。或许布莱克叔叔对这种来自东方的法术产生了某种不切实际的期待……"

"你是想说——他想为约翰招魂?这怎么可能!"

"人在面对生离死别时,有时会动摇自己的信仰。这点您或许比我更有发言权。当然了,我这么说并不意味着我赞同叔叔的做法。如果说'招魂'是为了多少还原一点死者存在于这个世界上的痕迹的话,那么我们现在正在进行的调查,也许也能算是'招魂'的一种吧。"托马斯说着,整理好自己的衣领,"我们到了,下车吧,当心脚下。您马上就会见到约翰生前最亲近的人之一,在市政府工作的哈里斯叔叔。他在业余时间里也是位学者,或许约翰会和他聊起那些神奇的东方法术。"

4

曹家二公子病愈两个月后,某天午后,何掌柜正在铺子里清点药材,突然瞧见一个白花花的身影晃进了门。不用细瞧,他也知道是谁来了。

"道长,近来可好?"

"客套话免了。"道士挥挥衣袖,"还是老规矩。"

"好嘞。"

何掌柜像往常一样，接过黄道长递来的字条，按照上面的吩咐细细清点着。

"扁青八两、玄精五两、寒水石五两、蛇黄五两……都备齐了，您点点。"

"不必，何掌柜一双妙手，我当然信得过。"

黄道长说着，放下几块银锭，铿锵有声。

"道长近来真是，出手越来越阔哩。仙人老爷见您如此诚心，也该早日赐您修为……"

"修为是自己修炼的，何来天赐一说。我已得了'天书'，只需勤加研习即可，不求捷径。"

何掌柜自知失言，只得尴尬地笑笑。

"哈哈，也是。您每日炼丹画符，施予百姓，这便是最大的功德了，这么一想，老朽也是与有荣焉。我听人说，近来道观里烟火日夜不绝，想来也是您有所悟——"

"这是听何人说的？"

黄道长突然身子一缩，似乎非常吃惊地看着何掌柜。

"您说什么？"

"道观里烟火不绝，这是何人说的？我这几日未曾下山，也没招待过什么人进观。"

"何人？我想想……好像是曹府上的哪个下人，在酒馆里聊起的。听您这么说，他是偷溜进观里的？"

"只怕是了。"

"我想起来了。"何掌柜一拍桌子，"曹府上有个叫赵三的，上回偷看您作法，险些被烧去半边眉毛。这人以前就是个贼，没准惦记上您的丹药符水了。您可千万小心。"

"谨记于心。多谢您提醒，何掌柜。"

黄道长说完，便急匆匆走了。何掌柜看看他离去的背影，又看看桌上的银锭，叹了口气，伸手将银锭拨进抽屉里。

其实还有件事，他总也想不明白，只是这次又没来得及问。黄道长作法总是分文不取，却又出手阔绰。这些买药的银子，难道真是用自己卖出去的药材炼成的？

5

"如果是能造出金银财宝的'炼金术'的话，那约翰会感兴趣也就不足为奇了。因为布莱克给他的零花钱总是不够用啊，哈哈。"

哈里斯叔叔是个留着花白络腮胡的秃顶老头儿，身材发福，笑起来全身的肉似乎都在一起颤抖。他是布莱克校长多年的至交好友。听托马斯说，约翰小时候因为父母工作繁忙，曾经被寄养在哈里斯家一年多。也就是说，哈里斯相当于约翰的第二监护人。

和作风老派、一本正经的布莱克校长相比，哈里斯似乎健谈得多。

"约翰小时候曾经发过一场高烧，据说差点没挺过去，好在上帝保佑着他。那之后，布莱克就特别溺爱他，简直恨不得把他泡到蜜罐子里去——啊，你们需要加一点方糖吗？"

哈里斯向正在品尝红茶的两人递来糖罐，托马斯欣然接受，王亚东则婉言谢绝。

"想当年，我也是像现在这样，一边品尝午后的红茶，一边和约翰聊天。哎，多么快乐的时光啊。那时他还对我说，想要当个穿越大洋的探险家呢。"

"他确实当上了。"托马斯悻悻地说，"而且还在我爸爸的射击场里大闹了一通。"

"那大概是他发泄压力的一种方式吧。"哈里斯摇晃着自己的络腮胡，"我也没想到——以前我们都以为他会继承布莱克的衣钵，当个学者之类的。他小时候可聪明了，但是到了上学的年纪之后，就开始结交一些不好的朋友。"

"是因为逆反心理吗？布莱克校长对他管束太严了之类的……"

"当然不会，我不是说过了吗，布莱克特别溺爱他，对他从来没什么要求。倒是我在他小时候经常给他灌输一些物理、化学的实验知识之类的……做些小实验是我的业余爱好，看不出来吧？哈哈哈。"

"可是……"王亚东咽了口口水，"您刚才不是说，布莱克校长给他的零花钱总是不够花吗？所以我才猜测他会不会是受到了严格的管束。"

"哦，你听得倒是非常认真啊。其实这不是布莱克的错。他给约翰的物质条件已经非常优渥了，只是——还是不够。你知道的，他结交了一些不好的朋友。"

"赌博？还是抽大烟？"托马斯口无遮拦地问。

"详情我也不知道，但他的生活作风很是奢侈，经常在古董店之类的地方一掷千金，这应该是尽人皆知的。听说他后来做起了考古，我觉得很欣慰。不管怎么说，这是件有意义的事情，比他做的其他事情应该都有意义得多。"

"那倒也算不上考古……"

在拜访哈里斯之前，布莱克校长似乎采取了某些夸张的说法让他接待二人。王亚东倒也能理解这种行为。布莱克校长或许也希望说服自己相信，约翰在去世前正从事什么了不起的工作。

"其实我对你们带来的故事也很感兴趣。你说，那位被称为'道士'的人，可以用某种咒语或者魔法，治好人的病？"

"是……和您想象中的'魔法'应该有些区别，但确实有类似的记载。"

"上帝啊，那可真是奇迹。这会不会就是约翰想要寻找的东西呢？"

"您是说……治好疾病的咒语？"

"嗯。正如我说过的，约翰小时候生过一场大病。自那之后，他对医疗相关的东西总是……比较敏感。或许是那次治疗过程给他留下了惨痛的回忆吧，他曾经说过终生不想再踏入医馆。如果让他得知，在遥远的东方拥有能治病的法术的话，想来他也会感兴趣的吧。"

"哈里斯先生也相信法术存在？"

"不一定是法术，我更愿意使用'技术'这个词。我们现在使用的大部分技术，在过去人的眼里，不也都像法术一样神奇吗？"

王亚东若有所思地点了点头："您这样说，我就能够接受了。实不相瞒，我一直在想，黄道长使用的'驱邪术'，本质可能就是普通的草药疗法。"

"草药？"

"是的。黄道长独自一人住在山上，过着耕种生活，想必对山间草木十分熟悉，具备丰富的草药知识。偶尔下山时，也都是去药铺抓药。他出门'驱邪'时，身上携带的木箱，其实就是草药箱。见到'中邪'的人后，再根据病症对症下药，这就是'驱邪'的本来面目。从古至今，一直有道士在做和他一样的事情，这并不稀奇。"

哈里斯坐直了腰："我确实听说过，在遥远的东方大陆，存在着与我们所了解的医学知识完全不同的理论体系。按你的说法，那位道士关门点火，也是治疗的一种吗？"

"面对患皮肤病的患者，采用外敷草药的治疗法，也是很常见的。至于点火……我们有一种叫'艾灸'的疗法，会用点燃的草药靠近皮肤，从而排除毒素，治疗一些疾病。"

"原来如此。"哈里斯不住地点头，"听上去很有道理。我不介意将来某天做些类似的尝试，哈哈。"

"这可不行，很容易烫伤的啊！"

"开玩笑的。难道约翰没有留下操作指南之类的记录吗？"

"并没有……约翰的记录多数来自那位姓何的药商，在他的视角里，似乎一直把黄道长的把戏视为真正的驱邪法术，自然也就不会留下有关草药疗法的记录了。自己身为天天经手药材的药商，照理说也懂些中医知识，结果轻易被法术的外衣所蒙蔽，实在有些可悲啊。"

"我不觉得这是个问题。当一个人需要神明时，神明就会在他眼前出现，仅此而已。那位何先生愿意相信神明可以保佑自己，所以他就能看到神明。我年轻的时候热衷于做业余化学实验，每当那些反直觉的结果出现时，我就会大喊：'上帝啊！'"

"然后呢？"

"然后我就能接受那些结果了，托马斯。药商的想法大概也是这样吧！"

"我完全理解。"托马斯说，"但是约翰的想法应该不是如此吧？难道他会对草药知识感兴趣？"

"很难说，大概不会吧。自从那孩子成年以后，他就很少回来看望我了。我很后悔没有早些弄明白他到底在想什么。"

王亚东开始总结思考。托马斯猜测约翰可能对道士的借尸还魂之术感兴趣，哈里斯则认为约翰会想得到消灾祛病之术。哪一个更接近布莱克校长想要的答案——又或者，都不接近？

正在他左右为难之际，背后响起了敲门声。哈里斯说了声"抱歉"，起身前去开门。

"看起来，布莱克给我们带来了新的口信。"他拿着一张写着地址的字条走回来，"他托路过这里的学生带了张字条，让你们到这个地址去——唔，我认得这个，这是约翰生前很中意的一家古董店。"

王亚东和托马斯凑上来，果然看见布莱克校长工整的字迹。

"叔叔还是这么作风老派。"托马斯摇着头，"地址后面写的是什么？'炉子'？这和我们正在调查的东西有什么关系吗？"

王亚东突然感觉看到了一束光。

"对了，我们一直没考虑过这一点。哈里斯先生不也说，约翰经常光顾古董店吗？或许他进行这项调查，并不是为了得到某种抽象的法术，而是更具体的法宝啊！"

"法宝？我不太明白你指的是什么。"

"黄道长一直在炼丹。既然是炼丹，就必须使用炼丹炉。现在，布莱克校长好像找到了关于那座炉子的线索。"

6

小院里灯火通明，浑浊的烟气不断飘向空中。黄道长抱着双手，站在炼丹炉旁，皱眉盯着橙黄色的焰火。

突然，背后隐约传来脚步声。他立刻回头，抬高声音问了一句："谁？"

"道长，打扰了！"

何掌柜的声音。王道长连忙熄灭炉火，走出来相迎。

"什么风把何掌柜吹来了？"

"能有什么大事，一个月不见你下山，想来会会老友罢了。刚才怕打扰你，不敢进去。"

何掌柜提着个酒葫芦，朝黄道长晃了晃。两人在院子里搬桌对饮。

"没想到道长如此勤勉，这段日子里炼出什么新的灵丹妙药了吗？要是能延年益寿，我也想沾沾光啊。"

"掌柜的说笑了。若真有灵丹妙药，我断不会独享，只可惜道行尚浅。"

"哈哈——说到这儿，近来观上可有访客？"

黄道长微微抬头："为何这么问？"

"方才我上山途中，模模糊糊看到有个影子，在道观后面晃了晃，还没来得及出声招呼，那人就闪进树林里了。本想或许是你，可过来一瞧，你又在院子里待得好好的。"

"是吗？"黄道长思索了片刻，"没准又是那个毛贼。"

"又？"

"掌柜的真健忘。那个姓赵的家仆，还是你说与我听的呢。自那以后，我每天都守着自己的小菜园子，生怕今年颗粒无收。"

"啊啊，他呀。但这回您可算错了，唯独不可能是他。"

"为何？"

"他昨天刚被逐出曹府，现在估计已经出城外了吧。"何掌柜大口大口喝着自己带来的酒，"大伙儿都知道他手脚不干净，竟敢偷自己府上的东西，那不是自寻死路嘛。"

"哦，曹府的家仆偷了曹府的东西？"

"都说是昏了头。被赶出曹府的时候，我看他已经疯疯癫癫的了。对，跟中邪没什么两样。要是请道长下山，兴许还能给他驱驱邪，只是这种无赖，本来也没人同情……"

何掌柜自顾自说着，没注意到道长的表情逐渐变了。

"不好意思，掌柜的，我今晚还打算修炼一番，一会儿恐怕不能留你住下了。不如趁天色尚未全黑，早些下山歇息吧。"

何掌柜吃了一惊："怎么？不能留我住下吗？"

"实在抱歉。"

黄道长客客气气地摆手作揖，语气却是斩钉截铁。何掌柜觉得尴尬，也只能答应。临回去前，他朝道观卧房的方向偷偷看了一眼，发现里头已经点起了灯。自从前任老道长去世后，按说那里已经没人住了才对。

7

王亚东和托马斯在一家装修漂亮的古董店前下了车。巨大的云杉木招牌上，用橙色油漆刷着一个花哨的店名。

"'布朗的收藏小屋'。"托马斯轻声念道，"我不是很认可布朗先生的命名品味。"

一走进门，胖胖的店主就迎了上来。

"欢迎来到布朗的收藏小屋！两位想看点什么？亚洲、非洲还是美洲的东西？喜欢形状漂亮的瓶瓶罐罐，还是看不懂在写什么的字画雕刻？我向您保证，在这里的一切都可以和我商量，除了价钱。"

"很遗憾我们并不是来带生意给你的，内维尔·布朗先生。我是布莱克校长的侄子，这位是他的得意门生，王先生。我想，你应该已经听到我们要来的消息了。"

"当然，当然。"布朗先生眨巴着眼睛，"是为约翰的事情来的吧？我出席过他的葬礼，在那里结识了老布莱克先生。说实话，约翰的离去真是莫大的损失，尤其是对我的生意而言！"

"看在你这么坦诚的分儿上，我就开门见山地问了。你对约翰生前的收藏品了解多少？"

"我一直很关注老主顾们的藏品，不管是从我这里买的，还是从别人那里买的。至于约翰嘛，他是个很老实的孩子。我的意思是，他很少从除我以外的渠道买卖东西。他真是个好主顾，我至今都记得我们第一次见面的时候，你们不会相信他在一个从孟加拉运回来的罐子上花了多少英镑……"

"得了，我们对最近发生的事情更感兴趣。我问你，他手里是否曾经收藏过一种叫'炼丹炉'的东西？"

"'炉'？唔，不好意思，我听不太明白您的意思。我这里做的是古董生意，不搞装修。"

确认两人并不是顾客后，布朗先生的态度很快就变差了。

"炼丹炉是我们国家用来烧炼金属的一种小型锅炉。"

王亚东出面解释，托马斯又补了一句："不是你想的那种，会有圣诞老人掉进来的炉子。"

"好吧，好吧，我承认我不太懂。我从没经手过那种东西。是谁托你们来找那东西的？布莱克校长吗？"

"这可说来话长了。"

根据布莱克校长所说，他发现约翰手里似乎有黄道长曾经使用过的炼丹炉。那是在打扫他曾经住过的一栋别墅时发现的。之所以到现在才发现，纯粹是因为约翰的住处实在太多了。

"我们觉得约翰既然能搞到这种文物，就应该有相应的渠道。"

"我向您保证，我从未听说过。不过我不介意帮您留意相关消息，只要您愿意和我达成一些……长久的合作关系，嘿嘿。"

"如果我是约翰，大概没办法跟你相处得那么好。"

托马斯露骨地表现出对胖子古董店主的厌恶。

"你是否知道他这几年出国旅游的经历？还有收集古书、调查东方法术的事？"

"约翰一直在出国旅游，至于古书，我手里也会经手一些。你们想看中世纪的黑魔法辞典吗？这位东洋来的朋友，有兴趣看看吗？"

"呃，不，抱歉……"

"我们不是来问黑魔法的。我们只想知道约翰为什么会突然沉迷于东方的传说，他从未对你提起过吗？"

"我们主要是谈一些生意上的事情，除此之外，我不能太干涉顾客的私人生活，不是吗？他喜欢什么样的新奇玩意儿，我就给他。"布朗先生把手一摊。

"哼，生意啊。我明白了。"

托马斯死死盯着他。

"那我们就来聊聊生意。你刚才说了，约翰经常通过你进行古董买卖，对吧？不只是买入，也有卖出。"

"嗯，古董爱好者之间有一些交换是很正常的，我觉得——"

不等他说完，托马斯突然上前一步，扯住他的领子："约翰去世之后，布莱克叔叔委托我整理他的遗物。你明白那是什么意思吧？对于一个每天进出古董店的发烧友、一个零花钱永远不够用的少爷来说，他的收藏室实在是——空旷得太异常了。"

"是这样吗？"

王亚东吃了一惊。

"千真万确。虽然不好意思在布莱克叔叔面前开口，但我几乎可以确信，约翰的资金并不都是花在历史文化调查上的。"

"您……您是警察吗？"

布朗先生惊恐地挣扎着，却无法挣脱托马斯强壮有力的双手。

"并不是，但我有持枪许可。"

店主的视线向下移动，停留在托马斯鼓鼓囊囊的腰间。随后，他突然停止了挣扎，咳嗽着笑了一声。

"我明白了，我明白了。您能先松开我吗？还得做生意呢。"

"只要你愿意说。"

托马斯将他轻轻推开。

"我得说，事情真不是您想的那样。没错，约翰确实有过资金周转困难的时候，他抵押了大量古董收藏品和我换钱。我想想，大概就是在他去东亚旅游回来之后。但他缺钱的理由和我无关……"

见托马斯又要举起拳头，他赶紧补充："真的！我向您保证。您要是不信的话，可以去两条街区外，找一个叫杰克的街头混混儿。他是约翰的好哥们儿之一，我想他会愿意告诉你约翰的资金流向为何不正常的。我会把他的地址写给您……"

走出"布朗的收藏小屋"后，王亚东立刻向托马斯确认："我从没想到过会和街头混混儿扯上关系。我以为我只是来……整理文献的。"

"您也认识约翰的，不应该不了解他的作风。他确实有不少混混儿朋友。"

"但……那不意味着这件事会有危险性。你带了枪来，说明你早就知道了，不是吗？"

"带枪只是我的个人习惯，不过我确实对您有所隐瞒。严格来说，是布莱克叔叔对您有所隐瞒。您知道约翰的死因吗？"

"不是事故吗？"

"确实是事故，前提是他愿意主动以 40 英里的时速往树上撞。"

"这——"

王亚东沉默了。

"很微妙，对吧？约翰确实有可能会那样飙车，但概率并不高。"

"所以布莱克校长真正想调查的是约翰的死因？我不明白，那和道士的故事有什么关系？"

"当然有。虽然只是我的猜测，假如约翰参与到了某种犯罪——走私古董或者别的什么的——然后关键时刻，他却在悠闲地调查什么道士的法术。这听上去不是挺可疑的吗？"

"嗯，我承认是的。"

"所以我们必须查清楚，这两件事情之间到底有何关联。明天早上，用人就会把别墅里找到的炼丹炉送到布莱克校长的手中，在那之前，我们最好能搞清楚约翰收集这些东西的动机，然后向他做一次汇报。走吧，接下来该轮到杰克了。我们可没多少时间。"

8

曹老太爷的府上出了大事。

何掌柜奉命带着黄道长匆匆下山时，府里已经病倒了七八个人。从后厨的丫鬟到曹老太爷本人，都抱着肚子躺在床上直叫唤。

上回病倒的二公子，这次倒是幸免于难，赶紧把自己的恩公请下了山。自从被治好背疾，他就对黄道长念念不忘。

黄道长在屋里转了一圈，左看看右瞧瞧，心里已然了然了七八分，于是又问二公子："近几个月，可曾饮用过后院的井水？"

曹二公子一惊。井水主要是下人在用，偶尔也会拿来煮点羹汤，算下来，病倒的人最近都喝过井水。

于是一群家仆七手八脚，派人下到井里，竟捞出四只死鸡来。

二夫人骇得花容失色，直说怕不是得罪了土地公；二公子倒是心里门儿清，寻思一定是被赶出府的赵三蓄意报复。

不管怎么说，当下救人要紧，于是黄道长照例屏退左右。这次也不作法了，只在屋里调配符水，将符纸烧成灰烬，和一些草根一起放进碗里，冲淡了分给各人吃。忙活了一上午，当给最后一名丫鬟灌下符水时，最先服药的曹老太爷脸色已经逐渐红润起来。

大伙儿千恩万谢。

本以为事情到此结束，曹二公子却暗地里请黄道长再留一会儿。据他说，后院那口井是祖上传下来的，是他曹家的"财源"，今次遭此横祸，唯恐"断"了财运。

"黄道长可有办法，让那井水恢复如初？"

黄道长沉吟片刻，说："不是没有办法，只是还须准备一下。"说完，他不顾众人挽留，饭也不吃便一个人回山上去了。一直从晌午等到太阳西斜，才见他急匆匆赶回来，手里多了几只小小的白瓷瓶。

"'财源'断不了，只是一时受阻。化去窒碍，便可无事。"

说完，他一口气将三只瓶子里的东西全部倒入井中，又让人用木板盖住井口，嘱咐二公子："不到明日此时，不得开井。"二公子大喜，想留黄道长住一晚，照例被他婉言谢绝了。

两天后，一大早，何掌柜几乎是撞向了道观的大门。叩了半响，门没开，黄道长一副刚刚采药回来的打扮，出现在他背后。

"怎么了，掌柜的？"

掌柜结结巴巴地告诉他，曹府的二公子跳井了。

9

一走进旧城区的暗巷，腐臭味便扑面而来。

"当心脚下。"托马斯带着王亚东，一步一步走着，"到处都是死老鼠。"

"约翰原来也和这里的人打交道。"

"跟什么人都处得来，也是一种本事。"

临近布朗先生指定的地点时，托马斯突然停住了脚步。那是小巷子里的一扇门，后面似乎是普通的居民人家。

"怎么了，托马斯?"

托马斯没有回答，只是拉起衣服，露出绑在左右腰间的枪。他拔出左侧的枪，递给王亚东。

"会用吗?"

"这……只是见过一两次……"

"很简单的，拉一下这个，然后开火，就这样。你一把、我一把。"

"喂——"

不等王亚东反对，托马斯已经大跨步走上前，用力地敲打着木制大门。

"杰克在吗? 我们是约翰的朋友!"

门后传来什么东西翻倒的声音。下一秒，托马斯一脚踹开门，掏枪。

先是传来听不懂的咒骂声，一道寒光闪过，紧接着就是"乓"的一声枪响。待王亚东看清楚时，袭击者已经捂着右手跪在了地上。

"比预想中还要顺利。"

确认屋内没有同伙后，托马斯一脚踢开杰克的匕首，示意王亚东进屋，把门关上。

"你打得真准。"

"在我还有上一份工作的时候，同事们都这么说。"

屋内十分昏暗，托马斯拉开窗帘，让阳光照到趴在地上的人。看清对方后，王亚东倒吸一口凉气。那是个瘦骨嶙峋的黑发小伙子，看上去年纪不过二十岁，双颧却凹陷成了令人毛骨悚然的角度。

"该不会……"

"嗯，是个毒虫。喂，你还听得见吗?"

"约翰……你们是约翰……"

杰克口齿不清地问。托马斯不由得咒骂了一声。

"大白天就吸成这样!"

"约翰……约翰应该已经死了，我欠他的钱也不用还了! 你们不是约翰，你们是什么……什么人?"

"我们算是他的讨债人，不过现在正在开业大酬宾。你如果能答得出我的问题，就当是抵债了，如何?"

"真的？"

"我没兴趣骗你这种人。说吧，约翰是不是你的烟友？"

"是的，我们是在布朗先生那里认识的。他向来出手阔绰，一买就是一车……"

"果然，那个胖子也是中间商。呸！"

"可是我从约翰身上感觉不到吸毒的迹象啊。"

王亚东回忆着记忆中的约翰，那还是个健硕的小伙子，和骨瘦如柴的杰克截然不同。

"再动动脑筋，王先生。一次买一袋的家伙是烟鬼，那么一次买一车的家伙是什么？"他摁住杰克的脖子，"说说你欠约翰的债是怎么来的吧。"

"我……让他分我一些……"

约翰在暗中出售毒品。

"大概是小时候接受过度治疗的那段经历，约翰对那些毒草产生了浓厚的兴趣。王先生，我记得您说过，那个道士使用的治疗方法，本质上是对草药的处理方法。有没有可能，约翰是从那里得到了灵感呢？"

"你说……他表面上是对炼丹感兴趣，实际上是用它当幌子，在暗地里提炼毒品？"

"只能说有这个可能。他对外宣称自己在研究古老国度的宗教，然后光明正大地购买制毒需要的一切东西。甚至，他可以直接把你们国家的炉子用作烧炼工具。喂，杰克，你对约翰那趟神秘的东方之旅到底了解多少？"

"东方？他确实有几次随船出海……我听说他会带着'叶子'……"

"行了，这样就够了。"

托马斯把杰克像小鸡一样甩到一旁，拍了拍手。

"走吧，王先生，差不多该离开这个是非之地了。"

"嗯，如果约翰吸毒的话，他的死好像也能解释得通了。"

"您的意思是，他嗑嗨了，导致载具失控？"

"你不这么认为吗，托马斯？"王亚东觉得如释重负，"这可以解释所有问题。等明早布莱克校长拿到了'炼丹炉'，我可以在我的实验室进行检查，如果里面残留了相关成分，就能证实约翰的所作所为了。"

"尽管那多半会和布莱克叔叔的期望背道而驰……我希望他不要太受打击。"

然而，两人都没有机会去验证这一点了。

第二天一大早，布莱克校长的死讯传到了王亚东的耳朵里。

10

曹府的情况非常诡异。

被家人发现的时候，三具尸体整整齐齐摞在井下。曹家二公子和两个下人，身上并无伤口，死得不明不白。有丫鬟前一晚曾经看见那三人几次出入后院，似乎是对黄道长作法后的井口非常好奇。

"他一定是没有听我吩咐。"

黄道长长叹一声，许久说不出话来。

"我本是好心为他们，万万没想到会变成这样。"

"我当然相信道长您是好心，但曹老太爷那边可是交代不了了。他派人告到官府，说要捉拿妖道呀！"何掌柜急得直跺脚，"我好不容易才溜出来，向道长报信。您听我的，快些收拾细软逃命去吧！"

"身家性命都托付在此，何来细软？"

见何掌柜还不肯罢休，黄道长沉吟了许久，才慢吞吞地说："事已至此，我并非没有对策。掌柜的可先下山去，莫要被我牵连了。"

"您当真有办法？"

"道法无穷，区区刀兵又有何惧呢。"

说完，黄道长便闭门不出了。何掌柜虽然将信将疑，也拿他没办法，下山不是，不下山也不是。在道观外徘徊了半个时辰，没等到道长出来，倒是等到了一伙差人。领头的提着枷锁镣铐，站在道观外放声高呼："道士何在？"

何掌柜认出那人曾受过黄道长的符水恩惠，便多着胆子上前问："县太爷怎么说？真要拿道长？这些年道长为民消灾，大家都看在眼里，如今怎么忍心捉拿呢？"

差人没有回答，只是清了清嗓子，继续叫门。仔细想来，道长的法术能救人，又能杀人，县太爷听说了，怎会不忌惮？

喊了许久，不见黄道长出来，有个手快的便先一步踢开门，呼啦如开闸般，一伙差人一齐冲入观中。走进围墙内，当中是一片空地，再往前就是主殿，黄道长平日里就在那里炼丹。此刻，主殿也和观门一样大门紧闭。

为首的差人用力撞开大门，紧接着就听见"倏"的一声。

"妈呀！"

差人怪叫一声，面前已经燃起熊熊大火，一瞬间就蔓延了整个主殿。他试图用衣服去扑,火势却越来越大。有人摸到后院,有人跑到卧房,都在寻找能打水的地方。最后,不知谁喊了一嗓子,众人放弃救火,在整个院子都被火海包围之前,一个个逃了出去。

大火一直烧到晚上。

后来,众人在断壁残垣中,也没能找到黄道长的身影。连同他的那些丹药、符篆,全都化为灰烬,无影无踪。只剩下一座一尺多高的小炼丹炉,被火烧成了黑青色,孤零零留在观中。

无论如何,妖道确实是不在了,差人们也好回去复命。何掌柜趁他们没注意,偷偷把炉子带回了自己的药铺,偶尔在夜里摸出来,还拿那个酒葫芦往上浇点酒,就当黄道长还在。

这天晚上,他如往常一样坐在没人光顾的铺子里,正把玩着炉子时,突然摸到一处有些光滑的凸起。他拿手指一摁,不知触动了哪个机关,炉子侧面竟"咔"的一声,掉出一小条金属条。再看那炉子时,中间打开了一道槽,里面似乎塞了什么东西。

何掌柜赶紧又是抠又是拍,把里面的东西弄了出来。那是本小册子,上面歪歪扭扭画着乱七八糟的字符图案,半点意思也看不明白。

他想起黄道长说过的话:我已得"天书"。

"难道这就是'天书'……"

正嘀咕着,门外传来一个操着奇怪口音的男声,吓得何掌柜一激灵:"把那个还给我。"

来人不是黄道长,而是一个他从未见过的男人。

11

王亚东赶到教学楼的时候,警察已经把现场封锁起来,楼外聚集了不少凑热闹的师生,让他难以靠近。正进退两难的时候,托马斯那标志性的红发突然从人群中钻了出来。他跟看门的小警察说了些什么,然后回头招手,示意王亚东过去。

"怎么回事?"

"我跟他们说,您跟死者最近联系频繁,他们就同意放您进来了。"

"啊这……这不是把我给卷进来了吗……"

"难道您还没被卷进来吗？"

布莱克校长死在自己的办公室里，死因是头部遭到重物反复击打，据说手法相当凶残。看到现场的那一刻，王亚东立刻明白为什么托马斯说自己"已经被卷进来"了。

"这就是炼丹炉。"

在老人的尸体边上，一座高约一英尺的铜炉翻倒在地，尖角上甚至沾着暗红色的血迹。

"我也是第一次亲眼见到这玩意儿，嗯，跟我妈妈最喜欢的烛台看上去差不多嘛。"

"凶器是它？"

"嗯，邮递员也做了证。昨天晚上八点多，他把包裹送到这里，当时布莱克叔叔特意留在办公室里等他。那之后过了一个晚上，叔叔就变成了这副模样。"

"布莱克校长那么亲切的一个人，我真没想到事情会变成这样……"

"警察正在往仇杀的方向考虑。最开始他们以为是强盗干的，可是办公室里值钱的东西一件没少。然后他们检查了凶手的脚印，发现对方是进屋直奔叔叔，一击毙命的，可见带着相当强烈的杀意。"

"他真的有仇人吗？"

"哪怕是圣人，至少也该有两三个仇人。"托马斯压低声音，"另外，王先生，警察马上会对你进行问讯，我建议您先别提约翰和毒品的事情。"

"为什么？"

"避免节外生枝。要知道，那些烟鬼的靠山遍地都是。"他拍了拍腰间的配枪，"昨天给您的那把枪也还带着吧？藏好了，没准用得上。"

"你这说得也太夸张了吧……"

事实上问讯进行得很快，警方只是简单了解了一下死者最近的行动轨迹、是否与人结仇而已。炼丹炉作为证物暂时被扣押，原计划要检查一下那上面是否有毒品成分的残留，现在也做不到了。

结束问讯后，两人找了个空房间休息，等待警察离开。

"不知道警察会不会去找我们昨天拜访的那几个人。"

"你什么意思，托马斯？"

"布莱克叔叔昨天除了我们以外，不是还直接和哈里斯叔叔，还有那个古董店的胖子联系过吗？"

"但这和命案没关系吧？"

"这要交给警察来判断。我当然也希望这一切没什么关系，这样我也好早日把那个炉子拿回来。"

"你还想继续调查？"

"叔叔说，查清那些记录是约翰的遗愿。现在它也成了叔叔的遗愿。"托马斯苦笑一声，"再怎么说，他也是位愿意信任我的好叔叔。"

王亚东犹豫了一下。

"其实……在看到炼丹炉后，我有一个猜想。"

"什么猜想？"

"关于黄道士故事真相的猜想。你之前说，这只是约翰为了掩人耳目而随便选取的传说。但那传说的故事或许是真的。"

"这话什么意思？"

托马斯收起了笑脸，严肃地盯着王亚东。

"你也知道，我是学习化学的学生。看到炼丹炉的实物后，我发现炉的边缘坑坑洼洼，混了蓝、绿、红等多种颜色，而且有不少被腐蚀过的痕迹。"

"腐蚀？"

"嗯，我怀疑这个炉子曾经长期与酸性液体有过接触。如果能拿到实物的话，很容易就能鉴定出结果。"

"等一下等一下。您不是说，那种炉子是用来烧炼物品的吗？为什么又变成盛液体了？"

"这并不奇怪，燃烧后生成液体的化学反应本来就有不少，而且世界上也存在可燃的液体。问题的关键在于……炼丹炉的主人，应该在有意识地观察这一现象，才会在反复的实验过程中留下腐蚀的痕迹。"

"您指的是那个道士的炼丹实验吗？"

"是的。根据何掌柜的记录，他经常去中药铺购买扁青、玄精之类的药物。你可能不知道，在中医的理论中，'金石类药物'是很常见的一个分类，而黄道长购买的药物基本都属于这一类。也就是说，其实他是在购买用于做实验的矿物。"

"听上去和你们在做的化学实验差不多嘛？"

"嗯，何掌柜也说，道长在昼夜不息地炼丹。虽然不能确定他到底是将这种行为视作修仙活动的一环，还是别的什么，但可以确定的是，他已经在有意识地记录每次物质反应、燃烧后的结果，并且将其活用到自己的工作中。你还记得他受托帮曹家的水井'驱邪'的事件吧？那应该就是某种化学物质的应用，如果我没猜错的话，可能是氯气。"

"我并不很懂化学……但是，一个山野道士，靠自己就制备出了那玩意儿？"

"氯气作为一种比较常见的气体，制备工序并没有想象中那么复杂，也符合何掌柜记录里的各项条件。黄道长炼丹的时候，不免会被燃烧产生的烟气熏到，然而他的衣服光洁如新，这可能是因为他掌握了某种能够漂白衣物的药剂。而氯气水溶液，就是这样一种具有漂白功能的液体。而清除井中死鸡带来的病菌，也是利用了氯气水溶液的消毒作用。"

带着兴奋和不安，王亚东一条一条地分析着。

"然而氯气本身是有毒的，所以他用氯气净水后，要求曹二公子不得随意开井，避免挥发后的有毒气体伤到人。只可惜曹二公子大概过于好奇黄道长用了什么灵丹妙药，所以没有听从他的劝告，擅自下井查看。没准死鸡引起的风波，就是他为了骗来丹药而自导自演的呢。结果，公子中毒坠井。井里充满了氯气，两个不知情的下人试图救他，也都有去无回。"

"也就是说，那个黄道士表面上假托于神道，其实暗地里是个脚踏实地的科学家，甚至可以说是科学先驱了？"

"这……我不确定他是否想得那么远。或许在他眼里，只是把那些神奇的化学物质当成神仙赐予自己的另一种仙气吧。"

"原来如此。他也是生不逢时啊。"

"约翰小时候曾经被寄予厚望，长大却逐渐叛逆。或许他参透了黄道长的故事，这让他回想起了童年和哈里斯叔叔一起做实验的快乐时光，产生了共鸣。收藏黄道长用过的炼丹炉，大概也是这层用意吧。"

托马斯看着王亚东，许久才慢慢低下头，似乎是表达了对这通推理的认可。

"等警方把炼丹炉还给我们后，我们也能给这个故事画上一个句号……"

"不对。"

托马斯突然轻轻地拍了一下王亚东的膝盖，惊得他险些跳起来。

"哪，哪里不对？"

"这个故事不太对。您前面的说法都很有道理，但涉及约翰和整个故事的联系时，就开始跑偏了。我不认为约翰会仅仅因为心中有所共鸣，就去做这么麻烦的事情。他和这件事有更直接的联系。"

"……什么联系？"

"您不妨再想想吧。我虽然不是化学专业的学生，但也知道氯气实验的大致步骤。作为原料的盐酸，还有其他化合物，都不是那么容易制备的。打个比方好了，您身上的衣服是布织的，布是用亚麻做的，种亚麻需要田地、种子和肥料……要从最原始的自然界材料开始，直接造出一件衣服是非常困难的，化学实验也是一样的道理。"

王亚东努力思考着如何反驳，却找不到半句话可以说。

"所以黄道长不可能独立完成他的化学研究。除了中药铺里那些未加工的金属外，还有人在暗中给他提供完备的实验材料。他无偿行医却有金银进账，也是因为有人在给他提供经济支持。何掌柜拜访道观的时候，他不允许对方留宿，是因为当时那个赞助者就在道观里。黄道长突然对炼丹产生浓厚的兴趣，是因为有人教给了他化学知识；突然愿意无偿提供医疗服务，是因为他想要实验对象，来证实自己的研究成果。您应该能想通吧？那座炼丹炉为什么会在约翰手里？因为黄道长的资助者，就是约翰本人啊。"

12

夜里的广州码头，一艘商船即将起航。

黄道长缩在木板下，忐忑不安地等待同伴归来。

不知过了多久，有人用力掀开木板，抱着什么东西纵身跳进船舱。

"回来了！还顺利吗？"

黄道长用生硬的英语问对方。

"嗯，我把你手写的字条交给他，他立刻就同意了。"

约翰·布莱克把从何掌柜手里拿回的炼丹炉放在地上，长出了一口气。

"书也在这里了。"

"太好了，太好了。谢谢你，布莱克先生。事发突然，我实在来不及处理炉子和书。"

黄道长回想起从道观里逃跑时的光景。忍痛将剩下的原料全部倒进炉子里，任由气体挥发，再等待差人破门而入。在强光的照射下，那种气体就会爆炸，点燃室内的其他可燃物——这也是他无意中发现的特性之一。

此刻，他的心情既忐忑又激动。虽然经营多年的道观被自己亲手付之一炬，但这也意味着，自己对这种气体性质的研究又向前推进了一步。

"借着火势趁乱逃脱，对我来说已经非常困难了，没办法再顾及炼丹炉。还好，我想何掌柜一定会帮我回收的，看来赌对了。"

"你们的友情让我刮目相看。"约翰嘴上恭维着，表情却有些漫不经心，"不过，我不希望你因为顾及友情而反悔。黄，你答应过我了，要用你的草药学知识，全力支持我在英国的事业。这是我送你渡海留学的交换条件。只要你能做到这一点，被你烧掉的那一小片试种田，我也不会再追究。"

"当然，当然。"

事实上，后院里的鸦片田在被烧掉之前，早就让赵三偷得差不多了。如今得以带走黄道长，约翰心里显然是开心多过遗憾的。见道长对自己言听计从，他便不再说什么，重新掀开木板，朝甲板上走去，似乎是打算再抽上一袋烟。

黄道长则拾起被约翰丢在地上的"天书"，继续从上一次的位置往下阅读。在舱内烛光的照明下，可以看见封面上的大字微微发亮：*Elements of Chemistry*，**Antoine-Laurent de Lavoisier**（《化学基础论》，安托万-洛朗·德·拉瓦锡）。

再有四个时辰，船就要起航了。

13

"听说布莱克叔叔是被炼丹炉砸死的。这很奇怪，不是吗？"

托马斯说话的速度很慢，目光却始终锁定在王亚东身上。

"警察根据脚印说，凶手没有丝毫犹豫就直接袭击了叔叔。那么，他一开始就知道，叔叔正在把玩一件称手的凶器，所以才没有从外面携带武器的必要。凶手必须知道炼丹炉的存在，那会是谁呢？昨天我们拜访过的哈里斯叔叔、布朗先生，还有那个叫杰克的小混混儿，都从我们口中听说了炼丹炉的存在。不，等一下，我们听到的是什么？'炉子'，对，因为我们并不清楚'炼丹炉'到底是个什么结构的东西，形状如何、重量如何、大小如何、有没有把手之类的……没有人清楚，除了两个人，也就是炼丹炉的两任主人。约翰，还有黄道长。约翰已经死了，那么凶手只能是黄道长。"

王亚东一动不动。

"您——虽然是留学生，但年纪也一大把了吧。我就想，该不会您曾经有在山上修炼什么神秘法术的经历吧？啊，对了，我还听到一件事。在你们广东省的方言里，'王'和'黄'好像听上去差不多吧，黄先生（Mr.Wong）。"

王亚东还是一动不动，右手却开始偷偷下移。

"我想知道理由。布莱克叔叔对您简直不能再好了，您有什么理由一定要干掉他？"

"我……"

第一次，王亚东稍微松了口。

"我对不起布莱克校长，但我必须停止这荒唐的调查。"

"就为了这个？"

"……就为了这个。"

"所以您刚刚主动把化学实验的真相说出来。因为您听说我还要继续调查，就决定用一部分真相堵住我的好奇心。"托马斯顿了顿，"您果然跟约翰有合作。"

"如果让布莱克校长查到，我曾经在广州因为用药失误害死过人，后来还协助约翰种鸦片的话，他不会容我继续留在学校里的。他是个作风正派的人——正因如此，我才那样敬佩他。"

"留在这里对您就那么重要吗？"

"你不会明白。"

"我也不想明白。"

托马斯将手移到腰间。王亚东猛地瞪大了双眼。

"干吗那么吃惊？以为我没看到您的动作吗？"

"……原来如此。你刚才问我有没有带着枪，其实是想确认我把武器藏在了哪里。"王亚东咽下口水，"如果开枪的话，你想怎么跟外面的警察解释？"

"就说凶手突然向我发起了袭击。"

"那么，我也会这样说。"

"哈哈——说的是啊。但您应该已经见识过我的枪法了。"

"你还没见识过我的。"

两人同时握住了腰间的枪柄。

只有一次机会，必须一击命中……王亚东在心里默念着。对手是来自东印度公司的前雇员，绝非善类，所以更不能心存仁慈。

就差一点了。很简单的，拉栓、开火，就这样。必须活着，必须活下来，必须把在这里学到的一切带回去……

乒！

枪响了。

14

不知过了多久，黄亚东被船身的颠簸摇醒。咸咸的海风透过船舱的缝隙，吹过他的脖子。那是他感受过无数次的海潮，如今心境却大不相同。

他回忆起十几年前，自己从故乡逃荒到此，第一次感受海风时的悸动。研究了半辈子的儒术竟种不出一粒大米，于是，就从了那观里的老道。然而修了许多年仙术，熬死了老道，却也没再救得什么人。

直到那天，在山间扶起一个虚弱的洋人，听他讲述了另一个世界的精彩之处。

他震惊了。自己过去想探求的一切，仿佛都在一瞬间坍塌；想留下的一切，都转瞬湮灭。毫不犹豫地，他立刻打算将学到的知识分享给自己的同胞们。

但他做不到。

奇技淫巧、阴阳诡术——人们如此看待他和他的技术。如果不披上神道的外衣，他甚至寸步难行。最后，也正因披上了神道的外衣，他终究酿成大祸，失去容身之所。

既然如此，至少也要亲自看一眼那个世界。也许这次，就能找到年轻时寻找的答案了。等到时机成熟，再带着答案，回到这片土地上，将其播种。为此，他甘愿背井离乡，甘愿牺牲人命，甚至甘愿种下那洋人带来的不明种子，任由其开出血红色的花。

太阳逐渐升起，透过木板的温度，他隐约能感觉到阳光照在自己的背后，如此闪耀，仿佛伸手就能碰到希望。

此时是 1798 年的暮秋。乾隆大帝的时代，已经结束了。

作者附记

大约在 18 世纪 70 年代，一个叫 Wang-y-tong 的中国人出现在欧洲的记载中。此人来自中国广州，在家乡结识了东印度公司雇员、英国植物学家 John Bradby Blake。后者对他在植物种植、烹饪和药剂上的知识十分感兴趣，将其带往英国，交给自己的父亲 Captain John Blake 关照。在 Captain John Blake 的帮助下，Wang-y-tong 进入 Sevenoaks School（如今的英国七橡树中学）学习。尽管不是最早到达西方的中国人，但他可能算是中国最早的"英国留学生"之一。他于1785年左右返回中国广州，英国至今保存着至少一张他的肖像画。在书信中，有人将他的名字解释为"yellow man from the east"，由此推测，这位中国人的本名可能为"黄亚东"。

黄亚东早年和晚年的经历均不详，这成为本文的写作灵感来源之一。当然，文中细节多有修改与架空，切勿与史实混淆。

白月系，1998年生，游戏编剧，曾以"月辻"等笔名在《推理》《推理世界》等杂志发表推理小说。喜欢绫辻行人、麻耶雄嵩，结合二者的风格决定了笔名。业余兴趣广泛，曾制作"推理拜年祭"等视频节目，希望以多元的方式展现自己所喜爱之物。长篇推理小说代表作《积木花园》2021年获第七届岛田庄司推理小说奖"优选奖"。短篇小说《厄运之人》2022年获第一季"谜想故事奖"悬疑短篇征文比赛"超短篇组"二等奖。

中国侦探在檀香山

战玉冰

一

清爽的海风徐徐地吹着，其中混合着一股淡淡的冷味、涩味与咸腥味。眼前碧波万里，让人郁结了多日的心情得以慢慢舒展开来。

只身浮海志，使我忆松阴。

船楼上，一个天庭饱满之人望向大海，有感而发。

"任公！"背后一个翩翩少年背着手，笑容中露出一丝谄媚。

吟诗人连忙摆摆手，轻声道："司马贤弟，小心隔墙有耳！"

少年装作猛然醒悟的样子，改口道："柏原先生提醒的是。不知先生痉船症今日可有好些？"

"前些日子风浪恶浊，船摇胃翻，只能蜷伏在床上，一点儿也不敢动，真是苦杀我了。这几日渐渐适应了些，能饮食行坐，倒也还好。不过终究比不得你们这些常常出海的人。"少年口中的"柏原先生"苦笑了一下，面容憔悴，走起路来还稍微有些不稳，可见他这些天受得折磨真是不轻。

少年左手扶住柏原先生，小心翼翼地和他保持着一致的步调，说道："海上遇到风浪虽是常事，但很少如此。昨晚我和船长他们一起半酌，连他们都感叹，出海这么多年，从来没遇到过这种连续九天狂风大浪的险恶天气。"

"说起船长，多亏他近几日寸步不离地照顾，我才得以挨过这痉船症，回头我定要约他同酌一杯才是。"

"能照顾先生几日是我们的光荣，就算船长不在，我也会照顾好您的。"少年又笑了一下，笑容中的寒意是那么令人不易察觉。

"司马贤弟真是太客气了。虹销雨霁，苦尽甘来。但愿檀香山一行能顺利吧。"柏原先生独自走上两级台阶，扶着船边栏杆，深吸一口气。

"到了檀香山，先生真要公开演说、募款？老佛爷的手下可正在四处盯着呢，我想还是谨慎些为好。"司马辛向两旁瞟了一眼，似乎在警惕周围有没有人。只是这辽阔的海面，这宽敞的二楼甲板上，哪有半个人影？司马辛在努力做着某个决定，不过看到甲板后方通往船舱的唯一入口时，他终究还是放弃了，风险太大。

"有些事不能因为有危险就不去做了，谭复生的血不能白流，"柏原先生一脸坚定地说道，"听说这里的华人更热心国事，好谈时局，若能以演说动之，不失为我们日后举大事的一股海外强援"。

"是，先生，我知道了。"司马辛听到"谭复生"三个字，多少感到有点不适，赶紧随口答应了声，鞠躬施礼退下。

国士皆知我，江山似旧行。

柏原先生再次眺望远方，目光中闪烁着某种光芒。

二

"什么？连左右邻舍也要一并烧掉？美国佬这是疯了吧！还顾不顾咱们华人的死活？他们懂不懂什么叫'己所不欲，勿施于人'！不读《论语》的美国佬真是让人没办法，还是孔夫子他老人家说得好，'不学诗，无以言''不学礼，无以立'，连这些基本的道理都不懂，还敢在这儿瞎指挥。"郑阿平一身炭灰，双眼布满血丝，脸上挂着的白口罩已经完全变成了"黑口罩"，显然刚从火场里出来。听闻手下警探薛飞传达了美国人最近颁布的防疫与消毒措施，他气得顾不上换身衣服，一把扯下口罩，推开众人，奔着上级办公室径直走了过去，边走嘴里还碎碎念骂个不停，而他骂人的方式从来都是三句不离《论语》。就连薛飞也忍不住小声嘀咕着："美国人，当然不懂《论语》，人家读的那叫《圣经》。"

作为檀香山警察局里最得力的华裔警探，郑阿平不仅在当地唐人街享有最高的威望，就连那些白人警探和檀香山土著警探也要多少买他几分薄面，毕竟谁都说不准哪天会遇上什么疑难杂案或者玩命悍匪，而对付这些案子和匪徒，就要靠郑阿平出马了。在他们眼里，这个小个子中国佬有着福尔摩斯般敏锐的眼光和办案能力。别看那些美国白人警探平日里在檀香山街上横着走，一提到郑阿平，都会恭恭敬敬地竖起大拇指，然后称赞道："Chinese Sherlock Holmes, very good！"这时郑阿平就会回上一句："Chinese Confucius, really good！"

"阿平！"一个身着白袍，同样满身烟灰的人叫住了郑阿平，"你这么急匆匆的，干什么去？隔离所床位不够了，我们得赶紧商量一个解决办法才是。"

　　"李医师,"郑阿平停下脚步,转过身,"你还不知道,这帮美国佬欺人太甚,不把我们华人当人看。你说唐人街闹鼠疫,那你就好好防疫救人,发口罩、洒药水、隔离感染者。他们倒好,政策一天一变,净在那儿瞎折腾。开始只是感染者集中隔离,后来又变成要把感染者居住的整个房子全部焚烧,说是要防止疫情扩散,切断什么感染源。你烧了人家的房子,人家隔离回来后住哪儿?辛辛苦苦花钱盖的房子,你烧了谁来赔偿,他们都不管。现在又来了新政策,说什么一家感染,左邻右舍的房子也要全部焚烧,他妈的做个邻居招谁惹谁了,这治鼠疫还有搞连坐的? 真是孔夫子说的那句'苛政猛于虎'啊!"郑阿平情绪激动,话语连珠炮似的往外喷,连带着唇边和嘴角的烟灰四散,远远看去,就像一条烤焦了还在挣扎着不断吐气的鱼。

　　"'苛政猛于虎'可不是《论语》中的话,那得叫'慢令致期谓之贼'。"李启辉看起来似乎并不着急,还在和郑阿平闲扯着打趣。

　　"都这时候了,你还有心思和我争论这个东西!"郑阿平一脸的没好气。

　　"阿平,我是想让你别那么着急冲动,现在好一点没有? 我和你说过,鼠疫这玩意儿又叫黑死病,可不是闹着玩的,欧洲人医学厉不厉害? 上百年了都没治了这东西,还是要小心为上。据说全欧洲因为这个感染死了上千万人。"作为檀香山岛上最优秀的华人医生,李启辉这番话连脾气最火暴的警探郑阿平也不得不耐心继续听下去。

　　"话说到底是哪里来的老鼠,得了鼠疫,这么邪乎?"

　　"这就说不清了,檀香山是一个连接全世界的大港,哪里来的船都有,从北京、从上海、从香港、从横滨、从伦敦、从阿姆斯特丹。可以说,在我们这岛上,有多少个地方的人,就有多少个地方的老鼠。"

　　"那一百多年了,欧洲人就眼睁睁看着自己不停地死人,就没发明什么药能治鼠疫?"

　　"我看过不少这方面的西洋医书,他们对黑死病的确研究了上百年,不过至今仍然没有特效药。我最近根据他们的研究成果,自行创制了一款解毒丸,看看能不能有点效果吧。"

　　"有药就好。"郑阿平面露喜色。

　　"不过你也别抱太高期待,现在药不是最关键的。以我们目前的能力,面对鼠疫,对感染者进行隔离、焚烧感染者使用过的生活物品都是有必要的防疫措施。这瘟疫一旦扩散开去,可不得了。"

　　"但也不能随便烧人家房子,还连邻居一起烧。孔夫子说的是'三人行,必有我师'，我们这儿可倒好，是'三人住，必烧我屋'啊！"郑阿平越说越气。

"这就是一会儿你要去找总督据理力争的地方。可以检疫，可以隔离，可以焚烧感染者生活物品，这都是必要的防疫措施。同时也要保护华人的财产安全，要具体区分哪些该烧、哪些不该烧。"

"我就是这个意思，美国佬光图自己省事，全不顾咱们华人死活。"郑阿平抬脚要走，不想又被李启辉拉住了，"还有啥事？"

"棣香刚才派人过来说，还有很多妇女和儿童，隔离所那里也要考虑男女分开隔离，孩子比较小的随父母一起，要不我们这点人手，光孩子就照顾不过来了。"李启辉说道。

"我去和他们说，他们要是敢不答应，我要他们好看。"

"君子动口不动手，还是要以维护华人利益为主，尽量少和他们正面起冲突，现在还好有你这个华人警探帮大家说话，要是你和总督闹翻了，以后还不知道该怎么办呢。"

"放心吧，对付这些美国佬，我有办法。他们现在是烦我烦到不行，但又不敢真离开我。要是没了我，看以后谁给他们办案子。"

"就你厉害还不行。"李启辉打趣道。他心里非常清楚，也很认同郑阿平刚才的那句话。这个郑阿平，别看他平时一副大老粗的模样，鲁莽得厉害，但一遇到案子，真像是完全换了一个人一样，精细到就算福尔摩斯在世，也比不了他。李启辉的笑容中透露出一丝疲惫，毕竟他也已经连续三天奋战在检疫和发药的一线，没有休息过了。

三

"想不到船都到了檀香山，却不许下船，真是天意弄人啊。"柏原先生站在甲板上，双手拎着箱子，望着码头，一脸苦笑。

"说是檀香山岛上发生了严重的鼠疫，来往船只不得靠岸，经过之客不得登岛，埠中华人也不许越雷池一步。就算最后登岛，也要逐一进行身体检查，再集中隔离观察。"司马辛身披一件非常耀眼夺目的大红斗篷，皱着眉头，努力翻译着当地警察刚刚下达的通知。

"那我们计划的演说活动估计也办不起来了。"柏原先生略显失望地说。

"嗯，估计会很难，看现在的情况，当地警察应该不会允许华人举办聚集活动。"司马辛也陪着叹了一口气。

突然，眼光锐利的司马辛看到岸上有两个清廷官差打扮的人正在向船上眺望，并对着他们的方向指指点点，好像在说些什么，于是便故意一边抖搂开自己的大红斗篷，一边在船甲板上走来走去，直到确信对方看到了自己。这时，他连忙提醒柏原道："先生还是回舱休息吧，岸上鼠疫肆虐，恐不太平。"

柏原先生似乎也察觉到了什么，点了点头，快步走入船舱中，隐没了身影。司马辛赶紧跟上，同时还不忘展开自己的斗篷，让那片大红色尽情地随风飘扬一番。

远处岸上两人看船上人影不见了，连忙去禀告上级——清廷驻檀香山的领事杨蔚彬。

"你们真的看清了，确定船上那个人是他吗？"杨蔚彬瞥了一眼两个下属，冷冷地问。二人点头如捣蒜，异口同声地说船上人脸虽然看不清，但穿的就是约定好的大红斗篷，非常醒目，一定是和我们接头的密探。杨蔚彬微微颔首说道："那就和当地警察局打个招呼，说是船上有我们领事馆的人，让这条船靠岸，所有人下船统一接受检查和隔离。总之，一定要把人留在岛上，不管是密探还是那个人。"

手下人连忙领命去了。

杨蔚彬独自望着天空，抿了一口茶，忍不住长叹一声："你我一别这么多年，今天终究要以这种方式相见了吗？造化弄人，真是造化弄人啊！"

四

事情的变化总是让人猝不及防，尤其是在这种三千年未有之大变局的当口。战争、变法、鼠疫，以及各种说不清道不明的临时性措施。正在柏原先生苦恼于自己千里迢迢、远渡重洋来到檀香山，临到港口却不能下船时，他和司马辛乘坐的"香港丸"轮船竟然又突然被允许靠岸停泊，但船上所有游客都要接受检查，并在岸上进行集中隔离。柏原先生排在船员队伍里慢慢向前挪动着，就好像一条瘫在岸上蜕皮的蛇。司马辛此时却不知去向，可能是去找当地警察打听情况了吧。这个年轻人心思挺活络的，外语又好，日后好好栽培，或许可以干一番事业。所谓"老大中国"，未来希望还是在这些少年身上。柏原先生思忖着。

等排到自己时，两个当地警察不知在叽里呱啦地说着些什么，司马辛又不在身边，柏原先生言语不通，戳在那里，不知所措。正束手无策之际，突然看到一个亚洲面孔的警探在一旁大声嚷嚷美国佬不是东西，竟把他堂堂大警探派来码头做安检工作。柏原先生连忙上前问道："请问这位探长，您会说中国话吗？"

"你是中国人？"那个华人警探看了柏原一眼，问道。

"我系……我系日本人，不过四处经商，也会说几句中文。"柏原先生手忙脚乱地搪塞道。

"你这个日本人，中文讲得还唔错嘛！系广东嘅仲系汕头嘅？"华人警探笑着说。

柏原先生正在想如何应答之时，猛然醒悟，自己中计了。对方用的是广东话，而自己偏偏听懂了，这回露馅了，看来只能硬着头皮装日本人了。想到这里，柏原先生赶忙拿出护照，递给华人警探说："警探先生莫开玩笑，我是日本人，不是广东人，这是我的护照。"

华人警探接过一看，这是一本日本护照，护照号是 14636，护照主人叫柏原文次郎，年龄三十一岁，和眼前这个人倒也差不多，上面还写着他家住"东京芝区露月町十四番地寄留千叶县印幡郡成田町字寺台日百二十八番地"，护照上还清清楚楚地盖着日本外务大臣青木周藏的印章。看这做工倒也不像是民间仿制的，可能是从哪里偷来的吧，或者是找日本朋友借的，能借到人家的护照，也说明交情不浅哪。总归，这本日本护照不是这个中国人的，这个广东佬也绝不叫什么柏原文次郎，华人警探此时心里明镜似的。他用力盯着那个"柏原先生"看了又看，似乎想要看透他的灵魂，然后点了点头，出人意料地说道："行，柏原先生，那你就过去吧。"

"谢谢。"这个"柏原先生"也没想到自己这样容易就被放行了，连忙收好护照，抬脚正要走，又一把被那个华人警探拽住，拉到身边，在耳旁低声说道："我知道你是广东人，我不管你前面惹了什么事，今天看在他乡遇老乡的分儿上，我放你一马。但这里是檀香山，不是你的香山，你要给我老老实实的，别乱来，我可是会一直盯着你的。"

柏原先生听罢心头一惊，装作听不太懂的样子一面点着头，一面匆匆离开。

这个目光如炬的华人警探正是郑阿平，他因为刚刚和美国上司大吵了一架，顺便还问候了对方的母亲，所以被安排来码头做安检工作，恰巧遇到了这个拿着日本护照的神秘家伙。以郑阿平的老练，一个眼神、一句话，就探出了这个人广东出身的家底。只是这年头在海外混还要拼命隐藏身份的中国人，多半是维新党或者革命党什么的，对于他们所说的话、所干的事，郑阿平不太懂。但他起码知道一点——那些人要对付的，就是那个高高在上的老佛爷，他们要救的，是中国。就冲这一点，郑阿平今天就愿意放过他一次。他究竟能不能平安离开檀香山，还很难说，毕竟前面还有清廷的官员、国际的密探、又蠢又坏的美国佬和肆虐的鼠疫在等着他呢，祝他好运吧。

　　不远处的树荫下，一个披着大红斗篷的年轻人和几个亚洲面孔的人隐匿身影在树的背后，站在中间的正是清廷派来的领事杨蔚彬，而那个披着大红斗篷的人当然就是刚刚"消失"了的司马辛。

　　"就是前面那个宽额头的人。在横滨的时候，柏原文太郎把他弟弟柏原文次郎的护照给了他，让他冒充日本人来檀香山，做演说、搞募捐、鼓吹维新。"

　　"嗯，就是他，我们几年前在北京见过一面，他的面容我过目难忘。"杨蔚彬点头说道，"看来他还是老样子，永远都有用不完的热情，自己都被通缉了，还天天忙着到处搞他的演说和变法。看样子，码头上的警察已经允许他入境了，看来是被他的日本护照骗过去了。如果他咬死说自己就是日本人，我们还真不太好办，总归不能在这里随便抓个日本人吧。要是被佐藤知道了，那就麻烦了"。

　　"大人放心，我下船前偷空了他的钱包。按照檀香山当地法规，若是随身携带现金较少的外国人，可以被合理怀疑是国外劳工偷偷登岸入境，我们可以依照非法劳工的条例扣留他。"红斗篷下，隐匿着一股邪恶的微笑。

　　杨蔚彬忍不住看了一眼身旁的这个年轻人，幽幽地说道："想不到你的心思挺细腻啊，是块办事的料。"语气中，听不出他究竟是在称赞，还是在反讽。

　　"为朝廷办事，不敢不尽心。"

　　杨蔚彬略显厌恶地摆了摆手，显然是对这种官场套话感到腻烦，说道："行，知道了，我叫两个人去报警，按非法劳工的名义把他扣下，你退下吧。"

　　"属下还要带他回大清。"那个年轻人未动半步。

　　"什么，你还要把他带走？"杨蔚彬的目光顿时又严肃起来。

　　"对，他，或者他的尸首。"

　　"什么意思？"

　　"属下接到的命令是：活捉回去，赏银五千；当场格毙，一律照付。"

杨蔚彬冷笑一声，说道："你前两年在北京干的事，宫里已经有人传过消息给我。你也真有本事，作为谭嗣同最信赖的弟子之一，出卖起老师来竟然毫不手软，连我们这些老江湖都自愧不如。但你要记住，这里是檀香山。你以为你在檀香山随便杀死一个拿着日本护照的人，还能轻松地离开吗？美国人、日本人、维新党，到时都不会放过你，我也保不了你。"

"这么说之后有什么事，杨大人都不会帮属下咯？"司马辛慢慢直起腰来，语气中透露出一种鄙夷和威胁的味道。

"我都不认识你，也从来不曾见过你，又该怎么帮你呢？"杨蔚彬话里话外都是要极力撇清自己关系的意思。

"属下明白了。其实之前在船上数日，我本来有很多机会可以下手，可惜人多眼杂，那个船长又经常寸步不离，我好几次都功败垂成。船上得手后也不易脱身。但在檀香山就不一样了。这里此时正好在闹鼠疫，到处都是乱糟糟的，仔细谋划谋划，下手的机会应该并不难找。"司马辛似乎已经开始盘算如何在岛上下手了。

"作为朝廷命官，我派人找理由把他暂时扣留在岛上，没问题，但他一直声称自己是日本人，我们在这里又不能执法。为了外交和睦，拿他也没办法，这都是在按规矩办事。至于后面你想干什么，都是你自己的事，用不着和我说，我也不想听。但我也要告诉你，你要是真闹出什么事，老佛爷也不会救你就是了。"杨蔚彬的这番话已经说得不能再明白了，几乎等于和司马辛撕破了脸。他一方面尽力保持话语的威严，毕竟他的官阶比眼前这个小小密探高出太多；另一方面，这个密探的为人处事，远比自己心狠手辣，之前能出卖自己最亲近的老师谭嗣同就是证明。凡是读过几年圣贤书的中国人，谁不厌恶这种事，他杨蔚彬可是一刻也不想和这种人待在一起。

"是。"司马辛允诺而退。他左手摸了摸藏在腰间的匕首，确认还在。而他的表情依旧隐没在红斗篷之中，让人看不清楚。

待司马辛走远后，一个亲随悄悄问道："大人，司马辛要在岛上下手，我们真的不管吗？"

"怎么管？帮他是不仁，阻止他又落下不忠的罪名。我们如此置身事外，也是不得已的事。"杨蔚彬望了望远处码头上乱糟糟的人群，叹了口气，心里默默念了一句平安。

五

好不容易摆脱了那个广东警探，却又被几个当地警探围住，说什么我是日本非法劳工入境，把我关在这里，看来这次檀香山之行真要彻底泡汤了……不过，我随身带的现金怎么会不到五十美元，钱明明一直放在我的口袋里啊，下船时我还特地看过，都还在，怎么那些警探检查的时候就不见了呢……还有那个码头安检的广东警探，那家伙眼睛里像有把锥子似的，看得人心里直发毛，感觉什么事情都瞒不过他……他好像已经发现我的身份了，但为什么不戳穿我，反而放我入境呢？……话说司马辛这小子到底跑哪里去了，一下船就不见他人影，要是有他在，也有人可以帮我和当地这些警探做做翻译、周旋一番，不至于最后如此狼狈……我还曾夸口说自己从"乡人"变成"国人"，现在变成了"世界人"。什么"世界人"？外国话既说不了几句也听不懂多少，终究是个假世界人罢了……

柏原先生倚在仓库的木门边，脑子里跑马灯似的快速闪过各种不相干的画面和念头。他因为身上现金不足，被认为是日本劳工非法入境，暂时扣押在这座临时仓库里。和他一起的，还有十几个因为各种理由被扣押或隔离在此的中国人、日本人、俄国虚无党，或者从非洲被贩卖到此的黑奴。因为当地警察都在忙于防疫工作，人手不足，所以没人来处理他们的事。这群人只是这样被集中在一座仓库里，一直关着。其中有一个华人仿佛打了摆子，躺在草席上不住地呻吟着，听他和同伴说话的只言片语，应该也是个广东人。其实，在檀香山讨生活的华人，十有七八是广东籍，仓库隔离条件虽然艰苦，但大家彼此用乡音交谈，也算有个热闹和陪伴。身为"老广"的"柏原"当然听得懂他们在聊些什么，只是为了避免暴露身份，他只能继续装成日本人，偷听他们谈话，自己却始终不敢开口，因此也没有人注意到他。

"柏原先生！柏原先生！"

柏原隔着门板听见有人轻轻呼唤自己的名字，就趴在门缝上向外使劲儿看，看见司马辛正趴在门板另一边，努力向仓库里窥望着。

"司马辛，我在这儿！你去哪儿了？我找了你好半天。"柏原先生又惊又喜，连忙问道。

"我刚去当地警局打探消息了，这里鼠疫闹得很厉害，我想我们还是尽早乘船离开为好。不想回来时不见了先生，打听再三，才知道您被关在这里。"司马辛眼珠一转，信口胡诌道。

"我身上的钱丢了，也不知道丢哪儿了。他们说我是日本非法劳工入境，要扣押我，你赶紧去找日本领事佐藤先生。现在我顶着日本侨民的身份，他出面的话应该可以救我出去。"

"先生再稍忍片刻，我这就去。"司马辛正要离开，突然又想到了什么，回过身来把自己的大红斗篷脱了下来，从门上方的小天窗递给柏原，"天气凉了，先生多披一件，免受风寒"。

"谢谢你！你快去吧，我等你消息。"柏原从天窗里接过斗篷，感觉盛情难却，只好披在身上，然后继续催促司马辛去找佐藤。

司马辛眼看柏原披好斗篷，这才放心地转身去了。

此时，柏原又听见自己背后不远处"打摆子"的那个"老广"，嘴里忍不住还在哼哼着："冷，好冷！"

柏原心想，这也是一个出门在外的可怜人哪。虽然因为怕身份暴露，不能和他多说话，但给他多披一件衣服，可能也会让他感觉更舒服些吧。

六

着火了！我家里着火了！这种时候也顾不上什么粮食家产了，只能一路夺命狂奔。钱财事小，性命事大，这点道理我还是明白的。还好我上无老下无小，干干净净一条光棍，逃起命来也比较方便。话说最近我的好几家邻居、朋友，纷纷生了怪病，死伤不少，我去参加葬礼都有点应接不暇，真给那句老话说着了，这是一个老天收命的年头。话又说回来，还是这小岛上太乱，这么多来自四大洲八大洋的朋友，多半都是在老家活不下去，蹭船出来讨生活的可怜货，全世界哪儿来的都有，在船上一闷少说就是半个月，保不齐谁身上带着这瘟疫病呢。本来我还担心自己会不会啥时也染上这怪病，不想家里这么突然就起了火，我从来都没闻到过这么浓厚的油味啊。不知是哪个傻小子不小心弄翻了油桶，然后引发了这场火灾，不过一桶油就能把火烧得这么大吗？算了，我还是别想那么多有的没的了，赶紧逃命要紧。

我这家也没了，今晚要去哪儿过夜呢？唐人街西面的那个仓库倒是可以，那里有墙有顶，可以遮风蔽雨，里面还有隔壁小灰偷偷藏的粮食呢。上次他藏的时候我可都看见了，还真有不少呢。小灰前几天也得病死了，他的这份私房钱正好可以作为我的口粮，让我渡过难关。话说他都死了，我吃他的粮食也不算太过分吧，就算我不吃他也吃不到了不是。再说粮食放久了还容易坏，万一生了虫子就可惜了，我这也是不糟践东西不是。

哎呀，这仓库怎么也着火了，这场火是烧了街道里整排的屋子，一直烧到仓库这里了吗？这也太厉害了吧，这该怎么办？不对，仓库里有东西在动，是个披红袍子的人爬了过来，看他这样不是伤了就是病了。哎，你别朝我这儿爬呀，这大火连天的，我也害怕啊。哎哟，背后又有一个人跑了过来，手里还拿着刀。你想干吗？别看你个头大，老子我可不怕你，咱好歹也是北京胡同里混过的，不论宫城的还是南城的，什么样的茬儿没见过。欸，你在干什么，你捅那个披红斗篷的人干什么，他本来看上去就半死不活的了，你这是故意杀人啊！虽然这烟熏火燎的辣眼睛疼，可我全都看见了啊，你可跑不了了。你怎么也朝我这来了，你别过来啊，我警告你，你别过来啊！哎哟，你他妈踩着老子了！痛死我了！他奶奶的，我和你拼了，我咬死你！不扯下你二两肉，我都跟你姓。有本事别跑啊！

哎呀，我这感觉也不太对，明明附近火这么大，我怎么反而感觉有点冷，刚才跳起来那一下扯得腋窝也有点痛，我不会也被感染了吧？话说还是抓紧离开这个是非之地吧，这里又是瘟疫、又是火灾，还有拿刀乱捅人的疯子，我再留在这儿不是病死，就是被烧死，要不就得被那个疯子回来拿刀给捅死。刚才他踩我那脚踩得也真结实，差点把我腿踩折了，这家伙踩着人也不说声对不起，真没礼貌，一看就不是咱老北京的讲究人儿。不过，我咬他那口也是咬得很实在，都见血了，我这牙缝儿里还有他腿上的肉丝儿呢。哎呀，别说他没礼貌，他可是刚杀了一个人啊，我全看在眼里了，我就是犯罪现场的目击证人啊。不过，我也别在这儿傻等着给谁做证了，谁需要咱做证呢，谁相信咱的话呢？咱还是三十六计，走为上吧，别等一会儿他缓过神来，回来再报复咱。老子不陪你们玩了，走了您哪！

七

"什么，命令又改了？一家发现感染，要烧整排的房子？美国佬这是想干什么？还他妈让不让人活了？"要不是李启辉和几个当地华人死命拽着，郑阿平就要直接冲过去揍那些借着防疫之名瞎折腾的美国佬了。

这时只听远处有人在喊，西面街道的房子着火了，一直烧到仓库那里了。哎呀，搞不好就是新的"连坐"政策引发了火灾，整排的放火烧房子，很容易形成连片的大型火情。对了，还有一些刚从船上下来的非法劳工和无业游民，因为暂时没有警力去处置他们，就把他们都暂时关在仓库里了。郑阿平一边念叨着需要救灾抢险的规模和难度，一边加快脚步，和李启辉带着几个华人警探赶过去救火。可惜火情还是太严重了，加上唐人街一带多是木制建筑，直到整排房子和仓库都烧成灰，大火才最终熄灭。说到底，他们拼命救火救了大半天，到头来还是白忙一场。

幸运的是，被烧着的各家住户事先都被拉去隔离了，所以人全部逃过一劫，可惜他们的家产终究没有逃过这一劫，一切房产、家资、细软都在这一把大火中付之一炬。而仓库里究竟关了几个人，始终没有人能说得清楚。郑阿平一边骂着娘，一边带人清理现场，看看有没有伤员。这时，负责清理仓库门口的警探在坍塌的房梁下面发现了一具尸体，整个人已经烧成灰炭，看不出生前样貌，只有身下压着的衣角露出一块红色，鲜艳如火的红色。

"这家伙也太不走运了，明明都到门口了，却终究没能逃出去。"警探薛飞感叹着。

"不对啊，这个人背后有这么深的一处刀伤，这足以致命啊，虽然伤口也被烧焦了，但仔细看还是能看出是用刀捅之后形成的伤口。"李启辉把尸体翻过来，仔细检查着，"嗯，他不是被烧死的，而是被谋杀的。"

"李医生，你这也太神了吧，尸体都烧得快看不出人样了，你还能看出他是被人捅死的？我怎么觉得他就是被火烧死的呢。"薛飞表示出不大相信的意思。

"你——"李启辉用手指着伤口，想要争辩些什么。

"他不是被烧死的。"郑阿平这一句话声音不大，却不怒自威，给人一种不得不相信的压迫感。

"老大，你是怎么看出来的？"薛飞问道。

"你看，他的身体已经烧得焦腐，唯有压在身下的衣服没有烧尽，如果是被火烧死的，死前一定会四处打滚挣扎，全身的衣服都会燃烧，和现在的情况不一样。说明他倒下的时候已经死去，死后身体压住了这块红布，才得以将其保存下来。"

"噢，原来如此！好像很有道理的样子！"薛飞咧着大嘴，感叹道。

"我说你不信，你们老大说了，这回你该信了吧！"李启辉一脸不满，"我可以再明确告诉你一点，这个人不仅是被人从背后捅死的，捅他的人还是个左撒了！"

"哇！李医生，你真神了！"薛飞刚刚得罪了李医生，现在赶忙拍起他的马屁来。

"看来是有人想浑水摸鱼，趁乱杀人啊。"郑阿平眼中闪出一道金光。

八

"所以该怎么办？"李启辉检查尸体是专业好手，但对破案并没有更多的想法和思路。

"着火时我们都在码头另一侧，是闻听火讯才临时赶过来救火的，而凶手杀人则是趁火起之时，所以我们相互间都可以做不在场证明，凶手肯定不是我们其中的一员。也就是说，凶手现在还并不知道我们发现了有人被杀这件事。"郑阿平边说边思忖着，"老李你先别声张，我们就说发现有人被火烧死了，对外不提杀人的事。然后暗中调查死者的真实身份，看看究竟是谁死了，这样才能从他周边的人际关系中推断出杀他的人。万一不小心提前走漏了消息，凶手就该闻风登船逃走了，要知道，我们码头上就停着好几艘即将离港的轮船。要是他上了其中一艘，我们再想抓他，可就难了，这些船可都是去往世界各地的。满世界追缉杀人犯，只有那些不靠谱的侦探小说作家才会想出这种情节。"此刻，郑阿平脑海中不断涌现着各种可能性。

"有道理。不能放过这个可恶的杀人犯。"李启辉说道。

"杀人犯？我怀疑他不仅是个杀人犯，还是个纵火犯！"

"什么？你怀疑这场大火就是凶手放的？"

"不然呢，死者是死在仓库里，也就大概率是最近几天刚刚入港并被认为是身份有问题的人，一个外来者同时遭遇谋杀和意外火灾的可能性有多大呢？"

"如果是故意纵火凶手就太可恨了，不仅杀了人，还不惜为此烧毁一整条街。现在是毁了十几户人家的房子和家产，万一家中还有人留守，又都是一条条人命啊。"李启辉咬牙切齿地说。

"如此丧心病狂之人，不能让他逃走。敢在我眼皮底下干这种事，我一定饶不了他。"郑阿平一脸坚定地说。

"那我们要怎么抓他呢？这一把大火已经把杀人现场的指纹、脚印、血迹和物证烧得一干二净了，我们现在连死者的样貌都分辨不出来，只知道他是个男性，生前很可能感染过鼠疫。"李启辉一边双手不停地检查着尸体，一边汇报着检验结果。

"你说鼠疫？"郑阿平吃惊地问道。

"我在他身上发现了这个。"李启辉举起一个被火熏黑的瓷瓶，从药瓶里倒出的正是他们这几天给感染者派发的解毒丸，"进一步确证需要对尸体进行详细化验，我现在还做不了。"

"嗯，这样啊，那事情就变得有意思了。看来，这个人一定是因为隔离点不够，才被美国佬胡乱塞到这个仓库里来的。问题是，谁会费这么大周章，不惜烧毁整条街，再持刀杀一个本就将死之人呢？"

"也不能这么说，我特别研制的解毒丸也还是可以降低一些重症率和死亡率的，虽然现在还没有临床上的证据做支撑。"李启辉争辩说。

"但凶手并不知道这一点啊。"

"这倒是，对凶手来说，确实没必要花费这么大力气去杀一个将死之人。可惜，我们除了知道死者可能感染了鼠疫之外，从尸身上看不出更多可以帮我们缩小追查范围的细节特征。"李启辉叹了口气。

"不，还是有的，起码我们知道死者死前穿了一件红色的衣服……你把尸体带回去检验吧。我去街上，看看能不能发现起火点和引燃物之类的线索。"

"你这个郑阿平，一遇到案子，干劲马上就来了。"李启辉笑着说。

九

啊，感觉身上好虚弱，四肢无力，每动一下都全身酸痛，我这是发烧了吗？感觉身上好烫，但为什么又这么冷，冷得我忍不住直打哆嗦。头好痛，我的头感觉都快裂开了，眼前的路怎么都开始摇晃起来了，是地震了吗？莫不是我真感染了这该死的瘟疫……

啊，谁踢了我一脚，救命……

##

一日后。

"郑 Sir，岛上附近几条街的居民我们都逐一核对过了，不论是正在隔离的或者已经病逝的，人数都对得上。"郑阿平手下的老警探薛飞报告说。

"嗯，那就说明死者不是檀香山本地的居民，他死在仓库附近，果然应该是外来船只上被临时抓来扣押或隔离的人，去调查外来船只和人员的兄弟回来了没？"郑阿平问道。

"还没，外来船只众多，人员情况也比较复杂，可能要多花一点时间。"薛飞回答道。

"是谁在跟这条线？"

"一个新来的实习生，姓赵，叫……"薛飞挠了挠头。

"你个老油条，简单的本地人口调查你来做，困难的外来人口调查你交给实习生？你就会给老子偷懒，干活拣轻怕重。"郑阿平指着薛飞的鼻子骂道。

"郑 Sir，不是我偷懒，的确是这个实习生办事能力比较强，一会儿他回来汇报时，您见到他就知道了。"薛飞努力为自己辩解着。

"哎呀，这里有死老鼠！"薛飞惊慌地一脚把老鼠踢飞到路边的草丛深处，"都是这些该死的小畜生，才引发了这么一大场鼠疫。害人不浅哪！"

"鼠疫期间，不要乱弄死老鼠，小心回收尸体，然后彻底焚烧，才是杜绝鼠疫的根本方法。都和你们说过多少次了，你们就是记不住。"李启辉一边故作严肃地批评着薛飞，一边面露微笑地走了过来。

"这么高兴，尸检结果出来了？"郑阿平睥睨着眼问道。

"当然。另外，我还办成了一件比缉凶更重要的事。"李启辉一脸神秘地笑着说。

"什么事还能比抓住凶手更重要？"

"我这有两个好消息，一个很好，另一个更好，你想先听哪一个？"

"先说和案情有关的。"

"我把尸体带回去仔细检查了一番，现在已经基本可以确认三点。第一，他是被人从背后用刀捅死的，刀尖都扎进了心脏，然后尸体又被大火烧成焦炭状；第二，从胃内残留物中检测出了我的解毒丸，通过对尸体的化验，确认他生前感染过鼠疫；第三，从尸体上被刺伤口的形状来看，凶手是个左撇子。"

"很好，基本印证了你昨天在现场的发现。那么，那个更好的消息是什么？"郑阿平问。

"我研制的解毒丸，嘿嘿，经唐人街居民亲自临床验证，是有助于治疗鼠疫的。"

"真的吗，你的药能治鼠疫？"如果说刚才的尸检结果报告基本都在郑阿平的预料之内，这个消息真让他大为震惊，"你不是说全欧洲因为这个瘟疫，一百年间死了几千万人吗，就被你这么给治好了？"

"治好鼠疫恐怕还差得远，但经数十起唐人街居民临床试验证明，我的药可以有效缓解鼠疫带来的症状。如果感染者平时身体素质再好一点，再加上一点好运气，还是有可能挺过来的。"

"你这不和没说一样嘛，身体底子好，再加上运气好，那就谁都死不了。"郑阿平用力嘬了一口烟，重重地吐了个烟圈。防疫、隔离、救灾、查案，他也已经四天四夜没合眼了。

"当然不一样，要是解毒丸有效的话，被害人如果不是遇见了凶手，他还是有可能活下来的。"李启辉收敛了笑容，严肃地说。

郑阿平一愣，若有所思，任手边的卷烟自顾自地燃烧着。

"你去街上被烧毁的房屋那边走了一圈，有什么发现？"李启辉问道。

"我发现了四个起火点，都不是灶台一类平时易于着火的地方，相反都是在一些不起眼的墙角处，感觉很像是有人故意纵火时会选择的下手地点。另外，我还找到了一个废弃的油桶，扔在草丛深处，纵火犯应该就是用这桶油来引火的。"

"放火还不够，还要火上浇油啊，这个纵火犯可真够狠毒的。有谁看到放火和杀人的凶手了吗？"

"根据目前的走访结果来看，还没有找到目击证人。"郑阿平说。

"嗯，这么大的火，再加上附近大多数居民都在隔离，估计现场目击证人只有老鼠了。"李启辉感慨了一声。

"老鼠要是能目击、能做证就好了。现在根据我搜集到的证据，结合你尸检的结果，我可以确定这是一起人为纵火和杀人案件，凶手纵火就是为了制造混乱，趁乱杀人。死者是一个穿着红衣服、感染鼠疫的成年男性，凶手则是一个左撇子。"

"可是，只有这些线索还不够啊！"

"等负责外来人口调查的兄弟回来，我们看看有谁在这场大火中消失不见了，案子也就破了一半。"

十一

又过了半日。

"郑 Sir、李大夫，我仔细排查了一圈，昨晚火灾发生后，在港停留的外来人员中有三个人不见了：一个是'维多利亚号'上的船员，叫冯同；还有'香港丸'上有两名乘客，一个日本人，名叫柏原，另一个是中国人，叫司马辛。其他人我逐一确认过，都还在。"一个年轻的实习警探先打了个立正，然后汇报说。

柏原？那个冒充日本人的广东佬？莫非这场纵火案和谋杀案还真和革命党或者维新党有关？郑阿平心想。

"死了一个人，却失踪了三个人？"李启辉一脸迷惑。

"有离港的船只吗？"郑阿平压住心底的疑惑，接着又问了一句。

"因为岛上闹疫情，来不及提供补给，大多数船暂时都无法离港，只有'里斯本号'因为一直没有被允许进港，所以前天自行开走了，中间再没有别的船只离开。"实习警探说。

中间有船离开了？这就麻烦了，凶手有可能借机逃走。

"'里斯本号'什么时候开走的？"郑阿平问。

"具体时间是前天下午，大概在火灾发生后一个多小时。不过'里斯本号'上的船员都没有被允许下船登岛，所以应该不是他们船上的人干的。"年轻的实习警探似乎一下就看穿了郑阿平心中所想。

郑阿平对此并不在意，点点头，说道："'里斯本号'上的船员没有登岛，不会是凶手，但凶手杀人后有可能躲到'里斯本号'上逃离檀香山。从岸边泅水到近港停留的船上，水性好的人只需要二十分钟，然后呼唤船上的水手放架软梯爬上去，很容易就可以混上船。"

"的确如此。"实习警探也点了点头，表示完全同意。

"刚才你说'里斯本号'离港时间是在火灾发生后一个多小时？时间倒是对得上。很好，你的消息搜集得很细致。那你打听过谁穿着红衣服了吗？"郑阿平继续追问道。

"'香港丸'上的船员说，那个叫司马辛的下船时披了一件大红色的斗篷，很扎眼。"

"难道死者是那个司马辛？那么凶手就一定是柏原咯？显然他俩是坐同一条

船来的。"李启辉嘀咕着。

"哈哈，老李，你什么时候也学会侦探的本事，成福尔摩斯了？"郑阿平掐着烟，笑着打趣道。

"怎么？就允许你每次都当福尔摩斯，我只能给你当华生？"李启辉愤愤不平地说。

"哈哈，好吧。那这次就换你来当福尔摩斯，我来当华生医生好了。只是我的疑问在于，凶手如果是柏原，他一个冒充成日本人的中国革命党，在海外生活，连真实身份都不敢使用，背后一定担着血海般的关系，为什么还敢大费周章在檀香山杀人呢？"

"你说柏原是革命党，怎么？你认识他？"李启辉问。

"这不还是拜那些美国佬所赐，让我去码头做什么安检。柏原是从我手里入境的，一个地道的广东佬，却拿了日本护照冒充日本人。"

"或许他冒充日本人的目的就是为了杀司马辛呢？"

"你说他是职业杀手？不会，我和他打过交道，一看他就是业余的，十足的书呆子性格，不是做杀手的料。"

"或许是司马辛发现了他的革命党身份，然后除掉了他？"

"这不无可能，只不过'维多利亚号'那个叫冯同的船员又去哪儿了呢？你要知道，这场火灾过后，岛上可是失踪了三个人。如果只失踪一个人的话，那失踪的人就是死者，我们沿着他的人际关系慢慢排查凶手迟早能破案；如果失踪两个人，可能一个是死者、一个是凶手，凶手有可能狗急跳墙，搭乘'里斯本号'跑了，我们能知道他是谁，但永远也抓不住他；但现在事情变得有意思了，竟然失踪了三个人。"

"或许那个冯同碰巧有什么事，临时坐'里斯本号'离开了吧。"

"在发生这么重大的火灾和杀人案件的同时碰巧离开，这也未免太巧了吧。"

"那你倒是说说，这到底是怎么回事？"

"我现在还说不准，但我总感觉和这三个人都有些关系。"郑阿平突然想起了什么，回头对那个实习警探说，"你再去查查他们三个人的入境时间和入境后的体检报告，然后回来告诉我。"

"老大，我之前已经一并查好了，冯同是十天前入境，体检结果是感染鼠疫，我们的药物领取登记记录显示，他还领取过李医生的解毒丸。同时据他同船的船员说，冯同曾经被警察带走过，可能是因为护照过期了，并且他在被带走时还有点像打摆子的症状。柏原和司马辛则是两天前入境，体检报告没有异常，不过柏原被认为有非法劳工入境的嫌疑，也曾被关进过临时仓库，和冯同关在一起。"实习警探对答如流。

"不错。"郑阿平不由得面露赞许地多看了这个年轻人几眼，他刚才安安静静地站在一旁，不显山不露水，却把事情查得这么清楚细致，甚至把事情做在了郑阿平前面，比起那个工作了多年还总是咋咋呼呼、办事也不大牢靠的老警探薛飞，真是一个天上、一个地下。

"年轻人，你叫什么名字？"郑阿平问道。

"报告长官，我叫赵西郎。"年轻人挺了挺腰杆，朗声回答道。

"赵西郎，你入职多久了？"

"实习三个月了，长官！"

"好，我一会去和美国佬说，明天起，你就是檀香山警察局正式的警察探员了，以后就跟着我吧。"

"真的？"赵西郎满脸掩盖不住的喜悦和激动，"谢谢长官，我以后一定好好干！"

"你这么年轻，未来有把握当好一名警探吗？"李启辉笑着问。

"我想成为全美国最优秀的华人警探！"年轻人的回答中充满了朝气与自信。

"不错！有志气，我看你也很有这个潜质，好好干。"郑阿平拍了拍赵西郎的肩膀，以示鼓励。

十二

待赵西郎退下后，李启辉笑着看了看郑阿平说道："很久没见你这么温柔了。"

"你哪只眼睛看到我温柔了。"郑阿平连忙予以否认。

"你还不承认，你有没有觉得这个年轻人有点像你年轻的时候。"李启辉问道。

"我年轻时候可比他帅多了。"郑阿平说，"话说回来，通过赵西郎查到的他们三个人的到达时间和体检报告，我大概能猜到整个事件的经过了。"

"仅仅是'猜'到吗？这可不像你的风格，咱们檀香山的'大侦探福尔摩斯'什么时候要靠'猜'来破案了？"

"因为有一个环节我还不能确认。目前看来，死者生前感染过鼠疫，还吃过你的药，基本可以确定就是冯同。凶手很可能就是柏原或司马辛两个人中的一个。从理论上来说，'维多利亚号'从印度出发，十天前才刚刚到港。'香港丸'则是从日本横滨来的，两天前才到。除非他们老早前有过交集，否则冯同应该不认识柏原或司马辛，短短一天时间，也不至于产生什么足以让人纵火杀人的念头。"

"对，虽然也不能完全排除他们很早就认识的可能性，但那毕竟是小概率事件。"

"还有一条重要线索。死者死的时候，身底下还压着司马辛的红斗篷残片，这就说明，他们之间还是存在着某种关系。"

"这个司马辛的衣服残片是怎么跑到冯同身上去的呢？"

"我已经让赵西郎去查这个冯同过去的经历了，他毕竟是'维多利亚号'上的船员，和其他船员、船长之间应该相对比较熟悉，好好打听下，能打听出不少有用的消息。我相信那小子的调查能力。"

"哈哈，还说你不喜欢他。"李启辉笑着说，"另外，是不是也要查查柏原和司马辛的底？"

"查还是要查，不过感觉希望不大，毕竟他们作为船上的客人，和船员及其他客人之间交往可能并不多。何况那个柏原还是一个拿着假护照故意隐藏自己身份的人，更不会轻易和别人说起自己的真实经历。"

"嗯，有道理。"李启辉点点头。

郑阿平从怀里掏出一个小本子，在上面画了一张简单的人物关系示意图：

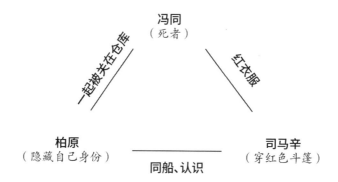

李启辉凑过来看了一眼，撇了撇嘴，说道："你这字真该好好练练了，身为警探，这字写得就和刚开蒙的小孩子一样幼稚。"

郑阿平完全不理会李启辉的讥讽，只是皱着眉头在思考着什么。突然，他一拍大腿，说道："我知道最后一条关键线索是什么了，快跟我去'香港丸'。"

说罢，郑阿平快步向码头奔去。李启辉在后面跑得上气不接下气："不是说主要调查'维多利亚号'上的那个冯同吗，你这会儿又急匆匆地去'香港丸'上干什么？"

郑阿平头也不回，只是快步走着，他的身影在夕阳下被拉得很长。

十三

"果然如此，司马辛是个左撇子，而柏原是个右撇子。"在拜访过'香港丸'上的船长后，郑阿平悠闲地在码头上甩开双腿，走了起来。这个船长在船上一连和柏原、司马辛半酣了多日，对他们左右手的习惯当然了解得一清二楚。

"到底怎么回事？你倒是和我说说啊，别让我白跑一路。"身旁跟着的李启辉还在努力调整自己的呼吸。

"你还猜不到吗？"郑阿平一脸神秘。

"猜到什么？司马辛是个左撇子吗？对，杀死冯同的凶手也是个左撇子，那就基本可以断定是司马辛杀了冯同。不过，那个柏原在其中是个什么角色，怎么连他也失踪了呢？"

"根据现在的线索和证据，我们应该可以判断是司马辛杀了冯同，而柏原在其中的角色则很微妙。按我目前的推想，案件的真实情况很可能就是司马辛原本想要杀柏原，他的计划是放一把火，制造混乱，然后趁乱杀了柏原。后来可能是因为火灾导致烟雾弥漫，看不清楚，或者出了其他什么意外，导致司马辛最后阴差阳错地不小心杀了冯同。"

"就是说，司马辛想要杀柏原，却误杀了冯同，杀完人后就坐'里斯本号'逃走了。那柏原上哪儿去了？他没杀人，也没被杀，怎么也消失不见了？"李启辉继续追问道。

"这就是我还没有完全想清楚的地方。不过我猜他人还在岛上，不出意外，过几天可能就会现身。"

"噢，有意思的想法。那我就和你打个赌，看看这个柏原到底什么时候现身。"

"好，不过到时输的一定还是你！"

"'还'是什么意思！"

十四

碧荫深处，一处日式风格的小院门外，一个满身烟灰的男子在拼命叩门，同时用很蹩脚的日语问道："佐藤领事在家吗？"

门扉开启，一个身着和服的人探出头来，打量了来访男子一番，然后惊讶地问道："莫不是梁任公？你怎么跑到檀香山来了？还搞成这副模样？"

"说来话长，一言难尽。"来访男子跟着主人进入内宅，在仆人的服侍下洗脸洗手，半晌才恢复了自己的本来样貌，之后缓缓讲起了自己过去一段时间的遭遇。

"我拿着柏原文太郎弟弟的护照来檀香山，本来想做一番演说和募捐活动，不想先遭遇了瘟疫，后来又被当作日本非法劳工给关了起来，最后关我的牢房又突逢大火。我趁乱逃出来，一路打听着才找到您这儿。只是我英语不甚精通，又不懂当地土话，一路上很费了些周折。"

"哈哈，想不到堂堂中国第一雄辩家梁启超也会在说话上吃瘪！任公尽管放心，你现在用的是我们日本的护照，你只要咬定了这个身份不松口，我自有办法帮你脱身，并且让你在檀香山畅行无阻。"

"那真是太感谢佐藤先生了。"

"梁先生这是哪里话，您的为人和文章，连伊藤博文先生都大为赞赏，鄙人能略尽绵薄之力，自感十分光荣。"

双方以茶代酒，相互寒暄了半日，方才歇息。

被风浪、晕船、警探、火灾和语言不通足足折腾了大半个月的梁启超，从来没有睡得这么沉、这么香。

梦里，他见到了六十年后的中国，在万人大会上，一个叫黄克强的人正在和一个叫李去病的人辩论中国未来的发展道路问题，听着他们的精彩辩论，梁启超都忍不住想要亲自上台去演说一番。梦里的这一年，中国上海举办了万国博览会，规模可比伦敦的万国博览会大得多，各种新奇发明和文化成果，都在这次盛会上得以展示。

想起谭嗣同英勇就义前那句"死得其所，快哉，快哉"，何其壮也。我这些年也算是万里投荒，一生九死。为报国家，生死何惧。我还是要公开演说，为了宣扬维新，为了中国未来，不遗余力，死而后已。第二天天亮，梦醒之后的梁启超暗暗下定了决心。

十五

又过了一些日子，檀香山岛上的疫情渐渐平稳。郑阿平和李启辉在街上闲逛，李启辉忍不住问道："话说都过了好几天了，那个柏原还是没有露面啊！"郑阿平笑而不答，只顾往华人密集的街区走去。前面亚灵顿旅馆里颇为热闹，聚集了不少华人，他便凑了上去，看见一个天庭饱满之人正在激情演说，对于国家大事、世界格局、中国未来等等议题侃侃而谈。听众中有学生、商贾，也有目不识丁的平民和劳工，他们都沉浸在演说者的精彩内容中，完全被他话语的魔力所征服。对于这个演说人的长相，郑阿平可谓是再熟悉不过了，这就是他一连几日、日思夜想忘不掉的柏原先生啊！

"这个演说的人是谁啊？"郑阿平悄悄地问听众后排一个略有年岁的听者。

"你连他都不认识啊，他就是鼎鼎大名的梁启超！"

原来他就是梁启超！郑阿平先是一惊，然后若有所思，面露微笑，缓缓离开了人群。

李启辉继续和郑阿平一路同行，看他神色古怪，似乎是在偷笑，便问道："你一个人在那里笑什么？你说的那个柏原到底什么时候才露面啊？"

郑阿平答道："柏原什么时候露面你就别管了，总归现在我确定了一件事。"

"什么事？"

"我才是福尔摩斯，而你是我的华生医生。"

"你这话什么意思啊？"李启辉一路追问，郑阿平始终笑而不答。

当然，郑阿平此时还不知道，他日后真的成了和福尔摩斯齐名的名侦探。一位叫比格斯的美国作家以他为原型，塑造了"华人侦探陈查理"这一享誉全球的侦探形象。

十六

就在郑阿平在演说现场认出梁启超的同时，几千公里之外的海面上，在"里斯本号"一个最不起眼的船舱角落里，一个年轻人浑身无力，缩成一团。他面色枯黄，牙齿打战，似乎是得了某种寒热之症。

一定是咬我的那只老鼠，想不到五千两赏银还没拿到，我却要死于这该死的鼠疫，年轻人心里怨恨着自己的命运不济和命不久矣。

纵火、混乱、浓烟、红斗篷，从背后一刀刺去，直抵心窝，然后以最快的速度离开檀香山。一套纵火杀人计划可谓行云流水，一气呵成。只是司马辛永远都不会知道，在他假意把红斗篷送给梁启超的短短几分钟后，梁启超就把这斗篷盖在了一个打摆子的广东老乡冯同的身上，就是这么一个小小的善意，救了梁启超。司马辛更不会知道的是，他的死可能正是因为他逃得实在太快了。如果他能逃得再稍微慢一点，如果他最后能留在檀香山，哪怕是被警察抓住，他就有可能服用李启辉医生研制的解毒丸，而那个药后来被证明在对抗鼠疫感染方面是很有用的。后来，有科学家从这款解毒丸中提纯出了链霉素、四环素等有效成分。危害人类数百年的鼠疫不再是必死之症。而司马辛，因为早早逃离了檀香山，切断了自己最后一丝活下去的希望。

海风继续徐徐地吹着，就像船来时一样，只不过这时已经进入了一个新的世纪。

后记

之所以写下这个故事，是因为两段看上去彼此间毫无关联的阅读经验。第一次是十几年前读梁启超的名文《夏威夷游记》。当时作为一名中文系本科生，读这篇文章主要是因为其中提出了"诗界革命"的文学主张。无聊如我，读完这篇文章后顺便记住了一个细节，就是在上一个世纪之交的那个夜晚，梁启超是在夏威夷度过的，而那时，整座岛上正在经历一场严重的黑死病危机。

第二次是前几年读黄运特的《陈查理传奇》，书中有不少篇幅都是关于厄尔·德尔·比格斯笔下这位华人侦探形象的原型考据，其中当然也介绍了陈查理的原型人物郑阿平。他曾在夏威夷担任华人警探，并且在世纪之交时应对处理过岛上爆发的黑死病危机。

梁启超和陈查理/郑阿平，这两个广东人在夏威夷，在上一个世纪之交，于是就有了某种历史时空下命运交会的可能性，而这也构成了我这篇小说创作的最初动机。梁启超完全有可能在檀香山遇到陈查理，甚至接受过他的检查和盘问。那梁启超遇到陈查理会是一番怎样的场景，又会发生怎样的故事呢？完全就是这一点无聊的小趣味与小好奇，让我敷衍出了这么一篇小说。当然，把陈查理/郑阿平、梁启超，以及医生李启辉放在一起来写，也并非全然没有道理。侦探查案，是要查明真相，惩恶扬善；医生查病，是要查明病因，治病救人；晚清知识分子的责任，就在于查明整个社会上根深蒂固的种种恶疾和其背后病因的真相，"医治"整个国家。从这一点来看，三个人或许有着某种共同的理想和目标。

小说里的日本领事佐藤、清廷驻夏威夷领事杨蔚彬，以及借给梁启超自己弟弟护照的日本友人柏原文太郎，在历史上皆有其人，甚至我虚构的作为陈查理/郑阿平的"华生医生"的华人医生李启辉和他的夫人江棣香女士，也都有真实的历史人物做支撑，只是小说中他们所经历的故事多半是虚构的。至于小说中的纵火案、杀人案，冯同、司马辛等人物，以及那只从北京胡同里不远万里、漂洋过海来到夏威夷的大老鼠，则完全是我的杜撰。而那个办事妥帖细致的实习警探赵西郎，关于他的故事大家可以去看另一本书，也就是我的朋友华斯比整理的《中国侦探在旧金山》，那是民国时期的中国作家乃凡写的一本中国侦探在海外探案的故事集，大概可以作为陈查理故事的某种对照。那部小说里的赵西郎真的成长为一名出色的华人警探，而且那本小说里的侦探故事，远比我这篇潦草的习作精彩得多。我给这篇小说起名《中国侦探在檀香山》，也暗含了对前辈作家作品的致敬之意。

战玉冰，文学博士、博士后，复旦大学中文系青年副研究员，上海市作家协会会员，主要研究方向为类型文学与电影。在《学术月刊》《中国现代文学研究丛刊》《中国比较文学》《北京电影学院学报》等CSSCI来源期刊及中文核心期刊发表论文 20 余篇，部分文章被《新华文摘》、"人大复印报刊资料"等转载。在《南方周末》开设"百年中国侦探小说"个人专栏。专著有《现代与正义：晚清民国侦探小说研究》和《民国侦探小说史论（1912—1949）》。

图书在版编目（CIP）数据

故事新编 / 华斯比主编 . — 北京 : 北京联合出版
公司 , 2024.8. —（谜托邦）. — ISBN 978-7-5596
-7729-7

Ⅰ . I247.7

中国国家版本馆 CIP 数据核字第 20246E5T31 号

谜托邦·故事新编

主　　编 : 华斯比
出 品 人 : 赵红仕
策　　划 : 牧神文化
责任编辑 : 牛炜征
特约编辑 : 华斯比
美术编辑 : 陈雪莲
营销支持 : 沈贤亭
封面绘图 : 王琪萌
内插绘图 : Million

北京联合出版公司出版
（北京市西城区德外大街 83 号楼 9 层　100088）
北京联合天畅文化传播公司发行
上海盛通时代印刷有限公司印刷　新华书店经销
字数 300 千字　720 毫米 ×1000 毫米　1/16　18 印张
2024 年 8 月第 1 版　2024 年 8 月第 1 次印刷
ISBN 978-7-5596-7729-7
定价 : 79.00 元